ビギナーズ・クラシックス 日本の古典

保元物語・平治物語

日下 力＝編

角川文庫
22569

◆はじめに◆

『保元物語』も『平治物語』も、『平家物語』の世界と深くかかわっています。登場人物も重なってきますし、非情な歴史のなかで人間が味わわされた悲喜こもごもの感情がストレートに語られていることも同じです。共通の土壌《どじょう》から生まれてきた作品群だからなのでしょう。

それでも語られる内容が違っているのですから、おのずから独自の性格をそれぞれ持つに至っています。『保元物語』で第一に印象的なのは、強弓《ごうきゅう》ぶりが楽しく描きあげられている源為朝《みなもとのためとも》です。その想像を絶する活躍は、すでに存在していた伝説を踏まえているのでしょうが、やがて江戸時代に滝沢《たきざわ》(曲亭《きょくてい》)馬琴《ばきん》をして『椿説《ちんせつ》弓張月《ゆみはりづき》』という作品を書かせることにもなります。

『平治物語』では、夫の源義朝《みなもとのよしとも》を討たれた常葉《ときわ》が、三人の幼子《おさなご》を連れて雪の中を都落ちする哀れな姿が人々の心をとらえてきました。昔、その話が子供向けの絵本に作られていて、私もそれを読んだ記憶があります。絵は、雪の降りしきるなか、赤子を抱き、二人の子を引き寄せて、軒下《のきした》に身を隠している図だったように思います。『保元物語』は、敗北した新院《しんいん》こと崇徳院《すとくいん》と左大臣藤原頼長《さだいじんふじわらのよりなが》の恨みの情を色濃く伝えますが、その怨念《おんねん》は、のちのち、勝利を収めた実弟の後白河院《ごしらかわいん》の心を怯《おび》えさせたらしく、霊《れい》を慰めるために、徳をたたえるという意味の「崇徳」の名を兄に贈《おく》ります。それは、『平家物語』の描く乱世の時代でのことでした。

平治の乱で裏切りにあって殺害された義朝は、頼朝《よりとも》の父です。十三歳で初陣《ういじん》を飾った頼朝は伊豆へ流され、後年、鎌倉幕府《かまくらばくふ》を開きますし、乳飲《ちの》み子で常葉の胸に抱かれていた義経《よしつね》は、成長して目覚《めざ》ましい戦歴を史上に残します。そして、源氏を追い落とした平清盛《たいらのきよもり》は、この八年後に太政大臣《だじょうだいじん》にまで昇りつめ、栄華《えいが》を極めるのでした。

二つの作品には、改作の手が種々加えられ、琵琶法師《びわほうし》が『平家物語』と共に語っていた時期もありました。この本で皆さんに読んでいただくテキストは、古い段階のものです。それゆえ、原作に近い味わいを知ってもらえるでしょう。

◆目次◆

コラム

図版作成／小林美和子
編集協力／鈴木 彰

凡例

一、本書では、『保元物語』と『平治物語』から、代表的な部分を抜き出し、まず現代語訳で紹介、次に原文を掲げ、解説を加えています。

二、『保元物語』の原文本文は、角川ソフィア文庫『保元物語　現代語訳付き』（日下力・訳注）によっています。その原本は、半井本《なからい》という江戸期の医師半井驢庵《ろあん》の旧蔵本で、カタカナ書きです。それをひらがな書きに改め、読みやすいように、諸措置を施しています。詳しくは、右書の凡例をご覧ください。

三、『平治物語』の原文本文は、角川ソフィア文庫『平治物語　現代語訳付き』（日下力・訳注）によっています。その原本は、陽明文庫《ようめいぶんこ》蔵本（一本）の上巻と学習院大学蔵本（九条家《くじょうけ》旧蔵）の中・下巻とを併《あわ》せ用いたものです。同じく読みやすいように、諸措置を施していますので、詳しくは、右書の凡例をご覧ください。

四、現代語訳は、難解な語句に説明的な文言を加えて理解しやすい表現とし、主語や接続詞、言葉の裏に含む意を補うなどして、文法に忠実な訳とはしていません。より親しみやすく物語に接することができるようにと考えたからです。

◈『保元物語』

保元の乱とは

保元の乱の種は、皇室内の内紛《ないふん》にありました。戦いは、当時、新院《しんいん》と言っていた崇《す》徳《とく》上皇と後白河《ごしらかわ》天皇という兄弟の間で繰り広げられたのですが、その遠因を求めると、三代前の白河《しらかわ》上皇の時にまでさかのぼりそうです。兄弟の父は鳥羽《とば》上皇なのですが、崇徳院の実の父は白河院だという噂《うわさ》がありました。鳥羽院の最初の后《きさき》は、白河院が小さい時から養育していた待賢門院璋子《たいけんもんいんしょうし》という人で、身ごもった身で入内《じゅだい》したというのです。鳥羽・崇徳の親子関係がうまくいくはずはありませんでした。

鳥羽院の次の后は、美《び》福門院得子《ふくもんいんとくし》といいました。そのお腹に生まれたのが、近衛《このえ》天皇で、鳥羽院の愛はこちらに注がれます。ところが十七歳（数え年）で、子供のいないまま亡くなる。次の天皇を誰にするか、鳥羽院は悩んだ末に、崇徳院の皇子がいたにもかかわらず、その弟の、母を同じくする後白河に決めてしまいました。実は、その子供で、のちに二条《にじょう》天皇となる、母を亡くした男の子を、美福門院が幼い時から育てており、将来は彼を即位させようと考えたからでした。

摂関家《せっかんけ》内部にも、問題がありました。当主《とうしゅ》は関白《かんぱく》の藤原忠通《ただみち》でしたが、その父の忠《ただ》実《ざね》が健在で、彼は次男で二十三歳も年下の頼長《よりなが》の方を偏愛《へんあい》し、摂関の地位を弟に譲るよう、忠通に迫っていました。忠通には男子がなかなか生まれず、そのため、頼長を子として遇《ぐう》していた時代もあったのです。要求に応じない息子に業《ごう》を煮《に》やした忠実は、摂関をあきらめ、代わりに藤原氏の長《ちょう》の立場を頼長に渡してしまいます。

左大臣だった頼長は、豊かな学識《がくしき》を持ち、積極的に物事《ものごと》を推《お》し進めるタイプの人間だったので、「悪左府《あくさふ》（やり手の左大臣）」という異名《いみょう》をつけられていました。そして彼は、不満を抱く崇徳院に接近していきます。

源氏一族の中も複雑でした。都で生活していた当主の為義《ためよし》は、早くより忠実・頼長と臣従《しんじゅう》関係を結んでいましたが、嫡男《ちゃくなん》・義朝《よしとも》の本拠地は鎌倉でした。父と同様、頼長に仕えていた次男の義賢《よしかた》（木曽《きそ》義仲《よしなか》の父）は、東国に勢力を伸ばし、兄と覇権《はけん》を争う結果になったからでしょう、義朝の嫡男・義平《よしひら》に武蔵国《むさしのくに》（埼玉県）で討たれてしまいます。四男・頼賢《よりかた》は、義賢と父子の契約を結んでいたため、敵討《かたきう》ちに発向、在京中だった義朝がその後を追う。両者は最終的に和を結んだようですが、この事件は乱の前年のことでした。一族のなかで、義朝一人が後白河天皇方につきますが、その流れは、すでにできていたように見えます。

平清盛《たいらのきよもり》の父忠盛《ただもり》（三年前に死去）と義母の池禅尼《いけのぜんに》は、崇徳院の皇子を養育した身でしたが、清盛は、この乱で後白河天皇方につき、池禅尼も賛意を示していました。先《せん》見《けん》の明《めい》があったのでしょう。しかし、叔父《おじ》の忠正《ただまさ》は忠義を重んじたのか、崇徳院側につく。このようにして、皇室から摂関家、武家までも、肉親相食《あいは》む戦いとなったのが保元の乱でした。

戦いは保元《ほうげん》元年（一一五六）七月十一日でしたが、その九日前に鳥羽院が世を去る。院は自分の死後に戦乱が起こると予測していたらしく、早くより源平の武士を召集し、見舞いに来た崇徳院には会いもしませんでした。戦場となったのは、鴨川《かもがわ》の東の白河《しらかわ》北殿《きたどの》という御所《ごしょ》、そこに籠《こも》る崇徳院側を後白河天皇方が攻撃して戦いは始まりました。軍勢の劣る院方にあって、為義子息の頼賢と為朝《ためとも》とが何度も敵勢を追い返したといい、その為朝を、『保元物語』は大きくクローズアップして見せるのです。

敗れた崇徳院は、二日後に仁和寺《にんなじ》の弟宮《おとうとみや》のもとに身を寄せ、戦場で矢傷《やきず》を負った頼長は、父に会うべく奈良に赴《おもむ》いたものの、目的を果たせぬまま三日後に落命《らくめい》、為義は出家して五日後に義朝邸に出頭しました。そののち、七月二十三日に、崇徳院は讃岐《さぬき》国《くに》（香川県）へ流され、二十八日に清盛が叔父一家を処刑、三十日に義朝が父と弟たちを処刑《しょけい》します。が、為朝一人は逃亡を続け、捕まったのは八月二十六日、やがて、伊豆大島《いずおおしま》へ流されました。以上が、保元の乱の概要です。

この乱は、死刑が復活した乱でもありました。日本の歴史で公《おおやけ》の死刑は、八一〇年に、退位していた平城先帝《へいぜいせんてい》を復帰させようと画策した藤原薬子《くすこ》の兄、仲成《なかなり》が処刑されて以降、途絶《とだ》えていました。実に、三四六年間。これほど長い間、死刑がなかった国は、世界中、他にないはずです。その復活は不評で、後代、乱世を引き起こす一因になったと批判されます。死刑執行《しっこう》を主張したのは、後白河天皇の側近として発言権を増していた少納言入道信西《しんぜい》(俗名藤原通憲《みちのり》)だったといいます。彼は、三年後の平治の乱で討たれてしまいますが、それは『平治物語』の語るところです。

物語の世界

物語は、全三巻で構成されています。上巻は、鳥羽院と崇徳院との父子対立から始まり、後白河の即位に憤慨《ふんがい》する崇徳院と野心《やしん》を抱く頼長との連携《れんけい》、そして、天皇方と院方、それぞれの武士召集《しょうしゅう》の状況へと語り進められていきます。そのなかで印象的なのは、多くの筆が割《さ》かれている、超人的な為朝の姿でした。彼は先制攻撃《せんせいこうげき》を主張したものの頼長に一蹴《いっしゅう》され、他方、天皇方では義朝の同様な主張が容《い》れられて、院方の籠《こも》る白河北殿《しらかわきたどの》へ軍勢が発向《はっこう》します。

中巻では、為朝が次々と源平の武士を撃退《げきたい》してしまう圧倒的強さが描き出されます。が、戦況《せんきょう》は白河北殿への放火によって一変《いっぺん》、崇徳院は逃亡し、最後は仁和寺《にんなじ》に出頭して出家をします。頼長は首に矢を受ける重傷を負い、父に会おうとして奈良へ向かいますが、絶命《ぜつめい》してしまいます。

下巻は、まず、敗れた為義たちの悲劇が大きく扱われます。為義は、義朝のもとに自首するのですが、その息子の手で処刑されたのでした。晩年《ばんねん》にもうけた幼い四人の子どもたちも殺害され、母はその後を追って死にます。讃岐国《さぬきのくに》へ流された崇徳院は、激しい恨みを残して世を去りました。そのあとに、再び為朝が登場、流罪地《るざいち》の伊豆大島における信じがたい所業《しょぎょう》が伝えられて、全巻が閉じられます。

全体的に作品を見てみると、為朝の姿を楽しく明るく描く側面と、敗者《はいしゃ》の姿を同情を持って描く側面とが、相反《あいはん》しているようでありながら共存《きょうぞん》しています。それが特徴と言えるのでしょう。柔軟な心を持つ作者でした。

この『保元物語』は、実際の乱から相当の時が経《た》って成立したものと考えられます。まず、一二二一年の承久《じょうきゅう》の乱以降であることは確かです。承久の乱は、鎌倉幕府が朝廷軍を破り、武士の権威《けんい》を確立した戦いでした。ですから作品中には、武家優位《ぶけゆうい》の発想が、そこここに見られることになっています。具体的には、これから読んでいただく一話一話を通じて確認してみてください。

原作は残っておらず、最も古いテキストは、一三一八年に書写《しょしゃ》された、全三巻中の中巻一冊です。それ以前の一二九六年ころ、琵琶法師が『平治物語』『平家物語』と一緒に語っていたことを示す資料がありますので（『普通唱導集《ふつうしょうどうしゅう》』）、当時はすでに広く知られていたことになります。なお、本書は、右の最古写本《さいこしゃほん》のテキストと中巻どうしの内容が一致する、全巻揃《そろ》いのテキストを採用しています。ですから、今日《こんにち》では最も原作に近い性格を持つ物語を、読んでいただくことになるわけです。

『平家物語』は、一二四〇年に書かれた手紙の一節に、六巻の『治承《じしょう》物語』を「平家」と号しているとあることによって、初めてその存在が知られます。「治承」は、源平争乱のあった時の年号で、『保元物語』『平治物語』と同じように、当初は年号が作品名につけられていたことになります。

『平治物語』は、一二四六年に物語本文《ほんもん》の断片を書いた文献《ぶんけん》が見つかっていますし、承久の乱を語る『承久記』は、一二四〇年に死んだ人のことを、作中ではまだ生きていると書いていますので、その年以前の成立となります。どうやら、一二三〇年代から四〇年代にかけて、いくさを語る物語が次々と生み出されていたわけで、『保元物語』もその一つではなかったかと思われてくるのです。

この時代、久しぶりに戦いのない時代を迎えていました。これ以前は、頼朝の没後も、諸勢力の抗争が続発《ぞくはつ》、様々な氏族が反乱を起こし、滅亡に追いやられています。

梶原氏・比企《ひき》氏・畠山氏・和田氏など。作品の作られた都からは遠い東国の地での戦いとはいえ、当時は、京《みやこ》の貴族社会も武家社会と無縁《むえん》ではありえず、社会全体の不安感は続いていました。ところが承久の乱後は、いくつかの事件があるものの、体制を揺《ゆ》るがすような出来事は、一二四七年の三浦氏一族の乱までありません。

源平の争乱以降、戦いのない期間が、こんなに長く続いたことはありませんでした。年表を紐解《ひもと》いてみれば、すぐ分かることです。そうした平和な時代に、かつての戦いが振り返られることになったのです。そこには必然性《ひつぜんせい》があるでしょう、戦いが続いていれば、心の余裕《よゆう》がないのですから。いくさの物語は、平和の産物《さんぶつ》でした。そして、平和な空間にいたからこそ、戦うことの良《よ》し悪《あ》しが、作者の目には見えていたはず。そんなことも頭の片隅《かたすみ》に入れながら、作品の世界を楽しんでもらえればと思います。

(1)　崇徳院方《すとくいんがた》の臨戦態勢《りんせんたいせい》

新院《しんいん》こと崇徳院《すとくいん》は、白河《しらかわ》の地《ち》にあった斎院《さいいん》の御所《ごしょ》におられたが、敷地内《しきちない》が狭《せま》く戦《たたか》うのには都合《つごう》が悪《わる》かろうということで、十日《とおか》の夜半《やはん》ばかりより、南隣《みなみどな》りの大炊殿《おおいどの》、すなわち白河北殿《しらかわきたどの》へ移《うつ》られる。そのお車《くるま》には、左大臣《さだいじん》の藤原頼長殿《ふじわらのよりながどの》が同車《どうしゃ》された。次《つ》いで、源為義《みなもとのためよし》、平忠正《たいらのただまさ》、平家弘《たいらのいえひろ》らを召《め》し出《だ》し、御所《ごしょ》の門々防備《もんもんぼうび》の分担《ぶんたん》を定《さだ》められた。

白河北殿《しらかわきたどの》の南面《みなみおもて》は、大炊御門大路《おおいみかどおおじ》が鴨川《かもがわ》の東《ひがし》へ延《の》びている道《みち》に面《めん》しており、そこに二《ふた》つの門《もん》がある。東側《ひがしがわ》に寄《よ》った方《ほう》の門《もん》を、以前《いぜん》に右馬助《うまのすけ》であった忠正父子《ただまさふし》五人《ごにん》と、摂津国《せっつのくに》の源氏《げんじ》、多田蔵人大夫頼憲《ただのくらんどたゆうよりのり》とが防衛役《ぼうえいやく》を承諾《しょうだく》した。両者《りょうしゃ》、合《あ》わせてその勢《せい》、百騎《ひゃっき》には過《す》ぎない。同《おな》じ並《なら》びの西側《にしがわ》へ寄《よ》った門《もん》は、源為朝《みなもとのためとも》ただ一人《ひとり》で引《ひ》き受《う》ける。

西面《にしおもて》は鴨川《かもがわ》の河原《かわら》に面《めん》しており、そこの門《もん》は為義父子《ためよしふし》六人《ろくにん》して拝命《はいめい》する。

その勢《せい》も百騎《ひやつき》ばかりあった。こちらは、配下《はいか》の武士《ぶし》がもっと多《おお》いはずながら、天皇方《てんのうがた》についた長男《ちょうなん》の義朝《よしとも》に従《したが》って、皆《みな》、内裏《だいり》に行《い》ってしまっていた。北面《きたおもて》の西《にし》の門《もん》は、鴨川《かもがわ》の先《さき》の春日小路《かすがこうじ》に面《めん》してある。そこは、家弘《いえひろ》が、子息《しそく》や弟《おとうと》らを連《つ》れて守《まも》りの任《にん》につく。このほか、方々《ほうぼう》の脇《わき》にある小《ち》さな門《もん》は、より身分《みぶん》の低《ひく》い連中《れんちゅう》が防御《ぼうぎょ》を固《かた》めていた。新院《しんいん》の御方《おんかた》にも、人数《にんずう》は千《せん》余人《よにん》いたけれども、あちらこちらの門《もん》に勢力《せいりょく》を分《わ》けたので、御所《ごしょ》の中《なか》には人《ひと》がいるとも見《み》えなかった。

筑紫八郎為朝《つくしのはちろうためとも》が言《い》うには、

「この為朝《ためとも》は、兄《あに》にも従《したが》うまい、弟《おとうと》をも連《つ》れて行《い》くまい。なぜなら、他人《たにん》のしくじり、自分《じぶん》のてがら、自分《じぶん》のしくじり、他人《たにん》のてがら、それがはっきり人《ひと》の目《め》に見《み》えないだろうからだ。敵陣《てきじん》が千騎《せんき》でもあれ万騎《まんき》でもあれ、手強《てごわ》かろう方面《ほうめん》へは、為朝一人《ためともひとり》を差《さ》し向《む》けるがよい。任《まか》された一方《いっぽう》は、弓《ゆみ》で射破《いやぶ》って見《み》せよう」

とは言《い》ったものの、八郎《はちろう》のもとには勢《せい》もいなかった。九州《きゅうしゅう》には満《み》ちあふれるほどの軍勢《ぐんぜい》がいたけれども、急《きゅう》なことで、彼《かれ》らを動員《どういん》することもできず、都《みやこ》に上《のぼ》ってきた。どうして少《すこ》しでも連《つ》れて来《こ》なかったのかというと、「そうでなくてさえ、この為朝《ためとも》のことを、九州《きゅうしゅう》の勢《せい》で関東《かんとう》を攻《せ》めようと言《い》っているといって蔑《さげす》み、長《なが》い間《あいだ》、親《おや》から勘当《かんどう》されているわが身《み》なのに、たまたま許《ゆる》されて都《みやこ》へ上《のぼ》る者《もの》が、大軍勢《だいぐんぜい》を引《ひ》き連《つ》れて来《く》れば、決《けっ》して都《みやこ》の中《なか》へは入《い》れられまい。その気《き》のある者《もの》は、後日《ごじつ》に上《のぼ》ってこい」と言《い》って、皆《みな》、その場《ば》に捨《す》てておいて来《き》たのであった。九州《きゅうしゅう》の連中《れんちゅう》は、お供《とも》を自《みずか》ら申《もう》し出《で》たものの、致《いた》し方《かた》ないということで、残《のこ》り留《とど》まった次第《しだい》である。

それでも、影《かげ》のように、昼《ひる》に夜《よる》に、朝《あさ》な夕《ゆう》なにつき従《したが》う者《もの》が少々《しょうしょう》いた。為朝《ためとも》の乳母《めのと》の子《こ》で、飛《と》んでくる矢《や》を切《き》り落《お》とす特技《とくぎ》の持《も》ち主《ぬし》、矢先払《やさきばら》いの須藤九郎家季《すどうくろういえすえ》、その兄《あに》で、もと比叡山《ひえいざん》の法師《ほうし》ながら俗人《ぞくじん》に戻《もど》った、鎧《よろい》の隙《すき》間《ま》を射《い》るのを特技《とくぎ》とする空《あ》き間《ま》数《かぞ》えの悪七別当《あくしちべっとう》、鉄《てつ》を打《う》ち鍛《きた》えた武器《ぶき》である太刀《たち》・長刀《なぎなた》の使《つか》い手《て》たる打手《うって》の城八《じょうはち》、素手《すで》で敵《てき》を生《い》け捕《ど》りにできる手取《てど》りの余次三郎《よじさぶろう》、三町《さんちょう》（約三二七メートル）も小石《こいし》を飛《と》ばす三町《さんちょう》つぶての紀平次大夫《きへいじたゆう》、向《む》かってくる矢《や》を素手《すで》でつかみ取《と》る止《と》め矢《や》の源太《げんた》、左仲二《さちゅうじ》、大《おお》きな矢《や》の使《つか》い手《て》、大矢《おおや》の新三郎《しんざぶろう》、同《どう》、四郎《しろう》、霞《かすみ》の五郎《ごろう》、吉田太郎《よしだのたろう》、兵衛太郎《ひょうえのたろう》をはじめ、二十八騎《にじゅうはちき》がいたのであった。この者《もの》たちは、一人《ひとり》で千人《せんにん》の敵《てき》を相手《あいて》にできる一人当千《いちにんとうぜん》の輩《やから》だった。

新院《しんいん》も左大臣《さだいじん》も、御鎧《おんよろい》を着用《ちゃくよう》される。その時《とき》、左京大夫《さきょうのだいぶ》の藤原教長《ふじわらののりなが》が申されたのには、

「とんでもないことでございましょう。ご甲冑《かっちゅう》をお召《め》しになること、ご身《み》分上《ぶんじょう》、具合《ぐあい》がよろしくないでしょう」

とおっしゃったので、院《いん》は御鎧《おんよろい》をお脱《ぬ》ぎになる。左大臣《さだいじん》は、それでもなお身《み》に着《つ》けられていた。

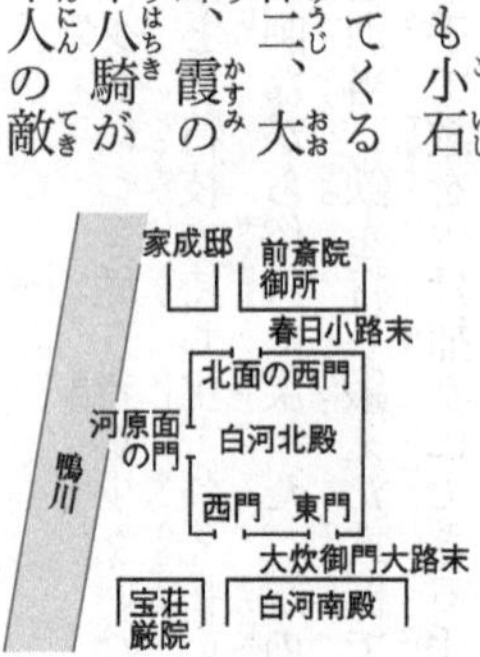

戦場想定図

❖新院《しんゐん》は、斎院《さいゐん》の御所《ごしよ》にわたらせましましけるが、分内《ぶんない》せばくて悪《あ》しかりなんとて、夜半《やはん》ばかりより大炊殿《おほひどの》へ移《うつ》らせ給《たま》ふ。御車《おんくるま》には、左大臣殿《さだいじんどの》、参《まゐ》らせ給《たま》ひけり。為義《ためよし》、忠正《ただまさ》、家弘等《いへひろとう》を召《め》して、門々《もんもん》を分《わ》け給《たま》ひけり。南面《みなみおもて》は大炊《おほひ》の御門《みかど》の末《すゑ》に両門《りやうもん》あり。東《ひがし》へ寄《よ》りたる門《もん》をば前平馬助忠正《さきのへいまのすけただまさ》父子《ふし》五人《ごにん》、摂津源氏《せつつげんじ》、多田蔵人大夫頼憲《ただのくらんどたいふよりのり》、承《うけたまは》る。都合《つがふ》その勢《せい》、百騎《ひやつき》には過《す》ぎず。同《おな》じく西《にし》へ寄《よ》りたる門《もん》をば、為朝一人《ためともいちにん》して承《うけたまは》る。

西面《にしおもて》は河原《かはら》なり。為義父子六人《ためよしふしろくにん》して承《うけたまは》る。その勢《せい》も百騎《ひやつき》ばかりぞありける。これは多勢《たぜい》なるべきが、嫡子義朝《ちやくしよしとも》に従《したが》ひて、皆《みな》、内裏《だいり》へ参《まゐ》りぬ。

西《にし》の門《もん》の北面《きたおもて》、春日末《かすがすゑ》なり。家弘《いへひろ》、子息《しそく》・舎弟等《しやていら》、相具《あひぐ》して承《うけたまは》る。このほか、脇々《わきわき》の小門《こもん》は、次々《つぎつぎ》の者《もの》ども固《かた》めたり。院《ゐん》の御方《おんかた》にも、人数《にんじゆ》は千余人《せんよにん》ありけれども、門々《もんもん》へ分《わ》けければ、御所中《ごしよぢゆう》には人《ひと》ありとも見《み》えざりけり。

筑紫八郎《つくしのはちらう》、申《まう》しけるは、

「為朝《ためとも》は兄《あに》にも連《つ》るまじ、弟《おとと》をも具《ぐ》すまじ。その故《ゆゑ》は、人《ひと》の不覚《ふかく》、我《わ》が高名《かうみやう》、我《わ》が不覚《ふかく》、人《ひと》の高名《かうみやう》、分《わ》きて見《み》ゆまじければ。千騎《せんき》もあれ、万騎《まんき》もあれ、強《こは》からん方《かた》へは為朝《ためとも》を一人《いちにん》、差《さ》し遣《つか》はせ。一方《いつぱう》は射破《いやぶ》らん」と申《まう》せども、八郎《はちらう》は勢《せい》もなかりけり。鎮西《ちんぜい》に満《み》ちたる勢《せい》なれども、にはかごとにて、それもかなはず上《のぼ》りけり。いかに少々具《せうせうぐ》せざりけるぞと言《い》へば、「いとど為朝《ためとも》をば、鎮西《ちんぜい》の勢《せい》にて関東攻《くわんとうせ》めんと言《い》ふなればとて、久《ひさ》しく不孝《ふけう》の身《み》にてあるが、まれまれに許《ゆる》されて上《のぼ》る者《もの》の、大勢引《おほぜいひ》き具《ぐ》して上《のぼ》るならば、よも京《きやう》へは入《い》れられじ。志《こころざし》あらん者《もの》は、後々《のちのち》に上《のぼ》れ」とて、皆《みな》、うち捨《す》ててぞ上《のぼ》りたる。九国《くこく》の者《もの》ども、供《とも》せんと進《すす》みけれども、力《ちから》なしとて留《とど》まりにけり。

されども、影《かげ》のごとく、昼夜朝夕《ちうやてうせき》、つき従《したが》ふ者《もの》は少々《せうせう》ありけり。乳母子《めのとご》の矢先払《やさきばら》ひの須藤九郎家季《すどうくらういへすゑ》、その兄《あに》に、山法師《やまほふし》の還俗《げんぞく》したる空《あ》き間数《まかぞ》への悪七別当《あくしちべつたう》、打手《うつて》の城八《じやうはち》、手取《てど》りの余次三郎《よじさぶらう》、三町《さんちやう》つぶての紀平次大夫《きへいじたいふ》、止《と》め矢《や》の源太《げんた》、左仲二《さちうじ》、大矢《おほや》の新三郎《しんざぶらう》、同四郎《どうしらう》、霞五郎《かすみのごらう》、吉田太郎《よしだのたらう》、兵衛太郎《ひやうゑのたらう》をはじめとして、二十八騎《にじふはちき》ぞ候《さうら》ひける。これらは一人当千《いちにんたうぜん》の者《もの》どもなり。

院《ゐん》も左府《さふ》も、御鎧《おんよろひ》を奉《たてまつ》る。教長《のりなが》、申《まう》されけるは、

「あるまじう候《さうら》ふらん。御物具《おんもののぐ》、召《め》され候《さうら》ふこと、悪《あ》しかりなん」と申《まう》されければ、院《ゐん》は御鎧《おんよろひ》を脱《ぬ》がせ給《たま》ひける。左府《さふ》は、なほ奉《たてまつ》りたり。

✲初めに紹介しましたように、戦いの因は、皇位継承《こういけいしょう》問題にありました。鳥羽上皇が崩御《ほうぎょ》すると、その意向によって即位した後白河天皇を排除しようと、当時、新院と呼ばれていた崇徳院が行動を開始したと語られていきます。新院は、臨終の床にある父上皇を見舞うべく、鳥羽離宮《とばりきゅう》に赴《おもむ》いていましたが、そこから都へ引き返し、源為義一族を召集、為義は夢見の悪さから断ろうとしますが、拒み切れずに参上。右の場面は、新院方が拠点とした白河北殿における布陣《ふじん》のさまを伝えるものです。

ここで、為朝が大きく扱われていることは明らかでしょう。まず、ただ一人で守っているという、大炊御門大路《おおいみかどおおじ》に面した西の門が問題。敵は鴨川を渡って南西方面から攻めてくるのですから、真っ先に攻撃の対象となるのがこの門でした。そこを、他の門の守備には複数の人物が充《あ》てられているのに、わずかな勢力しか持たぬ彼が一人で陣取っているわけです。

為朝の言葉は、人を食ったものでした。兄弟も無視して一人で行動したいのは、自分の実力のほどを過不足《かふそく》なく衆目《しゅうもく》に認めさせたいため、敵がいかなる大軍であれ、自らの弓矢《ゆみや》で破砕《はさい》してみせようと言う。自信満々の姿です。

九州から引き連れてきた手勢《てぜい》の少なさについても説明していますが、それについては、コラム欄《らん》を見ていただきましょう。

二十八騎の手勢の代表格として、あだ名と一緒に紹介されている人物の、そのあだ名が面白い。「矢先払《やさき》ひ」というのは、長刀《なぎなた》で飛来する矢を切り落とすのでしょうし、「空《あ》き間《ま》数へ」とは、戦っているうちにできる鎧《よろい》の隙間《すきま》をことごとく矢で狙い撃ちにする意、「打手《うちて》」は、鉄を打ち鍛えた武器を「打ち物」と言いますから、太刀・長刀の巧みな使い手を意味しているのでしょう。

「手取り」は、素手で敵を生け捕ってしまうこと、「三町つぶて」は、小石《こいし》を三〇〇メートル余りも投げることを言いますが、これには少し説明が必要です。後白河院時代に制作された『年中行事絵巻《ねんじゅうぎょうじえまき》』の模本《もほん》には、石合戦の遊びをしている場面が描かれていますが、それを見ますと、小石を結びつけた紐《ひも》を大きく回転させて投げたか、長い細布《ほそぬの》を二つ折りにして真ん中に小石を挟み、やはり回転させながら、布の片方の端《はし》を放して石だけを飛ばしたのだろうと思われます。これを特技としていた人々を「印《いん》地《じ》」や「印地打ち」と呼び、戦いの際、戦闘員にも使われました。それにしても「三町」（一町は約一〇九メートル）も飛ばすというのは、どう考えても誇張《こちょう》された数値です。

次の「止め矢」は、おそらく向かってくる矢をわしづかみにすること、「大矢《おおや》」は説明するまでもないでしょう。「霞《かすみ》の五郎」は、身を隠すのがうまかった人物なのでしょうか、ともあれ、あだ名を通じて楽しい雰囲気《ふんいき》が伝わってきます。

最後に、新院と左大臣頼長とが鎧着用をとがめられ、院はすなおに脱いだものの、頼長はなお着つづけていたと語られていますが、そこに非業《ひごう》の死を遂《と》げることになる彼の後日の姿を暗示したのに違いありません。

★コラム1　為朝の前歴

為朝の名が歴史上に初めて登場するのは、保元の乱の二年前の久寿《きゅうじゅ》元年（一一五四）十一月二十六日のこと、九州で行った彼の乱暴狼藉《らんぼうろうぜき》をやめさせなかったという罪を問われて、父の為義が五位・右衛門尉《うえもんのじょう》の役職を解かれてしまいました。兵部卿《ひょうぶきょう》の平信範《たいらののぶのり》の書いた日記『兵範記《ひょうはんき》』と、例の左大臣頼長の書いた日記『台《たい》記《き》』とに伝えられている事実です。さらに、この五か月後の久寿二年四月三日には、九州に設置されていた朝廷の地方行政機関《ぎょうせいきかん》である大宰府《だざいふ》に、為朝への「与《よ》力《りき》」（加勢）を禁ずる宣旨《せんじ》（天皇の命令書）が下されたと、編年体《へんねんたい》の歴史書『百練《ひゃくれん》抄《しょう》』にあります。豊後国《ぶんごのくに》（大分県）に居住し、大宰府の管轄《かんかつ》する地域を怯《おび》えさせているというのです。

彼の具体的行動はよく分かりませんが、支配する土地を拡大《かくだい》させていたことは、まちがいないでしょう。どうしてそれができたかというと、摂関家《せっかんけ》に仕える父為義の権威《けんい》を背景にしていたからで、それゆえ父も止めようとしなかったのだろうと推測されています。為朝は、こうした都人《みやこびと》の耳にも届いた武力のうわさを背に、歴史の華《はな》やかな表舞台《おもてぶたい》へと姿を現してきたのです。

(2) 超人的《ちょうじんてき》な源《みなもとの》為朝《ためとも》

いったいぜんたい、筑紫八郎《つくしのはちろう》は、どうして兄弟《きょうだい》の中《なか》から抜擢《ばってき》され、ただ一人《ひとり》で重要《じゅうよう》な門《もん》の守《まも》りを引《ひ》き受《う》けることになったのか、疑問《ぎもん》が残《のこ》る。が、そもそも為朝《ためとも》は武勇《ぶゆう》の道《みち》で、その実力《じつりょく》が広《ひろ》く天下《てんか》に認《みと》められる存在《そんざい》だったからである。幼《おさな》い時《とき》からあまりにも乱暴《らんぼう》なふとどき者《もの》で、兄弟《きょうだい》に遠慮《えんりょ》もせず、怖《こわ》いほどの子《こ》だった。だから父《ちち》の為義《ためよし》は、そのようすを見《み》て、都《みやこ》に留《とど》め、自分《じぶん》のそばに置《お》いてはよくないだろうと思《おも》い、追《お》い出《だ》したのである。

九州《きゅうしゅう》には阿多平四郎忠景《あたへいしろうただかげ》という者《もの》がいた。その婿《むこ》となって、天皇《てんのう》から下《か》賜《し》されたわけでもないのに、九州《きゅうしゅう》の総追捕使《そうついぶし》（国《くに》ごとに任命《にんめい》された治安維持《ちあんいじ》のための武人《ぶじん》）と勝手《かって》に自分《じぶん》で名乗《なの》り、九州全土《きゅうしゅうぜんど》を支配下《しはいか》に置《お》こうとしたところ、菊池氏《きくちし》、原田氏《はらだし》をはじめ、在地《ざいち》の豪族《ごうぞく》たちは、あちらこちらに閉《と》じこもり柵《さく》や土塁《どるい》で区域《くいき》の守《まも》りを固《かた》め、盾《たて》を並《なら》べて攻撃《こうげき》に備《そな》えたのに、為《ため》朝《とも》はまだ勢力《せいりょく》もつかないうちに、舅《しゅうと》の忠景《ただかげ》を道案《みちあん》内人《ないにん》にして方々《ほうぼう》を攻《せ》め立《た》て、皆《みな》を降伏《こうふく》させて、実《じっ》質的《しってき》に諸国《しょこく》を総括《そうかつ》する総追捕使《そうついぶし》になってしまったのであった。

　為朝《ためとも》の乱暴《らんぼう》なふるまいが京《きょう》の都《みやこ》にまで伝《つた》わったので、朝廷《ちょうてい》から召《め》し出《だ》されたけれども参上《さんじょう》しない。父《ちち》の為義《ためよし》は、わが子《こ》の罪《つみ》の責任《せきにん》を取《と》らされて官職《かんしょく》を解《と》かれ、前判官《ぜんほうがん》と呼《よ》ばれる立場《たちば》になった。為朝《ためとも》はこれを耳《みみ》にして驚《おどろ》き、

「そんなに大事《だいじ》になるまいと思《おも》っていたのに、父《ちち》が罰《ばっ》せられるとは何《なん》と。この為朝《ためとも》こそが、どんな罪《つみ》でも受《う》けようものを」

と言《い》って、その知《し》らせを聞《き》くや否《いな》や、都《みやこ》へ上《のぼ》ってきたのであった。

　為朝《ためとも》の姿《すがた》かたち、普通《ふつう》の者《もの》とは違《ちが》って、背丈《せたけ》は二《に》メートル十《じっ》センチあまりである。生《う》まれつきの弓矢《ゆみや》の名手《めいしゅ》ゆえ、左《ひだり》の腕《うで》が右《みぎ》より十二《じゅうに》センチあまりも長《なが》い。それゆえ、引《ひ》く矢《や》の長《なが》さは普《ふ》通十二束《つうじゅうにそく》なのに十八束《じゅうはっそく》、弓《ゆみ》の長《なが》さ

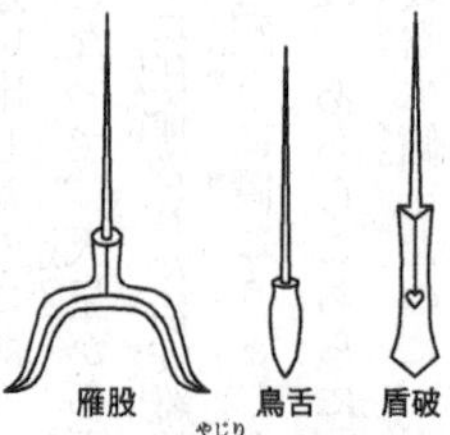

鏃《やじり》

は普通《ふつう》より三十《さんじっ》センチも長《なが》い二《に》メートル五十七《ごじゅうなな》センチ余《よ》、その太《ふと》さは、衣類《いるい》などの収納箱《しゅうのうばこ》たる長持《ながも》ちをかつぐ棒《ぼう》のごとくである。弓《ゆみ》の強《つよ》さは、弦《つる》を張《は》るのに一般《いっぱん》の人《ひと》が三人《さんにん》して張《は》るほどであった。

矢柄《やがら》（矢《や》の竹《たけ》の部分《ぶぶん》）には、三年《さんねん》たって堅《かた》くなり、金色《こんじき》になった竹《たけ》を、水《みず》で洗《あら》い磨《みが》けば性質《せいしつ》が弱《よわ》くなるだろうというので、節《ふし》ばかりを削《けず》り取《と》り、乾燥《かんそう》させた木賊《とくさ》という草《くさ》で磨《みが》くだけにした。矢羽《やばね》には、烏《からす》や鶴《つる》、白鳥《はくちょう》、梟《ふくろう》の羽《はね》など、通常《つうじょう》は使《つか》わないものすら選《え》り嫌《ぎら》いせずに拾《ひろ》い集《あつ》め、籐《とう》の蔓《つる》の皮《かわ》で矢柄《やがら》に巻《ま》きつけた。鏃《やじり》の先端《せんたん》は、盾破《たてわり》、鳥舌《とりのした》といった類《たぐい》でも、先《さき》細《ぼそ》に擦《す》り磨《みが》き、物《もの》を通《とお》しやすいように油《あぶら》を塗《ぬ》ってある。鏃《やじり》の芯《しん》は、矢柄《やがら》の切《き》り口《くち》から真《ま》ん中過《なかす》ぎまで差《さ》し込《こ》んであった。弓弦《ゆみづる》につがえる矢筈《やはず》の部分《ぶぶん》は、引《ひ》

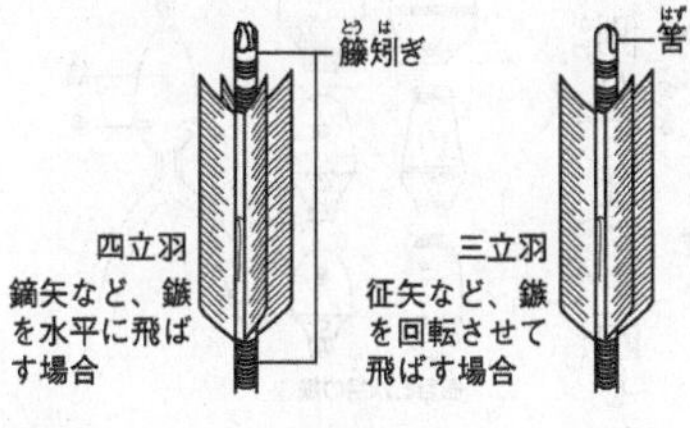

矢羽

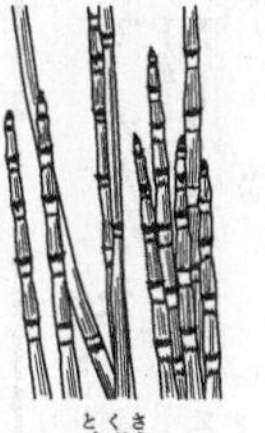
木賊《とくさ》

きしぼる強《つよ》さに堪《た》えられないため、鹿《しか》や牛《うし》の角《つの》を継《つ》ぎ足《た》して赤《あか》い漆《うるし》で塗《ぬ》り固《かた》めていた。尾《お》の長《なが》い山鳥《やまどり》の羽《はね》と白鳥《はくちょう》の幼鳥《ようちょう》の霜降《しもふ》りもようの羽《はね》とを矢柄《やがら》に取《と》りつけ、鏃《やじり》の根本《ねもと》の、中《なか》が空洞《くうどう》で穴《あな》があり飛《と》ばすと音《おと》を発《はっ》する鏑《かぶら》は、朴《ほお》の生木《なまき》で作《つく》り長《なが》さ二十四《にじゅうよん》センチ余《よ》と大《おお》きく、穴《あな》は九《ここの》つえぐってあり、それにねじ込《こ》んだ大雁股《おおかりまた》の鏃《やじり》は、左右《さゆう》に伸《の》びた手《て》の長《なが》さが十八《じゅうはっ》センチ余《よ》、手《て》の内側《うちがわ》の刃《は》は二十四《にじゅうよん》センチ余《よ》、外側《そとがわ》の峰《みね》にも刃《は》をつけたので、柄《え》の短《みじか》い鉾《ほこ》を二《ふた》つ交差《こうさ》させたようである。

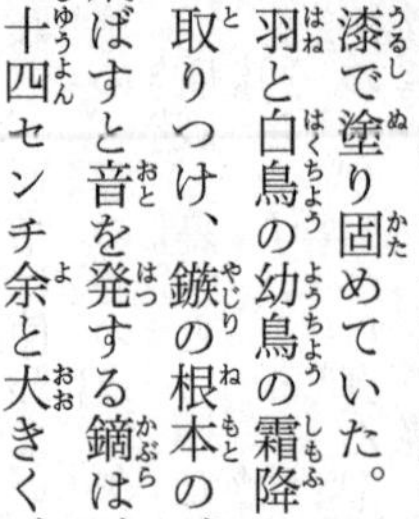

四目と八目の鏑

鏑

❖そもそも筑紫八郎《つくしのはちらう》、いかなれば兄弟《きやうだい》の中《なか》に召《め》し抜《ぬ》かれて、ただ一人《いちにん》、大事《だいじ》の門《もん》を承《うけたまは》るやらん、おぼつかなし。されば為朝《ためとも》、武勇《ぶよう》の道《みち》、天下《てんが》にゆるされたる者《もの》なり。幼《おさな》くてあまりに不用《ぶやう》にて、兄弟《きやうだい》にも所《ところ》をも置《お》かず、恐《おそ》ろしき者《もの》なり。されば父《ちち》為義《ためよし》、これを見《み》て、都《みやこ》に置《お》き、身《み》に添《そ》へては悪《あ》しかりなんと思《おも》ひて、追《お》ひ下《くだ》す。阿多《あた》の平四郎忠景《へいしらうただかげ》といふ者《もの》あり。その婿《むこ》になりて、君《きみ》よりも賜《たま》はらぬに九国《くこく》の総《そう》追捕使《ついぶし》と我《われ》と号《かう》して、九国《くこく》なびけんとするに、菊池《きくち》、原田《はらだ》をはじめとして所々《しよしよ》に引《ひ》き籠《こ》もりて城《じやう》を構《かま》へ、盾《たて》をついて用意《ようい》しけるを、為朝《ためとも》、勢《せい》もいまだつかざりけれども、舅《しうと》の忠景《ただかげ》を案内者《あんないしや》にて、所々《しよしよ》を攻《せ》めけるに、皆《みな》、討《う》ち従《したが》へて総追捕使《そうついぶし》にぞなりにける。

為朝《ためとも》が狼藉《らうぜき》、京《きやう》まで聞《き》こえければ、公家《くげ》より召《め》しけれども参《まゐ》らず。父為義《ちちためよし》、子《こ》が罪《つみ》をかうぶりて解官《げくわん》せられて、前《さき》の判官《はうぐわん》にてぞ候《さうら》ひける。為朝《ためとも》、このことを聞《き》き驚《おどろ》きて、「さしものことやはと思《おも》ひければ、父《ちち》の罪《つみ》に当《あ》たるこそあさましけれ。為朝《ためとも》こそ、いかなる罪《つみ》にも当《あ》たらめ」

とて、聞《き》きもあへず上《のぼ》りにけり。

為朝《ためとも》がありさま、普通《ふつう》の者《もの》には変《か》はりてその丈《たけ》、七尺《ななしやく》ばかりなり。生《う》まれつきたる弓取《ゆみと》りなれば、弓手《ゆんで》のかひな、四寸《よんすん》まさりて長《なが》し。これによりて、矢束《やづか》を引《ひ》くこと十八束《じふはつそく》、弓《ゆみ》の長《なが》さは八尺五寸《はつしやくごすん》、太《ふと》さは長持《ながも》ち朸《あふこ》のごとし。弓《ゆみ》の力《ちから》は、なべての人《ひと》、三人《さんにん》してこそ張《は》りたりけれ。

矢《や》には三年竹《さんねんだけ》の金色《かないろ》なるを、洗《あら》ひ磨《みが》かば性弱《しやうよわ》くなるべしとて、節《ふし》ばかり掻《か》いこそげて、木賊《とくさ》にて磨《みが》いたり。羽《はね》には、烏《からす》や鶴《つる》、鴻《くぐひ》、梟《ふくろふ》の羽《はね》をも嫌《きら》はず拾《ひろ》ひ集《あつ》めて、籐《とう》矧《は》ぎに巻《ま》き集《あつ》めたり。矢《や》の尻《しり》には、盾破《たてわり》、鳥舌《とりのした》にも先細《さきぼそ》に擦《す》り磨《みが》きて、油《あぶら》をぞさしたりける。区《まち》をば、篦中《のなか》すぎて入《い》れたりける。矢筈《やはず》、こらへねば、角《つの》を継《つ》ぎて朱《しゅ》をぞさしたり。

山鳥《やまどり》、鵠《こふ》の霜降《しもふ》り矧《は》ぎ合《あ》はせたるに、生朴《なまほほ》の鏑《かぶら》の長《なが》さ八寸《はつすん》の、目九《めここの》つさしたるに、手六寸《てろくすん》、内刃八寸《ないばはつすん》の大雁股《おおかりまた》をねぢすげ、峰《みね》にも刃《は》をつけたりければ、手鉾《てぼこ》をうち違《たが》へたるがごとし。

＊先の場面に続いて、ここでも為朝の姿が楽しく大写しにされています。まずは最後に記されている大雁股《おおかりまた》の鏃《やじり》、二十四センチの鏑《かぶら》に十八センチ余の鏃《やじり》がついているとなれば、単純に合算しても四十二センチ余。これでは矢の先端が巨大すぎて、飛びそうもない。しかも用もないのに、雁股の手の外側、峰《みね》にも刃をつけてあるという。当

時の人たちはそれを聞いて、大笑いしたに違いありません。合戦絵巻《かっせんえまき》には、飛んでくる矢を雁股で挟んで射落とす場面がありますから、そうした使い方がされたのでしょう。峰には用がないのです。

中をくりぬいて穴を開ける鏑は、通常四、五センチ、その五倍もあるものを、「生《なま》朴《ほお》」で作ったとありました。朴の木は軽くて細工《さいく》しやすく、今日《こんにち》、版木《はんぎ》に使われたりしますが、それは乾燥《かんそう》後のこと。「生《なま》」の一語が意表《いひょう》を突きます。

おかしいと言えば、矢羽も滑稽です。空高く飛びもしない梟の羽が矢羽にふさわしくないだろうことは、私たちでも想像がつきます。矢羽と言えば、鷲《わし》・鷹《たか》・鴇《とき》が第一で、他は「雑羽《ぞうは》」と言われていて、梟の場合は室町時代以来、「忌羽《いみは》」として避けられていました。鳥も論外。それゆえ、「をも嫌はず」という表現が取られています。

また、鏃に油を塗ったとありますが、どれほどの効果があるでしょうか。人を笑いに誘うための工夫が、表現にこらされているのです。

「箆《の》」、すなわち矢柄《やがら》は、普通の篠竹《しのだけ》とは違う、節《ふし》の間隔の長い矢竹《やだけ》を使って作り、曲がった部分を矯《た》め直してまっすぐにしたのち、あらもみ、削《けず》り、洗い、木賊磨《とくさみが》き、しらげもみ、といった過程を経てできあがります。貴重品でしたから、持ち主の名が記されてもいました。為朝は、それを削りと木賊磨きだけですまし、鉄製の鏃《やじり》の長く作った芯を、篦《の》の真ん中過ぎまで差し込んだという。重くなるばかり。とんでもない話でしょう。

そんな矢を射るのですから、弓も長持《ながも》ちを担《かつ》ぐ棒《ぼう》のように太く、弦《つる》を張るのに三人がかり、生まれつきの強弓《ごうきゅう》の使い手と見え、左手が右手より十二センチも長く、身長は二メートル十センチを超すとありました。言葉で遊びながら、巨大な虚像《きょぞう》が創り上げられているのです。

九州全土の総追捕使《そうついぶし》になったというのも、事実ではありません。初めて総追捕使が国単位で置かれたのは、源頼朝《みなもとのよりとも》が平家を追い落とす過程で、在地《ざいち》の武士掌握《しょうあく》を目的に、朝廷の認可をえぬまま、西国《さいごく》地方に配置したものでした。保元の乱以前にあるはずはないのです。これがやがて鎌倉幕府《かまくらばくふ》が全国に置く「守護《しゅご》」となっていきます。為朝が「君《きみ》よりも賜《たまは》らぬに」総追捕使になったと語られているところに、頼朝のした行為の投影《とうえい》があるように見えます。

先に、親から勘当《かんどう》されていたのは、九州の軍勢で「関東」を攻めようと言っていたからだとありましたが、当時の関東に、攻めるような対象など存在しませんでした。こうした考えは、後鳥羽院《ごとばいん》が鎌倉幕府を倒そうとした承久《じょうきゅう》の乱《らん》（一二二一年）を経なければ生まれてこなかったはずです。このことは、総追捕使についての無知とともに、

『保元物語』が実際の戦乱からは遠く隔《へだ》たった時点で創《つく》られたことを示しています。だから、為朝の姿を楽しく描きあげることもできたのでした。

舅《しゅうと》の阿多《あた》平四郎忠景《へいしろうただかげ》は、薩摩国阿多郡《さつまのくにあたぐん》（鹿児島県南さつま市金峰町《きんぽうちょう》）にいた人物。国《こく》司《し》の下で郡を治《おさ》める「阿多郡司《ぐんじ》」という立場で、寺に土地を寄《き》進《しん》、権勢《けんせい》は隣国の大隅《おおすみの》国《くに》（現鹿児島県）にまで及んでいました。その有名な人物を、物語は勝手に為朝と結びつけたようです。九州には、為朝の息子《むすこ》がいたらしく、『一代要記《いちだいようき》』という書物《しょもつ》に、その首が都にもたらされたとありますが（一一八三年六月）、母は分かっていません。

★コラム2　光と闇――英雄像の誕生

為朝は、作中で十三回も「筑紫八郎《つくしのはちろう》」と呼ばれています。のちには「鎮西《ちんぜい》八郎」という呼称《こしょう》の方が一般的になっていきますが、いずれにしても、都から遠い、よく分からない世界を背景に持つという人物イメージです。かの地での乱逆行為は、朝廷すら動かしました。まだ姿を見ぬ段階から、噂《うわさ》は広まっていたことでしょう。しかし都にいたのはわずかな期間、とはいえ戦場で噂にたがわぬ活躍をしたことは、のちに紹介する『愚管抄《ぐかんしょう》』や『吾妻鏡《あずまかがみ》』の記事から分かります。そして再び、その姿を見ることの難しい東国の伊豆大島《いずおおしま》に流されていきます。いわば二つの闇に挟まれて、都での活躍が一瞬の光のように、人々の心に残ったのではなかったでしょうか。そこに、とてつもない英雄像が生まれてくる鍵《かぎ》があるように思われます。

源義経《みなもとのよしつね》が都人《みやこびと》の目に留《と》まっていたのも、一年十か月という短期間。前後は闇に包まれています。都に登場する二か月前ですら実名は不明で、「九郎」とはだれか、尋ねて聞かねばと貴族は日記に記しました（『玉葉《ぎょくよう》』一一八三年十一月）。少年時に鞍馬寺《くらまでら》にいたことは確かながら、いつ、どうやって奥州藤原氏《おうしゅうふじわらし》のもとに行ったのかも不確《ふたし》か。遠い陸奥国《むつのくに》（岩手県）から一気に歴史の表舞台に現れ、また姿を消します。

木曾義仲《きそよしなか》も、信州《しんしゅう》（長野県）の「木曾」という田舎《いなか》の闇を背負っていました。『平治物語』で獅子奮迅《ししふんじん》の働きをする源義平《みなもとのよしひら》は、鎌倉で育ったので「鎌倉悪源太《かまくらのあくげんた》義平」と言われます。為朝と同じように、育った土地の名が頭にかぶせられているわけです。当時の田舎は、都人の心に得体《えたい》の知れない不気味《ぶきみ》な力を秘めた世界と感じられていて、それがこうした呼び名に表れているように思われるのです。この時代の英雄は、田舎の闇と、都に残した光の残影《ざんえい》との相乗効果《そうじょうこうか》の中で、育《はぐく》まれていったのでしょう。

(3) 左大臣藤原頼長《さだいじんふじわらのよりなが》、為朝《ためとも》の夜討《ようう》ち進言《しんげん》を一蹴《いっしゅう》

まず新院《しんいん》が為義《ためよし》を御前《ごぜん》に召《め》し出《だ》して、戦《たたか》いの手順《てじゅん》をお聞《き》きになると、為《ため》義《よし》は、以前《いぜん》、教長《のりなが》に言《い》ったのと同《おな》じように、若者《わかもの》・為朝《ためとも》にお尋《たず》ねになるのがよろしい、と申《もう》しあげて立《た》ち上《あ》がった。

さっそく為朝《ためとも》をお呼《よ》びになると、弓《ゆみ》を脇《わき》に抱《かか》えて現《あらわ》れた姿《すがた》は、ことさら際立《きわだ》っている。あの神通力《じんつうりき》を持《も》つ兜跋毘沙門天《とばつびしゃもんてん》のよう。周囲《しゅうい》を圧倒《あっとう》して見《み》えた。実《じつ》に尋常《じんじょう》ではない。父《ちち》の立《た》ち去《さ》った後《あと》に代《か》わって座《すわ》る。面目《めんぼく》、極《きわ》まりないことであった。

「合戦《かっせん》のやり方《かた》は、どのようにしたらよいか」

と、左大臣《さだいじん》の頼長《よりなが》がお尋《たず》ねになると、為朝《ためとも》は居《い》ずまいを正《ただ》して、

「幼《おさな》い時《とき》から九州《きゅうしゅう》に居住《きょじゅう》いたしまして、大《おお》きな合戦《かっせん》を体験《たいけん》しましたこと、二十回《にじっかい》あまりです。ある場合《ばあい》には敵《てき》を追《お》い落《お》として勝利《しょうり》の勢《いきお》いに乗《の》ること

など、あれこれ先例《せんれい》を考《かんが》えてみますに、夜討《ようち》ちに勝《まさ》るものはありません。まだ夜明《よあ》け前《まえ》に、この為朝《ためとも》が先方《せんぽう》に参《まい》り向《む》かい、皇居《こうきょ》の高松内裏《たかまつだいり》に押《お》し寄《よ》せて、三方面《さんほうめん》に放火《ほうか》して残《のこ》りの一方《いっぽう》から攻《せ》め立《た》てれば、火《ひ》から逃《のが》れようとする者《もの》は私《わたし》が矢《や》で射止《いと》め、私《わたし》の矢《や》から逃《に》げようとする者《もの》は、火《ひ》が許《ゆる》すはずがありません。兄《あに》の義朝《よしとも》ばかりが、こちらの攻撃《こうげき》を防《ふせ》ぐことでしょう。また、が、その兜《かぶと》の内側《うちがわ》、顔面《がんめん》を射《い》て、馬《うま》から射落《いお》としてしまいましょう。清盛《きよもり》なんかのへろへろな弱々《よわよわ》しい矢《や》は、どうということもありません。天皇《てんのう》さまは、戦《たたか》いを避《さ》けて他《た》の場所《ばしょ》へお出《で》ましになるでしょう。その時《とき》、お乗《の》りになっている鳳凰《ほうおう》の飾《かざ》りのついた専用《せんよう》の御輿《みこし》に、この為朝《ためとも》が矢《や》を射《い》かけ申《もう》すならば、はらはらと御輿《みこし》を担《かつ》いでいる連中《れんちゅう》が、それをお捨《す》てして逃《に》げるでありましょう時《とき》、こちらの御所《ごしょ》にお連《つ》れして、位《くらい》からお下《お》ろし申《もう》しあげ、即刻《そっこく》、新院《しんいん》の君《きみ》を皇位《こうい》におつけいたしましょうこと、ご疑念《ぎねん》を抱《いだ》くまでもありません」

と、言葉《ことば》に衣着《きぬき》せず堂々《どうどう》と申《もう》したところ、頼長《よりなが》は、

「為朝《ためとも》の計略《けいりゃく》は、荒々《あらあら》しいやり方《かた》だ。考《かんが》えが足《た》りない。年《とし》が若《わか》いからだ。夜討《ようち》などというのは、十騎《じっき》や二十騎《にじっき》のわたくし事《ごと》の戦《たたか》いですることだろう。今度《こんど》の場合《ばあい》は、何《なん》といってもやはり、天皇《てんのう》と上皇《じょうこう》とによる国家《こっか》をめぐる公《おおやけ》の戦《たたか》い、それなのに、夜討《ようち》がふさわしいとは思《おも》われない。

こちらの勢力《せいりょく》が少《すく》ないまま、相手《あいて》の大勢《おおぜい》の中《なか》へ馬《うま》で駆《か》け入《い》り、後続部隊《こうぞくぶたい》がなくて取《と》り籠《こ》められてしまったならば、どうするか。今夜《こんや》ばかりは待機《たいき》すべきだぞ。

奈良《なら》の僧兵《そうへい》たちも、召集《しょうしゅう》している事実《じじつ》がある。明日《あす》は興福寺僧兵《こうふくじそうへい》の信実《しんじつ》、ならびに玄実《げんじつ》が大将《たいしょう》となって、吉野《よしの》・十津川《とつかわ》にいる、近《ちか》くは三町《さんちょう》のものを射通《いとお》し、遠《とお》くは八町《はっちょう》まで飛《と》ばす、指矢三町《さしやさんちょう》、遠矢八町《とおやはっちょう》の奴《やつ》らを引《ひ》き連《つ》れ、千余騎《せんよき》の軍勢《ぐんぜい》で参《まい》るというが、今夜《こんや》は、宇治《うじ》に住《す》む父上《ちちうえ》の前関白《さきのかんぱく》、富家殿《ふけどの》の忠実様《ただざねさま》にお目通《めどお》りして、明日《あす》の午前八時《ごぜんはちじ》ころにここへ参上《さんじょう》する。彼《かれ》らの到着《とうちゃく》を待《ま》ち、落《お》ち着《つ》いて高松殿《たかまつどの》へ発向《はっこう》して、勝負《しょうぶ》を決《けっ》するのがよい。

また、明日《あす》、院御所《いんごしょ》にお仕《つか》えする公卿《くぎょう》・殿上人《てんじょうびと》を召集《しょうしゅう》することにしよう。

召《め》してもやって来《こ》ない連中《れんちゅう》は、死罪《しざい》にしてしまおう。首《くび》を切《き》ること、二《に》、三人《さんにん》にもなれば、残《のこ》りの者《もの》がどうして参《まい》らないことがあろうか。だから、為朝《ためとも》は、夜《よる》の間《あいだ》、この御所《ごしょ》をよくよくお護《まも》り申《もう》しあげよ」

と、命《めい》じられたので、為朝《ためとも》は、御前《ごぜん》を立《た》って歩《あゆ》み出《で》る際《さい》、

「夜《よ》の明《あ》けるのをお待《ま》ちになるということは、当方《とうほう》の軍兵《ぐんぴょう》の多《おお》さを敵《てき》に見《み》せられようとするためか。いくさをすること、果《は》たしてどうであろうか。兄《あに》の義朝《よしとも》は、合戦《かっせん》のやり方《かた》をとことん知《し》っている。奴《やつ》が明日《あした》まで戦《たたか》いを遅《おく》らせるのだったら、信実《しんじつ》・玄実《げんじつ》をお待《ま》ちになるのもいいだろうが。悲《かな》しいことよ、今《いま》すぐにも敵勢《てきぜい》に襲《おそ》われて、お味方《みかた》の兵《つわもの》があわてふためくだろうことよ」

と、つぶやいて出《で》たのであった。

❖まづ為義《ためよし》を御前《ごぜん》に召《め》して、合戦《かっせん》の次第《しだい》を召《め》し問《と》はれければ、先度《せんど》、教長《のりなが》に申《まう》しつるごとく申《まう》して、為朝冠者《ためともくわんじゃ》に召《め》し問《と》はるべきのよし、申《まう》して立《た》ちにけり。

すなはち為朝《ためとも》を召《め》されければ、弓《ゆみ》、脇《わき》に挟《はさ》みて別《べち》にぞしるかりける。かの刀八毘《たうはつび》沙門《しやもん》のごとし。あたりを払《はら》つて見《み》えける。誠《まこと》におびたたし。父《ちち》が立《た》ち出《い》でたるに居《ゐ》かはりたり。面目《めんぼく》の極《きは》みたり。

「合戦《かつせん》のやうは、いかがあるべし」

と、左大臣《さだいじん》、仰《おほ》せられければ、為朝《ためとも》、かしこまつて申《まう》しけるは、

「幼少《えうせう》より九国《くこく》に居住《きよぢゆう》つかまつりて、大事《だいじ》の合戦《かつせん》つかまつること、二十余度《にじふよど》なり。あるいは敵《かたき》を落《お》とすに勝《か》つに乗《の》ること、先例《せんれい》を思《おも》ふに夜討《ようち》にはしかじ。いまだ天《てん》の明《あ》けざるさきに、為朝《ためとも》まかり向《む》かつて、内裏《だいり》、高松殿《たかまつどの》に押《お》し寄《よ》せて、三方《さんぱう》に火《ひ》をかけて一方《いつぱう》を攻《せ》めんに、火《ひ》を逃《のが》れんとする者《もの》をば矢《や》にて射《い》とめ、矢《や》を逃《のが》れんとするをば、火《ひ》、ゆるすべからず。義朝《よしとも》ばかりこそ、防《ふせ》き候《さうら》はんずらめ。内甲《うちかぶと》射《い》て、射落《いお》とし候《さうら》ひなんず。また、清盛《きよもり》なんどがへろへろ矢《や》は、何事《なにごと》か候《さうろ》ふべき。行幸《ぎやうがう》、他所《たしよ》へなり給《たま》ふべし。その時《とき》、鳳輦《ほうれん》の御輿《みこし》に、為朝《ためとも》、矢《や》をまゐらせば、はらはら、駕輿丁《かよちやう》、御輿《みこし》を捨《す》てまゐらせて逃《に》げ候《さうら》はん時《とき》、この御所《ごしよ》へ行幸《ぎやうがう》なしまゐらせて、位《くらゐ》すべらせまゐらせて、ただ今《いま》、君《きみ》を御位《みくらゐ》につけまゐらせんこと、御疑《おんうたが》ひあ

しとも覚《おぼ》えず。十、二十騎の私事《わたくしごと》にこそあれ。さすが主上《しゆしやう》・上皇《しやうくわう》の国《くに》を論《ろん》じ給《たま》ふに、夜討《ようち》しかるべからず」

と、言葉《ことば》を放《はな》つて申《まう》しければ、

「為朝《ためとも》が計《はか》らひ、荒儀《あらぎ》なり。憶持《おくぢ》なし。年《とし》の若《わか》きによる。夜討《ようち》なんどいふことは、十《じふ》、二十騎《にじつき》の私事《わたくしごと》にこそあれ。さすが主上《しゆしやう》・上皇《しやうくわう》の国《くに》を論《ろん》じ給《たま》ふに、夜討《ようち》しかるべ

我《わ》が身《み》、無勢《ぶせい》にて、多勢《たせい》の中《なか》へ駆《か》け入《い》りて、尻《しり》つきなくて入《い》り籠《こ》められなば、いかがせん。今夜《こんや》ばかりは相待《あひま》つべきぞ。

南都《なんと》の衆徒等《しゆとら》も召《め》すことあり。明日《あす》、興福寺《こうぶくじ》の信実《しんじつ》、並《なら》びに玄実《げんじつ》、大将《たいしやう》にて、吉野《よしの》・遠津川《とほつかは》の指矢三町《さしやさんちやう》、遠矢八町《とほやはつちやう》の奴《やつ》ばら相具《あひぐ》して、千余騎《せんよき》の勢《せい》にて参《まゐ》るなるが、今夜《こんや》は、宇治《うぢ》の富家殿《ふけどの》の見参《げんざん》に入《い》りて、明日《あす》、辰《たつ》の時《とき》にこれへ参《まゐ》る。彼《かれ》らを相待《あひま》ちて、静《しづ》かに高松殿《たかまつどの》へまかり向《む》かつて勝負《しようぶ》を決《けつ》すべし。

また、明日《あす》、院司《ゐんし》の公卿《くぎやう》・殿上人《てんじやうびと》を召《め》すべし。召《め》さんに参《まゐ》らざらん輩《ともがら》をば、死罪《しざい》に行《おこな》ふべし。首《くび》を切《き》ること、両三人《りやうさんにん》に及《およ》ばば、残《のこ》りはなどか参《まゐ》らざるべき。為朝《ためとも》は、夜《よる》のほどは、この御所《ごしよ》をよくよく守護《しゆご》し奉《たてまつ》れ」

と、仰《おほ》せければ、御前《ごぜん》を立《た》ちて歩《あゆ》み出《い》づとて、

「夜《よ》の明《あ》けんを待《ま》たせ給《たま》はんこと、御方《みかた》の軍兵《ぐんびやう》のかさを敵《てき》に見《み》せさせ給《たま》はんためか。戦《いくさ》せんこと、いかがあらんずらん。義朝《よしとも》は合戦《かつせん》の道《みち》、奥義《あふぎ》を極《きは》めたり。明日《あす》まで延《の》ばさばこそ、信実《しんじつ》、玄実《げんじつ》をも待《ま》たせ給《たま》はめ。悲《かな》しきかな、ただ今《いま》、敵《てき》に襲《おそ》はれて御方《みかた》の兵《つはもの》、あわて迷《まよ》わんことよ」

と、つぶやきてぞ出《い》でける。


✽自分の実戦経験に基づいているという為朝の作戦進言《しんげん》は、自信にあふれていて力強い。ここに先立つ物語の文面には、戦いを始めたのが十三歳の十月からで、それから十五歳の三月まで、つまり十八か月間に二十余度も戦ったとあります。その経験によれば、相手の虚《きよ》をつく夜討ちが一番だと言っているわけです。籠城勢《ろうじよう》を襲撃する場合、三方に放火して、残る一方から攻め立てるのが危険な作戦であることは、「窮鼠《きゆうそ》、猫を嚙《か》む」ということわざを引くまでもないでしょうが、為朝にはそのようなことなど、さらさら念頭《ねんとう》にありません。抵抗するのはただ一人、兄

の義朝くらい、それも自分の矢で射落としてみせるし、まして清盛なんどの放つ「へろへろ矢」は問題外と豪語。活き活きとした小気味のいい言葉が続き、その先に出てくるのが、天皇の乗る輿に矢を射かけて思い通りに事を運び、天皇の位を交代させてみせようという、大胆不敵《だいたんふてき》な主張でした。

武士の身分で天皇の地位《ちい》を意のままにできるという この発想のもとには、北条氏《ほうじょうし》が後鳥羽院の皇統《こうとう》を廃し、後堀河天皇を擁立《ようりつ》した承久の乱の歴史的体験があるでしょう。前段の解説でも述べたように、物語の成立は、やはり承久の乱後なのです。

為朝に対する頼長の返答は、体裁《ていさい》ばかりを重んじて実際の戦いに疎《うと》いものでした。発言の初めから高圧的《こうあってき》で、相手に有無《うむ》を言わせぬ物言い。戦いは一刻《いっこく》を争うものなのに、奈良から呼び寄せた軍勢は、悠長《ゆうちょう》にも、宇治にいる父に挨拶《あいさつ》してから、明朝にやってくるという。しかも、その到着予定の「辰《たつ》の刻」(午前八時ころ)は、実際の戦いが決着《けっちゃく》を見た時刻。物語の作者は意図的にそれと符節《ふせつ》を合わせ、彼の愚昧《ぐまい》さを描いているわけです。

さらに、戦場では足手《あしで》纏《まと》いになるに過ぎない公卿《くぎょう》・殿上人《てんじょうびと》を召集《しょうしゅう》するために、死刑まで強行《きょうこう》しようと言う。これまた、彼の愚かしさを印象づけるために作者が創《つく》り上げた一節なのでしょう。

この時の新院方の作戦会議については、『愚管抄』（関白忠通の子で天台宗の長官になった慈円《じえん》の著）の伝えるところが事実に近いと思われます。それによれば、作戦を進言したのは為義の方。その主張は、味方が無勢《ぶぜい》ではこの場所での待機戦《たいきせん》は不利ゆえ、急いで宇治《うじ》へ行き宇治橋を外して守りを固めるのがよく、そうでなければ、近江国《おうみのくに》に下って源氏勢力の強い坂東《ばんどう》からの武士を待ち、間に合わねば、東国まで下向《げこう》してしまうか、やむをえなければ、こちらから先制攻撃の賭《か》けに出る、というものでした。

この進言に、頼長は、今すぐどうということもあるまい、急ぐでないと制止を加え、確かに無勢は無勢ながら、大和国《やまとのくに》の武士に吉野《よしの》の勢を集めて早急《さっきゅう》に来るよう命じてある、しばし待とうと言ったといいます。為義は、その返答に大いに不満だったらしい。『保元物語』の作者は、このやり取りを、為朝と頼長とのそれに、巧《たく》みに作り変えたのでした。

さらに作者は、頼長と為義との問答を、敵の来襲《らいしゅう》直前の場面に新たに持ち込み、為義の言動《げんどう》も変更して、まず自分が命を賭《と》して戦うと宣言《せんげん》、敗れたならば奈良へお連れし、宇治橋を外して追撃《ついげき》を防ぎ、だめならば東国へという内容に変え、それを受けた頼長が、恩賞《おんしょう》をもらうために大きな手柄《てがら》をあげよと激励したことになっています。そして、敵情視察《てきじょうしさつ》に派遣した男がすぐさま走り帰り、敵方出陣《しゅつじん》のようすを伝えるや否《いな》や、鬨《とき》の声が聞こえてきて、院方は慌《あわ》てふためくことになるのです。

なお、ここに名のあげられている僧兵の信実と玄実は、興福寺にいた実在《じつざい》の人物で、源氏の血を引く親子です。

(4) 後白河天皇方《ごしらかわてんのうがた》の源《みなもとの》義朝《よしとも》と信西《しんぜい》との軍議《ぐんぎ》

東三条邸《ひがしさんじようてい》の内裏《だいり》では、源義朝《みなもとのよしとも》が武士《ぶし》たちの中《なか》に立《た》ちあがり、真《ま》っ赤《か》な扇《おうぎ》に金色《こんじき》の太陽《たいよう》を描《えが》いたものを開《ひら》いてあおぎながら、こう申《もう》した、

「われ、この世《よ》に生《う》まれて、この事《こと》に遭《あ》う、身《み》の幸運《こううん》だ。わたくしごとの私的《してき》な合戦《かっせん》では、朝廷の権威が恐れ多くて、思う存分にもふるまえない。今は、天皇《てんのう》の命令書《めいれいしょ》たる宣旨《せんじ》を頂戴《ちょうだい》し、朝敵《ちょうてき》を平定《へいてい》して恩賞《おんしょう》を授《さず》かるであろうこと、これ、わが家《や》の面目《めんぼく》。武芸《ぶげい》をこの時《とき》に広《ひろ》く知《し》らしめ、命《いのち》を即刻《そっこく》に捨《す》てて、名声《めいせい》を後世《こうせい》にとどろかせ、恩賞《おんしょう》の恵《めぐみ》を子孫《しそん》にあまねく残《のこ》そうぞ」

と言《い》って、喜《よろこ》んだのであった。

さて、義朝《よしとも》を帝《みかど》の御前《ごぜん》に召《め》し出《だ》されたところ、赤地《あかじ》の錦《にしき》で作《つく》った鎧直垂《よろいひたたれ》を着《き》て、柔《やわ》らかな萎烏帽子《なええぼし》の先端《せんたん》を引《ひ》き立《た》てて礼儀《れいぎ》を正《ただ》し、大鎧《おおよろい》の右脇《みぎわき》の

脇盾《わいだて》ばかりを身《み》に着《つ》け、太刀《たち》を腰《こし》に帯《お》び、弓《ゆみ》を脇挟《わきばさ》んで参上《さんじょう》した。少納言《しょうなごん》入道信西《にゅうどうしんぜい》を介《かい》して合戦《かっせん》の進《すす》め方《かた》をお問《と》いになる。

義朝《よしとも》は居《い》ずまいを正《ただ》し、

「合戦《かっせん》については、さまざまなやり方《かた》がございますけれども、手間取《てまど》ることなく敵《てき》を屈服《くっぷく》させますのには夜《よ》討《う》ちに勝《まさ》るものはありません。特《とく》に左大《さだい》臣《じん》頼長《よりなが》の権威《けんい》にものをいわせて、奈良南都《ならなんと》の僧兵《そうへい》、信実《しんじつ》、玄実《げんじつ》を大将《たいしょう》に仕《し》立《た》て上《あ》げ、吉野《よしの》・十津川《とつかわ》の弓矢《ゆみや》に達者《たっしゃ》な、指矢三町《さしやさんちょう》、遠矢八町《とおやはっちょう》と言《い》われるような奴《やつ》ら千余騎《せんよき》を引《ひ》き連《つ》れさせ、鉄《てっ》を打《う》ち延《の》ばして盾《たて》の表面《ひょうめん》にかぶせるなど、あれこれ準備《じゅんび》を整《とと》えて、その軍勢《ぐんぜい》が今夜《こんや》は左大臣《さだいじん》の父君《ちちぎみ》の富家殿《ふけどの》にお目《め》にかかり、明日《あす》の朝六時《あさろくじ》ごろから八時《はちじ》ごろに、新院《しんいん》の御所《ごしょ》に参《まい》るというふうにお聞《き》きしています。

わが弟為朝《おとうとためとも》は、猛々《たけだけ》しく勇《いさ》ましい兵《つわもの》です。吉《よし》野法師《のほうし》、奈良法師《ならほうし》の僧兵《そうへい》を待《ま》ち受《う》け、為朝《ためとも》が大《たい》将《しょう》をいたしまして、この内裏《だいり》へ発向《はっこう》するでありま

脇盾の装着

しょう。彼《かれ》へは十万騎《じゅうまんき》の軍勢《ぐんぜい》を差《さ》し向《む》けられましょうとも、奴《やっ》らの矢先《やさき》を防《ふせ》ぐことはできますまい。黄金《こがね》を打《う》ち延《の》ばして盾《たて》の面《おもて》を覆《おお》っても、対抗《たいこう》できないにちがいありません。

その上《うえ》、明日《あす》まで戦《たたか》いを延《の》ばせば、武士《ぶし》は疲《つか》れて、身《み》に着《つ》けている武具《ぶぐ》も緩《ゆる》み、矢《や》にねらわれやすい隙間《すきま》ができてしまうでしょう。となれば、戦《たたか》いぶりは弱《よわ》まってしまうはず。この内裏《だいり》は清盛《きよもり》らに護《まも》らせて、義朝《よしとも》は討手《うって》の軍勢《ぐんぜい》を頂戴《ちょうだい》し、時《とき》を置《お》かず発向《はっこう》、奴《やっ》らに先《さき》んじて攻撃《こうげき》して勝負《しょうぶ》を決《き》めてしまいましょう」

と、申《もう》し上《あ》げた。

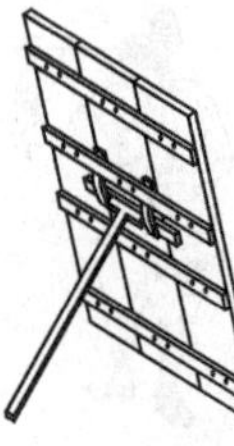
盾

少納言入道信西《しょうなごんにゅうどうしんぜい》は、薄墨色《うすずみいろ》に染《そ》めた直垂《ひたたれ》に小狐《こぎつね》という名《な》の太刀《たち》を腰《こし》に帯《お》びていた。帝《みかど》のお言葉《ことば》を拝聴《はいちょう》し、御前《ごぜん》の簀子《すのこ》の板敷《いたじき》に控《ひか》えて、義朝《よしとも》に向《む》かい、

「この提案《ていあん》、確《たし》かにその通《とお》り。詩歌《しいか》・管弦《かんげん》は、文官《ぶんかん》の臣下《しんか》が上達《じょうたつ》すべく心《こころ》

がけるところ。その道《みち》すら、なおもってよくは分《わ》からない。まして、武《ぶ》勇《ゆう》・合戦《かっせん》の道《みち》に関《かん》しては、すべて、お前《まえ》の考《かんが》え通《どお》りにせよ。朝廷《ちょうてい》の権威《けんい》を軽《かろ》んずる者《もの》は、天命《てんめい》を背《そむ》くに等《ひと》しくはないか。早《はや》く凶賊《きょうぞく》の徒《と》を追討《ついとう》し、帝《みかど》のお怒《いか》りをお静《しず》め申《もう》し上《あ》げよ。抜《ぬ》きんでた忠義《ちゅうぎ》をつくすならば、常日《つねひ》ごろ願《ねが》い出《で》ている宮中《きゅうちゅう》への昇殿《しょうでん》については、お許《ゆる》しあろうこと、疑《うたが》ってはならない」

と申《もう》したので、義朝《よしとも》は答《こた》えて、

「この義朝《よしとも》、合戦《かっせん》の場《ば》に臨《のぞ》んでは、命《いのち》、生《い》きながらえようとは考《かんが》えておりませんゆえ、死《し》んでしまったのちでは、何《なん》になりましょうか、ただ今《いま》この時《とき》、許《ゆる》されない昇殿《しょうでん》ならば、いつを期待《きたい》したらよろしいのか」

と言《い》って、強引《ごういん》に目《め》の前《まえ》の階段《かいだん》を昇《のぼ》ったため、少納言入道《しょうなごんにゅうどう》は、

直垂姿

「これは何《なん》と。ふとどきだ」

と申《もう》したところ、天皇《てんのう》は御簾《みす》の奥《おく》で高笑《たかわら》いされた。そして、面白《おもしろ》がられた。何《なに》から何《なに》まで、すばらしく見《み》えたことであった。

❖内裏《だいり》にて、義朝《よしとも》、兵《つはもの》どもの中《なか》にうつ立《た》ちて、紅《くれなゐ》の扇《あふぎ》の日《ひ》出だしたるを開《ひら》きつかうて申《まう》しけるは、

「我《われ》、生《む》まれてこの事《こと》のあふ、身《み》の幸《さいは》ひなり。私《わたくし》の合戦《かつせん》には、朝威《てうゐ》に恐《おそ》れて思《おも》ふやうにもふるまはず。今《いま》、宣旨《せんじ》をかうぶりて、朝敵《てうてき》を平《たい》らげ賞《しやう》に預《あづ》からんこと、これ、家《いへ》の面目《めんぼく》なり。芸《げい》をこの時《とき》にほどこし、命《いのち》をただ今《います》捨てて、名《な》を後代《こうたい》に上《あ》げ、賞《しやう》を子孫《しそん》にほどこすべし」

とぞ喜《よろこ》びける。

さるほどに、義朝《よしとも》を御前《ごぜん》に召《め》されけるに、赤地《あかぢ》の錦《にしき》の直垂《ひたたれ》に、烏帽子《えぼし》引《ひ》き立《た》て、脇盾《わいだて》ばかりに太刀《たち》はきて、弓《ゆみ》、脇《わき》に挟《はさ》んでぞ参《まゐ》りたる。少納言入道《せうなごんにふだう》をもつて、合戦《かつせん》の次第《しだい》を召《め》し問《と》はる。

義朝《よしとも》、かしこまつて申《まう》しけるは、

「戦《いくさ》においては、重々《ぢうぢう》のやう候《さうら》へども、左右《さう》なく敵《かたき》を従《したが》へ候《さうら》ふこと、夜討《ようち》に過《す》ぎたることとなし。なかんづく、左府《さふ》の権威《けんゐ》をもつて、南都《なんと》の信実《しんじつ》、玄実《げんじつ》、大将《たいしやう》にて、吉《よし》野《の》・遠津川《とほつかは》の指矢《さしや》三町《さんちやう》、遠矢《とほや》八町《はつちやう》の奴《やつ》ばら千余騎《せんよき》、相具《あひぐ》して、鉄《くろがね》を延《の》べて盾《たて》の面《おもて》に伏《ふ》せ、様々《やうやう》の構《かま》へをして、今夜《こんや》、富家殿《ふけどの》の見参《げんざん》に入《い》りて、明日《あす》、卯《う》、辰《たつ》の時《とき》に、新《しん》院《いん》の御所《ごしよ》へ参《まゐ》るべきよし承《うけたまは》る。

義朝《よしとも》が舎弟為朝《しやていためとも》、猛《たけ》う勇《いさ》める兵《つはもの》なり。吉野法師《よしのほふし》、奈良法師《ならほふし》、待《ま》ちつけて、為朝《ためとも》、大将《たいしやう》つかまつりて、この内裏《だいり》へまかり向《む》かひ候《さうら》ひなん。彼《かれ》へは十万騎《じふまんき》の勢《せい》を差《さ》し向《む》けらるるとも、彼《かれ》らが矢先《やさき》にはかなふべからず。金《こがね》を延《の》べて盾《たて》の面《おもて》に伏《ふ》せたりとも、迎《むか》へがたかるべし。

その上《うへ》、明日《あす》ならば、兵《つはもの》、疲《つか》れて、物具《もののぐ》に隙間《すきま》、候《さうら》ふべし。しかれば合戦《かつせん》、弱《よわ》かるべし。この内裏《だいり》をば清盛《きよもり》なんどに守護《しゆご》せさせて、義朝《よしとも》は討手《うつて》を賜《たまは》りて、時《とき》を移《うつ》さずまかり向《む》かひて、彼《かれ》らに先立《さきだ》ちて勝負《しようぶ》を決《けつ》せん」

とぞ申《まう》しける。

少納言入道《せうなごんにふだう》は、薄墨染《うすすみぞめ》の直垂《ひたたれ》に小狐《こぎつね》といふ太刀《たち》、はきたり。仰《おほ》せを承《うけたまは》りて、御《おん》前《まへ》の簀子《すのこ》にさぶらひて申《まう》しけるは、

「この儀《ぎ》、誠《まこと》にしかるべし。詩歌《しいか》・管弦《くわんげん》は臣下《しんか》のたしなむところなり。その道《みち》、なほもつて暗《くら》し。いはんや、武勇《ぶよう》・合戦《かつせん》の道《みち》においては、一向《いつかう》、汝《なんぢ》が計《はか》らひたるべし。朝威《てうゐ》を軽《かろ》くする者《もの》は、天命《てんめい》を背《そむ》くにはあらずや。早《はや》く凶徒《きようと》を追討《ついたう》して、逆鱗《げきりん》を休《やす》め奉《たてまつ》れ。ことなる忠《ちゆう》あらば、日《ひ》ごろ申《まう》すところの昇殿《しようでん》においては疑《うたが》ひあるべからず」

と申《まう》しければ、義朝《よしとも》、申《まう》しけるは、

「義朝《よしとも》、合戦《かつせん》の庭《には》にまかり向《む》かひて、命《いのち》を全《まつた》うせんことを存《ぞん》ぜざれば、死《し》してのちは何《なに》にかせん。ただ今《いま》ゆるされざらん昇殿《しようでん》は、いつを期《ご》すべきぞ」

とて、押《お》して階《きざはし》を昇《のぼ》りたりければ、少納言入道《せうなごんにふだう》、

「こはいかに。狼藉《らうぜき》なり」

と申《まう》しければ、主上《しゆしやう》は、あざ笑《わら》はせ給《たま》ひけり。御輿《おんきよう》に入《い》らせ給《たま》ひけり。おほかた、ゆゆしくぞ見《み》えける。

✲院方の作戦会議で為朝の献策《けんさく》が頼長によって一蹴《いっしゅう》されたのと反対に、天皇方では義朝の献策が全面的に受け入れられる。二つの場面が対照的《たいしょうてき》に、うまく創《つく》り上げられていて、だから天皇方が勝ったのだと、読者は納得《なっとく》させられてしまいます。

義朝が先制攻撃を主張したのは事実だったようで、『愚管抄《ぐかんしょう》』に、待機《たいき》させられていることに苛立《いらだ》った彼が、戦いのやり方はこうではない、先に押し寄せて敵を蹴散《けち》らし、勝ち負けの結果はその上でのこと、親の為義が弟らを連れて敵方にいるが、こちらから攻めていけば引き退くはず、このまま押し寄せましょう、と、言ったとありま す。この書でも、先に紹介した為義の進言《しんげん》に続けて義朝の主張が語られていますから、両陣営《りょうじんえい》の状況を比較しやすく書いていることになります。そして彼の主張にもかかわらず、十日の日一日が過ぎてしまい、信西《しんぜい》が督促《とくそく》しても、天皇の傍《そば》に控《ひか》える関白忠通《ただみち》は思案《しあん》に暮《く》れているようすであったが、とうとう十一日の暁《あかつき》、攻撃令が出されたといいます。これが事実に近いのでしょう。

興味深いことに、物語の伝える義朝の言動に近いものが、『愚管抄』に記されています。出陣を前にして喜んだ彼は、日の出を描いた紅《くれない》の扇《おうぎ》を「はらはら」と使い、今までの戦いでは、朝廷から罪を問われるかと恐れおののいていたが、今日は追討の宣《せん》旨《じ》を頂戴《ちょうだい》してのいくさ、「心のすずしさ」がある、と言ったとあります。この実話《じつわ》が物語の表現を生んだのに違いありません。

最後の決断を下したのは忠通だったらしいのですが、物語では天皇の意を体《たい》した信西となっていました。彼は、当代《とうだい》きっての知識人《ちしきじん》、かつ政治力にも長《た》けた才人《さいじん》でした。豊富な学識《がくしき》で知られた左大臣頼長の書いた日記『台記《たいき》』でも、学才《がくさい》が高く評価されています。が、生まれは中流貴族、昇進《しょうしん》に限界があって、同書には、官職への不満から出家を口にしたとあり、実際、少納言《しょうなごん》の地位を得た半年後に出家してしまいました。俗名は藤原通憲《みちのり》。少納言は、出家を条件に許されたものともいいます。鳥羽院の側近《そっきん》でしたが、妻の紀二《きのに》位《い》が後白河帝の乳母《めのと》だったことから、宮中《きゅうちゅう》で大きな実権を握るに至ります。保元の乱の翌年には、荒廃《こうはい》していた大内裏《だいだいり》の再建を、種々差《しゅじゅさ》配《はい》して成し遂げました。物語中の信西は、権力者となったのちの姿が描かれているのです。

最後は、義朝の昇殿《しょうでん》に焦点が当てられていました。この時、彼が物語にあるような強引な行動に出たかどうかは分かりません。帝《みかど》の磊落《らいらく》な対応が印象的でもあります。正式に昇殿が許されたのは、乱終結後の十一日夕刻《ゆうこく》でした。

参考図として、直垂《ひたたれ》の絵を掲出《けいしゅつ》しましたが（五十三頁）、義朝の着ていたそれは、鎧《よろい》の下に着る鎧直垂といい、通常のものより袖が細く、袖口についている括《くく》りの紐《ひも》が絞《しぼ》りやすくなっています。直垂は庶民《しょみん》の普段着《ふだんぎ》だったものが、鎌倉時代に武家の代表的な衣服となるのですが、貴族の平常服《へいじょうふく》の直衣《のうし》と違うのは、胸の前で着物を交差させ、紐で結ぶ形式になっている点で、こちらの方が動きやすいわけです。義朝の直垂は「赤地の錦《にしき》」。錦織《にしきおり》は金糸《きんし》や銀糸《ぎんし》を用いた華麗《かれい》な織物《おりもの》で、大将格の人物のみが着られました。

彼は「脇盾《わいだて》ばかり」身に着けていたとありましたが、当時の鎧には大鎧《おおよろい》と腹巻鎧《はらまきよろい》とがあり、大鎧の場合、五十一頁と九十一頁の図を見れば分かるように、右脇《みぎわき》が別仕立《べつじた》てになっており、それを脇盾といいました。戦場に出る前は、それだけを着用していたのです。

(5) 為朝《ためとも》、一矢《ひとや》の威力《いりょく》で平清盛勢《たいらのきよもりぜい》を退《しりぞ》ける

さて、清盛《きよもり》が三条大路《さんじょうおおじ》から鴨川《かもがわ》の河原《かわら》へ出《で》て、川《かわ》を斜《なな》めに渡《わた》り東《ひがし》の河原《かわら》に上《あ》がって土手《どて》を北《きた》に向《む》かい、白河北殿《しらかわきたどの》に押《お》し寄《よ》せた時《とき》に、郎等《ろうどう》の伊藤武《いとうむ》者景綱《しゃかげつな》が五十騎《ごじっき》ばかりの勢《せい》を引《ひ》き連《つ》れて先頭《せんとう》に進《すす》み、相手《あいて》に呼《よ》び掛《か》け、

「大炊御門大路《おおいみかどおおじ》の末《すえ》で、南《みなみ》に向《む》かって敵《てき》を防《ふせ》ごうとしておられるのはどなたか。源氏《げんじ》か平氏《へいし》か、地域集団《ちいきしゅうだん》の党《とう》の者《もの》か、家格《かかく》のいい豪族《ごうぞく》か。名乗《なの》られよ。拝聴《はいちょう》しよう。こう申《もう》している我《われ》は、今日《きょう》の大将軍《たいしょうぐん》、安芸守清盛殿《あきのかみきよもりどの》の直《ちょく》属《ぞく》の臣下《しんか》、伊勢国《いせのくに》の住人《じゅうにん》で古市《ふるいち》に住《す》まう伊藤武者景綱《いとうむしゃかげつな》、それに子息《しそく》の伊藤《いとう》五《ご》、伊藤六《いとうろく》、一番乗《いちばんの》りの者《もの》だ」

と、名乗《なの》った。それを聞《き》いた筑紫八郎《つくしのはちろう》、

「為朝《ためとも》が、この門《もん》を守《まも》っているのだ。お前《まえ》は、それなら相手《あいて》として分不相《ぶんふそう》応《おう》な敵《てき》のようだな。平氏《へいし》の家来《けらい》の郎等《ろうどう》ならば、引《ひ》き退《しりぞ》きなさい。お前《まえ》の主《しゅ》

君《くん》の清盛《きよもり》すら、分不相応《ぶんふそうおう》な敵《てき》と思《おも》っているのだぞ。なぜかと言《い》えば、平家《へいけ》も我《われ》ら源氏《げんじ》と等《ひと》しく天皇《てんのう》の子孫《しそん》とは言《い》え、柏原《かしわばら》に埋葬《まいそう》された桓武天皇《かんむてんのう》の末流《まつりゅう》で、皇族《こうぞく》の血統《けっとう》からはるかに遠《とお》ざかり、時代《じだい》も久《ひさ》しくなり下《くだ》ってしまっている。源氏《げんじ》は、誰《だれ》、知《し》らぬ者《もの》がいよう、清和天《せいわてん》皇《のう》の子孫《しそん》にして為朝《ためとも》までは九代《くだい》に当《あ》たる。清和帝《せいわてい》の第六子《だいろくし》たる貞純親王《さだずみしんのう》の子《こ》ゆえに六孫王《ろくそんおう》と呼《よ》ばれた源　経基《みなもとのつねもと》からは七代目《しちだいめ》、多田満仲《ただのまんじゅう》から六代目《ろくだいめ》の子孫《しそん》、頼義《よりよし》から四代目《よんだいめ》の子孫《しそん》、八幡太郎義家《はちまんたろうよしいえ》の四男《よんなん》に当《あ》たる六条判官為義《ろくじょうほうがんためよし》の八男《はちなん》なのだ。

まして、平氏《へいし》の郎等《ろうどう》に向《む》かって弓《ゆみ》を引《ひ》き、矢《や》を放《はな》つには及《およ》ばない。景綱《かげつな》というのであれば、引《ひ》き退《しりぞ》け」

と、言《い》った。

その時《とき》、景綱《かげつな》は大笑《おおわら》いして、

「源平二《げんぺいふた》つの家《いえ》は、朝廷《ちょうてい》に召《め》し使《つか》われて、鳥《とり》の左右《さゆう》の翼《つばさ》のごとく、日本国《にほんこく》の両大将《りょうたいしょう》。平氏《へいし》の郎等《ろうどう》が源氏《げんじ》を射《い》、源氏《げんじ》の郎等《ろうどう》が平氏《へいし》を射《い》てきたことは、今《いま》に始《はじ》まったことではない。互《たが》いに射交《いか》わすことがなければ、合戦《かっせん》などありえようか。

同《おな》じ郎等《ろうどう》といわれる身《み》ながら、天皇《てんのう》にも知《し》られ申《もう》している景綱《かげつな》だ。そのわけは、鈴鹿山《すずかやま》の強盗《ごうとう》の棟梁《とうりょう》たる小野七郎《おののしちろう》を生《い》け捕《ど》って朝廷《ちょうてい》に差《さ》し出《だ》し、その恩賞《おんしょう》として、副将軍《ふくしょうぐん》たるべしという天皇《てんのう》からの宣旨《せんじ》を頂戴《ちょうだい》した景綱《かげつな》なのだ。

さあ殿《との》、八郎殿《はちろうどの》よ。平氏《へいし》の郎等《ろうどう》の射《い》る矢《や》が、源氏《げんじ》の身《み》に当《あ》たるか当《あ》たらぬか、試《ため》してみられよ」

と言《い》いつつ、矢《や》を放《はな》つ。その矢《や》は、八郎御曹司《はちろうおんぞうし》の牛革製《ぎゅうかわせい》の練鍔《ねりつば》をつけた太《た》刀《ち》、その鞘《さや》の棟側《むねがわ》にかぶせた股寄《ももよせ》の金具《かなぐ》に当《あ》たった。ほかの五十余騎《ごじゅうよき》が矢《や》先《さき》をそろえて一斉《いっせい》に放《はな》つ矢《や》は、一《ひと》つも当《あ》たりはしなかった。

為朝《ためとも》は、大声《おおごえ》で笑《わら》いながら、

「お前《まえ》のことを、分不相応《ぶんふそうおう》な敵《てき》とも、一人前《いちにんまえ》の人《ひと》とも思《おも》わぬ。物《もの》の数《かず》とす

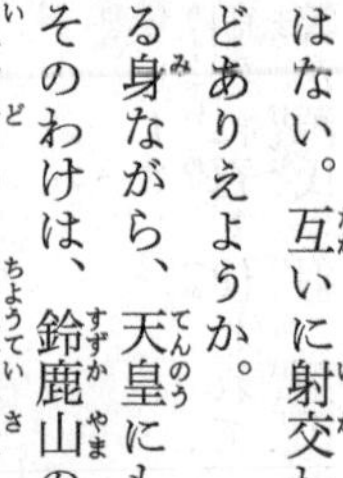

箙《えびら》に差した矢

ら思《おも》えないながら、おのれの言葉《ことば》がふとどきで承服《しょうふく》できぬゆえ、おれの矢《や》を一本《いっぽん》、与《あた》えてやろう。受《う》け取《と》って、この世《よ》とあの世《よ》の手柄《てがら》にせよ」と言《い》って、箙《えびら》の中側《なかがわ》に差《さ》した先細《さきぼそ》の鏃《やじり》の征矢《そや》を引《ひ》き抜《ぬ》き、弓《ゆみ》につがえ、よく引《ひ》き絞《しぼ》って放《はな》つ。

景綱《かげつな》の前《まえ》に立《た》っていたのが伊藤五《いとうご》、伊藤六《いとうろく》の兄弟《きょうだい》。伊藤六《いとうろく》は今年《ことし》十七《じゅうなな》歳《さい》、生死《せいし》をも顧《かえり》みぬ勇者《ゆうしゃ》であった。鎧《よろい》は薄緑色《うすみどりいろ》で草摺《くさずり》の先端《せんたん》にいくにつれ、薄《うす》くなっている腹巻鎧《はらまきよろい》、兜《かぶと》は首《くび》を覆《おお》う錣《しころ》が三段《さんだん》と少《すく》ないもの、それに色染《いろぞ》めした矢羽《やばね》の矢《や》を身《み》に帯《お》び、籐《とう》を三回寄《さんかいよ》せ巻《ま》きにした弓《ゆみ》を持《も》ち、茶褐色《ちゃかっしょく》の馬《うま》に、貝殻《かいがら》を埋《う》め込《こ》んだ螺鈿《らでん》づくりの鞍《くら》を置《お》いて、その上《うえ》に乗《の》っていた。為朝《ためとも》の矢《や》は、その伊藤六《いとうろく》の鎧《よろい》の最上部《さいじょうぶ》にある鉄製《てっせい》の胸板《むないた》を射通《いとお》し、後《うし》ろに続《つづ》いていた伊藤五《いとうご》の鎧《よろい》の左袖《ひだりそで》の裏《うら》まで射貫《いつらぬ》いた。伊《い》藤六《とうろく》は、瞬時《しゅんじ》もこらえられず、落馬《らくば》して死《し》んでし

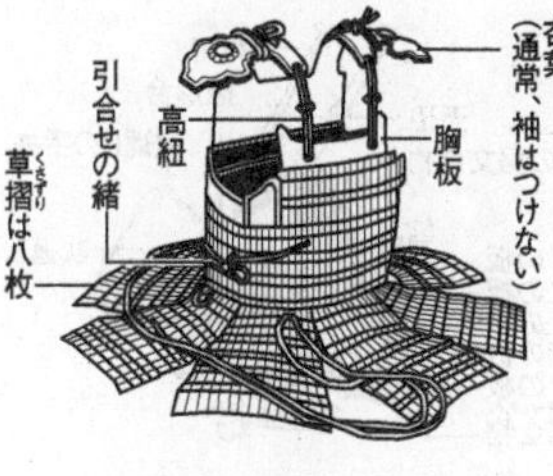

腹巻

まった。

伊藤五《いとうご》は、鎧《よろい》の袖《そで》に矢《や》が立《た》ったままの姿《すがた》で自陣《じじん》に取《と》って返《かえ》し、安芸守清盛《あきのかみきよもり》の前《まえ》に跪《ひざまず》き、

「弟《おとうと》の六郎《ろくろう》は死《し》んでしまいました。この忠清《ただきよ》は傷《きず》を負《お》っております。これ、ご覧《らん》ください。筑紫《つくし》の八郎殿《はちろうどの》の弓《ゆみ》の勢《いきお》いの激《はげ》しいことよ。普通《ふつう》の人間《にんげん》のしわざとも思《おも》われません。この矢《や》は、伊藤六《いとうろく》の胸《むな》板《いた》を射通《いとお》して私《わたくし》めの鎧《よろい》の左袖《ひだりそで》に、裏《うら》まで貫《つらぬ》いております。このような弓《ゆみ》の強《つよ》さは、見《み》たこともございません」

と申《もう》したところ、その矢《や》のありさまを見《み》て、安芸守《あきのかみ》をはじめ、武士《ぶし》たちは言葉《ことば》もなく、舌《した》を震《ふる》わせて、互《たが》いに怖《こわ》がった。

伊藤五《いとうご》が続《つづ》けて言《い》うに、

「(中略《ちゅうりゃく》・昔《むかし》、八幡太郎義家《はちまんたろうよしいえ》が前九年合戦《ぜんくねんかっせん》の際《さい》、鎧三領《よろいさんりょう》を木《き》の枝《えだ》に掛《か》け、一矢《ひとや》で

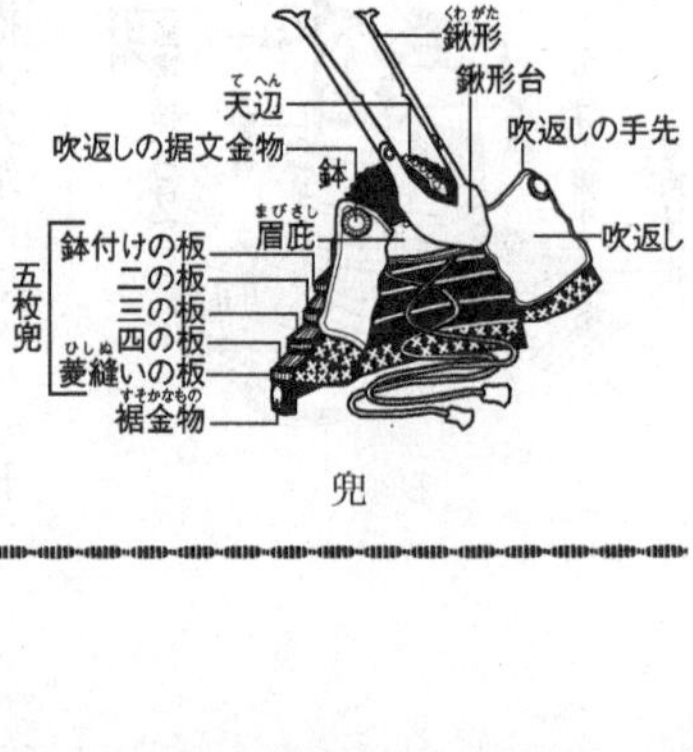

兜

すべてを射通《いとお》した例《れい》をあげたのち）
それは伝《つた》えて聞《き》き及《およ》んだことです。これは目《め》の前《まえ》のこと。一人《ひとり》で鎧《よろい》を四《よん》領《りょう》も五領《ごりょう》も重《かさ》ねて着《き》なければ、こちらの人数《ひとかず》がなくなるでしょう。どうしましょうか。引《ひ》き返《かえ》しなさいませ」

と言《い》ったところ、のちに小松《こまつ》の大臣《おとど》と呼《よ》ばれることになる清盛《きよもり》の長男《ちょうなん》の重《しげ》盛《もり》、当時《とうじ》は中務省《なかつかさしょう》の次官《じかん》の少輔《しょう》であったが、これを聞《き》いて、

「何《なん》ということを言《い》うか、伊藤五《いとうご》。われが為朝《ためとも》の矢《や》を受《う》けてみせよう」

と言《い》いも終《お》わらぬうちに、ただ一人《ひとり》、門《もん》の方《ほう》へ馬《うま》を馳《は》せ寄《よ》せた。

清盛《きよもり》は、これを見《み》て、

「この大炊御門《おおいみかど》の西門《にしもん》を攻《せ》めよという朝廷《ちょうてい》からの宣旨《せんじ》を、清盛《きよもり》が特別《とくべつ》に頂戴《ちょうだい》したこともない。何《なん》となく押《お》し寄《よ》せたところ、暗《くら》さにまぎれて不運《ふうん》にも、この門《もん》へ行《い》き当《あ》たったのだ。若者《わかもの》を死《し》なせてしま

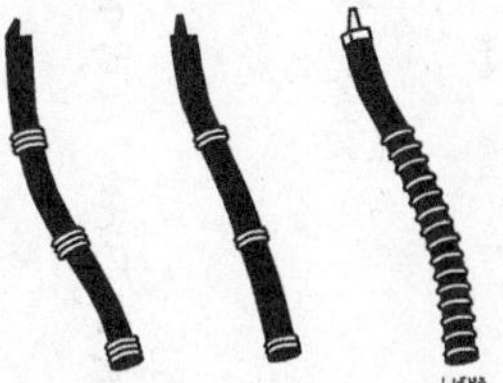

弓の種類

っては台無《だいな》しだ。重盛《しげもり》から目《め》を離《はな》すな」

と言《い》って、重盛《しげもり》を、従者《じゅうしゃ》の雑色《ぞうしき》どもの中《なか》に取《と》り籠《こ》めさせて、その身《み》を護《まも》った。

清盛《きよもり》が、

「東《ひがし》の門《もん》へか、北《きた》の門《もん》へか、そちらに参《まい》るのがよさそうだ」

と口《くち》にされたので、郎等《ろうどう》たちが進言《しんげん》して、

「東門《とうもん》は、この門近《もんちか》くでございますから、同《おな》じ人物《じんぶつ》が守《まも》り固《かた》めておりましょう」

と言《い》う。その時《とき》、安芸守《あきのかみ》清盛《きよもり》がおっしゃるに、

「引《ひ》き退《しりぞ》いて、京《きょう》の市中《しちゅう》をめぐり、北側《きたがわ》の春日小路《かすがこうじ》に面《めん》した門《もん》へ寄《よ》せるのがよい」

ということで、南下《なんか》し、三条大路《さんじょうおおじ》の末《すえ》まで退却《たいきゃく》した。


❖さるほどに、清盛《きよもり》、三条《さんでう》を河原《かはら》へうち出《い》でて、筋《すぢ》かへに東河原《ひがしかはら》へうち渡《わた》つて、

堤《つつみ》を上《のぼ》りに寄《よ》せけるに、伊藤武者景綱《いとうむしやかげつな》、五十騎《ごじつき》ばかりの勢《せい》にて、先陣《せんぢん》に進《すす》みて申《まう》しけるは、

「大炊御門《おほひのみかど》の末《すゑ》、南《みなみ》へ向《む》かつて防《ふせ》かせ給《たま》ふは誰人《たれびと》なるらん。源氏《げんじ》か平氏《へいし》か、党《たう》か高《かう》家《け》か。名乗《なの》り給《たま》へ、承《うけたまは》らん。かう申《まう》すは、今日《けふ》の大将軍《たいしやうぐん》、安芸守殿《あきのかみどの》の御内《みうち》に、伊《い》勢国《せのくに》の住人《ぢゆうにん》、古市《ふるいち》の伊藤武者景綱《いとうむしやかげつな》、伊藤五《いとうご》、伊藤六《いとうろく》、一番《いちばん》なり」

とぞ名乗《なの》りける。筑紫八郎《つくしのはちらう》、

「為朝《ためとも》がこの門《もん》をば固《かた》めたるなり。汝《なんぢ》は、さては合《あ》はぬ敵《かたき》ごさんなれ。平氏《へいし》の郎等《らうどう》ならば、引《ひ》いて退《の》き候《さうら》へ。汝《なんぢ》が主《しゆう》の清盛《きよもり》だに、合《あ》はぬ敵《かたき》と思《おも》ふぞや。

その故《ゆゑ》は、平家《へいけ》も王孫《わうそん》といへども、柏原天皇《かしはばらてんわう》の末《すゑ》にて皇孫《くわうそん》はるかに隔《へだ》たり、時代《じだい》、久《ひさ》しくなり下《くだ》れり。源氏《げんじ》は、誰《たれ》かは知《し》らざらん、清和天皇《せいわてんわう》の苗裔《べうえい》にて、為朝《ためとも》まで九《く》代《だい》に当《あ》たれり。六孫王《ろくそんわう》の七代《しちだい》、満仲《まんぢう》が六代《ろくだい》の後胤《こういん》、頼義《よりよし》が四代《よんだい》の孫《そん》、八幡太郎義家《はちまんたらうよしいへ》が四男《よんなん》、六条判官為義《ろくでうはうぐわんためよし》が八男《はちなん》なり。

いはんや、郎等《らうどう》に向《む》かつて弓《ゆみ》を引《ひ》き、矢《や》を放《はな》つに及《およ》ばず。景綱《かげつな》ならば、引《ひ》き退《しりぞ》け」

とぞ申《まう》したる。

その時《とき》に景綱《かげつな》、大《おほ》きに笑《わら》つて申《まう》しけるは、

「源平《げんぺい》、二《ふた》つの家《いへ》、朝家《てうか》に召《め》しつかはれ、左右《さう》の翼《つばさ》にて日本国《にほんこく》の両大将《りやうたいしやう》なり。平氏《へいし》の郎等《らうどう》は源氏《げんじ》を射《い》、源氏《げんじ》の郎等《らうどう》は平氏《へいし》を射《い》つること、今《いま》にはじめぬことなり。互《たが》ひに射《い》ずは、合戦《かつせん》あるべきや。

同《おな》じ郎等《らうどう》ながら、君《きみ》にも知《し》られまゐらせたる景綱《かげつな》なり。その故《ゆゑ》は、鈴鹿山《すずかやま》の強盗《がうだう》の張本《ちやうぼん》、小野七郎《おののしちらう》、生《い》け捕《ど》りにして奉《たてまつ》りて、その恩賞《おんしやう》に副将軍《ふくしやうぐん》の宣旨《せんじ》をかうぶりし景綱《かげつな》なり。

や、殿《との》、八郎殿《はちらうどの》。平氏《へいし》の郎等《らうどう》の射《い》る矢《や》は、源氏《げんじ》の身《み》には立《た》つや立《た》たずや、試《こころ》み給《たま》へ」

とて、矢《や》を放《はな》つ。御曹司《おんざうし》の練鍔《ねりつば》の太刀《たち》の股寄《ももよせ》にぞ射《い》とめたる。五十余騎《ごじふよき》が矢先《やさき》をそろへて放《はな》つ矢《や》は、一《ひと》つも敵《かたき》に立《た》たざりけり。

為朝《ためとも》、大《おほ》きに笑《わら》つて申《まう》しけるは、

「汝《なんぢ》をば、合《あ》はぬ敵《かたき》とも人《ひと》とも思《おも》はず。物《もの》の数《かず》とも覚《おぼ》えねども、おのれが言葉《ことば》の奇《きつ》怪《くわい》なれば、矢一《やひと》つ取《と》らせん。受《う》け取《と》りて現世《げんせ》・後生《ごしやう》の名聞《みやうもん》につかまつれ」とて、先細《さきぼそ》の中差《なかざ》し、うちつがうて、よつぴいて放《はな》つ。

面《おもて》に立《た》ちたる伊藤五《いとうご》、伊藤六《いとうろく》とて兄弟《おととい》あり。伊藤六《いとうろく》は生年十七歳《しやうねんじふしちさい》、死生知《ししやうし》らずの兵《つはもの》なり。萌黄匂《もえぎにほひ》の腹巻《はらまき》に、三枚甲《さんまいかぶと》に染羽《そめば》の矢負《やお》ひ、三所籐《みところどう》の弓持《ゆみも》ち、鹿毛《かげ》なる馬《うま》に、貝鞍置《かひぐらお》きて乗《の》りたり。伊藤六《いとうろく》が鎧《よろひ》の胸板《むないた》を通《とほ》る矢《や》、続《つづ》いたる伊藤五《いとうご》が射向《いむけ》の袖《そで》にぞ、裏《うら》かいたる。伊藤六《いとうろく》は、しばしもたまらず落《お》ちて死《し》にけり。

伊藤五《いとうご》は、矢立《やた》ちながら取《と》つて返《かへ》して、安芸守《あきのかみ》の前《まへ》に控《ひか》へて申《まう》しけるは、

「六郎《ろくらう》は死《し》に候《さうら》ひぬ。忠清《ただきよ》、手負《てお》ひて候《さふら》ふ。これ、御覧候《ごらんさうら》へ。筑紫《つくし》の八郎殿《はちらうどの》の弓勢《ゆんぜい》のいかめしさよ。凡夫《ぼんぶ》のわざとも覚《おぼ》えず。これは、伊藤六《いとうろく》が胸板《むないた》を射通《いとほ》して、それがしが射向《いむけ》の袖《そで》に裏《うら》かいて候《さうら》ふ。かかる弓勢《ゆんぜい》こそ、いまだ見候《みさうら》はね」

と申《まう》しければ、これを見《み》て、安芸守《あきのかみ》をはじめとして、兵《つはもの》ども、物《もの》も申《まう》さで舌《した》を振《ふ》りて怖《お》じあへり。

伊藤五《いとうご》、重《かさ》ねて申《まう》すやう、

「（中略《ちゆうりやく》・六十四頁参照）

それは伝《つた》へてこそ承《うけたまは》り及《およ》び候《さうら》へ。これは眼前《がんぜん》なり。一人《ひとり》して鎧《よろひ》の四《し》、五領《ごりやう》も重《かさ》ねて着《き》ざらんには、人種《ひとだね》、あるまじ。いかがせんずる。引《ひ》き返《かへ》させ給《たま》へ」

と申《まう》しければ、小松《こまつ》の大臣《おとど》の、その時《とき》は中務少輔《なかづかさのせう》と申《まう》しけるが、これを聞《き》きて、

「何《なん》と言《い》ふぞ、伊藤五《いとうご》。為朝《ためとも》が矢《や》に当《あ》たつて見《み》せん」

と言《い》ひもあへず、ただ一人《いちにん》、門《もん》の方《かた》へぞ馳《は》せ寄《よ》せける。

清盛《きよもり》、これを見《み》て、

「大炊御門《おほひのみかど》の西門《さいもん》をば、清盛《きよもり》、攻《せ》めよと宣旨《せんじ》をかうぶつたることもなし。何《なに》となく寄《よ》するほどに、暗《くら》まぎれに不祥《ふしやう》にてこそ、この門《もん》へは寄《よ》せ当《あ》たりたる。若党《わかたう》、失《うしな》ひて無益《むやく》なり。重盛《しげもり》に目《め》放《はな》つな」

とて、雑色《ざふしき》どもの中《なか》に取《と》り籠《こ》めて護《まも》りけり。

「東《ひがし》の門《もん》へか、北《きた》の門《もん》へか参《まゐ》るべきぞ」

と宣《のたま》ひければ、郎等《らうどう》ども、申《まう》しけるは、

「東門《とうもん》は、この門近《もんちか》く候《さうら》へば、同《おな》じ者《もの》や固《かた》めたるらん」

とぞ申《まう》す。その時《とき》、安芸守《あきのかみ》、宣《のたま》ひけるは、

「引《ひ》き退《しりぞ》きて、京《きやう》をめぐりて、春日面《かすがおもて》の門《もん》へ寄《よ》すべし」とて、三条《さんでう》が末《すゑ》へ引《ひ》き退《しりぞ》く。

✽この場面の面白さは、何といっても、為朝の放った矢のすさまじさを語っているところでしょう。鉄で作られている鎧《よろい》の胸板《むないた》を、身体ごと射抜いて、後ろにいた人物の鎧の袖の裏まで貫いたという。尋常《じんじょう》なことではありません。

当時の鎧の基本構造は、短冊形《たんざくがた》に切った厚さ二・五ミリほどの牛革《ぎゅうかわ》を重ねて紐《ひも》で綴《と》じ合わせるものでした。その一枚一枚を札《さね》と言い、鉄の札を混ぜることもありました。綴じ合わせるのには、幅広《はばひろ》の組紐《くみひも》や革《かわ》を用い、札の穴に緒《お》を通す「緒通《とお》し」の作業から、「縅《おどし》」の語が生まれ、赤色の組紐を用いた場合は「赤糸縅」と言うようになりました。一か所に何枚もの札が重なり合う構造になっていたわけで、袖ももちろんそう。それを射抜くのにはそれ相応《そうおう》の弓勢《ゆんぜい》がなければならなかったはずですが、為朝には苦《く》もないことだったと語りたかったのです。

原文は略し、要約して紹介しましたが、為朝と比較されている八幡太郎義家《よしいえ》が鎧三領を射抜いた話は、前九年《ぜんくねん》の役《えき》を記した『陸奥話記《むつわき》』という作品に伝えられています。

強弓《ごうきゅう》ぶりは、相当なものだったのでしょう。でも為朝は、それ以上だったと言いたいのです。

鎧の制作過程

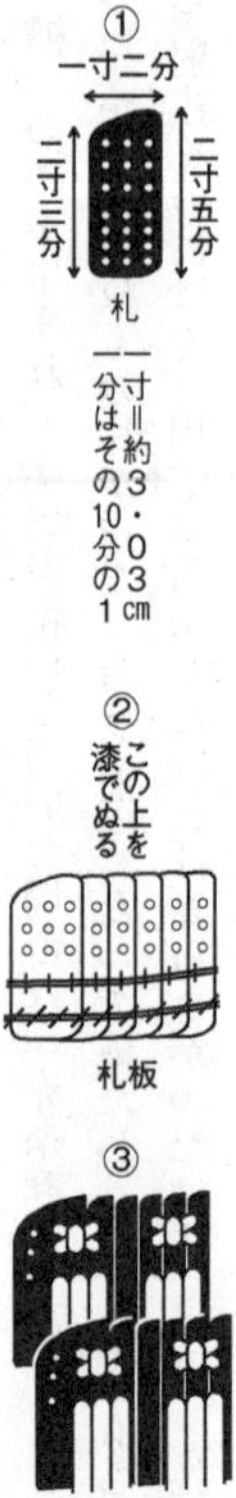

挑戦者の伊藤武者景綱《かげつな》は平家股肱《ここう》の臣で、「武者」は、院御所の防備に当たる「武《む》者所《しゃどころ》」の武士だったことを意味します。桓武《かんむ》平氏は、元来《がんらい》、東国に勢力を張っていましたが、正盛《まさもり》の三代前から伊勢に本拠を置く一族が勢力を伸ばし、景綱は祖父が正盛に仕えて以来の臣下でした。為朝は、源氏が清和《せいわ》天皇から数えて自分まで九代なのに、平氏はそれより下っているゆえ身分に差があり、「合《あ》はぬ敵《かたき》」だとさげすんでいますが、確かに、桓武天皇から清盛までは十二代です。「合はぬ敵」の場合、相手を無視《むし》しても構《かま》わないという決《き》まりが武士社会にはありました。相手が対等以上の場合は、「よき敵《かたき》」と言います。景綱の反論は、源平両家は朝廷を護《まも》る両翼《りょうよく》、だから対等の立

場というもの、物おじしない気風《きっぷ》のいい言葉を吐《は》いていました。源氏はかつて前九年・後三年《ごさんねん》の役《えき》で奥州《おうしゅう》を制圧、平氏は反逆者 源 義親《みなもとのよしちか》を出雲国《いずものくに》で追討していましたから、そうした事実を踏まえているわけです。義親を討ったのが白河院《しらかわいん》の信を得ていた正盛で、以来、平家は隆盛《りゅうせい》へと向かいます。討たれた義親は、義家の後継者でしたが、朝敵《ちょうてき》として家系《かけい》から外され、子息の為義、つまり為朝の父が義家の子となって家督《かとく》を継ぎます。為朝が九代目と称《しょう》しているのは、義親を除外《じょがい》した数なのです。

景綱は鈴鹿山《すずかやま》で強盗を生け捕った功績《こうせき》を言いつのっていましたが、それについてはコラム欄を見ていただきましょう。

二人の息子の伊藤五・伊藤六は、『系図纂要《けいずさんよう》』という系図に忠清《ただきよ》・景家《かげいえ》と記されています。ここでも伊藤五は「忠清」と自称していますから、正しいのでしょう。彼は、重盛《しげもり》の嫡男維盛《ちゃくなんこれもり》の傅《めのと》(男の保育者)となって、『平家物語』に登場、景家の方は、重盛の弟の宗盛《むねもり》の傅だったらしく、やはり登場しています。為朝の矢で即死《そくし》というのは、作られた話に違いありません。

伊藤六《いとうろく》が着ていた鎧《よろい》は腹巻《はらまき》でした。図(六十三頁)のように、腹巻は通常《つうじょう》、袖《そで》をつけず、股《もも》を覆《おお》う草摺《くさずり》は八枚、腹をぐるっと一巻《ひとま》きして右脇《みぎわき》で結び合わせる形式になっています。前段で義朝の着用していた大鎧《おおよろい》の場合は、袖をつけ、草摺《くさずり》は四枚、脇盾《わいだて》という別仕立ての右脇部分を先に着て、あとの四分《よんぶん》の三《さん》を巻き、その脇盾に結びつけます（五十一頁と九十一頁の図参照）。腹巻は簡便《かんべん》で、主に徒歩《かち》での戦いに、大鎧は重さが三十五キロ余りもあり、騎馬戦《きばせん》に用いました。

重盛の勇ましい言動《げんどう》にくらべ、清盛のそれは、いかにも滑稽《こっけい》。臆病風に吹かれて、困惑《こんわく》している姿が巧妙《こうみょう》に描かれていました。為朝が、清盛の放つ矢などは「へろへろ矢」と言っていたのに似つかわしい姿です。平家勢は南下して三条大路《さんじょうおおじ》の末《すえ》まで退却したとありますが、「末」というのは、都の東西の端《はし》を南北に通っている京極大路《きょうごく》から、さらに東西の先へ延びている道を言います。東は鴨川《かもがわ》の先になるわけで、今までにも「末」の語は出ていたのですが、説明を控えていました。

★コラム3　伊藤景綱と伊勢三郎義盛

伊藤景綱が鈴鹿山で強盗を捕縛《ほばく》した件に関し、先にあげた『系図纂要』に興味深い記述があります。まず景綱の人物注に、伊勢三郎《いせのさぶろう》の河島領《かわしまりょう》を押領《おうりょう》（むりやり奪うこと）、それを知った三郎が怒って訴えたものの裁《さば》かれることがなかったため、景綱の代官《だいかん》を殺して鈴鹿山に籠《こも》ったが、ついに捕《とら》えられて流罪《るざい》にされた、と

ありま す。この伊勢三郎は、のちに源義経《みなもとのよしつね》の腹心《ふくしん》の部下になる義盛《よしもり》のこと。

そこで、義盛の人物注を見ると、もとは河島四郎武盛《たけもり》と称していて、四歳の時に父が死去、鈴鹿山に籠って所領《しょりょう》の仇《かたき》、景綱の代官を討ったのち、捕えられて流罪となり、やがて義経に出会い、「義」の字をもらって伊勢三郎義盛と名乗ることになったとありますから、二つの記事が照応《しょうおう》しています。それから、『平家物語』巻十一の屋島合戦の場面で、義盛は敵方から、お前は鈴鹿山の「山《やま》だち」(山賊《さんぞく》)だったろうとなじられています。

強盗の名前は、「小野七郎」とありましたけれど、なにやら伊勢三郎の影が背《はい》後《ご》に潜《ひそ》んでいはしないかと思われてきたりするのです。義盛が義経の従者となる前まで住んでいた地は、上野国《こうずけのくに》の松井田《まついだ》(群馬県安中市《あんなか》)とされており、そこが流罪地だったのかもしれません。

なお、平家滅亡後、源頼朝の命をねらったとして伝説化され、有名になる悪七《あくしち》兵衛景清《びょうえかげきよ》は、景綱の孫、忠清の子になります。

(6) 兄義朝配下《あによしともはいか》の鎌田正清《かまだまさきよ》を圧倒《あっとう》

(清盛《きよもり》が退却《たいきゃく》したあと、一人残《ひとりのこ》って挑戦《ちょうせん》してきた武士《ぶし》を、為朝《ためとも》は鞍《くら》ごと射抜《いぬ》いて落馬《らくば》させる)

その馬《うま》が、飛《と》び跳《は》ね走《はし》って鴨川《かもがわ》を渡《わた》り、西《にし》の河原《かわら》へ走《はし》り出《で》てきたのを、鎌田次郎《かまだじろう》が見《み》つけて捕《とら》え、下野守義朝殿《しもつけのかみよしともどの》に、

「これ、ご覧《らん》ください。この馬《うま》の鞍《くら》に立《た》っております矢《や》。八郎御曹司《はちろうおんぞうし》が放《はな》たれたる御矢《おんや》です。このようなことなど、お聞《き》きしたことはございません。この馬《うま》の乗《の》り主《ぬし》がいなかったはずはございません。鞍《くら》の前《まえ》と後《うし》ろの山形《やまがた》の、前輪《まえわ》と後輪《しずわ》とを矢《や》が貫通《かんつう》しているのさえ考《かんが》え難《がた》いことですのに、乗《の》り主《ぬし》も鎧《よろい》を着《き》ていなかったことは、決《けっ》してありますまい。それを射抜《いぬ》いてしまうとは、ああ、恐《おそ》ろしいこと」

と、舌《した》を震《ふる》わせて申《もう》し上《あ》げると、下野守殿《しもつけのかみどの》は、この馬《うま》を目《め》にされ、

「八郎《はちろう》の弓勢《ゆんぜい》がすさまじいといっても、どうしてそのようなことがありえようか。鞍《くら》の前輪《まえわ》を射破《いやぶ》るのすら難《むずか》しいのに、乗《の》り主《ぬし》を射通《いとお》して後《うし》ろの尻輪《しりわ》に射《い》つけることなど、ありえようか。

これは八郎《はちろう》が人《ひと》を驚《おどろ》かそうとして、計略的《けいりやくてき》に作《つく》り出《だ》したのだぞ。どこにいる、神仏《かみほとけ》ならぬ身《み》として世《よ》に生《せい》を受《う》けた者《もの》が、鎧武者《よろいむしや》を鞍《くら》とともに、これほど射通《いとお》すことができようか。正清《まさきよ》、ためしに一度《いちど》挑戦《ちようせん》してみよ」

と命《めい》じられたため、承知《しようち》しましたと、百騎《ひやつき》ばかりの軍勢《ぐんぜい》で押《お》し寄《よ》せ、

「大炊御門大路《おおいみかどおおじ》の末《すえ》で、南《みなみ》に向《む》かって防御《ぼうぎよ》されているのは源氏《げんじ》か、平氏《へいし》か。こう申《もう》しているのは、下野守殿《しもつけのかみどの》の御乳母《おんめのと》の子《こ》たる、鎌田正清《かまだまさきよ》であるぞ」

と言葉《ことば》をかけると、

「当方《とうほう》は筑紫八郎為朝《つくしのはちろうためとも》だ。お前《まえ》はわが源氏一家《げんじいつか》の

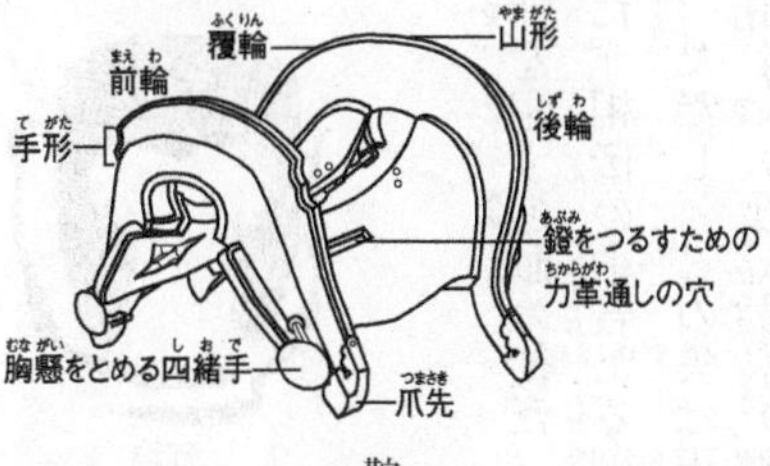

鞍

郎等《ろうどう》のようだな。いくら、たまたまその日《ひ》の敵《てき》となったにしても、どうしてお前《まえ》が、代々仕《だいだいつか》えてきた主《しゅ》君《くん》を討《う》ってよかろうか。引《ひ》き退《しりぞ》け」

と、申《もう》し聞《き》かせた。

正清《まさきよ》は、大声《おおごえ》をたてて笑《わら》い、言葉《ことば》も惜《お》しまず申《もう》すに、

「常日《つねひ》ごろは相伝《そうでん》の主君《しゅくん》ながら、ただ今《いま》は八《やっ》つの重罪《じゅうざい》を犯《おか》す逆賊《ぎゃくぞく》の徒《と》だ。この正清《まさきよ》は、朝廷《ちょうてい》から副将軍《ふくしょうぐん》たれと公《おおやけ》の命《めい》を頂戴《ちょうだい》した。相伝《そうでん》の主君《しゅくん》たる御《おん》身《み》に、郎等《ろうどう》の射《い》る矢《や》が立《た》つか立《た》たぬか、試《こころ》みられよ。ただし、この矢《や》は正《まさ》清《きよ》が射《い》るものではない、皇室《こうしつ》の神《かみ》たる伊勢《いせ》大神宮《だいじんぐう》、石清水《いわしみず》の正八幡宮《しょうはちまんぐう》の御《おん》矢《や》だ」

と言《い》って、わが言葉《ことば》が終《お》われば、この君《きみ》に射《い》られ申《もう》してしまうであろうと思《おも》い、急《いそ》いで最初《さいしょ》の矢《や》を放《はな》ったところ、御曹司《おんぞうし》の左《ひだり》の頰先《ほおさき》と顔面防具《がんめんぼうぐ》の半《は》頭《つぶり》とを傷《きず》つけかすめて、兜《かぶと》の吹返《ふきかえ》しの先端《せんたん》に激《はげ》しく射立《いた》てた（六十四頁の

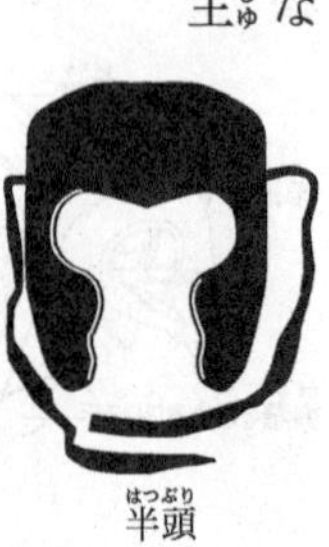
半頭《はつぶり》

兜図、参照)。

御曹司《おんぞうし》は、憎《にく》らしさのあまり、その矢《や》を荒々《あらあら》しく引《ひ》き抜《ぬ》いて投《な》げ捨《す》て、射返《いかえ》すべき矢《や》も射《い》ず、

「憎《にく》い奴《やつ》め。矢《や》がもったいないゆえ、射《い》ることはすまい。奴《やつ》に馬《うま》を押《お》し並《なら》べ、組《く》みついて生《い》け捕《ど》りにせよ、皆《みな》の者《もの》」

と言《い》って、弓《ゆみ》を左脇《ひだりわき》に抱《かか》え込《こ》み、

「鎌田《かまだ》めを逃《に》がすな、正清《まさきよ》、取《と》りそこなうな」

と叫《さけ》び、そう命《めい》じられた手《て》勢二十八騎《ぜいにじゅうはっき》、喚声《かんせい》をあげて駆《か》けだすと、正清《まさきよ》は捕《つか》まるまいと、引《ひ》き返《かえ》して打《う》ち合《あ》うこともせず、ひたすら河原《かわら》を下流《かりゅう》へ二《に》百《ひゃく》メートルあまり、鞭《むち》と鐙《あぶみ》とを使《つか》って、馬《うま》を走《はし》りに走《はし》らせて逃《に》げたのであった。

「おのれは、どこまで逃《に》げるか、どこまで」

と、声《こえ》を張《は》り上《あ》げて追撃《ついげき》する。白河北殿《しらかわきたどの》の南《みなみ》にあった寺《てら》、宝荘厳院《ほうしょうごんいん》の西門《にしもん》で攻《せ》めたてたが、相手《あいて》が引《ひ》き返《かえ》して戦《たたか》おうともしないため、御曹司《おんぞうし》は馬《うま》を

立《た》ちとどまらせ、

「若郎等《わかろうどう》よ、長追《ながお》いするな。馬《うま》の息《いき》が切《き》れてしまう。

また北殿《きたどの》の門《もん》の守《まも》りも、不安《ふあん》だ。門《もん》から遠《とお》く離《はな》れ、間《あいだ》に敵《てき》が割《わ》り込《こ》んで押《お》し隔《へだ》てられてしまえば、門《もん》が攻《せ》め破《やぶ》られてしまおう。父《ちち》の判官殿《ほうがんどの》は、心《こころ》は勇《いさ》ましくていらっしゃろうとも、老武者《ろうむしゃ》ゆえ、力《ちから》で対抗《たいこう》できまい。兄《あに》の方々《かたがた》は、口《くち》は賢《かしこ》げに物事《ものごと》をおっしゃるけれども、無勢《ぶぜい》でもって多勢《たぜい》を防《ふせ》ぐことはできますまい。さあ若郎等《わかろうどう》」

と言《い》って引《ひ》き返《かえ》す。

正清《まさきよ》は、大炊御門大路《おおいみかどおおじ》を西《にし》へ、鴨川《かもがわ》を渡《わた》って逃《に》げるべきであったが、主君《しゅくん》の前《まえ》へ敵《てき》を誘《さそ》い込《こ》むことになるのは悪《わる》かろうと思《おも》い、東《ひがし》の河原《かわら》を三百《さんびゃく》メートルほど逃《に》げたのであった。

敵《てき》が引《ひ》き返《かえ》すのを見《み》て、正清《まさきよ》は川《かわ》を馳《は》せ渡《わた》って川上《かわかみ》に向《む》かい、下野守《しもつけのかみ》の前《まえ》に馳《は》せ参《さん》じ、馬《うま》より飛《と》び下《お》り兜《かぶと》を脱《ぬ》いで、その紐《ひも》を肩《かた》の前《まえ》にある左右《さゆう》の高紐《たかひも》（九十一頁の図参照）に掛《か》けて背《せ》に負《お》い、跪《ひざまず》いて、弓《ゆみ》を脇挟《わきばさ》み、あえ

ぎあえぎ申《もう》し上《あ》げたのには、

「この正清《まさきよ》、東国《とうごく》でたびたび戦《たたか》いを経験《けいけん》してまいりますけれども、これほどに馬脚《ばきゃく》の騒々《そうぞう》しく、戦《たたか》いぶりの手厳《てきび》しい敵《てき》にいまだ会《あ》ったことがございません。今《いま》はこれまで、と思《おも》われました。

八郎殿《はちろうどの》が、先《さき》に一矢《ひとや》を射《い》られて憎《にく》さのあまり、「生《い》け捕《ど》りにしてくれよう」と馬《うま》で駆《か》け出《だ》されたので、かなわないと考《かんが》えまして、取《と》って返《かえ》して逃《に》げましたところ、「おのれはどこまで逃《に》げるか、どこまで」と、攻《せ》めかかって来《こ》られたその馬《うま》の足音《あしおと》は、雷《かみなり》の落《お》ちかかるように思《おも》われたことでした。

ああ、恐《おそ》ろしい」

と語《かた》ったのだった。

❖くだんの馬《うま》は、跳《は》ね走《はし》りて西《にし》の河原《かはら》へ走《はし》り出《い》でたりけるを、鎌田次郎《かまだのじらう》、見《み》つけて、下野守殿《しもつけのかみどの》に、

「これ御覧《ごらん》じ候《さうら》へ。この馬《うま》に立《た》ちて候《さうら》ふ矢《や》よ。八郎御曹司《はちらうおんざうし》、あそばしたる御矢《おんや》なり。

かかることこそ、承《うけたまは》り及《およ》び候《さうら》はね。この馬《うま》の主《ぬし》、無《な》きことは候《さうら》はじ。前輪《まへつわ》・後輪《しづわ》に矢《や》の通《とほ》りたるだに候《さうら》ふに、主《ぬし》も鎧着《よろひき》ぬことはよも候《さうら》はじ。あな、恐《おそ》ろし」

とて、舌《した》を振《ふ》りて申《まう》しければ、下野殿《しもつけどの》、これを見給《みたま》ひて、

「八郎《はちらう》が弓勢《ゆんぜい》いかめしと言《い》ふとも、いかでかさることはあるべき。前輪《まへつわ》を射《い》わるだにもありがたきに、主《ぬし》を射通《いとほ》して尻輪《しりわ》に射《い》つくべきやうやあるべき。

これは八郎《はちらう》が人《ひと》をおどさんとて、はかりことに作《つく》りて出《い》だしたるぞ。どこなりける凡夫《ぼんぶ》境界《きやうがい》の者《もの》の、鎧武者《よろひむしや》を鞍《くら》ながら、これほど射通《いとほ》すべきぞ。正清《まさきよ》、一当《ひとあ》て当《あ》てて見《み》よ」

と宣《のたま》へば、承《うけたまは》りぬとて、百騎《ひやつき》ばかりの勢《せい》にて押《お》し寄《よ》せて、

「大炊御門《おほひのみかど》が末《すゑ》、南《みなみ》へ向《む》かひて固《かた》め給《たま》ふは源氏《げんじ》か、平氏《へいし》か。かう申《まう》すは、下野守殿《しもつけのかみどの》の御乳母子《おんめのとご》、鎌田次郎正清《かまだのじらうまさきよ》なり」

と申《まう》しければ、

「これは筑紫八郎為朝《つくしのはちらうためとも》なり。汝《なんぢ》は一家《いつけ》の郎等《らうどう》ごさんなれ。さこそ、日《ひ》の敵《かたき》になるとも、いかでか、おのれは相伝《さうでん》の主《しゆう》をば討《う》つべきぞ。引《ひ》いて退《の》け」

とぞ宣《のたま》ひける。

正清《まさきよ》、あざ笑《わら》ひて言葉《ことば》もたばはず申《まう》しけるは、

「日《ひ》ごろは相伝《さうでん》の主《しゆう》、ただ今《いま》は八逆《はちぎやく》の凶徒《きようと》なり。正清《まさきよ》は、副将軍《ふくしやうぐん》の宣旨《せんじ》をかうぶつたり。相伝《さうでん》の主《しゆう》の御身《おんみ》に、郎等《らうどう》の射《い》る矢《や》は立《た》つや立《た》たずや、試《こころ》み給《たま》へ。ただし、この矢《や》は正清《まさきよ》が射《い》る矢《や》にあらず、伊勢大神宮《いせだいじんぐう》、正八幡宮《しやうはちまんぐう》の御矢《おんや》なり」

とて、我《わ》が言葉《ことば》はてなば、この君《きみ》に射《い》られ奉《たてまつ》りなんずと思《おも》ひて、一《いち》の矢《や》を放《はな》ちければ、御曹司《おんざうし》の左《ひだり》の頰《ほう》さき、半頭《はつぶり》の間《あひだ》を射《い》けづりて、甲《かぶと》の手先《てさき》にしたたかに射《い》つけたり。

御曹司《おんざうし》、あまりのねたさに、矢《や》をばひきかなぐりて投《な》げ捨《す》てて、答《たふ》の矢《や》をば射《い》ずして、

「憎《にく》い奴《やつ》かな。矢《や》だうなに射《い》まじきぞ。押《お》し並《なら》べて、組《く》んで手取《てど》りにせよや、者《もの》ども」

とて、矢《や》をば脇《わき》にかい挟《はさ》み、

「鎌田《かまだ》め逃《に》がすな、正清《まさきよ》、あますな」

とて、二十八騎《にじふはつき》、喚《をめ》いて駈《か》け出《い》でければ、正清《まさきよ》、取《と》られじと、取《と》つて返《かへ》しても打《う》ち合《あ》はず、河原《かはら》を下《くだ》りに二町《にちやう》ばかり、鞭《むち》・鐙《あぶみ》をそろへて、もみにもうでぞ逃《に》げたりける。

「おのれはいづくまで、どこまで」

と、声《こゑ》を上《あ》げて攻《せ》めかかる。宝荘厳院《ほうしやうごんいん》の西《にし》の門《もん》にて、攻《せ》めかかりたりけるが、返《かへ》しも合《あ》はせねば、御曹司《おんざうし》、馬《うま》うち止《とど》めて、

「若党《わかたう》、長追《ながお》ひなせそ。馬《うま》の息《いき》の絶《た》ゆるに。また門《もん》も、おぼつかなし。遠《とほ》うなつて、中《なか》に押《お》し隔《へだ》てられなば、門《もん》、破《やぶ》れなんず。判官殿《はうぐわんどの》は、心《こころ》はたけくおはすとも、老《お》い武者《むしや》なれば、力《ちから》かなふまじ。兄殿《あにとの》ばらは、口《くち》はさかしくものは宣《のたま》へども、無勢《ぶせい》にて多勢《たせい》を防《ふせ》くことはかなふまじ。いざ若党《わかたう》」

とて引《ひ》き返《かへ》る。

正清《まさきよ》は、大炊御門《おほひのみかど》を西《にし》へ逃《に》ぐべき者《もの》が、主《しゆう》の前《まへ》へ敵《かたき》をおびき入《い》れんこと、悪《あ》しかりなんと思《おも》ひければ、東河原《ひがしかはら》を三町《さんちやう》ばかりぞ逃《に》げたりける。

敵《かたき》の引《ひ》き返《かへ》るを見《み》て川《かは》を馳《は》せ渡《わた》つて、上《のぼ》りに下野守《しもつけのかみ》の前《まへ》に馳《は》せ参《さん》じ、馬《うま》より飛《と》ん

で下《お》り兜《かぶと》を脱《ぬ》ぎ、高紐《たかひも》に掛《か》け、弓脇挟《ゆみわきばさ》み、あへたくあへたく申《まう》しけるは、「正清《まさきよ》、東国《とうごく》にて数度《すど》の戦《いくさ》にあひて候《さうら》へども、これほどに馬《うま》の足《あし》、騒《さは》がしく、戦《いくさ》たち、けはしき敵《かたき》にまだ会《あ》ひ候《さうら》はず。今《いま》はかうとぞ覚《おぼ》え候《さうら》ひつる。先《さき》さまに一矢《ひとや》を射《い》られて、あまりのねたさに、八郎殿《はちらうどの》の「手取《てど》りにせん」とて駆《か》け出《い》でさせ給《たま》ひつれば、かなはじと存《ぞん》じ候《さうら》ひて、取《と》つて返《かへ》して逃《に》げ候《さうら》ひつるに、攻《せ》めかかり給《たま》ひつる馬《うま》の足音《あしおと》は、雷《いかづち》の落《お》ちかかるやうにこそ覚《おぼ》え候《さうら》ひつれ。あら、恐《おそ》ろし」と、「おのれはいづくまで、いづくまで」と、攻めかかり給ひつる馬の足音は、とぞ申《まう》しける。

✲騎馬戦《きばせん》における為朝の実力発揮《はっき》が、この場面の眼目《がんもく》です。馬の足音が落雷《らくらい》のように聞こえたという正清の告白《こくはく》が、端的《たんてき》にそれをものがたっていました。平氏の郎等、伊藤忠清《ただきよ》を驚愕《きょうがく》させた強弓《ごうきゅう》ぶりに加えて、騎馬戦における圧倒的な力を描いてみせるのです。一つ一つの言葉が活《い》き活《い》きしていて、躍動感あふれる表現となっています。矢の貫通《かんつう》した鞍《くら》を載《の》せて義朝勢の前に現れた馬の乗り主は、一匹狼的《いっぴきおおかみてき》な平家武士でした。本書では省略しましたが、清盛軍全体が退却《たいきゃく》したのち、ただ一人踏《ふ》みとどまって為朝にいどみ、先に矢を射かけたものの、鞍ごと射貫《いぬ》かれてしまったのです。

正清は、先の景綱《かげつな》と同様、言葉では負けていません。わが家の郎等《ろうどう》のくせにという為朝の非難《ひなん》に、今やそちらは朝廷《ちょうてい》に逆らう身と言い返しつつ、恐怖心《きょうふしん》に駆《か》られて急いで矢を放つ。矢は相手の頬《ほお》を射削《いけず》って怒りを誘発《ゆうはつ》してしまい、激しい追撃《ついげき》にあう、というふうに、景綱の時とは微妙《びみょう》に変えながら、騎馬戦の話を持ち出しています。

鎌田正清は、藤原秀郷《ひでさと》の血筋《ちすじ》を引く山内首藤《やまのうちすどう》氏の一族で、祖父が源頼義《よりよし》の、父が同為義の郎従《ろうじゅう》でした。代々源氏に仕えてきた家柄《いえがら》で、『愚管抄《ぐかんしょう》』は彼のことを、義朝の「一《いち》ノ郎等《ろうどう》」と記しています。父の時より駿河国《するがのくに》の鎌田《かまだ》に住んでそれを姓《せい》とし、母が義朝の乳母《めのと》、それゆえ、「乳母子」と自称《じしょう》しているわけです。三年後の平治の乱で、主君と死を共にしますが、その主従愛の強さは、『平家物語』で語られる木曾義仲《きそよしなか》と今井四郎兼平《いまいしろうかねひら》との乳母子関係に等しいものとして語り継がれてきました。静岡県磐田《いわた》市には、かつて伊勢神宮《いせじんぐう》の領地の鎌田御厨《かまだのみくりや》があり、その地に、正清（改名して政家《まさいえ》）の墓と伝えるものが今に残っています。

正清は矢を射る際、伊勢神宮とともに石清水《いわしみず》八幡の名をあげていました。今日では、源氏の氏神としての方が知られている石清水八幡ですが、祭っているのは応神《おうじん》天皇、従ってこちらも本来は皇室の守護神《しゅごしん》でした。ですから、正清は、この矢は皇室を護《まも》る神々の放つ矢なのだ、と言っていることになります。

義朝の前で正清が、兜《かぶと》を高紐《たかひも》に掛けるという動作が語られていましたが、兜についている二本の緒《お》を、両肩から前に回し、左右それぞれの高紐（九十一頁図参照）の内側から外側へめぐらして正面で結び、背中に背負うことを意味しています。貴人《きじん》の前では、礼儀を正すべく、そうしたのでした。

(7) 義朝《よしとも》を落馬寸前《らくばすんぜん》に

敵《てき》を前《まえ》に、八郎殿《はちろうどの》は、部下《ぶか》の郎等《ろうどう》に命《めい》じて矢《や》を射《い》させたり、組討《くみう》ちさせたりして戦《たたか》っていたものの、相手《あいて》が、こちらにふさわしい身分《みぶん》と名乗《なの》らぬ限《かぎ》りは、矢《や》を惜《お》しんで射《い》なかった。

下野守義朝《しもつけのかみよしとも》が門前《もんぜん》に進《すす》み出《で》て、

「八郎《はちろう》の弓勢《ゆんぜい》はどれほどか、並々《なみなみ》ならぬ激《はげ》しさと言《い》うようだが。この義朝《よしとも》が試《ため》してみよう」

とおっしゃったので、

「承知《しょうち》した」

と言《い》って、乳母子《めのとご》の須藤九郎家季《すどうくろういえすえ》を招《まね》き寄《よ》せ、

「坂東武者《ばんどうむしゃ》の常《つね》として、親《おや》が死《し》に、子《こ》が死《し》んでも顧《かえり》みず、それを乗《の》り越《こ》え、乗《の》り越《こ》え戦《たたか》ってくる。敵《てき》は多《おお》いし、こちらの矢《や》は少《すく》ない。手持《ても》ちの矢《や》を射《い》

つくしてしまったのちは、太刀《たち》での打《う》ち合《あ》いになるだろう、そうなったら、一騎《いっき》が敵百騎《てきひゃっき》に対戦《たいせん》したところで、手《て》に負《お》えまい。この門《もん》は攻《せ》め破《やぶ》られてしまおう。他《た》の門《もん》から破《やぶ》られようとも、ここを破《やぶ》らせまいと思《おも》うぞ。大将軍《たいしょうぐん》が、このように自《みずか》ら攻《せ》め寄《よ》せて指図《さしず》するのでは、百騎《ひゃっき》が一騎《いっき》になるまでも、兵《つわもの》たちは攻《せ》め入《い》ることを止《や》めまい。それゆえ、下野殿《しもつけどの》に矢風《やかぜ》を浴《あ》びせて驚《おどろ》かせようと思《おも》うがどうか」

と言《い》われたから、家季《いえすえ》が、

「ご失敗《しっぱい》なさり、けがを負《お》わせなさりましょう」

と、制止《せいし》申《もう》したところ、

「お前《まえ》ほどにこの為朝《ためとも》を、腕前《うでまえ》のずさんな者《もの》と思《おも》うか。ほどよいくらいに矢《や》を射《い》かけ、退却《たいきゃく》させ申《もう》そう。大将《たいしょう》が退《しりぞ》けば、兵《つわもの》どもの引《ひ》かぬことがあろうか」

との返答《へんとう》。

下野守《しもつけのかみ》は、敵陣《てきじん》の門《もん》に向《む》かおうとはせず、反対側《はんたいがわ》の道路《どうろ》に面《めん》した御堂《みどう》

(宝荘厳院《ほうしょうごんいん》)の門《もん》のうち、西寄《にしよ》りの北向《きたむ》きに開《ひら》いた門《もん》、その扉《とびら》の分厚《ぶあつ》く堅《かた》い側面《そくめん》の板《いた》の方立《ほうだて》を後《うし》ろに当《あ》て、北《ほく》東《とう》を向《む》いて馬上《ばじょう》に立《た》ちあがり、弓《ゆみ》を杖代《つえが》わりについて指図《さしず》していた。

八郎《はちろう》は、御所《ごしょ》の中《なか》、南東《なんとう》の方角《ほうがく》へ馬《うま》を打《う》ち寄《よ》せ、築《つい》地《じ》に弓《ゆみ》の丈《たけ》二《ふた》つ(五《ご》メートル弱《じゃく》)ほどに近《ちか》づいて、さっと立《た》ちあがり、鏃《やじり》の良《よ》い征矢《そや》を弓弦《ゆみづる》に引《ひ》っ掛《か》け、人《ひと》の頭越《あたまご》しに、よく引《ひ》き絞《しぼ》ってひょうと射《い》た。

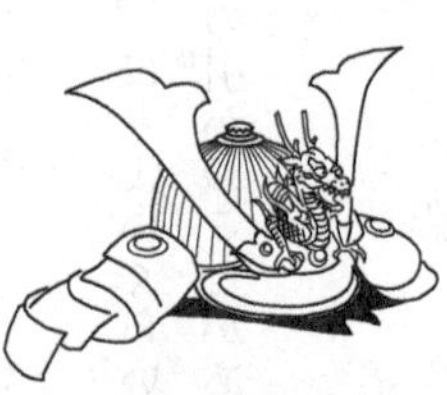
竜頭に鍬形の兜

矢《や》は、竜《りゅう》の飾《かざ》り物《もの》と鍬形《くわがた》とを取《と》り付《つ》けた兜《かぶと》の鋲頭《びょうとう》の星《ほし》を、七《なな》つ八《やっ》つからりと弾《はじ》き飛《と》ばし、後《うし》ろの方立《ほうだて》の板《いた》に、矢竹《やだけ》の半分過《はんぶんす》ぎまで射込《いこ》んだ。下野《しもつけの》守《かみ》は、目《め》の前《まえ》が暗《くら》くなり馬《うま》より落《お》ちそうになったものの、鞍《くら》の前輪《まえわ》、馬《うま》のたてがみに取《と》りつき、兜《かぶと》の内側《うちがわ》を手《て》で探《さぐ》ってみれば矢《や》も立《た》っていなかった。

そこで、起《お》きあがり気分《きぶん》を取《と》り直《なお》し、どうということもないようにふるまいつつ、

「八郎《はちろう》は、うわさに聞《き》いたのとは似《に》てもいず、腕前《うでまえ》が雑《ざつ》で荒《あ》れていたことよ。敵《てき》も敵《てき》、この義朝《よしとも》ほどの敵《てき》を、下手《へた》に仕損《しそん》じたものだな」

と申《もう》された、そこで、為朝《ためとも》は大声《おおごえ》で笑《わら》い、

「第一《だいいち》の矢《や》は、兄《あに》でいらっしゃいますから、遠慮《えんりょ》いたしましたうえ、あれこれ考《かんが》えるところがありまして、的《まと》を外《はず》してさしあげた。お許《ゆる》しがございますならば、第二《だいに》の矢《や》においては、ご指示《しじ》に従《したが》うことにいたしましょう。

お顔《かお》のあたりは恐《おそ》れ多《おお》うございます。お首《くび》の骨《ほね》か、鎧《よろい》の胸板《むないた》か、その下《した》の三段目《さんだんめ》の板《いた》か、左脇《ひだりわき》の屈継《くつけい》の部分《ぶぶん》か、肩《かた》にある障子《しょうじ》の板《いた》か、右脇《みぎわき》の脇盾《わいだて》の壺板《つぼいた》のはずれか。胸正《むねしょう》面《めん》の弦走《つるばしり》か、股《もも》を覆《おお》う草《くさ》

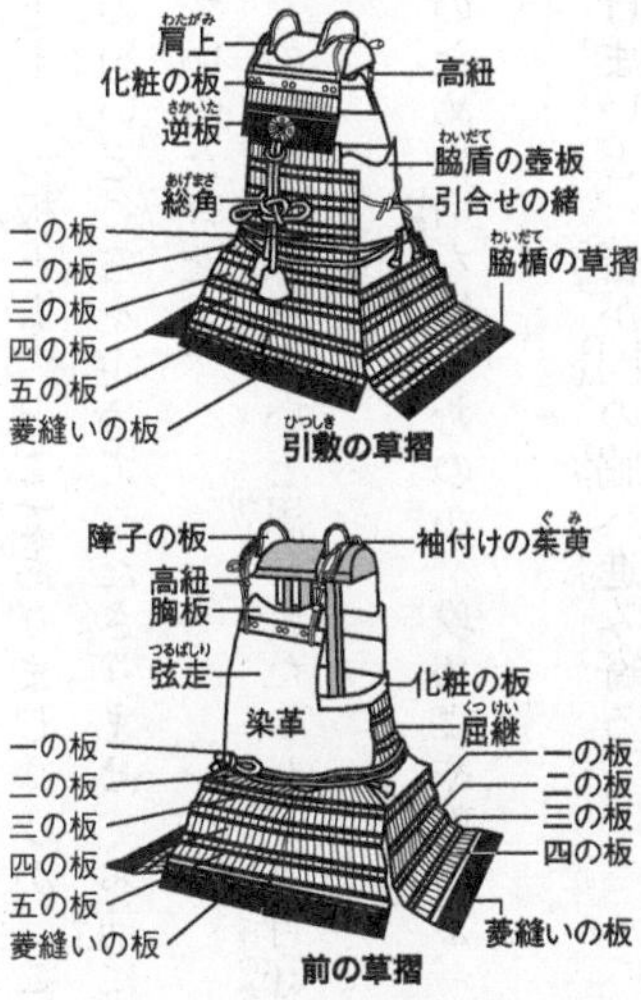

大鎧

摺《ずり》の一《いち》、二《に》の板《いた》か。一《いち》の板《いた》とも二《に》の板《いた》とも、どこでありましょうか、ここと、うちたたきなさり、矢《や》の狙《ねら》いどころを定《さだ》めてくださりませ。お前《まえ》におります雑人《ぞうにん》らは、脇《わき》へ退《しりぞ》けていただきたい」

と言《い》って、矢《や》をつがえて引《ひ》くのを見《み》て、まずいと思《おも》われたのか、下野守《しもつけのかみ》は扉《とびら》の陰《かげ》へ馬《うま》を寄《よ》せつけ、

「相模《さがみ》の若者《わかもの》どもよ、いつのために命《いのち》を惜《お》しむのか。攻《せ》めよや攻《せ》めよ、馬《うま》で駆《か》けよや駆《か》けよ」

と命《めい》じられたゆえ、人《ひと》に負《ま》けまいと、皆《みな》が門《もん》の脇《わき》へ進《すす》み寄《よ》る。

❖敵《かたき》をば八郎殿《はちろうどの》は、郎等《ろうどう》をもつて射《い》させたり、組《く》ませたり戦《たたか》へども、よき敵《かたき》と名《な》乗《の》らぬかぎりは、矢《や》を惜《を》しみて射《い》ざりけり。

下野守義朝《しもつけのかみよしとも》、門前《もんぜん》へ進《すす》み出《い》でて、

「八郎《はちらう》が弓勢《ゆんぜい》、いかほどぞ、いかめしと言《い》ふなるを。義朝《よしとも》、試《こころ》みん」

と宣《のたま》ひければ、

「承《うけたまは》りぬ」

とて、乳母子《めのとご》の須藤《すどう》九郎《くらう》家季《いへすゑ》を招《まね》き寄《よ》せて、

「坂東《ばんどう》の者《もの》のならひ、親死《おやし》に、子死《こし》ねども顧《かへり》みず、乗《の》り越《こ》え、乗《の》り越《こ》え戦《たたか》ふ。敵《かたき》は多《おほ》し、矢《や》は少《すく》なし。矢種《やだね》、射《い》つくしてんのちは、太刀《たち》打《う》ちになりなんには、一騎《いつき》が百騎《ひやつき》にあふといふとも、かなふまじ。門《もん》、破《やぶ》られなんず。他所《たしよ》よりは破《やぶ》るとも、ここをば破《やぶ》らせじと、思《おも》ふなり。大将軍《たいしやうぐん》の、かやうに攻《せ》め寄《よ》せて下知《げぢ》せんには、百騎《ひやつき》が一騎《いつき》になるまでも、兵《つはもの》、入《い》り止《や》むまじ。されば下野殿《しもつけどの》に、矢風《やかぜ》、負《お》はせ申《まう》さんと思《おも》ふはいかに」

と宣《のたま》へば、家季《いへすゑ》が申《まう》しけるは、

「御過《おんあやま》ちばし、せさせ給《たま》はん」

とて制止《せいし》申《まう》せば、

「われほどに為朝《ためとも》をば、手《て》もと、あばらなる者《もの》と思《おも》ふか。よきほどに射《い》かけて、退《しりぞ》け申《まう》さん。大将《たいしやう》引《ひ》かば、兵《つはもの》ども、引《ひ》かざるべきか」

下野守《しもつけのかみ》、門《もん》には向《む》かはで、向《む》かひの面《つら》なる御堂《みだう》の門《もん》の西《にし》へ寄《よ》り、北《きた》へ向《む》いたるに、

方立《はうだて》にうしろを当《あ》て、丑寅向《うしとらむ》きにうつ立《た》ちて、弓杖《ゆんづゑ》ついて下知《げぢ》しけり。

八郎《はちらう》は御所《ごしよ》の内《うち》、辰巳《たつみ》の方《かた》へうち寄《よ》せて、築垣《ついがき》に弓杖二杖《ゆんづゑにぢやう》ばかり寄《よ》りつきて、つい立《た》ちあがつて、矢根《やね》よき征矢《そや》をうちくはせて、人《ひと》の上越《うはご》しに、よつ引《ぴ》いてひやうど射《い》たり。

竜頭《たつがしら》に鍬形打《くはがたう》つたる甲《かぶと》の星《ほし》、七《なな》つ八《やつ》つ、からりと射散《いち》らして、うしろなる御堂《みだう》の門《もん》の方立《はうだて》の板《いた》に、篦中《のなか》すぎてぞ射通《いとほ》したる。下野守《しもつけのかみ》、目《め》くれて馬《うま》より落《お》ちんとするが、鞍《くら》の前輪《まへつわ》、馬《うま》の揺髪《ゆがみ》に取《と》りつきて、甲《かぶと》をさぐれば矢《や》も立《た》たざりければ、起《お》き上《あ》がりて心地《ここち》を取《と》り直《なほ》し、へらぬよしにもてなして申《まう》しけるは、

「八郎《はちらう》は、聞《き》きつるには似《に》ず、手《て》こそあばらなりけれ。敵《かたき》も敵《かたき》にこそよれ、義朝《よしとも》ほどの敵《かたき》を悪《わろ》くつかまつるものかな」

と宣《のたま》ひければ、為朝《ためとも》、あざ笑《わら》ひて申《まう》しけるは、

「一《いち》の矢《や》は、兄《あに》にてましませば、ところを置《お》き奉《たてまつ》る上《うへ》、かたがた存《ぞん》ずる意趣候《いしゆさうら》ひて、はづし奉《たてまつ》る。御許《おんゆる》され候《さうら》はば、二《に》の矢《や》においては仰《おほ》せに従《したが》ふべく候《さうら》ふ。御顔《おんかほ》のほどは恐《おそ》れ候《さうら》ふ、御首《おんくび》の骨《ほね》か、胸板《むないた》か。三《さん》の板《いた》、屈継《くつけい》、障子《しやうじ》の板《いた》か、脇盾《わいだて》、

壺《つぼ》のあまりか。弦走《つるばしり》か、一《いち》、二《に》の草摺《くさずり》か。一《いち》の板《いた》とも二《に》の板《いた》とも、いづくに候《さうら》ふぞ、打《う》ちたたかせ給《たま》ひて、矢壺《やつぼ》を定《さだ》めてたまはり候《さうら》へ。御前《ごぜん》にさぶらふ雑人《ざふにん》ら、のけられ候《さうら》へ」

とて、うちつがうて引《ひ》くを見《み》て、よしなしとや思《おも》はれけん、下野守《しもつけのかみ》、扉《とびら》の陰《かげ》へうち寄《よ》せて、

「相模《さがみ》の若党《わかたう》、いつの料《れう》に命《いのち》を惜《を》しむべきぞ。攻《せ》めよ攻《せ》めよ、駆《か》けよ駆《か》けよ」

と下知《げぢ》せられければ、我劣《われおと》らじと、門《もん》の脇《わき》に進《すす》み寄《よ》る。

✽ 兄弟対決は、みごと弟の勝ち、相手を見くびっていた兄を圧倒したのでした。部下に攻撃を命じ、自らは身を隠す義朝の姿は滑稽《こっけい》で、笑いを誘います。実はこれ以前に、二人が初めて対峙《たいじ》した場面があり、そこでは為朝への挑戦を命じられた東国武士らが、「それそれ、我々をおだててだまし、殺そうとしておられる」と、ささやきあったという滑稽なやり

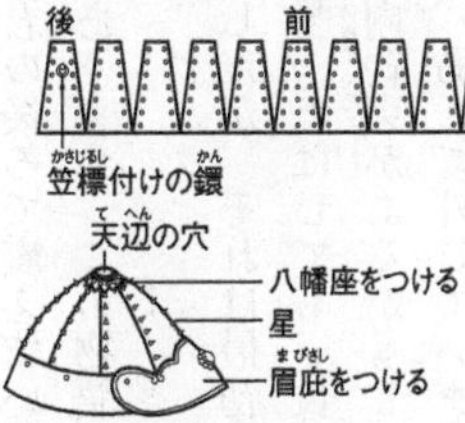

兜の制作過程

取りが描かれています。また、為朝の追撃から逃げおおせ、主君の後ろで震《ふる》えている鎌田が、仲間から嫌《いや》みな一言を浴《あ》びせられて、笑われる場面もあります。この物語の作者は、陽気な性格の一面を持っていたのに違いありません。

為朝は、考えるところがあってわざと射《い》外《はず》したと言っていましたが、それは最初の対峙《たいじ》場面で、天皇と上皇は兄弟、為義と義朝は父子、どちらが勝ったにしても、負けた方が助命《じょめい》を願い出れば、助けてもらうことにしようという、内約束《うちやくそく》があるかもしれないと考えたことでした。そしてその時は、弓につがえた矢を、あえて外していました。「やさしう情《なさ》けをわきまへた（理解している）」為朝だったと語られています。

兜《かぶと》の星というのが分かりにくいかもしれません。兜は、台形の鉄片《てっぺん》を重ね合わせて、丸く作っていきます（九十五頁の図参照）。重ねた部分を留めた鋲《びょう》の頭が「星」で、それに銀をかぶせると白く輝きますので、「白星《しらほし》の兜」と言われることになります。銀は鉄になじまないそうで、下地《したじ》にまず金を塗るよしです。

為朝の放ったのは「征矢《そや》」、戦闘用で鏃《やじり》の先がとがっています。狩猟用は「狩矢《かりや》」とか「野矢《のや》」と言い、多くの場合、雁股《かりまた》の鏃（三十頁の図参照）で、その根元《ねもと》に鏑《かぶら》がついていました。流鏑馬《やぶさめ》などで的《まと》を射る矢は「的矢《まとや》」と言い、矢の先端を鉄や銅で包んであります。なお、戦闘開始の合図として相互に矢を射交わす「矢合《やあわ》せ」には、鏑《かぶら》矢《や》を使いました。物事の始まりを意味する「嚆矢《こうし》」という言葉がありますが、それは本来、鏑矢のことで、中国で開戦を敵陣に通告《つうこく》するために射かけた矢であったことから、意味が拡大転化《かくだいてんか》していったのでした。「矢合せ」は、中国から来たしきたりだったのです。

★コラム4　為朝の強弓《ごうきゅう》実話

鎌倉幕府の記録『吾妻鏡』の建久《けんきゅう》二年（一一九一）八月一日の記事には、実際に保元の乱で三十五年前に為朝と対戦した東国武士の体験談が載っています。武士の名は大庭景能《おおばかげよし》、今の神奈川県藤沢《ふじさわ》市大庭の住人でした。彼の語ったところの要点《ようてん》を紹介すると、次のようになります。

「勇士の心すべきことは武具で、特に短めにするのがいいのは弓矢の長さ。為朝は「吾《わ》が朝《てう》、無双《ぶさう》の弓矢の達者」でありながら、弓矢の寸法が自らの身の程に過ぎていたのではないか。というのは、保元の乱の際、自分は為朝の弓手《ゆんで》（左側）にめぐり合わせ、相手が弓を引こうとしたその時、心中に思ったのは、あの方は九州のご出身ゆえ、馬上での弓扱《あつか》いが思い通りにはなるまい、自分は東国で乗馬に習熟《しゅうじゅく》している、そこで、すぐさま彼の馬手《めて》（右側）に馬を馳《は》せ巡《めぐ》らせたところ、向こうの予期《よき》に反して、弓の下をくぐることになり、この身に当たるところだった矢が膝に当たった。昔から伝えられたその場に臨んだ身の処し方を知らなければ、命を落とすところだったろう。勇士たる者は、ただ乗馬に練達すべきなのだ」

まず、彼がとっさに取った行動について。日本の弓術は、的に正確に当てるために、弓を握《にぎ》って伸ばした左腕《ひだりうで》と胸板《むないた》とが平面になるよう求められます。的が自分の背中の方、つまり左へ動けば、その平面を保ったままで身をよじればいいのですが、右へ動けば腕が肩のところで曲がってしまい、張りがなくなって正確に的に当てにくくなります。それを知っていた景能は、為朝の右側、しかも眼前へ、矢先の下をかすめるように、馬を走らせたのでした。

それはそれとして、この体験談から為朝が日本に二人といない弓矢の達人として、広く知れ渡っていたことが分かり、かつ、物語の語るほどではなかったにしても、大きめの弓を使っていたことも知られるのです。

物語でも大庭景能が為朝の矢で膝に傷を負ったことが、義朝を落馬寸前にまで追い込んだ右の一話に続いて語られます。使った矢は、先に紹介されていた巨大な鏑矢、どこでも当てればいいといいかげんに考えて放った結果、失敗したことになっています。鏑の音が「長鳴《ながな》りして」御所中に響き渡り、六寸もある二股《ふたまた》に分かれた雁股《かりまた》の鏃の一方の手先で、「片手切《かたてぎ》り」に膝の関節を「射切《いき》り」、馬の骨をも「射切《いき》って」、馬腹を貫通したと、大げさに、楽しく描かれているのです。

(8) 頼長《よりなが》の死《し》

(苦戦《くせん》を強《し》いられた義朝《よしとも》は、白河北殿《しらかわきたどの》への放火《ほうか》を信西《しんぜい》に要請《ようせい》して認《みと》められた。炎上《えんじょう》する御所《ごしょ》から崇徳院《すとくいん》も頼長《よりなが》も逃亡《とうぼう》、その過程《かてい》で頼長《よりなが》は首《くび》に矢《や》を受《う》け、瀕死《ひんし》の状態《じょうたい》となる。父《ちち》の忠実《ただざね》は、藤原氏《ふじわらし》の氏寺《うじでら》である興福寺《こうふくじ》に逃《のが》れた)

七月十二日《しちがつじゅうににち》、左大臣頼長殿《さだいじんよりながどの》は、まだ死《し》んではおられず、なお目《め》ばかり動《うご》いていらっしゃった。わずかばかりおっしゃることとしては、

「父上《ちちうえ》の入道殿《にゅうどうどの》にお会《あ》いし、お顔《かお》を見《み》て死《し》にたい」

との仰《おお》せ、それをお聞《き》きするにつけても悲《かな》しかったので、何《なん》としても南都《なんと》の奈良《なら》までお連《つ》れ申《もう》しあげることができようとは思《おも》われなかったけれど、もし連絡《れんらく》が取《と》れればこの様子《ようす》をお見《み》せしようと、昨日《きのう》のように車《くるま》にお乗《の》せして嵯峨《さが》の地《ち》を先《さき》に進《すす》むと、釈迦堂《しゃかどう》(清凉寺《せいりょうじ》)の前《まえ》で多《おお》くの僧侶《そうりょ》が出《で》てきて、お車《くるま》をお止《と》めした。それをさまざまに取《と》りなして許《ゆる》してもらい、桂川《かつらがわ》

東岸《とうがん》の梅津《うめづ》まで行《い》き、船賃《ふなちん》に単衣《ひとえ》の着物《きもの》の帷子《かたびら》を差《さ》し出《だ》して小舟《こぶね》二艘《にそう》を借《か》り、それを組《く》み合《あ》わせて柴木《しばき》を切《き》り入《い》れ、木《き》こり船《ぶね》だと言《い》って川《かわ》を下《くだ》す。日《ひ》が暮《く》れたので、鴨川《かもがわ》と合流《ごうりゅう》する川尻《かわじり》にその夜《よ》は留《とど》まった。

翌日《よくじつ》の十三日《じゅうさんにち》、木津川《きづがわ》に入《はい》ってさかのぼり、柞の森《ははそもり》（京都府相楽郡精華《きょうとふそうらくぐんせいか》町《ちょう》）の辺《へん》から、図書寮《ずしょりょう》の三等官《さんとうかん》の職《しょく》にある惟宗俊成《これむねとしなり》を派遣《はけん》して、

「富家殿《ふけどの》、忠実様《ただざねさま》に、もう一度《いちど》、ご対面申《たいめんもう》しあげようとして、いらっしゃっておられます。最後《さいご》のご様子《ようす》をご覧《らん》になられますように」

と、お伝《つた》えしたけれども、

「そのこと、かえってよくないゆえ、お会《あ》いすまい」

とおっしゃられたそのお心《こころ》のうち、推《お》し量《はか》られるところである。走《はし》り出《で》てお迎《むか》えして差《さ》しあげたく、お思《おも》いになったものの、あまりにつらくて、

「どうして息子《むすこ》が、この入道《にゅうどう》の姿《すがた》を見《み》ようと思《おも》うことがあろうか。私《わたくし》も見《み》られたいとも思《おも》わないものを。なあ俊成《としなり》よ、藤原氏《ふじわらし》の長《ちょう》たるほどの人《ひと》が、武器《ぶき》に傷《きず》つけられるようなことがあってよかろうか。そんな不運《ふうん》な者《もの》に対《たい》

面《めん》することは、礼儀《れいぎ》を知《し》らぬことになろう。この目《め》にも見《み》えず、耳《みみ》にも聞《き》こえないようなところへ行《い》くがよい」

とおっしゃり、お涙《なみだ》で声《こえ》を詰《つ》まらせなさった。確《たし》かにそうお思《おも》いになったことであろう、お聞《き》きするにつけても悲《かな》しいことであった。

俊成《としなり》は走《はし》りかえって、ことの次第《しだい》をお話《はな》しすると、左大臣《さだいじん》は大《おお》きくうなずかれて、顔《かお》のご様子《ようす》がお変《か》わりになり、ご自身《じしん》の舌《した》の先《さき》を食《く》い切《き》って血《ち》を吐《は》き出《だ》された。どのようなお考《かんが》えとも理解《りかい》しがたい。恐《おそ》ろしいことであった。

結果《けっか》として、どちらへお連《つ》れしてよいかも分《わ》からず、すっかり途方《とほう》に暮《く》れてしまった。母方《ははかた》のおじに当《あ》たる千覚律師《せんがくりつし》を探《さが》し求《もと》めたけれどもいなか

ったので、その甥《おい》の松室《まつむろ》の僧坊《そうぼう》に住《す》む玄顕得業《げんけんとくごう》を訪《たず》ねて会《あ》った。そこで、玄顕《げんけん》が急《いそ》いでやって来《き》て、輿《こし》に抱《いだ》いてお乗《の》せし、南都《なんと》へお入《い》れする。玄顕《げんけん》の僧坊《そうぼう》は、興福寺《こうふくじ》の隅《すみ》にある建物《たてもの》だったので、人目《ひとめ》を警戒《けいかい》して近所《きんじょ》の小《ちい》さな家《いえ》に抱《だ》いてお入《い》れし、さまざまに介抱《かいほう》してさしあげ、お粥《かゆ》の上澄《うわず》みなどをお勧《すす》めしたけれども少《すこ》しも喉《のど》へお入《い》れにならない。玄顕《げんけん》はお見受《みう》けするにつけて悲《かな》しく、お枕《まくら》の傍《そば》に参《まい》って、

「玄顕《げんけん》が参《まい》りましたぞ。あなた様《さま》はお目《め》に入《はい》っておられますか」

と、お耳元《みみもと》で声高《こわだか》に申《もう》したところ、うなずきなさったけれど、お分《わ》かりになっているご様子《ようす》ではない。

七月十四日《しちがつじゅうよっか》の午前六時《ごぜんろくじ》ころには、その小家《こいえ》にお入《い》れしたが、とうとうその日《ひ》の正午《しょうご》ばかりの時《とき》、お亡《な》くなりになられた。玄顕《げんけん》をはじめとして、皆《みな》、悲《かな》しむよりほかのことはなかった。

そのままにしてお置《お》きするわけにもいかなかったので、夜《よる》になってから、人目《ひとめ》を忍《しの》んで、般若野《はんにゃの》にある墓地《ぼち》へご遺体《いたい》をお移《うつ》しし、土葬《どそう》にして差《さ》しあ

げ、泣《な》く泣《な》く帰《かえ》ってきたのであった。


❖十二日《じふににち》、左大臣殿《さだいじんどの》、いまだ死《し》に果《は》て給《たま》はず、なほ目《め》ばかりはたらき給《たま》ひけり。わづかに宣《のたま》ふこととては、

「入道殿《にふだうどの》に見《み》え奉《たてまつ》り、見奉《みたてまつ》りて死《し》なばや」

と仰《おほ》せられければ、承《うけたまは》るにつけて悲《かな》しかりければ、いかにとして南都《なんと》まで渡《わた》し奉《たてまつ》るべしとは覚《おぼ》えねども、もし伝《つた》ふることもあらば、このありさまをも見《み》せまゐらせんとて、昨日《きのふ》のごとく車《くるま》に乗《の》せ奉《たてまつ》りて嵯峨《さが》を出《い》づるに、釈迦堂《しやかだう》の前《まへ》にて僧徒《そうと》あまた出《い》で来《き》て、御車《おんくるま》をとどめまゐらするを、やうやうに請《こ》ひ受《う》けて、梅津《むめづ》に行《い》きて、帷子《かたびら》を賃《ちん》にかいて、小船《こぶね》一艘《さう》、借《か》りて、組《く》み合《あ》はせて、柴《しば》、切《き》り入《い》れて、木《き》こり船《ぶね》と号《がう》して下《くだ》す。日《ひ》、暮《く》れにければ、鴨川尻《かもがはじり》にぞとどまりける。

明《あ》くる十三日《じふさんにち》、木津川《こづがは》に入《い》りて柞《ははそ》の森《もり》の辺《へん》にして、図書允俊成《づしよのじようとしなり》して、

「富家殿《ふけどの》に今一度《いまいちど》、御対面申《ごたいめんまう》させ給《たま》はんとて渡《わた》らせ給《たま》ひて候《さうら》ふ。限《かぎ》りの御《おん》ありさまをも御覧《ごらん》ぜらるべき」

よし、申《まう》されたれども、

「このこと、なかなか見奉《みたてまつ》らじ」

と、仰《おほ》せられける御心《おんこころ》のほどこそ、推《お》し量《はか》られ。走《はし》り出《い》でても迎《むか》へまゐらせたく思《おぼ》し召《め》されけれども、あまりの心憂《こころう》さに、

「何《なに》とてか入道《にふだう》をも見《み》むとも思《おも》ふべき。入道《にふだう》も見《み》えんとも思《おも》はぬを。やれ俊成《としなり》よ、氏《うじ》の長者《ちやうじや》たるほどの人《ひと》、兵杖《ひやうぢやう》の先《さき》にかかることやある。さやうの不運《ふうん》の者《もの》に対面《たいめん》せんこと、骨《こつ》なかりなん。目《め》にも見《み》えず、音《おと》にも聞《き》こえざらん方《かた》へ行《い》くべし」

と仰《おほ》せられて、御涙《おんなみだ》にむせばせ給《たま》ひけり。まことにさこそ思《おぼ》し召《め》しけめ、承《うけたまは》るも悲《かな》しかりけり。

俊成《としなり》、走《はし》り返《かへ》つて、このやうを申《まう》しければ、左府《さふ》、うちうなづかせ給《たま》ひて、御気色《みけしき》、変《か》はらせ給《たま》ひて、御舌《おんした》の先《さき》を食《く》ひ切《き》り、血《ち》を吐《は》き出《い》ださせ給《たま》ふ。いかなる御心《おんこころ》向《む》きとも心得《こころえ》がたし。恐《おそ》ろしかりけり。

さて、いづくへ渡《わた》し奉《たてまつ》るべしともなく、東西《とうざい》、暮《く》れてぞ覚《おぼ》えける。千覚律師《せんがくりつし》を尋《たづ》ねけれどもなかりければ、松室《まつむろ》の玄顕得業《げんけんとくごふ》に尋《たづ》ね会《あ》ひければ、急《いそ》ぎ参《まゐ》りて輿《こし》にかき

乗《の》せ奉《たてまつ》りて、南都《なんと》へ入《い》れ奉《たてまつ》る。

玄顕《げんけん》が坊《ばう》は、寺中《じちゆう》の隅《すみ》の院《ゐん》なりければ人目《ひとめ》を恐《おそ》れ、近《ちか》きほどなる小家《こいへ》にかき入《い》れまゐらせて、さまざまにいたはり奉《たてまつ》り、御飯湯《おものゆ》なんど勧《すす》め奉《たてまつ》れども、つゆばかりも御喉《おんのど》へ入《い》れさせ給《たま》はず。玄顕《げんけん》、見奉《みたてまつ》るに悲《かな》しくて、御枕《おんまくら》の上《かみ》に参《まゐ》りて、「玄顕《げんけん》が参《まゐ》りて候《さうら》ふは。君《きみ》は御覧候《ごらんさうら》ふや」と、御耳《おんみみ》に高《たか》らかに申《まう》しければ、うちうなづかせ給《たま》へども、見知《みし》り給《たま》ひたる御気色《みけしき》にあらず。

七月十四日《しちがつじふよつか》、卯《う》の時《とき》には、かの小家《こいへ》に入《い》れ奉《たてまつ》りたりけるが、つひにその日《ひ》の午《うま》の時《とき》ばかりに失《う》せさせ給《たま》ひぬ。玄顕《げんけん》をはじめて、悲《かな》しむよりほかのことはなし。

さても置《お》き奉《たてまつ》るべきことならねば、夜《よる》に入《い》りて、忍《しの》びつつ般若野《はんにやの》の五三昧《ごさんまい》といふ所《ところ》へ渡《わた》し奉《たてまつ》りて、土葬《どさう》にし奉《たてまつ》りて泣《な》く泣《な》く帰《かへ》りぬ。

✲父の忠実《ただざね》が頼長に会わなかったことは、事実でした。『兵範記《ひようはんき》』という当時の日記の七月二十一日条には、頼長の最期をみとった玄顕《げんけん》の話が記されています。それによれば、合戦当日の十一日に傷を受け、十二日に都の西方の西山《にしやま》あたりを経巡《へめぐ》り、十三日に桂川《かつらがわ》で乗船、同日の申《さる》の刻（午後四時ごろ）に木津《きづ》に着き、事の次第を忠実様に伝えたところ、「知《し》ろしめさず」（与《あずか》り知らぬ）との返事だったため、千覚《せんがく》の宿坊にお入れし、一晩、苦しんで、十四日の巳の刻（午前十時ごろ）ほどに死去、その夜、般若山《はんにゃやま》の辺に埋葬《まいそう》したと言うので、玄顕を伴《ともな》って役人を派遣したとあります。

また、『愚管抄《ぐかんしょう》』にも、ある人物に問い聞いた内容が書かれています。妻戸《つまど》（両開きの戸）の前に立って指図《さしず》していた頼長の耳の下に矢が当たったため、玄顕の兄弟の経憲《つねのり》が馬に乗せて桂川まで行き、鵜舟で木津川へ回り、忠実に会いたいと伝えたが、「もとより存《ぞん》じたる事《こと》なり。対面《たいめん》に及《およ》ぶまじ」との返事を受け、船中で絶命、般若寺より三十メートルほど上った地点で火葬にしたと聞いたよし、その人物は答えたそうです。

父があえて瀕死《ひんし》のわが子に会わなかったのは間違いないわけで、その本当の理由は本人にしか分かりません。それを物語は、子への複雑な愛情に焦点《しょうてん》を当てて語っているのです。

二十一日に埋葬地に派遣された役人について、物語には、遺骸《いがい》を掘り起こしてみたものの、正体《しょうたい》も分からぬありさまだったので、その場に放置《ほうち》して帰ってきたとあります。後世、頼長は崇徳院とともに怨霊《おんりょう》になったと信じられるわけですが、舌を自ら食い切ったことといい、遺体がむごい扱いをうけたことといい、恨みを残して怨霊化する道筋《みちすじ》が見えてくるように思われます。

死に瀕《ひん》した頼長を最後まで世話したのは、母方の親戚筋《しんせきすじ》に当たる人たちでした。母は少納言藤原盛実《しょうなごんふじわらのもりざね》の娘でしたが、右の文面に見えていた千覚は盛実の息子、玄顕と経憲は孫（千覚の兄弟の子）になります。これ以前に登場する、頼長の首に刺《さ》さった矢を抜いてやった人物の成隆《なりたか》は、母の姉妹の子、彼とともに落馬した頼長を前に泣いていたとある盛憲《もりのり》は、玄顕の兄弟になります。『兵範記』の伝える玄顕の話は、詳細《しょうさい》なものだったのでしょう。

★コラム5　春日《かすが》の神と頼長

物語は、頼長の最期を語ったのち、どうして彼がこうなったかというと、「神事仏事《じんじぶつじ》」をおろそかにして、神の意向にそぐわなかったため、「我《われ》、伴《ともな》はざる（一緒にことを行わない）よし」の神の託宣《たくせん》があったからだと記しています。それと一致するのが、十三世紀後半の成立とされる説話集《せつわしゅう》の『撰集抄《せんじゅうしょう》』（巻六）に載《の》る話です。すなわち、忠実が出家を決意して氏神《うじがみ》に報告すべく春日神社に参詣《さんけい》したところ、神が童姿《わらわすがた》で現れ、二人の息子の内、忠通は、政治をすなおに行い、書道にすぐれ、詩歌《しいか》管弦《かんげん》もうまく、「世によき人」ではあるものの、仏教への「道心《どうしん》」に欠ける、他方、弟の頼長は、学問をよくし、政治向きのことに明敏《めいびん》で、人の善悪の判断が正確、それゆえ「末代《まつだい》にはありがたきほどの人」ながら、「神事仏事」にいいかげんで、「氏寺《うじでら》」（興福寺）を悩ませる人だから、「我《われ》ともなはず」と、言ったとあるのです。

十四世紀初頭《しょとう》に作られた絵巻の『春日権現験記絵《かすがごんげんげんきえ》』（巻四）にも、この話が描かれていますから、よく知られた話だったのでしょう。頼長は、氏神から見放された人物と見なされていたわけです。

(9) 為義《ためよし》の最期《さいご》

(為義《ためよし》は出家後《しゅっけご》に為朝《ためとも》らと別《わか》れて義朝《よしとも》のもとに自首《じしゅ》、その父《ちち》を処刑《しょけい》するように朝廷《ちょうてい》から命《めい》じられた義朝《よしとも》は、苦慮《くりょ》して正清《まさきよ》に相談《そうだん》する。正清《まさきよ》は謀殺《ぼうさつ》を提案《ていあん》、自《みずか》ら東国《とうごく》へお連《つ》れすると為義《ためよし》をだまして車《くるま》に乗《の》せ、輿《こし》に乗《の》り換《か》える時《とき》に背後《はいご》から切《き》ろうとした。同道《どうどう》していた波多野次郎義通《はだののじろうよしみち》は、それを諫《いさ》め、為義《ためよし》に真実《しんじつ》を告《つ》げる)

波多野次郎《はだのじろう》が車《くるま》を引《ひ》く轅《ながえ》に手《て》をかけ跪《ひざまず》いて、

「あなた様《さま》は、まだご存《ぞん》じないのでしょうか。左馬頭義朝様《さまのかみよしともさま》が朝廷《ちょうてい》からの宣旨《せんじ》をお受《う》けになり、正清《まさきよ》が処刑《しょけい》の役《やく》を務《つと》めて、ただ今《いま》、御輿《おんこし》と車《くるま》との間《あいだ》で、お討《う》たれになろうとされているのです。穏《おだ》やかに、ご念仏《ねんぶつ》をなさりませ」

と申《もう》しあげたところ、義法房為義《ぎほうぼうためよし》は初《はじ》めてこのことを聞《き》いて驚愕《きょうがく》し、

「それなら、どうして早《はや》くに知《し》らせなかったのか、お前《まえ》たち」と、最後《さいご》までもおっしゃられず、涙《なみだ》にむせびなさった。

七条大路《しちじょうおおじ》と朱雀大路《すざくおおじ》の交差《こうさ》する地点《ちてん》で車《くるま》より降《お》りてもらい、皮製《かわせい》の敷物《しきもの》を敷《し》いて、座《すわ》らせ申《もう》しあげる。為義入道《ためよしにゅうどう》の口《くち》にされたことは、

「情《なさ》けないことをする下野守義朝《しもっけのかみよしとも》だな。間違《まちが》いなく帝《みかど》に矢《や》を射《い》かけ申《もう》した者《もの》でも、助《たす》かれば助《たす》かる場合《ばあい》もあったぞ（花山院《かざんいん》を射《い》た藤原伊周《ふじわらのこれちか》の場合《ばあい》）。どんな山林《さんりん》の中《なか》ででも自害《じがい》すべきであったけれども、命《いのち》は捨《す》てがたいもので、わが息子《むすこ》は、それでも何《なん》とか助《たす》けるであろうにと、頼《たよ》りにして出頭《しゅっとう》した、そうしたならば、朝廷《ちょうてい》からもらった勲功《くんこう》の恩賞《おんしょう》を返上《へんじょう》してでも、どうして父《ちち》の命《いのち》を助《たす》けないでよかろうか。義朝《よしとも》がこんな身《み》となり私《わたし》を頼《たよ》ってやって来《き》たならば、この入道《にゅうどう》の命《いのち》にも代《か》えてでも助《たす》けるであろうに。親《おや》は子《こ》を思《おも》い、子《こ》は父《ちち》を思《おも》わぬというのが世《よ》の常《つね》だから、命《いのち》を奪《うば》われるけれども、わが子《こ》をことさら憎《にく》いとは思《おも》わない。それより、今《いま》すぐにでも、人《ひと》のうわさにのぼり、おとしめられることになるのが、前《まえ》もって想像《そうぞう》され

るのだ。「どれほどの栄華《えいが》にありつけるかと期待《きたい》して、父《ちち》の首《くび》を切《き》ったのか。人《ひと》の道《みち》をわきまえぬ奴《やつ》だったわい」と、親《した》しい人《ひと》にも、また疎遠《そえん》な人《ひと》にも、きっと嫌《きら》われはててしまうことだろうよ。

ああ、八郎冠者《はちろうかんじゃ》の為朝《ためとも》が、何度《なんど》も何度《なんど》も出頭《しゅっとう》するのを止《や》めさせようとしたものを。いくら何《なん》でもわが子《こ》だからと、信頼《しんらい》して出《で》てきたことよ。こうなるだろうとさえ分《わ》かっていたなら、六人《ろくにん》の子供《こども》を左右《さゆう》に立《た》たせて、矢数《やかず》のある限《かぎ》り射《い》つくして、矢《や》が尽《つ》きたならば、自害《じがい》したらよかったろうに、結局《けっきょく》、犬死《いぬじに》することになるようだな。

もっとも、この入道《にゅうどう》には一《ひと》つの喜《よろこ》びがある。平家《へいけ》なんかの手《て》にかかって切《き》られた場合《ばあい》には、自分《じぶん》の最期《さいご》のありさまが、良《よ》くても悪《わる》くても取《と》りざたされるであろう、それは源氏《げんじ》の家《いえ》の傷《きず》にもなり、義朝《よしとも》のために悪《わる》いことになるだろうに、わが子《こ》の手《て》にかかって、代々《だいだい》わが家《や》に仕《つか》えてきたお前《まえ》らに切《き》られるのこそ、嬉《うれ》しいこと。

時《とき》がたてば、身分《みぶん》の上下《じょうげ》にかかわらず大勢《おおぜい》の人《ひと》が集《あつ》まってきて、「下手《へた》に切《き》ったものだな」「怖《お》じ気《け》づいて、首《くび》を変《へん》なふうに持《も》って」などと言《い》うだろうに、人《ひと》の見《み》ていない間《あいだ》に、とっととしてしまえ。長年仕《ながねんつか》えてきた連《れん》中《ちゅう》だから、悪《わる》いうわさは、決《けっ》して広《ひろ》めまい」

と言《い》い、今《いま》や最後《さいご》となったので、何事《なにごと》もひたすら思《おも》い切《き》ったものの、山野《さんや》に住《す》むけだものも、川《かわ》の魚《さかな》も、命《いのち》を惜《お》しむものだから、まして人《ひと》の社会《しゃかい》に生《い》きる身《み》には、命《いのち》にまして惜《お》しい宝《たから》は何《なに》があるだろうか。

(中略《ちゅうりゃく》・子供《こども》が四十六人《よんじゅうろくにん》もいたから、彼《かれ》らへの思《おも》いが尽《つ》きなかったであろうが……)


とはいえ、六孫王《ろくそんおう》と言《い》われた源経基《みなもとのつねもと》から六代目《ろくだいめ》の子孫《しそん》、多田満仲《ただのまんじゅう》からは五代《ごだい》の末《すえ》に当《あ》たり、伊予入道頼義《いよのにゅうどうよりよし》の孫《まご》、八幡太郎義家《はちまんたろうよしいえ》の四男《よんなん》である。昨日《きのう》までは謀反《むほん》の大将《たいしょう》。今日《きょう》は出家《しゅっけ》の姿《すがた》ながら、弱《よわ》げを見《み》られまいと、顔《かお》を押《お》さえる袖《そで》の下《した》からも、涙《なみだ》があふれて漏《も》れ落《お》ちた。濃《こ》く染《そ》められた墨染《すみぞめ》の衣《ころも》の袖《そで》は、流《なが》れる涙《なみだ》に洗《あら》われて、薄墨染《うすずみぞめ》になったことであろう。

阿弥陀仏《あみだぶつ》のいる西《にし》に向《む》かい、口《くち》にした最後《さいご》の言葉《ことば》は、いたわしいものであった。

「弓矢取《ゆみやと》る武士《ぶし》の身《み》に常《つね》にありうることとは、面白《おもしろ》いものだな。伊勢平氏《いせへいし》の郎等《ろうどう》に引《ひ》き出《だ》されて、子供《こども》らの名誉《めいよ》を傷《きず》つけることになるかと思《おも》ったら、わが子《こ》に身柄《みがら》を受《う》け取《と》られて、長年《ながねん》の家来《けらい》、正清《まさきよ》の手《て》にかかることになろうとは、人知《じんち》でははかり知《し》れぬ面白《おもしろ》さだ。しかも朝敵《ちょうてき》となって切《き》られること、誠《まこと》に面目《めんぼく》だ。弓矢取《ゆみやと》る身《み》としての名誉《めいよ》、何《なに》かこれに匹敵《ひってき》するものがあろうか」

この言葉《ことば》が終《お》わらないうちに、正清《まさきよ》が首《くび》を打《う》とうとしたところ、目《め》の前《まえ》も暗《くら》くなり、気力《きりょく》を失《うしな》ってできそうもなかったので、そばの者《もの》に太刀《たち》を譲《ゆず》る。それを受《う》け取《と》って為義《ためよし》を切《き》る。夜《よる》の暗《くら》さゆえに、肩《かた》に打《う》ち当《あ》ててしまった。為義《ためよし》は少《すこ》しも騒《さわ》がず、念仏《ねんぶつ》を二《に》、三回称《さんかいとな》えた。次《つぎ》に振《ふ》り下《お》ろした太刀《たち》で、首《くび》は土《つち》の上《うえ》に落《お》ちたのであった。


❖波多野次郎《はだのじろう》、車《くるま》の轅《ながえ》に取《と》りつきて、かしこまって申《まう》しけるは、

「君《きみ》は、いまだ知《し》らせ給《たま》はで候《さうら》ふか。頭殿《かうのとの》、宣旨《せんじ》をかうぶらせ給《たま》ひ候ひて、正清《まさきよ》が太刀《たち》取《ど》りにて、ただ今《いま》、御輿《おんこし》と車《くるま》との間《あひだ》にて、討《う》たれさせ給《たま》はんずるにて候《さうら》ふなり。しづかに御念仏《ごねんぶつ》、申《まう》させ給《たま》へ」

と申《まう》しければ、義法房《ぎはふばう》、初《はじ》めてこのこと聞《き》きて、大《おほ》きに驚《おどろ》きて、

「さらば、いかにとくは告《つ》げざりけるぞ、おのれら」

と宣《のたま》ひもあへず、涙《なみだ》にむせび給《たま》ひけり。

七条朱雀《しちでうすざく》にて、車《くるま》より下《お》りて、敷皮《しきがは》、敷《し》きてぞ据《す》ゑ奉《たてまつ》る。入道《にふだう》、宣《のたま》ひけるは、

「口惜《くちを》しきことする下野守《しもつけのかみ》かな。たしかに君《きみ》を射《い》まゐらせたる者《もの》も、助《たす》かれば助《たす》かるぞかし。いかなる山林《さんりん》にても死《し》ぬべかりつれども、命《いのち》は捨《す》てがたきものなれば、さりとも助《たす》けなんものをと、うち頼《だの》みて向《む》かひたらば、勲功《くんこう》の賞《しやう》に申《まう》し替《か》へても、などか助《たす》けざるべき。義朝《よしとも》がかやうになりて、我《われ》をうち頼《たの》み来《き》たらんには、入道《にふだう》が命《いのち》にも申《まう》し替《か》へても助《たす》くべし。

親《おや》は子《こ》を思《おも》ひ、子《こ》は父《ちち》を思《おも》はぬならひなれば、命《いのち》をば殺《ころ》さるれども、我《わ》が子《こ》をば憎《にく》しと思《おも》はぬぞ。ただ今《いま》、人《ひと》の口《くち》に落《お》つべきことの、かねて思《おも》ひやらるるぞとよ。

「いかほどの栄華《えいぐわ》を期《ご》して、父《ちち》の首《くび》をば切《き》るぞ。不当《ふたう》の者《もの》なりけり」と、親《した》しきにも、また疎《うと》きにも、定《さだ》めて疎《うと》みはてられんずるぞよ。

あはれ、八郎冠者《はちらうくわんじや》が、千度《ちたび》、制《せい》しつるものを。さりとも子《こ》なればと、頼《たの》みて来《き》けることよ。かかるべしとだに知《し》りたらば、六人《ろくにん》の子《こ》ども、弓手《ゆんで》・馬手《めて》に立《た》て、矢種《やだね》のあらん限《かぎ》り射《い》つくして、矢種《やだね》、尽《つ》きぬるものならば、自害《じがい》をしたらば良《よ》かるべきに、犬死《いぬじに》せんずるごさんなれ。

ただし、入道《にふだう》が一《ひと》つの喜《よろこ》びあり。平家《へいけ》なんどの手《て》にかかつて切《き》られたらんには、最期《さいご》のありさま、ようても悪《あ》しうても、沙汰《さた》せられたらんは、家《いへ》の傷《きず》にもなり、義《よし》朝《とも》がため、悪《わろ》かるべきに、我《わ》が子《こ》の手《て》にかかつて、相伝《さうでん》のおのれらに切《き》らるることこそ、うれしけれ。

時刻《じこく》、押《お》し移《うつ》らば、上下万人《じやうげばんにん》、集《あつ》まりたらば、「悪《わろ》くも切《き》りつるものかな」「臆《おく》して首《くび》を悪《あ》しう持《も》ちてこそ」と言《い》はんずるに、人《ひと》の見《み》ぬ間《ま》に、とくとくつかまつれ。年《とし》ごろの者《もの》どもなれば、悪名《あくみやう》をば、よも披露《ひらう》せじ」

とて、今《いま》は限《かぎ》りになりければ、何事《なにごと》も一筋《ひとすじ》に思《おも》ひ切《き》つたれども、山野《さんや》のけだもの、江河《がうが》のうろくづも、命《いのち》を惜《を》しむなれば、まして人間《にんげん》には、命《いのち》にまして惜《を》しき宝《たから》は何《なに》かあるべき。

（中略《ちゆうりやく》・一一三頁参照）

されども六孫王《ろくそんわう》の六代《ろくだい》の末葉《ばつえふ》、満仲《まんぢう》が五代《ごだい》の末《すゑ》に、伊予入道頼義《いよにふだうよりよし》が孫《まご》、八幡太郎《はちまんたらう》義家《よしいへ》が四男《しなん》なり。昨日《きのふ》まで、謀反《むほん》の大将《たいしやう》なり。今日《けふ》、出家《しゆつけ》の姿《すがた》なれども、弱気《よわげ》、見《み》えじとて、押《お》さふる袖《そで》の下《した》よりも、あまりて涙《なみだ》ぞこぼれける。濃《こ》き墨染《すみぞめ》の衣《ころも》の袖《そで》、流《なが》るる涙《なみだ》に洗《あら》はれて薄墨染《うすすみぞめ》にやなりぬらん。

西《にし》に向《む》かひて、最後《さいご》の言葉《ことば》ぞ無慚《むざん》なる。

「弓矢取《ゆみやと》る身《み》のならひ、興《きよう》あることかな。伊勢平氏《いせへいし》が郎等《らうどう》に引《ひ》き張《は》られて出《い》でて、子《こ》どもの面《つら》をや汚《けが》さんずらんと思《おも》ひつるに、我《わ》が子《こ》に受《う》け取《と》られて、年《とし》ごろの家人《けにん》、正清《まさきよ》が手《て》にかからんことこそ、神妙《しんべう》なれ。しかも朝敵《てうてき》となりて切《き》らるること、まことに面目《めんぼく》なり。弓矢《ゆみや》取《と》る身《み》の名聞《みやうもん》、何《なに》かこれにしかむ」

この言葉《ことば》、終《お》はらざるに、正清《まさきよ》、首《くび》を打《う》たんとするに、目《め》もくれ、肝消《きもき》えて、かなふまじければ、かたはらなる者《もの》に太刀《たち》を譲《ゆづ》る。受《う》け取《と》りてこれを切《き》る。暗《くら》さに肩《かた》を打《う》ったりける。少《すこ》しも騒《さわ》がず、念仏《ねんぶつ》、両三辺《りやうさんべん》、申《まう》しける。次《つぎ》の太刀《たち》に、首《くび》は土《つち》にぞ落《お》ちにける。

✻裏切られてもなお、我が子を思いやる親の情、そこにこの話の重点が置かれています。はじめは義朝を恨んだものの、親が子を思うほど、子は親を思わないというのが人の世の現実、それゆえ我が子を憎《にく》いとは考えないと、為義は言います。それだけではない、今後、嫌われ者となってしまうであろう息子を心配する。さらに、平家の手で殺されれば変なうわさが立てられ、義朝にとって不名誉なことになろうが、そうならないのが嬉《うれ》しいとも口にする。憎しみの感情を乗り越え、親として精神的に一歩高みにあろうとする姿が描かれていると言えるでしょう。

しかし、予期せぬ死を前にすれば、誰しも心乱れるのは当然、それをも抑《おさ》え込んで武将らしい最期を遂げようとします。自首する前に考えていたことも、我が子の名誉でした。そのため平家に捕らわれまいとして取った行動の結果、身内《みうち》の者に切られようとしている皮肉さ、それを自嘲気味《じちようぎみ》に語りつつ、最後は、絶大な力を持つ朝廷を敵にまわして戦った誇らしさを、武士たる者の最高の誉《ほま》れと公言します。そして、怖《お》じ気《け》づいた正清とは対照的に、肩を傷つけられても取り乱すことなく、堂々と切られていったのでした。

子に対する親の愛は、尽《つ》きないものであってほしいと人は願います。それを踏まえて、物語作者は事実を度《ど》外視《がいし》し、巧《たく》みに、この一話を創作しました。実際に為義が処刑されたのは、一人ではなく、子供たち五人と一緒でした。場所は都の北の船岡山《ふなおかやま》あたり、処刑日は戦いの十九日後の七月三十日、死刑執行人《しっこうにん》は義朝でした。『兵範記《ひようはんき》』の記すところです。ただし、別伝もあったようで、『愚管抄《ぐかんしょう》』には、為義が義朝のもとへ逃げてきたところ、早く首を切れとの勅命《ちょくめい》が下り、車に乗せて、朱雀大路《すざくおおじ》の南端の先、四塚《よつづか》に行って切ったため、親の首を切ったと世が騒ぎ立てたとあります。

また、同書は、為義と義朝との仲が、数年来、良くなかったとも伝えています。それは、保元の乱の直前に起こった事件と関わることと思われますが、最初に乱の説明をしたところで触れましたので、そちらを見てください。

いずれにしても、事実から離れて、揺《ゆ》れ動く心を描きながら、普遍《ふへんてき》的な親の愛を語る物語世界が創《つく》り出されているのです。

なお、朝廷が義朝に父の首を斬《き》るよう命じたのは、清盛に叔父《おじ》の忠正《ただまさ》を斬らせたのちであったと語られていますが、事実、その死刑執行は二日前の二十八日のことでした（『兵範記』）。清盛は、義朝に父を殺させるために、叔父を殺したのだといった解釈が生まれてくることにもなります。

⑽　幼児《ようじ》の殺害《さつがい》

（朝廷《ちょうてい》から幼《おさな》い弟たちまで殺《ころ》すよう宣告《せんこく》された義朝《よしとも》は、波多野義通《はだのよしみち》に船岡山《ふなおかやま》で事《こと》を行《おこな》うよう命《めい》ずる。前日《ぜんじつ》、同《おな》じ山中《さんちゅう》で五人《ごにん》の兄《あに》たちが処刑《しょけい》されていた）

波多野次郎《はだのじろう》は命《めい》を受《う》け、五十騎《ごじっき》ばかりの勢《ぜい》で、六条堀川《ろくじょうほりかわ》にあった為義法師《ためよしほうし》の邸宅《ていたく》に行《ゆ》き向《む》かう。母上《ははうえ》は神社《じんじゃ》に詣《もう》でていて、留守《るす》であった。そのお腹《なか》から生《う》まれた子《こ》には、十三歳《じゅうさんさい》になる乙若殿《おとわかどの》、十一歳《じゅういっさい》になる亀若殿《かめわかどの》、九《ここの》つになる鶴若殿《つるわかどの》、七《なな》つになる天王殿《てんのうどの》の四人《よにん》がいたが、波多野次郎《はだのじろう》はその子《こ》らに向《む》かって、

「今日《きょう》また、都《みやこ》で戦《たたか》いがあるというので、父君《ちちぎみ》の入道殿《にゅうどうどの》は船岡山《ふなおかやま》に潜《ひそ》んでおられますが、『尊《とうと》い子《こ》たちを、皆《みな》、連《つ》れてまいれ』と仰《おお》せがありました。早《はや》く早《はや》く、御輿《おんこし》にお乗《の》りください」

と言《い》うと、四人《よにん》の子《こ》どもは、今度《こんど》の合戦《かっせん》のあと、まだ父《ちち》にも会《あ》っていない

し、出家《しゅっけ》したとは聞《き》いたものの、昔《むかし》と違《ちが》った姿形《すがたかたち》も見《み》ていなかったから、自分《じぶん》たちを呼《よ》んでいると聞《き》いた嬉《うれ》しさに、我先《われさき》に乗《の》ろうとして、輿《こし》に中《なか》へ争《あらそ》うようにして入《はい》っていったその様子《ようす》は、いたましいことであった。道中《どうちゅう》でも、声々口々《こえごえくちぐち》に、輿《こし》を担《かつ》ぐ者《もの》たちに、

「遅《おそ》いぞ、遅《おそ》いぞ」

と先《さき》を急《いそ》がせたのは、むなしいことであった。殺《ころ》される場《ば》へと歩《あゆ》む羊《ひつじ》のように、死《し》に場所《ばしょ》に近《ちか》づいているとも知《し》らなかったのは、哀《あわ》れなことである。船岡山《ふなおかやま》に行《い》きついて、昨日《きのう》、首《くび》を切《き》った所《ところ》へは行《い》かず、きれいな場所《ばしょ》に輿《こし》を据《す》えて、波多野次郎《はだのじろう》は目《め》から涙《なみだ》をはらはらとこぼしていたが、七《なな》つ子《ご》の天王殿《てんのうどの》が輿《こし》より出《で》てきて、

「父《ちち》の入道殿《にゅうどうどの》は、どこにいるのか」

と言《い》ったので、涙《なみだ》を押《お》しぬぐい、膝《ひざ》の上《うえ》に抱《だ》き据《す》え、髪《かみ》の毛《け》を掻《か》きなでながら、

「本当《ほんとう》には、入道殿《にゅうどうどの》は、今朝《けさ》早《はや》く、左馬頭殿《さまのかみどの》、義朝様《よしともさま》が命令《めいれい》をお受《う》けにな

り、正清《まさきよ》が斬り手《きて》となって、七条朱雀《しちじようすざく》の路上《ろじよう》でお討《う》たれになったのです。筑紫《つくし》の御曹司《おんぞうし》、為朝様《ためともさま》ばかりが、逃《に》げおおせて姿《すがた》を見《み》せなくなっておられます。四郎左衛門《しろうさえもん》の頼賢殿《よりかたどの》、掃部権助《かもんごんのすけ》の頼仲殿《よりなかどの》、六郎御曹司《ろくろうおんぞうし》の為宗様《ためむねさま》、七《しち》郎御曹司《ろうおんぞうし》の為成様《ためなりさま》、九郎御曹司《くろうおんぞうし》の為仲様《ためなかさま》の五人《ごにん》は、昨日《きのう》の朝《あさ》、この所《ところ》で切《き》られなされました。

皆様方《みなさまがた》、公達四人《きんだちよにん》は、この義通《よしみち》が命《めい》をお受《う》けし、お命《いのち》をいただこうとしております。

左馬頭殿《さまのかみどの》のご命令《めいれい》で、お連《つ》れする道中《どうちゆう》は、お泣《な》かせするなと言《い》われましたので、あのように、お話《はな》ししたのです。この世《よ》に思《おも》い残《のこ》されることがございますならば、お言葉《ことば》を残《のこ》し置《お》かれますように」

と、語《かた》り聞《き》かせた。四人《よにん》の子《こ》どもはこれを聞《き》き、声《こえ》を張《は》りあげ泣《な》き叫《さけ》びなさる。

七《なな》つになる天王殿《てんのうどの》は、波多野次郎《はだのじろう》の髪《かみ》を掻《か》きなでて、

「いくさをもするような、大《おお》きくなった子《こ》らをこそ、切《き》れとはおっしゃっ

ただろうに。幼《おさな》いから、私《わたし》を決《けっ》して。でもどうして」

と、問《と》うたのであった。

九《ここの》つになる鶴若殿《つるわかどの》は、進《すす》み出《で》て、

「うまくいくまいとは思《おも》うものの、頭殿《こうのとの》のもとへ使《つか》いを送《おく》りたい。「もったいないことに、味方《みかた》四人《にん》を殺《ころ》されるのか。郎等百人《ろうどうひゃくにん》に代《か》えられないだろうに」と言《い》ってみたいものだ」

と、申《もう》された。

十一《じゅういち》になる亀若殿《かめわかどの》は、輿《こし》の内《うち》に突《つ》っ伏《ぷ》して泣《な》くばかり、何《なに》も言《い》わない。

十三《じゅうさん》になる乙若殿《おとわかどの》は、涙《なみだ》を抑《おさ》え、泣《な》いていないようにふるまい、輿《こし》の正《しょう》面《めん》に進《すす》み出《で》て、

「幼《おさな》い者《もの》ほど、頼《たよ》りない者《もの》はいないようだ。何《なん》としてでも助《たす》けるべきだった父《ちち》を切《き》るようなふとどき者《もの》が、弟《おとうと》たちを何《なん》と思《おも》おうか。なまじっか、何《なに》を言《い》ってみてもしようがないこと、だから、使《つか》いがあっちへ走《はし》り、こっちへ返《かえ》ったりしているうちに、日《ひ》が暮《く》れてしまおう。とてつもない山《やま》の奥《おく》に

いてうっとうしいのに、夜《よる》になった時《とき》のわびしさはどれほどか。日《ひ》のある明《あか》るいうち、今《いま》すぐ切《き》られてしまう方《ほう》が、かえっていいのだぞ。

ああ下野守《しもつけのかみ》は、悪《わる》いことをしでかすものだな。これは、清盛《きよもり》がこちらを陥《おとしい》れようとして、天皇《てんのう》に偽《いつわ》りを申《もう》しあげた結果《けっか》なのであろう。親《おや》を殺《ころ》し、弟《おとうと》をすべて殺《ころ》しはてて、我《わ》が身《み》一《ひと》つになり、今《いま》にも、源氏《げんじ》の血筋《ちすじ》のもとが絶《た》えてしまうだろうことこそ、かわいそうだよ。そうなるのは、あと二年《ふたねん》、三年《さんねん》を決《けっ》して超《こ》すことはなかろう。

泣《な》くな、お前《まえ》たち。泣《な》いたところで誰《だれ》が助《たす》けてくれようか。人《ひと》には必《かなら》ず死《し》ぬ定《さだ》めがあるのだから、ただ、その時《とき》が来《き》たと思《おも》いなさい。七《しち》、八十歳《はちじっさい》で死《し》ぬにしても、たった今《いま》、死《し》んでしまうにしても、命《いのち》が惜《お》しくなるのは同《おな》じことだろうよ。生《い》きていたところで、なんの甲斐《かい》があろうか。世《よ》に送《おく》り出《だ》し、それなりの地位《ちい》を与《あた》えてくれただろう父上《ちちうえ》は、討《う》たれてしまった。頼《たよ》りになるような兄《あに》たちは、みんな亡《な》くなってしまった。援助《えんじょ》してくれるはずの左馬頭《さまのかみ》は、敵《てき》に回《まわ》った。領地《りょうち》を一《いっ》か所《しょ》も持《も》たないで、托鉢《たくはつ》の行《ぎょう》をして食《た》べ物《もの》をもらい、あちらこちらをさまよい歩《ある》いて、「あれこそ、為義法《ためよしほう》師《し》の子《こ》どもたちのなれの果《は》てよ」と、人《ひと》のうわさにされて、何《なん》になろう。父上《ちちうえ》が恋《こい》しいのなら、西《にし》に向《む》かい、声《こえ》を立《た》てて泣《な》くのをやめ、心《こころ》を静《しず》かに落《お》ち着《つ》けて、「南無《なむ》、西方極楽世《さいほうごくらくせ》界《かい》の教主《きょうしゅ》、阿弥陀《あみだ》如来《にょらい》さま、望《のぞ》みどおりに、父入道殿《ちちにゅうどうどの》と我《われ》ら四人《よにん》、同《おな》じ一《ひと》つ所《ところ》へお迎《むか》えください」と拝《おが》むなら、今《いま》すぐにも父上《ちちうえ》のもとに参《まい》って会《あ》うことができようよ」と言《い》うと、三人《さんにん》の弟《おとうと》たちは泣《な》きやんで、頭《こうべ》を垂《た》れて手《て》を合《あ》わせ、西《にし》に向《む》かって伏《ふ》し拝《おが》んだので、それを見《み》た五十人《ごじゅうにん》あまりの武士《ぶし》たちは、鎧《よろい》の袖《そで》を涙《なみだ》で濡《ぬ》らしたことであった。

❖波多野次郎《はだののじろう》、承《うけたまは》つて五十騎《ごじつき》ばかりの勢《せい》にて、六条堀川《ろくでうほりかは》の為義法師《ためよしはふし》が宿所《しゆくしよ》に行《ゆ》き向《む》かふ。母上《ははうへ》は、物詣《ものまうで》してなかりき。当腹《たうふく》に、十三《じふさん》になる乙若殿《おとわかどの》、十一《じふいち》になる亀若《かめわか》殿《どの》、九《ここの》つになる鶴若殿《つるわかどの》、七《なな》つになる天王殿《てんのうどの》とて、四人《よにん》ありけるを、波多野次郎《はだのじらう》、申《まう》しけるは、

「今日《けふ》また、都《みやこ》に戦《いくさ》あるべしとて、入道殿《にふだうどの》は船岡山《ふなおかやま》に籠《こ》もらせ給《たま》ひて候《さふら》ふが、「公達《きんだち》、皆《みな》、具《ぐ》しまゐらせて参《まゐ》れ」と候《さふら》ひつるなり。とくとく、御輿《おんこし》にたてまつれ」と申《まう》せば、四人《よにん》の子《こ》ども、今度《こんど》の戦《いくさ》の後《のち》は、いまだ父《ちち》をも見《み》ず、出家《しゆつけ》とは聞《き》けども、変《か》はれる姿《すがた》も見《み》ざりければ、呼《よ》ぶと聞《き》くうれしさに、我先《われさき》に乗《の》らんと、輿《こし》の中《なか》へ争《あらそ》ひ入《い》るこそ、無慙《むざん》なれ。道《みち》すがらも、声々口々《こゑごゑくちぐち》に、輿《こし》かきどもを、

「遅《おそ》しや、遅《おそ》しや」

と勧《すす》めけるこそ、はかなけれ。羊《ひつじ》の歩《あゆ》みの近《ちか》づくとも、知《し》らざりけるこそ哀《あは》れなる。船岡山《ふなおかやま》に行《ゆ》きつきて、昨日《きのふ》、首切《くびき》りし所《ところ》へは行《ゆ》かで、さはやかなる所《ところ》に、輿《こし》、かき据《す》ゑたれば、波多野次郎《はだのじらう》、涙《なみだ》をはらはらとこぼしつつ、七《なな》つ子《ご》の天王殿《てんのうどの》の、輿《こし》より出《い》でて、

「入道殿《にふだうどの》は、いづくにぞや」

と言《い》へば、涙《なみだ》を押《お》しのごひて、膝《ひざ》にかき据《す》ゑ、髪《かみ》、かきなでて申《まう》しけるは、

「まことは入道殿《にふだうどの》は、この暁《あかつき》、左馬頭殿《さまのかみどの》、承《うけたまは》りにて、正清《まさきよ》が太刀取《たちど》りにて、七条朱雀《しちでうすざく》にて討《う》たれさせ給《たま》ひぬるなり。筑紫《つくし》の御曹司《おんざうし》ばかりぞ、落《お》ちて失《う》せさせ給《たま》ひて

候《さうら》ふ。四郎左衛門殿《しらうさゑもんどの》、掃部権助殿《かもんのごんのすけどの》、六郎御曹司《ろくらうおんざうし》、七郎御曹司《しちらうおんざうし》、九郎御曹司《くらうおんざうし》、五人《ごにん》、昨日《きのふ》の朝《あさ》、ここなる所《ところ》にて切《き》られさせ給《たま》ひぬ。

公達四人《きんだちよにん》は、義通《よしみち》が承《うけたまは》りにて、失《うしな》ひまゐらせんとつかまつる。左馬頭殿《さまのかみどの》の仰《おほ》せにて、道《みち》のほど、泣《な》かせ奉《たてまつ》るなと候《さうら》ひつれば、かく申《まう》し候《さうら》ひつるなり。思《おぼ》し召《め》し置《お》くことあらば、仰《おほ》せ置《お》かれよ」

とぞ、申《まう》したる。四人《よにん》の子《こ》ども、これを聞《き》いて、声《こゑ》をあげてぞ喚《をめ》き叫《さけ》び給《たま》ふ。

七《なな》つになる天王殿《てんのうどの》は、波多野次郎《はだのじらう》が髪《かみ》、かきなでて、

「戦《いくさ》もしつべき、おとなしき子《こ》どもをこそ、切《き》れとは仰《おほ》せらるらめ。幼《おさな》ければ、我《われ》をば、よも。など」

とこそ、問《と》うたりけれ。

九《ここの》つになる鶴若殿《つるわかどの》の、進《すす》み出《い》でて申《まう》されけるは、

「かなはじとは思《おも》へども、頭殿《かうのとの》のもとへ使《つか》ひを遣《や》らばや。「あたら、方人四人《かたうどよにん》、失《うしな》ひ給《たま》ふか。郎等百人《らうどうひやくにん》には、よも代《か》へじ」と言《い》ひてみばや」

と、申《まう》しける。

十一《じふいち》になる亀若殿《かめわかどの》は、輿《こし》の内《うち》にうつ伏《ふ》して、泣《な》くよりほかは、ものも言《い》はず。十三《じふさん》になる乙若殿《おとわかどの》の、涙《なみだ》を抑《おさ》へて、さらぬやうにもてなし、輿《こし》のあらはに進《すす》み出《い》でて、

「幼《をさな》き者《もの》どもほど、はかなかりける者《もの》あらじ。いかにもして助《たす》くべき父《ちち》を切《き》るほどの不当人《ふたうじん》が、弟《おとと》どもをば何《なに》とか思《おも》はん。なかなかに、言《い》ふともかなはぬもの故《ゆゑ》に、使《つか》ひ、あなたへ走《はし》り、こなたへ返《かへ》りせんほどに、日《ひ》、暮《く》れなんず。いとどしき山《やま》の奥《おく》にていぶせきに、夜《よ》に入《い》りたらんわびしさよ。日《ひ》のあるに、ただ今《いま》、切《き》らるるは、なかなか良《よ》し。

あはれ下野守《しもつけのかみ》は、悪《あ》しくするものかな。これは、清盛《きよもり》が讒奏《ざんそう》にてこそ、あらめ。親《おや》を失《うしな》ひ、弟《おとと》を失《うしな》ひ果《は》てて、身《み》、一《ひと》つになりて、ただ今《いま》、源氏《げんじ》の胤《たね》の失《う》せなんずるこそ、ふびんなれ。二年《にねん》、三年《さんねん》を、よも出《い》でじ。

な泣《な》いそ。わ君《ぎみ》たち。泣《な》くとも、誰《たれ》かは助《たす》くべき。必《かなら》ず死《し》するならひあれば、ただ、その時《とき》と思《おも》ふべし。七《しち》、八十《はちじふ》にて死《し》なんも、ただ今死《いまし》ぬるも、命《いのち》の惜《を》しきは、ただ同《おな》じことにてぞ、あらんずらん。生《い》きたらば、何《なん》のかひかあらん。世《よ》にあらせ

もつくべき父《ちち》は討《う》たれぬ。頼《たの》むべき兄《あに》どもは、皆《みな》、亡《ほろ》びぬ。助《たす》くべき左馬頭《さまのかみ》は敵《かたき》になりぬ。所領一所《しよりやういつしよ》も持《も》たで、乞食頭陀《こつじきづだ》の行《ぎやう》をして迷《まど》ひ歩《あり》き、「あれこそ、為義法師《ためよしはふし》が子《こ》どもの果《は》てよ」と、人《ひと》に言《い》ひ沙汰《さた》せられて、何《なに》かはせん。

父《ちち》が恋《こひ》しくは、西《にし》に向《む》かひて、音《ね》を泣《な》きやみて、心《こころ》しづかにして、「南無《なむ》、西方《さいはう》極楽《ごくらく》の教主《けうしゆ》、阿弥陀如来《あみだにょらい》、願《ねが》はくは父入道殿《ちちにふだうどの》、我《われ》ら四人《よにん》、一所《いつしよ》へ迎《むか》へさせ給《たま》へ」と拝《おが》まば、ただ今《いま》、参《まゐ》り会《あ》ひてん」

と言《い》へば、三人《さんにん》の弟《おとと》たち、泣《な》きやみて、頭《かうべ》を傾《かたぶ》け手《て》を合《あ》はせて、西《にし》に向《む》かうて伏《ふ》し拝《をが》みければ、五十余人《ごじふよにん》の兵《つはもの》ども、鎧《よろひ》の袖《そで》をぞ濡《ぬ》らしける。

✲四人の子どもたちが、それぞれの年齢に合わせて描き分けられています。事実が呑《の》み込めない七歳の子、一案《いちあん》を口にする九歳の子、どうにもならぬと分かっていて泣くだけの十一歳の子、そして弟たちを説得する年長者の十三歳の子。実際にこの年齢だったかどうかは分かりませんが、二歳違いの成長の差が語られているわけです。

中心にあるのは、十三歳の乙若の説得。まず弟たちに、いかんともしがたい現実を納得《なっとく》させ、そのあと、生き恥をさらすよりは希望のある来世《らいせ》を、と言います。その中で見逃《みのが》せないのは、源氏で一人生き残った義朝が、二、三年のうちに滅《ほろ》びるであろうと予言していることです。明らかに三年後の平治の乱で、討たれてしまうことを指しています。義朝の悲劇的な末路《まつろ》は、この乱で親と弟たちを処刑した報いと多くの人々に思わせたことでしょう。乙若の言葉は、それを代弁していることになります。清盛の讒言《ざんげん》によるに違いないと言っているのも、以後、平家の全盛へと結びついていく歴史の流れを踏まえたものでした。

波多野義通は、今日の神奈川県秦野《はだの》市を本拠《ほんきょ》とした武士。『吾妻鏡《あずまかがみ》』の治承《じしょう》四年（一一八〇）十月の記事には、彼の子（義常《よしつね》）の母の姉妹が、義朝の次男朝長《ともなが》の母で、義通は妻の妹の縁を通じて義朝に仕えるようになったとあります。領地内には、朝長の邸宅もありました。ところが、その記事はさらに、主君と不和《ふわ》になって保元三年（一一五八）の春に都を去り、故郷に帰ったと記しています。乱の二年後のことですから、幼い子どもたちを殺害させられたことが、不和の原因ではなかったかと推測されたりしています。

この作品で、彼は誠実な性格に描かれています。為義処刑のいきさつを語る過程では、それと対照的に、義朝の乳母子《めのとご》の鎌田正清がふがいなく描かれていました。先に、為朝から逃げおおせた鎌田が、主君の後ろで震《ふる》えていて、仲間から嫌《いや》みな一言を浴《あ》びせられた一節のあることを紹介しましたが（九十六頁）、その仲間とは、実はこの義通でした。『平治物語』では主君に忠実な鎌田ですが、『保元物語』では、どうも分《ぶ》が悪いのです。作者が違うのでしょう。

物語はこのあと、乙若が弟たち三人の首を先に切らせ、後に残って、母への伝言《でんごん》と四人の髪の毛とを義通に託します。母はこのとき、源氏の氏神《うじがみ》である石清水八幡宮《いわしみずはちまんぐう》へ、夫と子らの命乞《いのちご》いのために出向いていたのでした。子どもらには、それぞれ傅《めのと》（男の養育人）が傍《そば》についていましたが、天王の傅《めのと》をはじめとして、皆、後を追って自害したとあります。

★コラム6　鎌倉期の波多野一族

東国にあって、波多野氏は勢力のある一族でした。義通の弟の経家《つねいえ》は、頼朝の挙兵時からその側近《そっきん》として暗躍《あんやく》した中原親能《なかはらちかよし》を婿《むこ》としていましたが、その実兄が都から招かれて幕府の基礎を築くことになる大江広元《おおえのひろもと》でした。長男（義常）は、頼朝に背《そむ》いて早くに追討されますが、次男の忠綱《ただつな》は幕府に忠誠をつくし、中務《なかつかさの》丞《じょう》の役職を得ました。『保元物語』の成立は、十三世紀中期と考えられますが、そのころには忠綱の子息たちが活躍、経朝《つねとも》と朝定《ともさだ》は鎌倉歌人で、特に朝定は歌会《かかい》の常連《じょうれん》でした。義重《よししげ》は、越前《えちぜん》（福井県）に永平寺《えいへいじ》を建立《こんりゅう》して道元《どうげん》を招聘《しょうへい》したことで知られています。この物語で、義通が好意的に描かれているのは、こうしたことが影響しているのかも知れません。

(11) 母《はは》の懊悩《おうのう》

再《ふた》び、波多野次郎《はだののじろう》は、六条堀川《ろくじょうほりかわ》の屋敷《やしき》に馬《うま》で取《と》って返《かえ》して尋《たず》ねたけれども、まだ母《はは》は神社《じんじゃ》から帰《かえ》っていない。石清水八幡宮《いわしみずはちまんぐう》へ馬《うま》を走《はし》らせていくと、桂川《かつらがわ》の赤江河原《あかえがわら》で一行《いっこう》に出会《であ》う。馬《うま》より飛《と》びおり、輿《こし》の轅《ながえ》に取《と》りついて、四人《よにん》の子《こ》どもたちが口《くち》にされた言葉《ことば》を伝《つた》え、その時《とき》のありさまや、ふるまわれた様子《ようす》などを語《かた》ると、母《はは》は夢心地《ゆめごこち》で、本当《ほんとう》とも思《おも》われなかった。

四《よっ》つに分《わ》けて包《つつ》んだ鬢《びん》の髪《かみ》を差《さ》しあげても、流《なが》れる涙《なみだ》で文字《もじ》も見《み》えず、誰《だれ》の髪《かみ》とも分《わ》からなかった。それらを顔《かお》に当《あ》て、胸《むね》に当《あ》て、もだえ苦《くる》しみ、恋焦《こいこ》がれる。輿《こし》の内《うち》から転《ころ》げ出《で》て、天《てん》を仰《あお》ぎ、身体全部《からだぜんぶ》を地《ち》に投《な》げ出《だ》し、叫《さけ》ぼうとするけれども声《こえ》も出《で》ず、泣《な》けども涙《なみだ》も出《で》なかった。息絶《いきた》え絶《だ》えに、身《み》もだえしていた。

たいぶ時《とき》が経《た》ってから、息《いき》を落《お》ち着《つ》かせ、

「夢《ゆめ》か現実《げんじつ》か、はっきりと分《わ》かりもしない。どうしたらいいの、どうしたらいいの」

と、おっしゃられた。

「八幡《はちまん》へ参詣《さんけい》したのも誰《だれ》のため、入道殿《にゅうどうどの》と四人《よにん》の子《こ》どもの延命《えんめい》を祈《いの》るため。どれほど鬼《おに》が上《うえ》から私《わたし》を見《み》ていて笑《わら》っていたでしょう、船岡山《ふなおかやま》へは行《い》きもしないで、何《なに》をするために八幡《はちまん》なんぞへ参《まい》るのかしらと。子《こ》どもらが、私《わたし》も行《い》こうと言《い》ったのを、みんなを連《つ》れて行《い》けば、供《とも》の人《ひと》もいない。一人二人《ひとりふたり》の供人《ともびと》では少《すく》なすぎると思《おも》い、皆《みな》、置《お》いてきたのが悲《かな》しいこと。子《こ》の一人《ひとり》でも二人《ふたり》でも連《つ》れて来《き》ていたなら、最後《さいご》までは愛《あい》し続《つづ》けられないにしても、今《いま》まで目《め》にできていたなら、よかったでしょうに。なまじっか、六条《ろくじょう》の屋敷《やしき》へは帰《かえ》りますまい。喜《よろこ》ぶ子《こ》どももいないでしょう、私《わたし》を恨《うら》む者《もの》もいないに違《ちが》いないのですから、ここから船岡山《ふなおかやま》へ行《い》き、顔《かお》は見《み》られないにしても、あの子《こ》たちの骸《むくろ》だけでも見《み》ることにしましょう」

と言《い》って、桂川《かつらがわ》の東《ひがし》の川端《かわばた》を北《きた》へ上《のぼ》って行《い》く。五条大路《ごじょうおおじ》が西《にし》へ延《の》びた先《さき》の川端《かわばた》で、輿《こし》を地《ち》に下《お》ろさせ、「あらためて考《かんが》えてみたら、山《やま》へは行《い》くまいと思《おも》うようになりましたよ。顔《かお》もない子《こ》らの身体《からだ》を、今《いま》となっては獣《けもの》や鳥《とり》なんかが引《ひ》き散《ち》らしているでしょうから、あそこの藪《やぶ》の中《なか》から手足《てあし》を一《ひと》つ、こちらの谷《たに》から骨一《ほねひと》つと探《さが》し出《だ》して、「これは乙若《おとわか》の足《あし》だよ。亀若《かめわか》の手《て》だよ、鶴若《つるわか》、天王《てんのう》の骨《ほね》だ」などと言《い》うことになるのは、悲《かな》しいこと。

それよりは、嵯峨《さが》の法輪寺《ほうりんじ》か仁和寺《にんなじ》、あるいは大原《おおはら》の方《ほう》へ行《い》って尼《あま》になりたいと思《おも》うのですけれど、尼仲間《あまなかま》から、「こちらはどなたの妻《つま》だったんですか、どなたの娘《むすめ》なの」と尋《たず》ねられた時《とき》に黙《だま》っていれば、「ありのままに言《い》わないなら、許《ゆる》しませんよ」と言《い》われて、それならと思《おも》って名《な》を明《あ》かすと、「為義法師《ためよしほうし》の妻《つま》だったんだね」、「見《み》た目《め》がいい」「悪《わる》い」、「髪《かみ》が長《なが》くて」「短《みじか》くて」、「年《とし》は幾《いく》つかしら」「今《いま》は幾《いく》つくらいになるだろう」などと、取《と》り沙汰《ざた》されるでしょうことが、何《なん》としても恥《は》ずかしい。

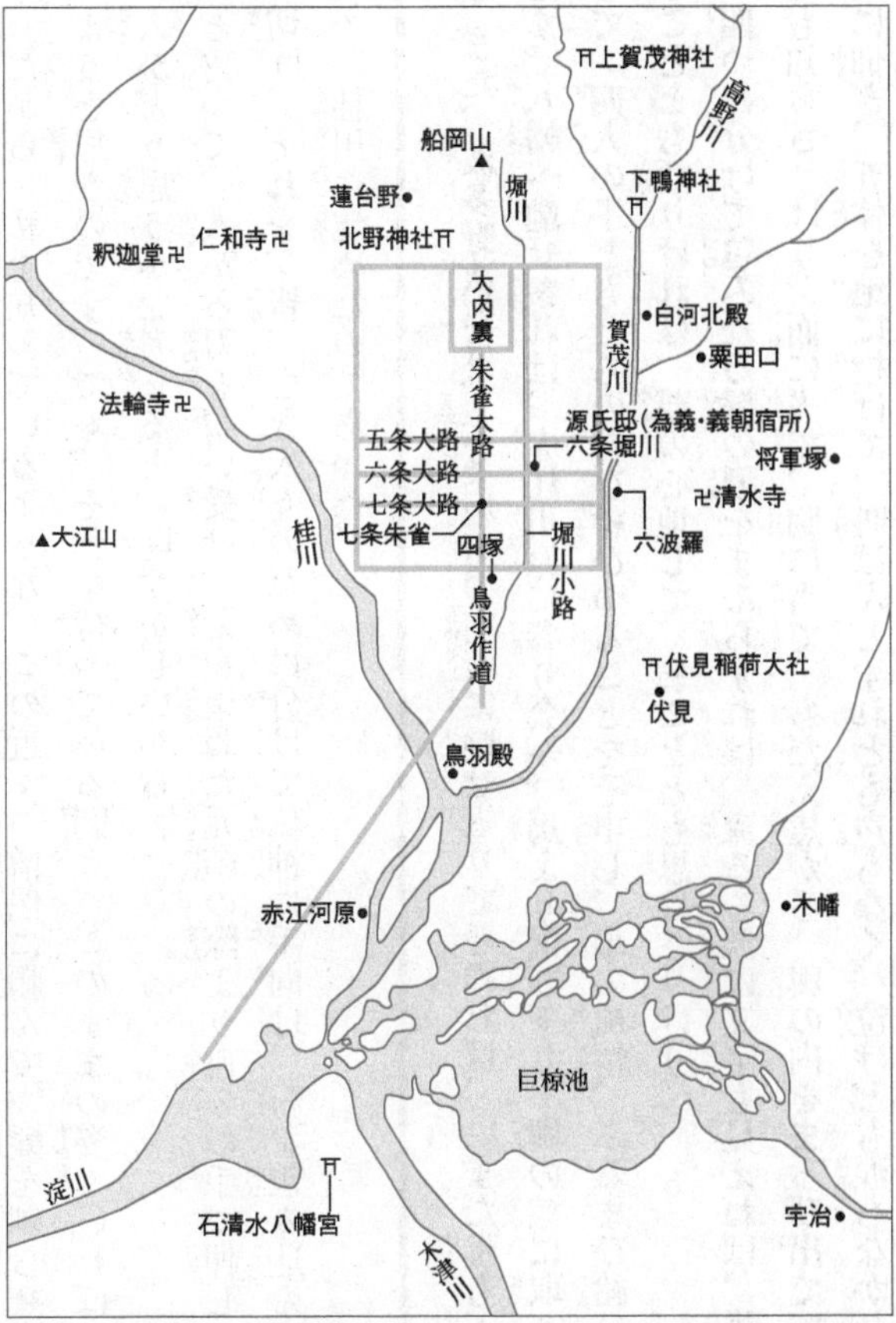
上賀茂神社
高野川
船岡山
下鴨神社
堀川
蓮台野
仁和寺
北野神社
釈迦堂
大内裏
白河北殿
賀茂川
粟田口
朱雀大路
法輪寺
源氏邸(為義・義朝宿所)
五条大路
六条堀川
六条大路
将軍塚
七条大路
清水寺
七条朱雀
四塚
堀川小路
六波羅
大江山
桂川
鳥羽作道
伏見稲荷大社
伏見
鳥羽殿
赤江河原
木幡
巨椋池
淀川
石清水八幡宮
宇治
木津川

だから、私《わたし》を知《し》っているような、この近《ちか》くの僧侶《そうりょ》に頼《たの》んで、髪《かみ》を剃《そ》らせようと思《おも》うのです。でも、それを待《ま》っている間《あいだ》も、このままの姿《すがた》でいれば、人《ひと》がどう思《おも》うかを考《かんが》えると、恥《は》ずかしいから」
と言《い》って、人《ひと》から刀《かたな》を請《こ》い受《う》け、髪《かみ》を束《たば》ねた元結《もとゆい》の際《きわ》より自《みずか》らの手《て》で押《お》し切《き》り、それを、皆《みな》、亡《な》き人々《ひとびと》のために分《わ》けて仏神《ぶっしん》に手向《たむ》け、石《いし》を包《つつ》み込《こ》んで、桂川《かつらがわ》に沈《しず》めたのであった。

❖また、波多野次郎《はだのじらう》は、六条堀川《ろくでうほりかは》の宿所《しゆくしよ》に馳《は》せ返《かへ》りて尋《たづ》ぬれば、いまだ母《はは》も下向《げかう》せず。八幡《やはた》へ馳《は》せ参《まゐ》れば、赤江川原《あかえかはら》に参《まゐ》り会《あ》ふ。馬《うま》より飛《と》び下《お》り、輿《こし》の轅《ながへ》に取《と》りつきて、四人《よにん》の子《こ》どもたちの言《い》ひ給《たま》ひつることをぞ申《まう》し、事《こと》の風情《ふぜい》、ふるまひ給《たま》ひつることども語《かた》りければ、夢《ゆめ》の心地《ここち》して、まこととも思《おも》はざりけり。四《よ》つに分《わ》けて包《つつ》みたる鬢《びん》の髪《かみ》をまゐらすれば、流《なが》るる涙《なみだ》に文字《もじ》も見《み》えねば、誰《た》がとも知《し》らざりけり。面《おもて》に当《あ》て、胸《むね》に当《あ》て、もだえ焦《こ》がる。輿《こし》の内《うち》をまろび出《い》でて、天《てん》に仰《あふ》ぎ、五体《ごたい》を地《ち》に投《な》げて、叫《さけ》ばんとすれども声《こゑ》もなく、泣《な》けども涙《なみだ》もなかりけり。消《き》え入《い》り消《き》え入《い》り、もだえけり。

　やや久《ひさ》しくありて、息《いき》をやすめて申《まう》されけるは、

「夢《ゆめ》かうつつか、おぼつかなし。いかがせん、いかがせん」

とぞ、言《い》はれける。

「八幡《やはた》へ参《まゐ》るも誰《た》がため、入道殿《にふだうどの》と四人《よにん》の子《こ》どもの祈《いの》りのためなり。いかに鬼《おに》の笑《わら》ひけん、船岡山《ふなおかやま》へは行《ゆ》かずして、何《なに》しに八幡《やはた》へは参《まゐ》るぞとて。

　我《われ》も参《まゐ》らんと言《い》ひしを、皆《みな》、具《ぐ》せば、人《ひと》も無《な》し。一人二人《ひとりふたり》は人少《ひとすく》なしと思《おも》ひて、皆《みな》、捨《す》てて参《まゐ》りけるこそ悲《かな》しけれ。一人《ひとり》も二人《ふたり》も具《ぐ》したらば、つひには惜《を》しみ遂《と》げずとも、今《いま》まで見《み》たらばよからまし。

なかなか、六条《ろくでう》へは帰《かへ》らじ。喜《よろこ》ぶ子《こ》どももあるまじ。恨《うら》みん者《もの》もあるまじければ、これより船岡山《ふなおかやま》へ行《ゆ》きて、顔《かほ》をば見《み》ずとも、むくろをなりとも見《み》ん」

とて、桂川《かつらがは》の東《ひがし》の端《はた》を上《のぼ》りに行《ゆ》く。

　五条《ごでう》が末《すゑ》のほどの川端《かはばた》に、輿《こし》、かき据《す》ゑて、

「思《おも》へば、山《やま》へは行《ゆ》かじと思《おも》ふぞとよ。顔《かほ》もなき身《み》を、今《いま》は、ものども引《ひ》き散《ち》らし

て、かしこの藪《やぶ》より肢一《えだひと》つ、ここの谷《たに》より骨一《ほねひと》つ尋《たづ》ね出《い》だして、「これは乙若《おとわか》が足《あし》にてありけり。亀若《かめわか》が手《て》にてありけり。鶴若《つるわか》、天王《てんのう》が骨《ほね》にてあり」なんど言《い》はんことこそ悲《かな》しけれ。

嵯峨《さが》法輪《ほふりん》、仁和寺《にんわじ》、大原《おほはら》の方《かた》に行《ゆ》きて、さまを変《か》へばやと思《おも》へども、「これこそ誰《た》が妻《つま》にてあるぞ。誰《た》が娘《むすめ》ぞ」と尋《たづ》ぬるに、「ありのままに言《い》はずは、かなふまじ」と言《い》ふならば、さらばと思《おも》ひて名乗《なの》るならば、「為義法師《ためよしはふし》が妻《つま》にてありけるな」「見目《みめ》のよさ」「悪《わる》さよ」「髪《かみ》の長《なが》くて」「短《みじか》くて」「齢《よはひ》はいくつぞ」「今《いま》はいかほどには、なるらん」と、沙汰《さた》せられんことこそ、恥《は》づかしけれ。

我《われ》らを知《し》りたらん、あたりの僧《そう》に申《まう》して、剃《そ》らせんと思《おも》ふなり。そのほどまでも、ただあらば、人《ひと》の思《おも》はんことも恥《は》づかしければ」とて、刀《かたな》を乞《こ》ひ、元結《もとゆひ》ぎはより手《て》づから押《お》し切《き》つて、皆《みな》、分《わ》けて、仏神《ぶつしん》に回向《ゑかう》して、石《いし》を包《つつ》み具《ぐ》して、桂川《かつらがは》にぞ沈《しづ》めたる。

✤ 愚かな自分を見て鬼がどんなに笑っていただろうか、という一言が、印象的です。

人は人知《じんち》を超えた存在の神や仏に願いを託しますが、しょせん、当てにはなりません。信仰心が深ければ深いほど、期待を裏切られた時の心の傷は、癒《いや》しがたいものになります。この一言は、信じても無駄なものに願いをかけた行為を自嘲《じちょう》しているのです。結果的に、母は我が子とともにいる時間を浪費《ろうひ》したのでした。

彼女の心は二転三転します。はじめは船岡山へ行って、子らの亡骸《なきがら》だけでも見たいと言い、でも、考えてみれば、無残《むざん》なありさまを見るよりは出家してしまった方がいいと思う、しかし、寺に入れば入ったで何かと噂《うわさ》されるに決まっている、いっそここで髪を下ろそうという考えに至り、とうとう自ら決行してしまいます。そして次に何をするか、本人の心はすでに決まっていたように見えます。

⑿ 桂川《かつらがわ》への投身《とうしん》

母《はは》は泣《な》く泣《な》く、さらに言葉《ことば》を継《つ》いで、

「人《ひと》は一日一夜《いちにちいちや》を過《す》ごすのに、八億四千《はちおくしせん》の煩悩《ぼんのう》が湧《わ》くと説《と》かれているといいます。何事《なにごと》をそんなに思《おも》うだろうかという気《き》がしますけれど、これほど煩悩《ぼんのう》は多《おお》いようです。まして私《わたし》の場合《ばあい》、命《いのち》のある限《かぎ》り、このことどもを忘《わす》れられそうには思《おも》われません。

七《しち》、八十歳《はちじっさい》まで生《い》きている人《ひと》もいるでしょう、入道殿《にゅうどうどの》は考《かんが》えてみれば六《ろく》十三《じゅうさん》におなりであったから、殺《ころ》さなければ、まだ生《い》きているでしょうものを、と思《おも》われてくるし、また子《こ》らの年《とし》を数《かぞ》えた場合《ばあい》にも、「今年《ことし》は、あの子《こ》は幾《いく》つになるだろうのに」と思《おも》うならば、切《き》った者《もの》を情《なさ》けなく、切《き》らせた人《ひと》を恨《うら》めしく思《おも》うばかりでしょう、そうすれば、よその子《こ》が世間《せけん》でいい生活《せいかつ》をしているのを見《み》るにつけても、「私《わたし》の子《こ》がなったように、不幸《ふこう》になってしまえ」とのみ思《おも》うでしょうから、煩悩《ぼんのう》の罪《つみ》ばかり積《つ》もって、お経《きょう》を読《よ》み、念仏《ねんぶつ》を称《とな》えてみたところで、その効力《こうりょく》があろうとも思《おも》われません。それゆえ、このまま身《み》を投《な》げようと思《おも》うのです」

と、申《もう》された。

供人《ともびと》には女房三人《にょうぼうさんにん》、雑用《ざつよう》をこなす女《おんな》二、三人《さんにん》、郎等五《ろうどうご》人《にん》、力仕事《ちからしごと》をする力者十二人《りきしゃじゅうににん》、召使《めしつかい》の中間男《ちゅうげんおとこ》七《しち》、八人《はちにん》がいたが、それぞれが口々《くちぐち》に、

「お嘆《なげ》きになっていることについては、なまじ口《くち》には出《だ》しません。が、昔《むかし》も今《いま》も、このようなことはございます。親《おや》に先立《さきだ》たれ、子《こ》に先立《さきだ》たれ、妻《つま》や夫《おっと》に死《し》に別《わか》れること、人《ひと》それぞれに起《お》こるいつものことです。そのたびに身《み》を投《な》げて死《し》んでしまったなら、人《ひと》の種《たね》がなくなってしまうでしょう。

今度《こんど》の戦《たたか》いでも、左大臣殿《さだいじんどの》の奥方《おくがた》も、御出家《ごしゅつけ》はなさりましたが、御身《おんみ》を投《な》げてはおられません。そのほかの女性方《じょせいがた》、ある人《ひと》は愛《あい》する人《ひと》に生《い》き別《わか》れ、ある人《ひと》は死《し》んで別《わか》れました。また、平馬助入道忠正《へいまのすけにゅうどうただまさ》の奥様《おくさま》、北《きた》の方《かた》は、親《おや》子五人《こごにん》を処刑《しょけい》されて死《し》に別《わか》れ、出家《しゅつけ》はしましたが、御身《おんみ》を投《な》げてはおられ

ません。左衛門大夫入道家弘《さえもんたゆうにゅうどういえひろ》の北《きた》の方《かた》も、夫《おっと》と子《こ》の四人《よにん》に先立《さきだ》たれながらも、身《み》を投《な》げてはいません。皆《みな》さん、出家《しゅっけ》をしておられるのです」

と申《もう》しあげると、

「ほかの人《ひと》がそうしないからといって、自分《じぶん》もそうしまいなどと思《おも》うべきではありません。人《ひと》はそれぞれ、心々《こころごころ》、思《おも》い思《おも》い、違《ちが》うことですのに」

と言《い》いつつ、薄《うす》い着物《きもの》の袖《そで》にたすき掛《が》けをしてたくしあげ、石《いし》を拾《ひろ》って懐《ふところ》に入《い》れる。やがて西《にし》に向《む》かい、

「南無《なむ》、西方極楽世界《さいほうごくらくせかい》の教主《きょうしゅ》、阿弥陀如来《あみだにょらい》、望《のぞ》みどおりにどうぞ、入道《にゅうどう》ならびに四人《よにん》の子《こ》ども、私《わたし》を、ともに同《おな》じ一《ひと》つの蓮《はす》の上《うえ》に迎《むか》えとってください」

と拝《おが》みながら、川《かわ》へ入《はい》ろうとすると、お供《とも》の男《おとこ》も女《おんな》も、川端《かわばた》に並《なら》んで座《すわ》り、垣根《かきね》を作《つく》ったようにして、川《かわ》に落《お》ち入《い》らせまいと防《ふせ》いだので、

「命《いのち》はやはり惜《お》しいものでしたよ。実際《じっさい》に死《し》のうとした時《とき》には、死《し》なれないものですよ。六条《ろくじょう》の屋敷《やしき》へ帰《かえ》って、幼《おさな》い者《もの》たちが言《い》い残《のこ》したことがあっ

たかどうか、尋《たず》ね聞《き》くこともしましょう。また、持《も》ち遊《あそ》んだ物《もの》も、取《と》り散《ち》らして置《お》いてあるだろうと思《おも》われます。あの子《こ》たちの後世《ごせ》を弔《とむら》うこともしましょう」

と言《い》って、輿《こし》の方《ほう》へ引《ひ》き返《かえ》し歩《ある》いて行《い》くので、確《たし》かにそうするのがいいことでしたと、供《とも》の者《もの》たちが喜《よろこ》んで川端《かわばた》を立《た》ち去《さ》り、輿《こし》の方《ほう》へ歩《ある》きだすと、すれ違《ちが》うように走《はし》り返《かえ》って、防《ふせ》ぐ者《もの》もいなかったから、そのまま川《かわ》に沈《しず》みなさった。乳母子《めのとご》の女房《にょうぼう》がその衣《ころも》の袖《そで》にしがみつき、しばらくは引《ひ》き留《とど》めて離《はな》さなかったけれど、最後《さいご》は抱《だ》きついたまま川《かわ》に入《はい》ってしまった。

お供《とも》の者《もの》たちの中《なか》に、頼《たよ》りになるような泳《およ》ぎのできる者《もの》もいなかった。ちょうど、水《みず》かさが増《ふ》えていた。川《かわ》の深《ふか》い所《ところ》だったので、少々《しょうしょう》泳《およ》ぎを心《こころ》得《え》た者《もの》が一人二人《ひとりふたり》、入《い》れ替《か》わり入《い》れ替《か》わりして、引《ひ》きあげようとすると、石《いし》を懐《ふところ》に入《い》れておられたし、二人《ふたり》は抱《だ》き合《あ》っている、しばらくの間《あいだ》、水《みず》に溺《おぼ》れていた、手《て》でつかみあげようとしたものの出来《でき》ないまま、だいぶ時《とき》が経《た》ってから引《ひ》きあげたが、すでに息《いき》が絶《た》え果《は》てていた。

四時間《よじかん》も六時間《ろくじかん》も、あれこれしたけれど、いかんともしがたく、川端《かわばた》から少《すこ》し引《ひ》きあげて、その場《ば》に葬《ほうむ》り、帰《かえ》って来《き》たのであった。

「この明《あ》け方《がた》に、参詣《さんけい》すると言《い》って家《いえ》を出《で》た時《とき》には、こういう結果《けっか》になろうとは想像《そうぞう》もしなかったのに」

と、人々《ひとびと》は声《こえ》をあげて泣《な》き叫《さけ》んだけれど、どうにもならない。昔《むかし》も今《いま》も、たぐいまれな女性《じょせい》であった。

❖泣《な》く泣《な》く重《かさ》ねて申《まう》しけるは、

「人《ひと》、一日一夜《いちにちいちや》を経《ふ》るに、八億四千《はちおくしせん》の思《おも》ひありとぞ説《と》かれたる。何事《なにごと》をか思《おも》ふべきなれども、これほど思《おも》ひは多《おほ》かんなり。まして我《わ》が命《いのち》のあらん限《かぎ》りは、このことども、忘《わす》るべしとも覚《おぼ》えず。七《しち》、八十《はちじふ》まである人《ひと》もあるぞかし、入道殿《にふだうどの》、思《おも》へば六十三《ろくじふさん》になり給《たま》ひつれば、殺《ころ》さずは、まだあらましものをと思《おも》はれ、また子《こ》どもの歳《とし》を数《かぞ》へんにも、「今年《ことし》はそれはいくつにならましものを」と思《おも》はば、切《き》りけん者《もの》、口惜《くちを》しく、切《き》らせける人《ひと》の恨《うら》めしくのみあらんずれば、世《よ》にあらんを見《み》るにつけても、「我《わ》が子《こ》どものなりけんやうに、なり行《ゆ》けかし」とのみ思《おも》はんずれば、罪《つみ》のみ積《つも》りて、経《きやう》を読《よ》み念仏《ねんぶつ》を申《まう》すとも、その功《こう》、あるべしとも覚《おぼ》えず。ただ身《み》を投《な》げんと思《おも》ふなり」と、申《まう》されけり。

供《とも》には女房三人《にようぼうさんにん》、はした者二《ものに》、三人《さんにん》、郎等五《らうどうご》人《にん》、力者十二《りきしやじふに》人《にん》、中間七《ちうげんしち》、八人《はちにん》、ありけるが、口々《くちぐち》に申《まう》しけるは、

「御嘆《おんなげ》きごとは、なかなか申《まう》すに及《およ》ばず。昔《むかし》も今《いま》も、かやうのことは候《さぶら》ふ。親《おや》に後《おく》れ、子《こ》に後《おく》れ、妻《つま》・夫《おつと》に別《わか》るること、人《ひと》ごとのならひなり。それに身《み》を投《な》げ死《し》なんには、人種《ひとだね》、候《さぶら》ひなんや。

今度《こんど》の戦《いくさ》にも、左大臣殿《さだいじんどの》の御台盤所《みだいばんどころ》も、御《おん》さまを変《か》へさせ給《たま》ひたれども、御身《おんみ》は投《な》げさせ給《たま》はず。そのほか、あるいは生《い》き別《わか》れ、あるいは死《し》して別《わか》れぬ。また、平《へい》馬助入道忠正《まのすけにふだうただまさ》の北《きた》の方《かた》、親子五人《おやこごにん》に別《わか》れて、さまを変《か》へて御身《おんみ》を投《な》げ給《たま》はず。左衛《さゑ》門大夫入道家弘《もんたいふにふだういへひろ》の北《きた》の方《かた》も、父子四人《ふしよにん》に後《おく》れても身《み》を投《な》げず。皆《みな》、御《おん》さまをこそ変《か》へて候《さぶら》へ」

と申《まう》せば、

「人《ひと》のさらねば、我《われ》もさらじと思《おも》ふべからず。心々《こころごころ》、思《おも》ひ思《おも》ひのことをや」

とて、薄衣《うすぎぬ》の袖《そで》に玉《たま》だすきあげて、石《いし》を拾《ひろ》ひて懐《ふところ》に入《い》る。西《にし》に向《む》かひて、

「南無《なむ》、西方極楽《さいはうごくらく》の教主《けうしゆ》、阿弥陀《あみだ》如来《にょらい》、願《ねが》はくは入道《にふだう》ならびに四人《よにん》の子《こ》ども、我《われ》、共《とも》に一《ひと》つ蓮《はちす》に迎《むか》へ給《たま》へ」

と、拝《おが》みつつ川《かは》へ入《い》らんとすれば、御供《おんとも》の男《をとこ》も女《をんな》も、川《かは》の端《はた》に並《なら》びゐて、垣《かき》をなしたるやうに、落《お》とし入《い》れじと防《ふせ》きければ、

「命《いのち》は惜《を》しかりけるぞや。死《し》なんとするには、死《し》なれずぞ。六条《ろくでう》へ帰《かへ》りて、幼《をさな》き者《もの》どもが言《い》ひ置《お》くこともやありけると、尋《たづ》ねも聞《き》かん。またも、もてあそぶ物《もの》も取《と》り散《ち》らしてもや置《お》きたると見《み》ゆるなり。後世《ごせ》をも弔《とぶら》はん」

とて、輿《こし》の方《かた》へ歩《あゆ》み行《ゆ》けば、

「もつともさこそ候《さぶら》ひけれ」

とて、供《とも》の者《もの》ども喜《よろこ》びて川端《かはばた》を去《さ》りて輿《こし》の方《かた》へ歩《あゆ》めば、走《はし》り返《かへ》つて、防《ふせ》く者《もの》なかりしかば、やがて川《かは》にぞ沈《しづ》み給《たま》ひける。乳母子《めのとご》の女房《にょうばう》、衣《ころも》の袖《そで》に取《と》りつきて、しばし

引《ひ》かへ放《はな》さざりけるが、取《と》りつきてこそ入《い》りにける。供《とも》の者《もの》どもに、はかばかしく水練《すいれん》するもなかりけり。折《をり》ふし、水《みづ》は増《ま》さりたり。深《ふか》き所《ところ》にてありければ、わづかに水《みづ》に心得《こころえ》たる者《もの》、一両人《いちりやうにん》、入《い》り替《かは》り入《い》り替《かは》り、引《ひ》きあげんとすれば、石《いし》は懐《ふところ》に入《い》れられたり、両人《りやうにん》は抱《いだ》きあひたり、しばしは水《みづ》に溺《おぼ》れたり、取《と》りあげんとしけれど、かなはずして、やや久《ひさ》しくありて引《ひ》きあげたれども、はや、こと切《き》れはてけり。二時三時《ふたときみとき》、とかうすれども、かなはねば、川《かは》の端《はた》、少《すこ》し引《ひ》きあげて、葬送《さうそう》してこそ帰《かへ》りにけれ。

「この暁《あかつき》、物詣《ものまうで》とて出《い》で立《た》ちつるには、かかるべしとは知《し》らざりつるものを」と、喚《をめ》き叫《さけ》べど、かひぞなき。昔《むかし》も今《いま》も、たぐひ少《すく》なき女房《にようばう》なり。

✽人を恨むという、絶えないであろう自らの煩悩《ぼんのう》を語る母の言葉の中でも、我が子がひどい目にあったのと同じように、よその子もなってしまえと思うに違いないという告白は、深刻なものでした。不幸になった人間が、他者をも同じ境遇《きょうぐう》に引きずり込みたい衝動《しょうどう》に駆《か》られる心理は、よくあることでしょう。それが語られているのです。

まわりの人たちが、出家した人々の例を挙げて説得したのに対しては、他人と同じようにふるまうことはない、心も思いも違うのだからと言って応じない。固い信念を語っている言葉です。それは、石を懐《ふところ》に入れる行為へ、さらには、供人たちをだまして目的を成しとげる最終的行為へとつながっていきます。

桂川は、京の東を流れる鴨川《かもがわ》に対して、西の川と称され、西方《さいほう》の極楽浄土への往《おう》生《じょう》を願って入水《じゅすい》する人が多くいました。『顕広王記《あきひろおうき》』という日記の安元《あんげん》二年（一一七六）八月の記事に、十五日には十六人（辰時《たつのとき》十一人、午時《うまのとき》五人）、十六日には八人、十七日には五人の桂川入水者がいたと伝えています。その先導役となり、自ら入水したのは蓮花城聖人《れんげじょうしょうにん》という僧でした。為義の妻も、本当に入水したのではないでしょうか。彼女は、美濃国《みののくに》の青墓《あおはか》の宿場《しゅくば》（岐阜県大垣市《おおがきし》青墓町）にいた遊女《ゆうじょ》だったことが、『吾《あ》妻鏡《ずまかがみ》』の建久元年（一一九〇）十月の記事から分かります。その記事は、全国を平定した頼朝が都に上る途中で青墓に立ち寄った時のもので、父義朝の愛人であった遊女の長の「大炊《おおい》」とその娘を召し出し、その芸に対する褒章《ほうしょう》を与えたことを記したのち、その姉が、亡き為義の「最後の妾《しょう》」で「乙若以下四人の幼童の母」だったと紹介しているのです。当時の遊女は、はやり歌の今様《いまよう》を歌ったり、舞を見せたりするのを職業としていました。

記事にはさらに、天王の傅《めのと》で、その後を追って自害したと物語にある「内記《ないき》平太《へいた》」について は実名《じつめい》を「政遠《まさとお》」と伝え、保元の乱の時に誅殺《ちゅうさつ》され、乙若以下も自殺させられたとあります。彼の弟「平三真遠《へいぞうさねとお》」を加え、この四人は、「内記《ないき》大夫《たゆう》行遠《ゆきとお》」の子とありますが、「内記」は公文書の作成・記録に従事した役人で、「大夫」は五位の位《くらい》を意味しますから、それ相応の力があった人なのでしょう。そして、為義と義朝の父と子は、その娘の遊女姉妹と結ばれていたのでした。

⒀　崇徳院《すとくいん》の恨《うら》み

（戦《たたか》いに敗《やぶ》れた新院《しんいん》は、弟《おとうと》の覚性法親王《かくしようほうしんのう》のいる仁和寺《にんなじ》に身《み》を寄《よ》せるが、やがてそこから讃岐国《さぬきのくに》〈香川県《かがわけん》〉へ流《なが》される）

院《いん》は、讃岐国《さぬきのくに》へお着《つ》きになって、したこともない田舎《いなか》のお住《す》まいでの生《せい》活《かつ》、その心中《しんちゆう》を、ただ推《お》し量《はか》り申《もう》しあげるのがよかろう。朝廷《ちようてい》からも、個《こ》人的《じんてき》にも、手紙《てがみ》を送《おく》って訪《とぶら》うような人《ひと》はいなかった。わずかばかり傍《かたわ》らに仕《つか》える女房《にようぼう》たちも、深《ふか》く沈《しず》み込《こ》んで泣《な》くよりほかなかった。

秋《あき》も夜《よ》が深《ふか》くなっていくと、ますます物悲《ものがな》しくなる。松《まつ》を吹《ふ》き払《はら》う風《かぜ》の音《おと》も激《はげ》しく、草《くさ》むらごとに、あちこちで鳴《な》く虫《むし》の声《こえ》も弱《よわ》まってくる、そうした自然《しぜん》の移《うつ》り変《か》わりに接《せつ》し、時《とき》の流《なが》れに身《み》を任《まか》せながら、ただ忌《い》まわしかった都《みやこ》のことばかり思《おも》い出《だ》されてくる涙《なみだ》に、それを押《お》さえる袖《そで》すらも朽《く》ちてしまいそうである。

新院《しんいん》が心中《しんちゅう》でお思《おも》い続《つづ》けなさっていたことは、

「私《わたし》は天照大神《あまてらすおおみかみ》から、はるかな血筋《ちすじ》を受《う》けて、天皇《てんのう》の位《くらい》につき、太上天皇《だいじょうてんのう》という尊《とうと》い称号《しょうごう》までいただいて、りっぱな御所《ごしょ》で生活《せいかつ》していた。前《まえ》の上皇《じょうこう》の鳥羽院《とばいん》がご存命《ぞんめい》の期間《きかん》だったので、政治万般《せいじばんぱん》を行《おこな》うことがなかったとはいえ、長《なが》いこと、上皇御所《じょうこうごしょ》での楽《たの》しみを満喫《まんきつ》していた。その思《おも》い出《で》がないわけではない。

春《はる》には桜《さくら》の花《はな》のもとで、もっぱら音楽《おんがく》を奏《かな》でて遊《あそ》び、秋《あき》には月《つき》を前《まえ》にして、秋《あき》の酒宴《しゅえん》をさかんに開《ひら》いた。ある時《とき》は、晋《しん》の石崇《せきすう》が花見《はなみ》の詩宴《しえん》を開《ひら》いた金谷園《きんこくえん》でのように、桜《さくら》の花《はな》を見《み》て楽《たの》しみ、ある時《とき》は、晋《しん》の庾亮《ゆりょう》が武昌《ぶしょう》の南楼《なんろう》に登《のぼ》って月見《つきみ》の宴《うたげ》を催《もよお》したように、月《つき》を題材《だいざい》にして詩歌《しいか》を作《つく》り、三十《さんじゅう》八年《はちねん》を送《おく》ってきた。過《す》ぎ去《さ》ったことを思《おも》えば、昨日《きのう》の夢《ゆめ》のよう。

私《わたし》は、どのような罪《つみ》の報《むく》いを受《う》けて、遠《とお》い島《しま》に追放《ついほう》され、このような住《す》まいにいるのであろうか。秦《しん》の始皇帝《しこうてい》に捕《と》らわれていた燕《えん》の太子《たいし》丹《たん》は、馬《うま》に角《つの》が生《は》え、烏《からす》の頭《あたま》が白《しろ》くなるような異変《いへん》が起《お》これば帰国《きこく》を許《ゆる》すと言《い》われ、実際《じっさい》にその奇瑞《きずい》が起《お》こったので、帰《かえ》ることができたというが、そうしたこともありがたく、帰《かえ》れる、その年月《としつき》も分《わ》からない。都《みやこ》から遠《とお》く隔《へだ》たった地《ち》にいる悲《かな》しみに耐《た》えられず、望郷《ぼうきょう》の鬼《おに》となってしまうであろうに。

昔《むかし》、嵯峨《さが》天皇《てんのう》の時《とき》に、譲位《じょうい》した平城《へいぜい》の先帝《せんてい》が尚侍《ないしのかみ》藤原薬子《ふじわらのくすこ》の勧《すす》めで復《ふく》位《い》しようとして事《こと》を起《お》こし、世《よ》を乱《みだ》されたけれども、ただちに出家《しゅつけ》なさったので、遠《とお》くへは流《なが》されることもなかった。

私《わたし》もまた、間違《まちが》ったことはしていない。兵《へい》を集《あつ》めてこちらが攻《せ》められると聞《き》いたので、防《ふせ》いだだけだ。弟《おとうと》の帝《みかど》が、同居《どうきょ》もしていた昔《むかし》のよしみを忘《わす》れられて、私《わたし》に残酷《ざんこく》な罪《つみ》を与《あた》えなさったのは、恨《うら》めしく気持《きも》ちが晴《は》れない」

とお思《おも》いになって、ご自筆《じひつ》で、華厳経《けごんきょう》・大集経《だいじっきょう》・大品般若経《だいぼんはんにゃきょう》・法華経《ほけきょう》・涅《ね》槃経《はんぎょう》の五部《ごぶ》の大乗経典《だいじょうきょうてん》を、三年《さんねん》かけてお書《か》きになり、弟宮《おとうとみや》の仁和寺《にんなじ》の覚性《かくしょう》法親王《ほうしんのう》のもとに、

「来世《らいせ》で救《すく》われるために、五部《ごぶ》の大乗経典《だいじょうきょうてん》を墨《すみ》で型《かた》どおり書《か》き終《お》えました

が、寺院《じいん》のほら貝《がい》や鉦《かね》の音《ね》も聞《き》こえてこない、都《みやこ》から遠《とお》く離《はな》れたこの国《くに》に捨《す》て置《お》くのが、かわいそうです。お許《ゆる》しいただけるなら、石清水八幡宮《いわしみずはちまんぐう》の近辺《きんぺん》でもいいですし、鳥羽《とば》か、そうでなければ奈良《なら》の長谷寺《はせでら》あたりでもいいですから、都《みやこ》の近《ちか》くに送《おく》り置《お》きたいのです」

と申《もう》し送《おく》られて、お手紙《てがみ》の奥《おく》に御歌《おんうた》を一首《いっしゅ》、お書《か》きになる。

浜千鳥跡《はまちどりあと》は都《みやこ》に通《かよ》へども
　身《み》は松山《まつやま》に音《ね》をのみぞ鳴《な》く

（浜《はま》にいる千鳥《ちどり》の足跡《あしあと》のような筆跡《ひっせき》の私《わたし》の手紙《てがみ》は都《みやこ》に行《い》ったけれども、わが身《み》は千鳥《ちどり》とともに讃岐《さぬき》のこの松山《まつやま》にいて、返事《へんじ》を待《ま》ちつつ、泣《な》（鳴《な》）いていることだ）

仁和寺《にんなじ》の法親王《ほうしんのう》より、このことを関白《かんぱく》の忠通殿《ただみちどの》へお伝《つた》えなさる。急《いそ》いで関白殿《かんぱくどの》は、事《こと》がうまく運《はこ》ぶように仲介《ちゅうかい》なさったけれども、帝《みかど》は、硬《かた》い気持《きも》ちを解《と》きほぐされることがなかった。その上《うえ》、例《れい》の信西《しんぜい》が反対申《はんたいもう》したので、ついに希望《きぼう》はかなわなかった。

このことを、新院《しんいん》はお聞《き》きになり、

「口惜《くちお》しい結末《けつまつ》に終《お》わったようだな。この国《くに》にも限《かぎ》らず、インドや中国《ちゅうごく》でも、朝鮮半島《ちょうせんはんとう》の新羅《しらぎ》・百済《くだら》の国《くに》でも、地位《ちい》を争《あらそ》い、国《くに》のあり方《かた》を論《ろん》じて、伯父《おじ》と甥《おい》が合戦《かっせん》をし、兄弟《きょうだい》が戦《たたか》いをする。そうした場合《ばあい》、前世《ぜんせい》からの報《むく》いの良《よ》し悪《あ》しによって、伯父《おじ》であっても負《ま》け、兄《あに》であっても負《ま》ける。しかし、後悔《こうかい》して心《こころ》を改《あらた》め、手《て》を合《あ》わせ、膝《ひざ》をかがめて嘆《なげ》き訴《うった》える時《とき》は、赦《ゆる》すものだぞ。

今《いま》は、来世《らいせ》での悟《さと》りのために書《か》いたお経《きょう》の置《お》き所《どころ》すらも、許《ゆる》されないのであるならば、あの世《よ》までの敵《てき》ということのようだな。われ、願《ねが》いどおりになるならば、五部大乗経《ごぶだいじょうきょう》の書写《しょしゃ》という、世《よ》に善果《ぜんか》をもたらす大《おお》きな善因《ぜんいん》を作《つく》ったはずの行為《こうい》すべてを、あの世《よ》の六道世界《ろくどうせかい》における地獄《じごく》・餓鬼《がき》・畜生《ちくしょう》の三悪道《さんあくどう》に投《な》げ込《こ》んで、日本国《にほんこく》の大悪魔《だいあくま》となろうぞ」

と、お誓《ちか》いになり、御舌《おんした》の先《さき》を食《く》いちぎられ、その血《ち》でもって、書《か》かれたお経《きょう》の末尾《まつび》に、この誓《ちか》いの言葉《ことば》をお書《か》きになったのである。

❖院《ゐん》は讃岐《さぬき》に着《つ》かせ給《たま》ひて、ならはぬ鄙《ひな》の御住《おんす》まひ、ただ推《お》し量《はか》り奉《たてまつ》るべし。公《く》家《げ》、私《わたくし》、言問《ことと》ふ人《ひと》もなかりけり。わづかにさぶらふ伺候《しこう》の女房《にようばう》どもも、伏《ふ》し沈《しづ》み泣《な》くよりほかのことぞなき。

秋《あき》も夜《よ》深《ふか》くなり行《ゆ》けば、いとど、ものぞ悲《かな》しき。松《まつ》を払《はら》ふ風《かぜ》の音《おと》も激《はげ》しくて、草《くさ》むらごとに鳴《な》く虫《むし》の音《ね》も弱《よわ》り、折《をり》に触《ふ》れ、時《とき》に従《したが》ひては、ただ憂《う》かりし都《みやこ》のみ忍《しの》ばるる涙《なみだ》に、押《お》さふる袖《そで》は朽《く》ちぬべし。

新院《しんゐん》、思《おぼ》し召《め》し続《つづ》けさせ給《たま》ひけるは、

「我《われ》、天照大神《あまてるおんかみ》の苗裔《べうえい》を受《う》けて、天子《てんし》の位《くらゐ》を踏《ふ》み、太上天皇《だいじやうてんわう》の尊号《そんがう》をかうぶつて枌《ふん》楡《ゆ》の居《きよ》を占《し》めき。先院《せんゐん》、御在世《ございせ》の間《あひだ》なりしかば、万機《ばんき》の政《まつりごと》を執《と》り行《おこな》はずといへども、久《ひさ》しく仙洞《せんとう》の楽《たの》しみにほこりき。思《おも》ひ出《い》で、なきにあらず。

春《はる》は花《はな》の遊《あそ》びを事《こと》とし、秋《あき》は月《つき》の前《まへ》にして秋《あき》の宴《うたげ》をもはらにす。あるいは金谷《きんこく》の花《はな》をもてあそび、あるいは南楼《なんろう》の月《つき》を詠《なが》めて、三十八年《さんじふはちねん》を送《おく》れり。過《す》ぎにしことを思《おも》へば、昨日《きのふ》の夢《ゆめ》のごとし。

いかなる罪《つみ》の報《むく》いにて、遠《とほ》き島《しま》に放《はな》たれて、かかる住《す》まひをすらむ。馬《うま》に角生《つのお》ひ、烏《からす》の頭《かしら》の白《しろ》くならむ事《こと》もかたければ、帰《かへ》るべき、その年月《としつき》を知《し》らず。外土《ぐわいど》の悲《かな》しみに絶《た》へず、望郷《ばうきやう》の鬼《おに》とこそならんずらむめ。

昔《むかし》、嵯峨《さが》天皇《てんわう》の御時《おんとき》、平城《へいぜい》の先帝《せんてい》、内侍《ないし》の尚侍《しやうじ》が勧《すす》めにて、世《よ》を乱《みだ》り給《たま》ひしかども、すなはち家《いへ》を出《い》で給《たま》ひしかば、遠《とほ》くは流《なが》され給《たま》はず。我《われ》また、あやまりなし。兵《つはもの》を集《あつ》めて攻《せ》めらるべしと聞《き》こえしかば、防《ふせ》きしばかりなり。昔《むかし》の志《こころざし》を忘《わす》れ給《たま》ひて、からき罪《つみ》に当《あ》て給《たま》ふは心憂《こころう》し」

とて、御自筆《ごじひつ》に五部大乗経《ごぶだいじようきやう》を三年《さんねん》にあそばして、御室《おむろ》に申《まう》させ給《たま》ひけるは、

「後生菩提《ごしやうぼだい》のために、五部大乗経《ごぶだいじようきやう》を墨《すみ》にて形《かた》のごとく書《か》き集《あつ》めて候《さうら》ふが、貝鐘《かひがね》の音《ね》もせぬ遠国《をんごく》に捨《す》て置《お》かんことの、ふびんに候《さうら》ふ。御許《おんゆる》し候《さうら》はば、八幡《やはた》の辺《へん》にても候《さうら》へ、鳥羽《とば》か、さなくは長谷《はせ》の辺《へん》にても候《さうら》へ、都《みやこ》のほとりに送《おく》り置《お》き候《さうら》はばや」

と申《まう》させ給《たま》ひて、御書《ごしよ》の奥《おく》に御歌《おんうた》を一首《いつしゆ》、あそばす。

浜千鳥《はまちどり》跡《あと》は都《みやこ》に通《かよ》へども

身《み》は松山《まつやま》に音《ね》をのみぞ鳴《な》く

御室《おむろ》より、関白殿《くわんぱくどの》に申《まう》させ給《たま》ふ。急《いそ》ぎ、関白殿《くわんぱくどの》、よきやうに取《と》り申《まう》させ給《たま》へども、

主上《しゆしやう》、御《おん》くつろぎ、なかりけり。その上《うへ》、例《れい》の信西《しんぜい》がささへ申《まう》しければ、つひにかなはず。このよしを、新院《しんゐん》、聞《き》こし召《め》されて、

「口惜《くちを》しきこと、ごさんなれ。我《わ》が朝《てう》にも限《かぎ》らず、天竺《てんぢく》・震旦《しんだん》にも、新羅《しんら》・百済《はくさい》にも、位《くらゐ》を争《あらそ》ひ国《くに》を論《ろん》じて、伯父《をぢ》・甥《をひ》、合戦《かつせん》をなし、兄弟《きやうだい》、戦《いくさ》をす。果報《くわほう》の勝劣《しようれつ》に従《したが》ひて、伯父《をぢ》も負《ま》け、兄《あに》も負《ま》く。そのこと、悔《く》い返《かへ》して、手《て》を合《あ》はせ、膝《ひざ》をかがめて嘆《なげ》く時《とき》は、赦《ゆる》すことぞかし。

今《いま》は後生菩提《ごしやうぼだい》のために書きたる御経《おんきやう》の置《お》き所《どころ》をだにも許《ゆる》されざらんには、後生《ごしやう》までの敵《かたき》、ごさんなれ。我《われ》、願《ねが》はくは、五部大乗経《ごぶだいじようきやう》の大善根《だいぜんこん》を、三悪道《さんあくだう》になげうつて、日本国《にほんこく》の大悪魔《だいあくま》とならむ」

と誓《ちか》はせ給《たま》ひて、御舌《おんした》の先《さき》を食《く》ひ切《き》らせましまして、その血《ち》をもつて、御経《おんきやう》の奥《おく》に、この御誓状《ごせいじやう》をぞあそばしたる。

✲物語は、この後、院が髪を剃《そ》らず、爪《つめ》も切らず、生きながら天狗《てんぐ》の姿となって、三年後の平治の乱、さらに源平の戦いとなっていくその後の混乱の時代を、引き起こ

したのだったと語っていきます。院は、八年後の長寛《ちょうかん》二年（一一六四）の八月に四十六歳で亡くなりました。

直筆《じきひつ》の写経は伝えられて、仁和寺の僧になっていた子息の元性法印《げんしょうほういん》の所蔵となっていましたが、平家の都落《みやこお》ちの九日前、まさに混乱の世の真っただ中で、その存在が明らかになります。血でもって書いた経の奥には、写経の目的は世の安定や自分の後世《ごせ》のためではなく、天下を滅亡させるためだと記してありました。そこで、院の怨霊《おんりょう》に悟《さと》りをひらき静まってもらうため、写経を供養《くよう》するようにとの公《おおやけ》の命が下ったといいます。下命《かめい》したのは、かつての敵、弟の後白河院でした。恐怖を覚えたのに違いありません。『吉記《きっき》』という日記の寿永《じゅえい》二年（一一八三）七月十六日に書いてあることです。

物語は、事実を踏まえていたのでした。

崇徳院《すとくいん》という名は、死後、与えられたものでした。「崇」の字は、「高い」「あがめる」という意味で、亡き院の徳を称揚《しょうよう》するために、この時より早く、平家転覆《てんぷく》をはかった鹿《しし》の谷《たに》事件が発覚《はっかく》した翌月、安元三年（一一七七）七月に贈《おく》られていました。この時は、頼長にも正一位《しょういちい》・太政大臣《だじょうだいじん》の名誉職《めいよしょく》が贈られます。二人の怨霊が、世を乱していると考えられていたのです。

崇徳院は、歌人として有名です。『百人一首《ひゃくにんいっしゅ》』に入っている「瀬《せ》をはやみ岩にせかるる滝川のわれても末《すゑ》にあはんとぞ思ふ（浅瀬の流れは速いので、岩にさえぎられて分かれる滝川の水も、のちには一緒になるように、あなたともまた会おうと思います）」を知っている人は、多いでしょう。歌会《かかい》をさかんに開き、多くの歌人と交流がありました。その一人が西行《さいぎょう》です。院が流される前、仁和寺にいる時に会いに行っていますし、院が亡くなった後には、讃岐に旅をして歌を残しますが、物語はその歌を二首、取り込んでいます。

(14) 流《なが》された為朝《ためとも》、鬼《おに》が島《しま》に渡《わた》る

為朝《ためとも》は、保元《ほうげん》の乱《らん》の時《とき》に左《さ》右《ゆう》の腕《うで》を肩《かた》の関節《かんせつ》から引《ひ》き抜《ぬ》かれて、伊豆《いず》の大島《おおしま》に流《なが》されていたが、ひとりでに腕《うで》は治《なお》って肩《かた》につき、弓《ゆみ》を引《ひ》いてみると、昔《むかし》の弓《ゆみ》の力《ちから》ほどではなかったものの、この上《うえ》なくよくなっていた。腕《うで》が以前《いぜん》よりますます長《なが》くなり、元《もと》の長《なが》さに比《くら》べれば二伏《ふたつぶせ》、すなわち指二本《ゆびにほん》の幅《はば》ものびていたから、

「弓《ゆみ》の力《ちから》は劣《おと》ってしまったが、使《つか》える矢《や》は長《なが》くなったから、物《もの》を射通《いとお》すことは、昔《むかし》よりは良《よ》くなった」

と、言《い》っていた。

「ああ、面白《おもしろ》くないものだな。朝敵《ちょうてき》を攻《せ》めて勝《か》ち、朝廷《ちょうてい》から将軍《しょうぐん》になれと命《めい》ずる宣旨《せんじ》を頂戴《ちょうだい》し、国《くに》でも荘園《しょうえん》でもいただいていいはずなのに、いつも自分《じぶん》は朝敵《ちょうてき》となって、結局《けっきょく》、流《なが》されてしまったのは無念《むねん》。今《いま》は、この島《しま》こ

そ、為朝《ためとも》の領地《りょうち》だ」

と称《しょう》して、伊豆《いず》の大島《おおしま》、三宅島《みやけじま》、神津島《こうづしま》、八丈島《はちじょうじま》、みつけの島《しま》（利島《としま》のことか）、沖《おき》の小島《こじま》（八丈島《はちじょうじま》の別名《べつめい》とも）、新島《にいじま》、御蔵島《みくらじま》、この七《なな》つの島《しま》を支配《しはい》した。七《なな》つの島《しま》は、元来《がんらい》、工藤介茂光《くどうのすけもちみつ》の所領《しょりょう》であった。それを、一《ひと》つも本人《ほんにん》には与《あた》えず、強引《ごういん》に奪《うば》い取《と》った。

（中略《ちゅうりゃく》・為朝《ためとも》は、大島《おおしま》の代官《だいかん》の娘《むすめ》と結婚《けっこん》したが、舅《しゅうと》が茂光《もちみつ》に脅《おど》されて年貢《ねんぐ》を納《おさ》めようとしたので、右指《みぎゆび》五本《ほん》を切《き》ってしまう。さらに、弓矢《ゆみや》を持《も》つ者《もの》の腕《うで》を折《お》るなどしたため、島人《しまびと》は恐《おそ》れをなして弓矢《ゆみや》を焼却《しょうきゃく》、残《のこ》ったのは為朝《ためとも》のそれだけとなる）

為朝《ためとも》が八丈島《はちじょうじま》にいて、明《あ》け方《がた》に空《そら》を見上《みあ》げると、アオサギとシラサギの二羽《にわ》が連《つ》れ立《だ》って東《ひがし》を指《さ》して飛《と》んでいく、それを見《み》て、八郎《はちろう》が言《い》うに、

「これより沖《おき》の方《ほう》に島《しま》があるからこそ、サギは飛《と》んでいくのだろう。ワシなんかすら、一羽《いちわ》で二千里《にせんり》（約八千キロ）を超《こ》えては飛《と》ばなかろう。サギはワシよりずっと小《ちい》さいから、一《いち》、二《に》百里《ひゃくり》をも決《けっ》して超《こ》えることはあるま

い、さあ、行《い》ってみよう」

ということで、にわかに船《ふね》に乗《の》って、サギの飛《と》んで行《い》った方《ほう》へ漕《こ》がせていくと、順風《じゅんぷう》が吹《ふ》いてきて、一日一夜《いちにちいちや》走《はし》らせると、知《し》らない島《しま》に着《つ》いたのであった。

岩石《がんせき》だらけの磯《いそ》で、白波《しらなみ》が高《たか》く打《う》ち寄《よ》せており、船《ふね》を着《つ》けられそうな所《ところ》がない。それでも島《しま》を漕《こ》ぎ回《まわ》して見《み》てみると、北西方向《ほくせいほうこう》に小川《おがわ》が流《なが》れていた。そこに船《ふね》を着《つ》けた。

その島《しま》の人《ひと》の形《かたち》は、背丈《せたけ》が三《さん》メートル余《あま》りで、全員《ぜんいん》が、髪《かみ》を束《たば》ねず、のびほうだいにして垂《た》らしている。刀《かたな》は、右脇《みぎわき》に差《さ》していた。言《い》うことは、互《たが》いに分《わ》からない。それでも、合間合間《あいまあいま》に理解《りかい》して、応対《おうたい》する。

「どこの者《もの》か」

と問《と》うので、

「日本《にほん》の者《もの》」

と答《こた》えた。

「わざと渡《わた》って来《き》たのか、風《かぜ》に吹《ふ》き流《なが》されてしまったのか」

と尋《たず》ねる。

「わざと、渡《わた》って来《き》たのだ」

と言《い》ったところ、

「この島《しま》があると、よその国《くに》で知《し》っているのならば、わざとも渡《わた》るだろうに。昔《むかし》から、この島《しま》に風《かぜ》で吹《ふ》き流《なが》され、たどり着《つ》いた者《もの》で、自分《じぶん》の国《くに》へ帰《かえ》った者《もの》はいない。その理由《りゆう》は、着岸《ちゃくがん》させようとした船《ふね》は、岩《いわ》ばかりの荒磯《あらいそ》だから、ことごとく砕《くだ》け散《ち》ってしまった。島《しま》には船《ふね》がないから、送《おく》り返《かえ》すことはしない。お前《まえ》らの食《た》べ物《もの》は、ここにはない。そのため、今《いま》までの連《れん》中《ちゅう》は、この島《しま》ですぐ死《し》んでしまったのだ。持《も》っている食《た》べ物《もの》が無《な》くなる前《まえ》に、さっさと帰《かえ》れ」

と言《い》う。

為朝《ためとも》は、それを聞《き》いて島《しま》に上陸《じょうりく》してみると、田《た》も畑《はたけ》もない。木《き》の実《み》も、自分《じぶん》の国《くに》で食《た》べるようなものは、何《なに》もなかった。

「お前《まえ》たちは、何《なに》を食《く》っているのか」

と聞《き》くと、

「魚《さかな》や鳥《とり》なんかを食《く》うのだ」

と言《い》うので、

「どうやって取《と》るのか。釣《つ》りする船《ふね》もなければ、網《あみ》を打《う》って引《ひ》くような場《ば》所《しょ》もない」

すると、

「我《われ》らにふさわしい食《た》べ物《もの》ということで、自然《しぜん》に渚《なぎさ》にうち寄《よ》せてくるのだ」

と言《い》うので、為朝《ためとも》が岩《いわ》の狭間《はざま》を見回《みまわ》して見《み》てみると、大《おお》きな魚《さかな》が、波《なみ》に打《う》たれて、数《かず》も分《わ》からないほど、くっついて横《よこ》たわっていた。これを取《と》って、料理《りょうり》して味付《あじつ》けをするまでもなく、全部《ぜんぶ》、焼《や》いて引《ひ》き裂《さ》いて食《く》う。

「鳥《とり》は、どうして取《と》るのか」

と聞《き》くと、ヒヨドリくらいの大《おお》きさの鳥《とり》が山《やま》にいくらもいるのを、地面《じめん》に穴《あな》を掘《ほ》って、人《ひと》それぞれの領分《りょうぶん》を決《き》め、おのれの身《み》を隠《かく》し、声《こえ》を細《ほそ》くして鳥《とり》を呼《よ》び寄《よ》せる術《じゅつ》を心得《こころえ》ている。呼《よ》ばれて降《お》りてきたのを抱《だ》きかかえ押《お》さえ込《こ》み、取《と》って食《く》う。

そこで為朝《ためとも》は、空《そら》を飛《と》ぶ鳥《とり》を弓《ゆみ》で射落《いお》とし、梢《こずえ》にいる鳥《とり》を射《い》て捕獲《ほかく》した。鳥《とり》を射《い》たのち、彼《かれ》らに向《む》かって弓《ゆみ》を引く。矢《や》に当《あ》てられまいと、怖《お》じ気《け》づいて震《ふる》える。

「俺《おれ》に従《したが》わなければ、皆《みな》、射殺《いころ》してしまうぞ」

と言《い》うと、皆《みな》、従《したが》いますと答《こた》える。

身《み》に着《つ》けている着物《きもの》は、網《あみ》のように太《ふと》い絹《きぬ》だった。そんな絹《きぬ》をたくさん持《も》ち出《だ》してきて、為朝《ためとも》の前《まえ》に積《つ》んで置《お》いた。

「この島《しま》に、名前《なまえ》はないのか」

と聞《き》くと、

「鬼島《おにしま》」

と答《こた》える。

「お前《まえ》たちは鬼《おに》なのか」

と聞《き》くと、

「昔《むかし》は鬼《おに》だったけれど、今《いま》は世《よ》の末《すえ》になって、鬼《おに》が持《も》つという隠《かく》れ蓑《みの》、隠《かく》れ笠《がさ》、打《う》ち出《で》の(小槌《こづち》、浮《う》く)履《くつ》、沈《しず》む履《くつ》という物《もの》も、今《いま》はないゆえ、よその国《くに》へ渡《わた》ることもしない。それにしたがって、猛々《たけだけ》しい心《こころ》もない」

と答《こた》える。確《たし》かに背丈《せたけ》は高《たか》く、顔《かお》は長《なが》くて大《おお》きい。

「これからは、鬼島《おにしま》と言《い》ってはいけない」

と為朝《ためとも》が言《い》い、葦《あし》がいくらも生《は》えていたので、葦島《あしじま》と称《しょう》することになった。


❖為朝《ためとも》は、保元《ほうげん》の乱《らん》に左右《さう》のかひなを抜《ぬ》かれて、伊豆《いづ》の大島《おほしま》に流《なが》されたりしが、自然《じねん》にかひな癒《い》えつきて、弓《ゆみ》を引《ひ》くに、昔《むかし》の弓《ゆみ》の力《ちから》ほどはなけれども、極《きは》めてよくなりたりけるが、かひなが、いとど長《なが》くなりて、元《もと》のに二伏《ふたつぶせ》、延《の》びたりけるによりて、

「弓《ゆみ》の力《ちから》は劣《おと》りたれども、矢束《やづか》が延《の》びたりければ、物《もの》を通《とほ》すことは、昔《むかし》には勝《まさ》りに

けり」

と申《まう》しける。

「あはれ、安《やす》からぬものかな。朝敵《てうてき》を攻《せ》めて、将軍《しやうぐん》の宣旨《せんじ》をもかうぶり、国《くに》をも庄《しやう》をも賜《たま》はるべきに、いつも朝敵《てうてき》となりて、流《なが》されたるこそ、口惜《くちを》しけれ。今《いま》は、この島《しま》こそ、為朝《ためとも》が所領《しよりやう》なれ」

とて、伊豆《いづ》の大島《おほしま》、三宅島《みやけじま》、神津島《かうづしま》、八丈《はちぢやう》が島《しま》、みつけの島《しま》、沖《おき》の小島《こじま》、新島《にひじま》、三《み》倉島《くらじま》、この七《なな》つの島《しま》ぞ領《りやう》したる。この七《なな》つの島《しま》は、宮藤介茂光《くどうのすけもちみつ》が所領《しよりやう》なり。一所《いつしよ》も主《ぬし》には与《あた》へず、押領《あふりやう》す。

（中略《ちゆうりやく》・一六三頁参照）

為朝《ためとも》、八丈《はちぢやう》が島《しま》にて曙《あけぼの》に見《み》れば、青鷺《あをさぎ》、白鷺《しらさぎ》、二《ふた》つ連《つ》れて東《ひがし》を指《さ》して飛《と》ぶを見《み》て、八郎《はちらう》、申《まう》しけるは、

「これより沖《おき》にも島《しま》のあればこそ、鷺《さぎ》は行《ゆ》くらめ。鷲《わし》なんどだにも、一羽《いちは》に二千里《にせんり》に過《す》ぎては飛《と》ばざむなり。鷺《さぎ》は、はるかに小《ちひ》さければ、一《いち》、二百里《にひやくり》にはよも過《す》ぎじ、いざ、行《い》つてみん」

とて、にはかに船《ふね》に乗《の》りて、鷺《さぎ》が飛《と》ぶ方《かた》へこがすれば、順風《じゆんぷう》、出《い》で来《き》て、一日一夜《いちにちいちや》、走《はし》りたれば、知《し》らぬ島《しま》にぞ着《つ》きにける。荒磯《ありそ》にて、白波《しらなみ》、折《を》りかけて、船《ふね》を寄《よ》すべき所《ところ》ぞなき。されども、島《しま》をこぎ回《まは》して見《み》れば、乾《いぬゐ》の方《かた》へ小川《をがは》ぞ流《なが》れたる。ここに、船《ふね》をぞ着《つ》けたりける。

その島《しま》の人《ひと》の形《かたち》、丈《たけ》、一丈《いちぢやう》あまりなるが、皆《みな》、大童《おほわらは》なり。刀《かたな》をば、右《みぎ》の脇《わき》にぞ差《さ》したりける。言《い》ふこと、互《たが》ひに聞《き》き知《し》らず。されども、暇々心得《ひまひまこころえ》て、あひしらふ。

「いづくの者《もの》ぞ」

と問《と》へば、

「日本《にほん》の者《もの》」

と答《こた》へたり。

「わざと渡《わた》りたるか、風《かぜ》に放《はな》たれたるか」

と尋《たづ》ぬ。

「わざとこそ、渡《わた》りたれ」

と申《まう》したるに、

「この島《しま》ありと、他国《たこく》に知《し》つたらばこそ、わざとは渡《わた》らめ。昔《むかし》より、この島《しま》に風《かぜ》に放《はな》たれて寄《よ》りたる者《もの》の、おのれが国《くに》へ帰《かへ》ることなし。その故《ゆゑ》は、寄《よ》するところの船《ふね》、荒磯《ありそ》なれば、皆《みな》、砕《くだ》け失《う》せぬ。この島《しま》に船《ふね》なければ、送《おく》ることとせず。汝《なんぢ》らが食物《じきもつ》、これになし。これにより、この島《しま》にて、とく死《し》にたるなり。持《も》つところの食物《じきもつ》、尽《つ》きぬさきに、とくとく帰《かへ》れ」

と言《い》ふ。

為朝《ためとも》、これを聞《き》きて島《しま》に上《あ》がりてみれば、田《た》も畑《はたけ》もなし。樹木《じゆもく》の実《み》も、我《わ》が国《くに》に食《く》ふやうなる物《もの》、なかりけり。

「汝《なんぢ》らは、何《なに》を食《く》ひてあるぞ」

と言《い》へば、

「魚鳥等《ぎよてうとう》を食《く》ふなり」

と申《まう》せば、

「いかがして取《と》るぞ。釣《つ》りする船《ふね》もなく、網引《あみひ》く所《ところ》もなし」

「我《われ》らがしかるべき食《じき》にて、渚《なぎさ》に寄《よ》るなり」

と、言《い》ひければ、為朝《ためとも》、岩《いは》のはざまを見回《みまは》り見《み》れば、大《おほ》きなる魚《うを》ども、波《なみ》に打《う》たれて、いくらとも知《し》らず、寄《よ》り臥《ふ》せり。これを取《と》りて、気味《きみ》を調《ととの》ふるに及《およ》ばず、皆《みな》、焼《や》きて破《やぶ》り食《く》らふ。

「鳥《とり》をば、いかにして取《と》るぞ」

と言《い》へば、鵯《ひよどり》ほどなる鳥《とり》の、山《やま》にいくらもあるを、穴《あな》を掘《ほ》りて領々《りやうりやう》を定《さだ》め、我《わ》が身《み》を隠《かく》し、音《ね》を細《ほそ》くして呼《よ》ぶ術《じゆつ》あり。呼《よ》ばれて下《お》りたるを、抱《かか》へ押《お》さへて、取《と》り食《く》らふ。

さて為朝《ためとも》、空《そら》を飛《と》ぶを射落《いお》とし、梢《こずゑ》にあるを射取《いと》りけり。鳥《とり》を射《い》てのちに、彼《かれ》らに向《む》かひて弓《ゆみ》を引《ひ》く。当《あ》てられじとて、怖《お》ぢわななく。

「我《われ》に従《したが》はずは、皆《みな》、射殺《いころ》してむ」

と言《い》ひければ、皆《みな》、従《したが》ひ候《さうら》ふべきよし、申《まう》す。

衣装《いしやう》は、網《あみ》のやうなる太《ふと》き絹《きぬ》なり。かかる絹《きぬ》を多《おほ》く取《と》り出《い》だして、為朝《ためとも》が前《まへ》に積《つ》み置《お》きたり。

「この島《しま》に、名《な》はなきか」

と言《い》へば、

「鬼島《おにしま》」

と言《い》ふ。

「汝《なんぢ》らは鬼《おに》にてあるか」

と言《い》へば、

「昔《むかし》は鬼《おに》なりしが、今《いま》は末《すゑ》になりて、鬼《おに》、持《も》つなる隠《かく》れ蓑《みの》、隠《かく》れ笠《がさ》、打《う》ち出《で》の（小《こ》槌《づち》、浮《う》く）履《くつ》、沈《しづ》む履《くつ》といふ物《もの》どもも、今《いま》はなければ、他国《たこく》へ渡《わた》ることもせず。それにしたがひて、猛《たけ》き心《こころ》もなし」　＊【（　）内、誤脱と見て補う】

と申《まう》す。げにも丈高《たけたか》く、面《つら》、長《なが》くして大《おほ》きなり。

「鬼島《おにしま》とは言《い》ふべからず」

とて、葦《あし》のいくらも生《お》ひたりければ、葦島《あしじま》とこそ申《まう》しけれ。


✻腕を肩関節から外《はず》されて却《かえ》ってよくなったことだってあるという話に始まり、神《じん》通力《つうりき》を失った鬼の子孫を脅《おど》して手下《てした》にしてしまう話に至るまで、楽しく語られていました。

このあと為朝は、鬼の少年を人質《ひとじち》にして連れて帰ります。領主の茂光《もちみつ》は、為朝が鬼まで従えているから、追討の院宣《いんぜん》をと後白河院に訴え、東国《とうごく》八か国の軍勢《ぐんぜい》で攻めようとの命を得て、総勢《そうぜい》五百余人、船百余艘《そう》で大島を攻撃します。島人は為朝に痛めつけられていたゆえ、味方する者などおらず、鬼の子は武器の扱い方を知らない。為朝は最後の思い出にと矢を放ち、矢は敵船の横腹《よこばら》を貫通《かんつう》、穴から水が入って人ごと船を沈めてしまう。しかし一人では大軍を相手にできぬと覚悟を決め、三人いた子の長男を殺すと、母があとの二人を連れて逃亡、その後、家に火をつけて自害したが、寄せ手は恐れて誰も近づかない、その中で一人の男が長刀《なぎなた》を手に突入、首は都へ送られる。時に乱後十年、為朝は二十八歳になっていたとあります。

長刀を握り火中に飛び込んで首を取った男の名は、加《か》藤次《とうじ》景廉《かげかど》。彼は、挙兵した頼朝が最初の戦いで、伊豆国の目代《もくだい》、山木《やまぎ》兼隆《かねたか》を襲撃《しゅうげき》した際、頼朝から与えられた長刀を手に館《やかた》に突入し、その首を取った話が伝説化されてよく知られていました。ここは、それを踏《ふ》まえているのでしょう。彼は一二二一年の承久の乱に参戦、その年の内に亡くなります。荒唐無稽《こうとうむけい》なこうした話の中に登場するということは、死後、かなりの時が経っていたのであろうと想像されます。物語の成立は、やはり遅いのです。

鬼については、説話集の『古今著聞集《ここんちょもんじゅう》』（一二五四年成立）巻十七に伊豆国の奥島という島に鬼の船が漂着《ひょうちゃく》した話が載《の》っていて、興味をそそられます。その日付《ひづけ》が承安《じょうあん》元年（一一七一）七月八日と具体的に書かれています。背丈《せたけ》は八、九尺（約二四二〜二七二センチ）、髪は夜叉《やしゃ》のようとありますから逆立《さかだ》っていたのでしょうか、肌は赤黒く、目は丸くて猿のよう、身体は裸で毛が生えておらず、入《い》れ墨《ずみ》なのか、物の形を彫《ほ》りこんでいたらしい。二メートルくらいの杖《つえ》で人を打ち殺しもし、脇《わき》の下から火を出したとも伝えています。あるいは黒人かとも思われますが、ともあれ漂着した外国人の姿が、鬼として拡大化され、話題となっていた事実が推測されてきます。こうした背景があって、為朝の鬼ヶ島渡《と》島《とう》の話も生まれてきたのに違いありません。

作品全体を終える文章は、保元の乱では、親の首を切った子もいたし、叔父《おじ》の首を切った甥《おい》も、兄を流す弟も、思いに身を投げた女性もいた、ふつうでは考えられないことどもであった、とあります。戦いは、必ず悲劇をもたらすものです。そこに最後の焦点が合わされていくのは、自然な流れだったのでしょう。

★コラム7　沖縄の為朝伝説

沖縄には、為朝が伊豆から今帰仁《なきじん》（名護市の北）に来て、現地の女性と結婚、できた子が琉球王《りゅうきゅうおう》の始祖《しそ》・舜天《しゅんてん》になったとする説があります。江戸時代の一六五〇年に琉球国が編纂《へんさん》した歴史書『中山世鑑《ちゅうざんせいかん》』に、そう記されています。当時の琉球国は、源姓を名のっていた島津氏の薩摩藩《さつまはん》に包摂《ほうせつ》されようとしていた時代、それゆえ、こうした話が作られたのだろうといいます。今帰仁の運天《うんてん》という港には、為朝の上陸地点とする碑《ひ》まであります（大正時代に建立《こんりゅう》）。そして一八〇〇年代になって、滝沢《たきざわ》（曲亭《きょくてい》）馬琴《ばきん》がこの説をもとに、琉球を主舞台に奇抜《きばつ》な話が展開する『椿説弓張月《ちんせつゆみはりづき》』を書くことになるのです。

◈『平治物語』

平治の乱とは

平治の乱は、保元の乱の三年後に、藤原信頼《ふじわらののぶより》と源 義朝《みなもとのよしとも》とが結託《けったく》して反乱を起こし、平清盛《きよもり》によって追討された戦いでした。その経緯《けいい》を簡単に説明しましょう。

保元の乱で勝者となった後白河天皇のもとで敏腕《びんわん》をふるい、政治の実権を握るに至《いた》ったのは藤原信西《しんぜい》でした。乱の翌年には、荒廃《こうはい》していた大内裏《だいだいり》を再建し、中絶していた宮中の様々《さまざま》な行事を復活《ふっかつ》させていきます。鳥羽院の時代から実力が認められていた彼は、妻の紀二位《きのにい》が天皇の乳母《めのと》だったところから、出家《しゅっけ》の身でありながら、大きく活躍の場を広げることが可能となったのでした。

後白河帝の政治は、側近《そっきん》を重用《ちょうよう》するものでした。そこでにわかに昇進《しょうしん》していったのが藤原信頼です。乱以前には、公卿《くぎょう》にもなっていなかったのに、乱後の二年間、平均すれば二、三か月に一度の割合で役職や位《くらい》を上げ、たちまちに公卿となり、最後は権《ごん》中納言《ちゅうなごん》で右《う》衛門督《えもんのかみ》を兼務《けんむ》する立場になっていました。帝《みかど》の寵愛《ちょうあい》のみによって出世した彼は評判がよくなく、当然、信西との関係はうまくいっていませんでした。

天皇は在位《ざいい》三年にして、早々に保元三年（一一五八）八月、位を我が子の二条帝《にじょうてい》に譲ってしまいます。先に保元の乱の概略《がいりゃく》を紹介したなかで、後白河院が即位《そくい》できたのは、将来、その子の二条帝を位に即《つ》かせたいという、鳥羽院と美福門院《びふくもんいん》の意向が働いたからだと説明しました。それが実現したことになります。そしてここに、政治は二条天皇の下《もと》で行うのが本来だとするグループが、勢いを増していくのです。その中心にいたのが、権大納言《ごんだいなごん》藤原経宗《つねむね》と参議《さんぎ》の藤原惟方《これかた》でした。彼らは、後白河院の後ろ盾《うしろだて》を得て、低い階層の出身ながら、力を発揮《はっき》している信西を面白く思っていませんでした。この三者の微妙な反目《はんもく》が、戦乱につながっていくことになるのです。

武士では、源義朝と平清盛との間で、ライバル心が高じていました。義朝の本拠地は鎌倉でしたから、都で生きてきた清盛との間には、当初から出世に差がありました。それを挽回《ばんかい》しようとしたのでしょうか、義朝は信西に近づき、その息子を婿《むこ》にしたいと申し込んだのですが、信西は、我が子は学問をする身、お前の婿にはふさわしくないと、すげない返事をし、しかも、その舌の根の乾《かわ》かないうちに、別の息子を清盛の婿にしてしまったのだそうです。そこに、恨みが籠《こも》らなかったはずはないと、この逸《いっ》話《わ》を伝えた『愚管抄《ぐかんしょう》』は書いています。

信西は、信頼をあまりにもひいきにする後白河院の態度に危惧《きぐ》を感じていました。謀反《むほん》の臣下が傍《そば》にいるのに気づいていない、と人に語っていたといい（日記『玉葉《ぎょくよう》』寿永三年〈一一八四〉三月記事）、前もって信頼の反乱を予測していて、中国で安禄山《あんろくざん》が乱を起こした経緯《けいい》を絵巻にした『長恨歌絵《ちょうごんかえ》』を院に贈呈《ぞうてい》、それを悟《さと》らせようともしたといいます（同書・建久《けんきゅう》二年〈一一九一〉十一月記事）。絵巻贈呈の話は、物語にも出てくるところです。

信頼は、信西を討つ目的で、義朝を抱き込み、その目的に同調《どうちょう》した二条天皇一派と一緒になって反乱を起こします。その中には、鳥羽院の晩年の愛人で、二条帝の乳母となった娘を持つ、義朝と同族の源光保《みつやす》も含まれていました。挙兵《きょへい》したのは、清盛が子息を連れて熊野《くまの》参詣《さんけい》のために都を出た後の、平治元年（一一五九）十二月九日、襲《しゅう》撃《げき》したのは、信西がいるはずの後白河院御所《ごしょ》の三条殿《さんじょうどの》。しかし、信西は逃亡した後でした。それでも、後白河院と二条帝を拘束《こうそく》して宮中《きゅうちゅう》に幽閉《ゆうへい》、勝利を手中にします。

後日、信西は自害した姿で発見されました。清盛は旅の途中から急遽《きゅうきょ》取って返し、六波羅《ろくはら》の自邸《じてい》に入ります。反乱に批判的な貴族たちはひそかに相談して、信頼と行動を共にしていた経宗《つねむね》・惟方《これかた》と連絡を取り、天皇を六波羅に救出、院は仁和寺に脱出します。これで、形勢《けいせい》は逆転してしまいました。

最後の決戦は十二月二十六日、宮中に籠《こも》る反乱軍を平家軍が攻撃しますが、新造の大内裏《だいだいり》に戦火が及ばぬよう、計画的に退却《たいきゃく》、それを追って義朝軍が六波羅に迫ります。迎《むか》え撃《う》つが、この段階で光保《みつやす》は平家側に寝返《ねがえ》りました。予定の行動だったのでしょう。

つ清盛が、黒の鎧《よろい》に黒の馬と、黒で固めて出陣《しゅつじん》した姿が頼もしかったといいます（『愚管抄』）。義朝は、わずか十人にも満たない勢で、都を落ちていきました（同）。信頼は、捕えられて処刑され、東国へと向かった義朝は、知多《ちた》半島の先端、野間《のま》という所で部下の裏切りにあい暗殺《あんさつ》されます。翌年、頼朝も捕えられ、十四歳（数《かぞ》え年）で伊豆へ流されました。

この戦乱で政敵《せいてき》を倒し、利を得たのは天皇派でした。その経宗・惟方は、乱後に後白河院を軽んずる行動に出て院の怒りを買い、院は清盛に命じて二人を捕縛《ほばく》、流罪《るざい》にしてしまいます。清盛と後白河院との蜜月《みつげつ》時代はここから始まり、やがて平家全盛期へとつながっていくのです。

物語の世界

『平治物語』の作者は、朝廷への反乱を起こした側を否定し、鎮圧《ちんあつ》した側を評価するという、はっきりした価値観《かちかん》を持って書き始めたように見えます。ところが、信頼を貶《おとし》めて描くことに躊躇《ちゅうちょ》はなかったにしても、行動を共にした義朝まで同様に扱うことはできず、時《とき》として微妙《びみょう》な同情が顔をのぞかせ、かつ物語の後半では、否定的に扱われて当然なはずの源氏一族の悲劇に、多くの紙数を費やす結果となっています。そうした揺《ゆ》らぎに、『保元物語』とは違う性格の一端があると言えそうです。後代に改作された作品段階になると、揺らぎなどはなくなり、源氏中心の物語に統一され、変貌《へんぼう》してしまいますが、本書に採用した古いテキストには、それがうかがえるのです。この物語も『保元物語』と等しく全体は三巻。ただし、下巻には書き足された形跡《けいせき》が残っていますので、原作は二巻構成だったかも知れません。

上巻は、政治には文《ぶん》と武《ぶ》が必要で、末代では特に武が求められるという序文に始まります。そして、信頼の起こした反乱を鎮圧する清盛ら平氏の迅速《じんそく》な行動、信頼に与《くみ》していた弟の惟方をしかる兄光頼《みつより》の熱い訓戒《くんかい》、それによって惟方が寝返《ねがえ》り、天皇と上皇とが救出されるに至るまで、前述の価値観に則《のっと》って語られます。さらに、平氏軍が皇居を攻め、義朝の嫡男《ちゃくなん》、悪源太義平《あくげんだよしひら》の果敢《かかん》な反撃にあいつつも、予定通り六波羅に引き上げるまでが上巻です。義平は、作中で剛勇《ごうゆう》が強調される英雄ですが、保元の乱の解説のなかで、木曾義仲《よしなか》の父を殺害した人物としてすでに紹介しました。

中巻は、敗北した人々の姿が描かれていきます。そのなかには、義朝が、朝廷軍に加わった同族の源頼政《よりまさ》から、その行動を非難され、返答に窮《きゅう》した場面などもあります。信頼は義朝からも突き放されて仁和寺《にんなじ》に出頭《しゅっとう》、命乞《いのちご》いをしますが、最後は六波羅で処刑されました。やがて、東国に向かった義朝の末路《まつろ》が、彼の従者《じゅうしゃ》の少年、金王丸《こんおうまる》によって妻の常葉《ときわ》のもとに知らされます。義平も捕まって処刑され、常葉は三人の幼子《おさなご》を連れて、雪のなかを都落ちします。

下巻は、捕虜《ほりょ》となっていた頼朝《よりとも》の助命《じょめい》と、六波羅に出頭した常葉母子《ぼし》の助命の話が交互《こうご》に語られ、頼朝は、自分のために尽力《じんりょく》してくれた清盛の継母《けいぼ》、池禅尼《いけのぜんに》に別れを告げて流罪地《るざいち》の伊豆へと旅立ちます。そしてこのあたりから、話を増補《ぞうほ》した痕跡《こんせき》が顕著《けんちょ》になってきますので、原作は頼朝の出立《しゅったつ》記事で終わっていた可能性が高いように考えられるのです。ストーリーはなお、常葉の子の牛若《うしわか》が成長して義経《よしつね》となり、兄頼朝とともに平家を追討、頼朝はかつて恩義《おんぎ》を受けた人々に恩返しをし、やがて世を去るというところまで続きます。

今日《こんにち》、鎌倉期に制作された『平治物語絵巻』が二つ残っています。一つは「三条殿《さんじょうどの》夜討《ようち》の巻」をはじめ、模写《もしゃ》本を含めて五巻の存在が確認できる、よく知られた作品。もう一つは、制作年代が少し下る、常葉の六波羅出頭から頼朝の東国出立《しゅったつ》場面までを描く一巻の作品。いずれにも絵を説明する詞書《ことばがき》があり、『平治物語』の古いテキストの文に依拠しています。注目されるのは、後者の末尾文《まつびぶん》が、頼朝には流罪が却《かえ》って「喜びであったということです」となっていて、作品全体の結び句のように感じられることです。原作には、やはり牛若や頼朝の後日譚《ごじつたん》はなかったのでしょう。

この物語の成立年代については、『保元物語』の説明のところですでに述べました。承久の乱後の、一二三〇年代から四〇年代にかけてのころと想定《そうてい》されました。ここでは、いくさの物語のもととなったものについて考えてみることにしましょう。というのは、この古いテキストには、いい材料がそろっているからです。

義朝の最期《さいご》は、金王丸が常葉に話すという形で伝えられていました。直接、最期のありさまがどうであったかは描かれていないのです。要するに、話のなかで語られているに過ぎない。頼朝が一行から落伍《らくご》したこと、負傷していた次男の朝長《ともなが》が、自ら願い出て父の手にかかったことも、彼の話のなかでしか伝えられていません。合戦場面など、活《い》き活《い》きと描いている作者ですから、もっと劇的にストーリーを展開できたはずです。でも、それをしていない。となると、金王丸の報告談が、そっくり作中に取り込まれたのではと考えられてくるのです。報告した相手を常葉としたところに虚構があるにしても、話の中身は実話、誰かが書き留《と》めていたのでしょう。

また一方、劇的場面を独自に創出《そうしゅつ》できる能力のある作者が、金王丸の話をもとに、その能力を発揮《はっき》してよさそうなのに、そうしていないところには、はじめに述べた、反乱者への差別的《さべってき》な視線《しせん》、あるいは、彼らを描くことに消極的な姿勢を、読み取ることができるでしょう。のちに源氏中心の物語に改作されると、当然、報告談という枠《わく》は外《はず》され、生彩《せいさい》のある一話一話が新たに構築《こうちく》されていきます。

このテキストでは、常葉の話が大変長いものになっています。都落ちと六波羅出《しゅっ》頭《とう》の話とが大きな塊《かたまり》として、独立してある感があります。他の箇所に比べて、リズム感のある七五調《しちごちょう》の文末《ぶんまつ》となっている率が高いことも、注目されるところです。そして、常葉と三人の子どもたちの紹介文、「九条院《くじょういん》の雑仕《ぞうし》常葉の腹」に、義朝の子ども「三人」がいて、名は「今若《いまわか》」「乙若《おとわか》」「牛若《うしわか》」で、年齢はいくつ、いくつ、皆「男子《なんし》」だから命が危《あや》うい、という文面が何度も繰《く》り返されます。一度記せばいいはずなのに。これらから考えられることは、語り出しのパターンが決まった語りものとして、常葉の話は別個《べっこ》に存在し、それを『平治物語』が取り込んだのだろうということです。同情をさそう常葉の話は、人気のあるものだったに違いありません。

金王丸の場合もそうですが、実際にその場にいた人が、のちに人に語ったことが物語の素材《そざい》となったと想像される例もあります。義朝は、戦況《せんきょう》が悪化《あっか》するなか、最後に一目《ひとめ》会わせようとして部下の連れてきた六歳の女の子を見て、涙を隠《かく》しつつ、そんな者は「右近《うこん》の馬場《ばば》」の井戸《いど》に捨てよ、と言ったそうです。右近衛府《うこんえふ》の、馬を調練《ちょうれん》する馬場にある井戸、などという特殊な場所を、物語作者が思いついたとは考えられません。義朝は、朝廷の馬を管理する馬寮《めりょう》の役職についていました。だから、自然に口をついて出てきたのでしょう。女の子を連れてきた部下は、その後も長生きします。主君の言葉をじかに聞いた彼の体験談《たいけんだん》が、もとになったと考えられるのです。

いくさの物語は、『源氏物語』のように架空の物語ではありませんし、和歌や俳句のように、ある事柄《ことがら》を凝縮《ぎょうしゅく》して表現する文学でもありません。素材は現実にあった、悲喜《ひき》こもごもの、一言《ひとこと》では言い切れないこと。大胆《だいたん》な虚構《きょこう》も交《ま》じってはいますが、戦いの現実から完全に遊離《ゆうり》することの許されないのが、いくさの物語なのです。

表現の端々《はしばし》には、人々が戦乱のなかで味わわされた様々な感情や、心に抱《いだ》いた思念《しねん》が潜《ひそ》んでいるはずです。それらに思いをめぐらせながら読んでいけば、より深い理解へとつながることでしょう。

(1) 乱勃発《らんぼっぱつ》の知《し》らせ、清盛《きよもり》のもとへ

さて、清盛《きよもり》が熊野《くまの》参詣《さんけい》の途中《とちゅう》の、海《うみ》に面《めん》した切目《きりめ》の宿場《しゅくば》(和歌山県御坊《わかやまけんごぼう》市《し》と田辺《たなべ》市《し》の中間《ちゅうかん》)にいるところへ、六波羅《ろくはら》から送《おく》られた早馬《はやうま》が追《お》いつい た。その使者《ししゃ》が、

「衛門督信頼殿《えもんのかみのぶよりどの》と左馬頭義朝殿《さまのかみよしともどの》の軍勢《ぐんぜい》が、去《さ》る九日《ここのか》の夜《よる》、院御所《いんごしょ》の三条殿《さんじょうどの》に押《お》し寄《よ》せて、放火《ほうか》いたしましたので、上皇様《じょうこうさま》も天皇様《てんのうさま》も、煙《けむり》の外《そと》へ出《で》て おられないとも、また、皇居《こうきょ》の大内裏《だいだいり》へ行《い》かれたとも、世間《せけん》に伝《つた》わってお ります。

少納言入道信西《しょうなごんにゅうどうしんぜい》のご一家《いっか》は、皆《みな》、焼《や》け死《し》んでしまわれたなど、うわさし ております。

このことは、以前《いぜん》より準備《じゅんび》していたのでしょうか、源氏《げんじ》の家来《けらい》どもが、都《みやこ》の中《なか》に上《のぼ》り集《あつ》まっております。少納言入道《しょうなごんにゅうどう》の身《み》の上《うえ》にかかわることだけ

ではなくて、ご当家《とうけ》、平家《へいけ》もどうであろうかと、人々《ひとびと》はささやいておりますぞ」

と伝《つた》えた。

清盛《きよもり》の一族《いちぞく》は、下男《げなん》まで一《いっ》か所《しょ》に寄《よ》り集《あつ》まった。このことはどうしたものかと相談《そうだん》する。まず清盛《きよもり》がおっしゃったのは、

「ここまでやって来たけれども、皇室《こうしつ》の一大事《いちだいじ》が生《しょう》じたからには、熊野《くまの》へは我々《われわれ》の先導役《せんどうやく》をしてくれている山伏《やまぶし》だけに行《い》ってもらい、神《かみ》に暇乞《いとまご》いして帰《かえ》るよりほか仕方《しかた》あるまい。だが、武具《ぶぐ》もないのは、どうしたものか」

すると、筑後守家貞《ちくごのかみいえさだ》が
「少々《しょうしょう》は、用意《ようい》しております」

と答《こた》えて、五十箱《ごじっぱこ》の長《なが》い唐櫃《からびつ》、常日《つねひ》ごろは何《なに》を入《い》れてあるとも人《ひと》には知《し》らせないで、一行《いっこう》より少《すこ》し遅《おく》らせて人足《にんそく》に担《かつ》がせていたのを、召《め》し寄《よ》せて蓋《ふた》を開《あ》けたのを見《み》れば、種々《しゅじゅ》の鎧《よろい》に太刀《たち》と矢《や》が入《い》れてあった、それを取《と》り出《だ》す。その長櫃《ながびつ》を担《かつ》ぐ竹《たけ》の棒《ぼう》は、中《なか》の節《ふし》を突《つ》き破《やぶ》って、五十張《ごじっちょう》の弓《ゆみ》を入《い》れ込《こ》

んで持《も》たせていた。

「家貞《いえさだ》は、実《じっ》に武勇《ぶゆう》に秀《ひい》でた者《もの》、思慮深《しりょぶか》い兵《つわもの》だな」

と、重盛《しげもり》は感動《かんどう》された。

紀伊国《きいのくに》にも、平家《へいけ》に家来《けらい》として名《な》を連《つら》ねる連中《れんちゅう》がいて、このことを聞《き》き馳《は》せつけて来《き》たけれども、武具《ぶぐ》を身《み》に着《つ》けた武士《ぶし》は、百騎《ひゃっき》ほどに過《す》ぎなかった。

そうしているところに、情報《じょうほう》が入《はい》る。

「都《みやこ》より、左馬頭義朝《さまのかみよしとも》の嫡子《ちゃくし》、悪源太義平《あくげんだよしひら》を大将《たいしょう》として、討手《うって》が熊野路《くまのじ》へ向《む》かったが、摂津国《せっつのくに》の天王寺《てんのうじ》、阿倍野《あべの》の松原《まつばら》に陣《じん》を構《かま》えて、清盛《きよもり》の帰《かえ》りを待《ま》っている」

という、うわさだった。清盛《きよもり》がおっしゃるに、

「悪源太《あくげんだ》が大軍《たいぐん》で待《ま》っているのでは、都《みやこ》へ帰《かえ》りつくことができずに、阿倍《あべ》野《の》と天王寺《てんのうじ》の間《あいだ》に屍《しかばね》をさらして、天皇《てんのう》・上皇様《じょうこうさま》の先々《さきざき》のことを見届《みとど》け申《もう》しあげないことになってしまうのは、道理《どうり》をわきまえた勇者《ゆうしゃ》とは言《い》えまい。

よく考《かんが》えてみるに、この国《くに》の港《みなと》から、船《ふね》を集《あつ》めて四国《しこく》の地《ち》に押《お》し渡《わた》り、九州《きゅうしゅう》の軍勢《ぐんぜい》を召集《しょうしゅう》して都《みやこ》へ攻《せ》め上《のぼ》って謀反《むほん》を起《お》こした逆臣《ぎゃくしん》を滅《ほろ》ぼし、君《きみ》のお怒《いか》りをお鎮《しず》め申《もう》しあげようと思《おも》う。

　皆々《みなみな》、どうか」

と、問《と》われたので、重盛《しげもり》が進《すす》み出《で》て、

「そのご提案《ていあん》、もっともな仰《おお》せではございますが、重盛《しげもり》が愚考《ぐこう》しますに、上皇《じょうこう》と天皇《てんのう》を大内裏《だいだいり》に幽閉《ゆうへい》し申《もう》しあげてしまったからには、今《いま》はきっと諸国《しょこく》へ、天皇《てんのう》・上皇《じょうこう》の命令書《めいれいしょ》たる宣旨《せんじ》・院宣《いんぜん》を下《くだ》しているでありましょう。我々《われわれ》が朝敵《ちょうてき》と呼《よ》ばれる立場《たちば》になってしまえば、四国《しこく》や九《きゅう》州《しゅう》の軍勢《ぐんぜい》も、まったくこちらに従《したが》うことはないでしょう。

　君《きみ》の御身《おんみ》のことといい、六波羅《ろくはら》を留守《るす》にしていることといい、公私《こうし》ともども、しばらくも躊躇《ちゅうちょ》してはなりません。筑後守家貞《ちくごのかみいえさだ》、どうか」

とおっしゃられると、家貞《いえさだ》は涙《なみだ》をはらはらと流《なが》し、

長櫃

「今《いま》に始《はじ》まった御《おん》ことではございませんが、このお言葉《ことば》、いさぎよく思《おも》われます」

と応《おう》ずると、難波三郎経房《なんばさぶろうつねふさ》も、こうあるべきと共感《きょうかん》、清盛《きよもり》の御前《ごぜん》を立《た》って馬《うま》にまたがり、北《きた》に向《む》かって歩《ほ》を進《すす》めたので、清盛《きよもり》もこの人々《ひとびと》の心《こころ》に感《かん》じ入《い》り、同《おな》じようにふるまったのであった。

❖さるほどに、清盛《きよもり》は熊野《くまの》参詣《さんけい》、切目《きりめ》の宿《やど》にて、六波羅《ろくはら》の早馬《はやうま》、追《お》っ付《つ》きけり。

使者《ししや》、申《まう》しけるは、

「衛門督殿《ゑもんのかみどの》・左馬頭殿《さまのかみどの》、去《さ》んぬる九日《ここのか》の夜《よ》、院御所三条殿《ゐんごしよさんでうどの》へ押《お》し寄《よ》せて、火《ひ》をかけられて候《さうら》ふあひだ、院内《ゐんない》も煙《けぶり》の中《なか》を出《い》でさせ給《たま》はずとも申《まう》し、また、大内《おほうち》へ御幸《ごかう》・行幸《ぎやうがう》なりぬとも聞《き》こえ候《さうら》ふ。

少納言入道《せうなごんにふだう》の御一門《ごいちもん》、皆《みな》、焼《や》き死《し》に給《たま》ひぬなど、申《まう》しあひ候《さうら》ふ。

このことは、日《ひ》ごろよりの支度《したく》にて候《さうら》ふか、源氏《げんじ》の郎従《らうじゆう》ども、京中《きやうぢゆう》に上《のぼ》り集《あつ》まりて候《さうら》ふ。少納言入道《せうなごんにふだう》の身《み》の上《うへ》までにて候《さうら》はず、御当家《ごたうけ》もいかがなど、ささやき候《さうら》ふぞ」

と申《まう》しける。

清盛一族《きよもりいちぞく》、家僕《かぼく》、一所《いつしよ》に寄《よ》りあふ。このこと、いかがあるべきと評定《ひやうぢやう》す。清盛《きよもり》、宣《のたま》ひけるは、

「これまで参《まゐ》りたれども、朝家《てうか》の御大事《おんだいじ》、出《い》で来《き》たる上《うへ》は、先達《せんだち》ばかり参《まゐ》らせて、下《げ》するよりほかは他事《たじ》なし。ただし、兵具《ひやうぐ》もなきをば、いかがせん」

と宣《のたま》へば、筑後守家貞《ちくごのかみいへさだ》、

「少々《せうせう》は、用意《ようい》つかまつりて候《さうら》ふ」

とて、長櫃《ながびつ》五十合《ごじふがう》、日《ひ》ごろは何物《なにもの》を入《い》れたるとも人《ひと》には知《し》らせず、勢《せい》より少《すこ》し引《ひ》き下《さ》げて舁《か》かせたりけるを、召《め》し寄《よ》せて蓋《ふた》を開《ひら》きたるを見《み》れば、いろいろの鎧《よろひ》に太刀《たち》と矢《や》を入《い》れたるを取《と》り出《い》だす。竹《たけ》の杁《あふご》五十《じふ》、節《ふし》を突《つ》いて、弓五十張《ゆみごじつちやう》入《い》れて持《も》たせけり。

「家貞《いへさだ》は、まことに武勇《ぶゆう》の達者《たつしや》、思慮《しりよ》深《ふか》き兵《つはもの》なり」

とぞ、重盛《しげもり》は感《かん》じ給《たま》ひける。

紀伊国《きいのくに》にも、当家《たうけ》に名《な》をかけたる家人《けにん》どもありけるが、このことを聞《き》きて馳《は》せ来《き》たりけれども、物具《もののぐ》したる武者《むしや》、百騎《ひやつき》ばかりには過《す》ぎざりけり。

かかりけるところに、

「都《みやこ》より、左馬頭義朝《さまのかみよしとも》が嫡子悪源太義平《ちやくしあくげんだよしひら》を大将《たいしやう》として、熊野《くまの》の道《みち》へ討手《うつて》に向《む》かふが、摂津国天王寺《せつつのくにてんわうじ》、阿倍野《あべの》の松原《まつばら》に陣《ぢん》を取《と》つて、清盛《きよもり》の下向《げかう》を待《ま》つ」

とぞ、聞《き》こえける。清盛《きよもり》、宣《のたま》ひけるは、

「悪源太《あくげんだ》、大勢《おほぜい》にて待《ま》たんには、都《みやこ》へ上《のぼ》りえずして阿倍野《あべの》・天王寺《てんわうじ》の間《あひだ》にしかばねを留《とど》めて、主上《しゆしやう》・上皇《しやうくわう》の前途《ぜんと》を見《み》はてまゐらせざらんこと、理《ことわり》の勇士《ゆうし》にあるべからず。

所詮《しよせん》、当国《たうごく》の浦《うら》より船《ふね》を集《あつ》めて四国《しこく》の地《ち》に押《お》し渡《わた》り、鎮西《ちんぜい》の軍勢《ぐんぜい》を催《もよほ》し都《みやこ》へ攻《せ》め上《のぼ》りて、逆臣《ぎやくしん》を滅《ほろ》ぼし、君《きみ》の御憤《おんいきどほ》りを休《やす》めたてまつらばやと存《ぞん》ずる。

おのおの、いかが」

と、ありしかば、重盛《しげもり》、進《すす》み出《い》でて申《まう》されけるは、

「この仰《おほ》せ、さる御《おん》ことにて候《さうら》へども、重盛《しげもり》が愚案《ぐあん》には、院内《ゐんない》を大内《おほうち》に取《と》り籠《こ》めた

てまつる上《うへ》は、今《いま》は定《さだ》めて諸国《しよこく》へ宣旨《せんじ》・院宣《ゐんぜん》をぞなし下《くだ》すらん。朝敵《てうてき》になりては、四国《しこく》・九国《くこく》の軍勢《ぐんぜい》も、さらに従《したが》ふべからず。

君《きみ》の御《おん》ことと申《まう》し、六波羅《ろくはら》の留守《るす》のためといふ、公私《こうし》につきて、しばらくも滞《とどこほ》るべからず。筑後守《ちくごのかみ》、いかが」

と宣《のたま》へば、家貞《いへさだ》、涙《なみだ》をはらはらと流《なが》し、

「今《いま》にはじめぬ御《おん》ことにて候《さうら》へども、この仰《おほ》せ、すずしく覚《おぼ》え候《さうら》ふ」

難波三郎経房《なんばのさぶらうつねふさ》も、かうこそと同心《どうしん》して御前《ごぜん》を立《た》ち、馬《うま》にうち乗《の》り北《きた》へ向《む》かひて歩《あゆ》ませければ、清盛《きよもり》もこの人々《ひとびと》の心《こころ》を感《かん》じて、同《おな》じさまにぞふるまひける。

✻朝廷のために働こうとする平氏軍団の、一致《いっち》団結《だんけつ》したようすが語られています。六波羅からの使者がもたらした情報の第一は、所在《しょざい》不明となっている天皇と上皇のこと、清盛はそれゆえに帰京を決意し、敵が待機《たいき》していると聞けば、次善《じぜん》の策《さく》を考え、重盛の強硬《きょうこう》意見の方に人々が賛同するや、その心意気《こころいき》に感じて行動を共にする。ここの清盛は、『平家物語』の語る、傲岸不遜《ごうがんふそん》な、おごれる姿ではありません。物語冒頭の序文では、末代《まつだい》の治世《ちせい》には特に「武」が必要だと説いていましたが、それと照応《しょうおう》するような平氏軍団が描かれているように見えます。

ところで、人望《じんぼう》のある重盛ですが、本当は、この一行の中にはいなかったらしいのです。『愚管抄』によりますと、熊野に同行していたのは、次男の基盛《もともり》と三男で十三歳の宗盛《むねもり》、それに武士十五人だったということです。こちらの方が正しいのでしょう。物語は、重盛を大きく扱おうとして、早くから登場させたのでした。同書はさらに、清盛はいったん九州へ落ちて勢を集めることも考えたが、在地《ざいち》の豪族《ごうぞく》、湯浅宗重《ゆあさむねしげ》が三十七騎の武士を提供し、宗盛には同じ年の自分の子の鎧《よろい》を与えて、帰京の援助を申し出、また、熊野社を統括する別当だった湛快《たんかい》も、鎧七領と弓矢を差し出したのだったと、詳《くわ》しく伝えています。物語の虚構性は、明らかでしょう。

ひそかに武具を用意していたという家貞は、平氏の血筋《ちすじ》を引く郎等《ろうどう》で、清盛の父、忠盛《ただもり》に仕えて海賊追討《かいぞくついとう》で功績《こうせき》をあげたりした人物です。この八年後に八十四歳で亡くなりますから、時に七十六歳の高齢《こうれい》、果《は》たして同行していたか、どうか。死去の記録には、「平家の第一の郎等、武士の長《ちょう》なり」として、念仏数遍《ねんぶつすうへん》を称《とな》え、「参謁《さんえつ》」する旨を口にして亡くなったとあります（『顕広王記《あきひろおうき》』）。主君忠盛との再会を願ったのでしょう。一目《いちもく》置かれる存在だったことは、間違いありません。彼の子息の貞能《さだよし》は、『平家物語』に頻繁《ひんぱん》に登場、重盛に心酔《しんすい》していたさまが語られます。

清盛たちは、このあと、途中で待っていると聞いた軍勢が、実は敵ではなく味方と分かり、喜び勇んで都へ入っていくことになります。

★コラム8　熊野参詣

熊野社は、本宮《ほんぐう》・新宮《しんぐう》・那智《なち》の三社からなっており、そこを巡《めぐ》るのが熊野参詣でした。都から行くのには、河内路《かわちじ》を経て行く陸路《りくろ》と、伊勢湾に出て船で行く海《かい》路《ろ》とがあり、安芸守《あきのかみ》時代の清盛は、海路から参詣したと『平家物語』にあります（巻一「鱸《すずき》」）。が、盛んだったのは陸路の方で、道中にある熊野社の末社《まっしゃ》のたくさんの王子《おうじ》（九十九は実数ではない）の一つ一つに詣《もう》でながら旅することが求められました。その道案内をするのが「先達《せんだつ(ち)》」で、山伏《やまぶし》が務めました。個々の王子社は、本来、独立した神社だったのですが、熊野信仰が隆盛《りゅうせい》となるに従い、その傘下《さんか》に入るようになったのだそうです。

その絶頂期《ぜっちょうき》は、白河《しらかわ》・鳥羽《とば》・後白河《ごしらかわ》・後鳥羽《ごとば》の院政期で、四上皇による熊野御《ご》幸《こう》は百回にも及ぼうとするほど、後白河院については、三十数回を数えることができます。往復《おうふく》には一か月を要《よう》しましたから、大変なことでした。

清盛は二十歳の時、熊野本宮《ほんぐう》を造作《ぞうさく》した功績《こうせき》で肥後守《ひごのかみ》に任じられていますから（一一三七年〈保延《ほうえん》三年〉）、熊野とは縁がありました。『熊野年代記《くまのねんだいき》』によりますと、乱が勃発《ぼっぱつ》したこの平治元年十二月に、三社の造営《ぞうえい》を命ずる天皇の綸旨《りんし》が新宮《しんぐう》に届き、造営奉行《ぶぎょう》には「小松殿《こまつどの》」とあります。それは重盛の通称と同じですから、彼のことを指すのであれば、この時の平家一族の熊野参詣は、その事業のためだったのかもしれません。

熊野参詣路略図

(2)　藤原光頼《ふじわらのみつより》、信頼《のぶより》を辱《はずかし》める

十二月十九日《じゅうにがつじゅうくにち》、皇居《こうきょ》の内裏《だいり》では、殿上《てんじょう》の間《ま》という部屋《へや》で公卿《くぎょう》による会議《かいぎ》を開《ひら》くということで、人々《ひとびと》に召集《しょうしゅう》がかかったため、左衛門督光頼卿《さえもんのかみみつよりきょう》は、ことさら華《はな》やかな装束《しょうぞく》を着《き》て、鞘《さや》に蒔絵《まきえ》を施《ほどこ》した儀仗用《ぎじょうよう》の細《ほそ》い太刀《たち》を腰《こし》に帯《お》び、お傍付《そばづ》きの従者《じゅうしゃ》は一人《ひとり》も連《つ》れず、身《み》だしなみを整《ととの》えた雑色《ぞうしき》、四《し》、五人《ごにん》を伴《ともな》い、その中《なか》に従者《じゅうしゃ》の右馬允範義《うまのじょうのりよし》に雑色《ぞうしき》の着物《きもの》を着《き》せて紛《まぎ》れ込《こ》ませ、細《ほそ》太刀《だち》を懐《ふところ》に差《さ》させて、

「もしものことがあったなら、私《わたし》をお前《まえ》の手《て》で殺《ころ》せ」

と、頼《たの》まれたのであった。

皇居《こうきょ》では、武士《ぶし》が大規模《だいきぼ》な陣立《じんだ》てを構《かま》え、隊列《たいれつ》を乱《みだ》さず厳守《げんしゅ》していたから、たまたま宮中《きゅうちゅう》に入《はい》ろうとされる公卿《くぎょう》・殿上人《てんじょうびと》も、相手《あいて》の機嫌《きげん》をうかがうようにしてお入《はい》りになったのに、この光頼卿《みつよりきょう》は、満《み》ちあふれる武士《ぶし》ども

に遠慮《えんりょ》することもなく、堂々《どうどう》とお入《はい》りになる。すると、兵《つわもの》は弓《ゆみ》を寝《ね》かし、矢《や》を横向《よこむ》きにして、お通《とお》し申《もう》しあげる。紫宸殿《ししんでん》の北側《きたがわ》の、履《はき》物《もの》のまま通《とお》れる御後《ごご》を通《とお》られて、清涼殿《せいりょうでん》の殿《てん》上《じょう》の間《ま》の小庭《こにわ》をめぐって室内《しつない》をご覧《らん》になると、右衛門督信頼《うえもんのかみのぶより》が最上席《さいじょうせき》に座《すわ》り、その場《ば》の上位《じょうい》者《しゃ》たちが、皆《みな》、下座《しもざ》に着《つ》いておられた。光頼《みつより》

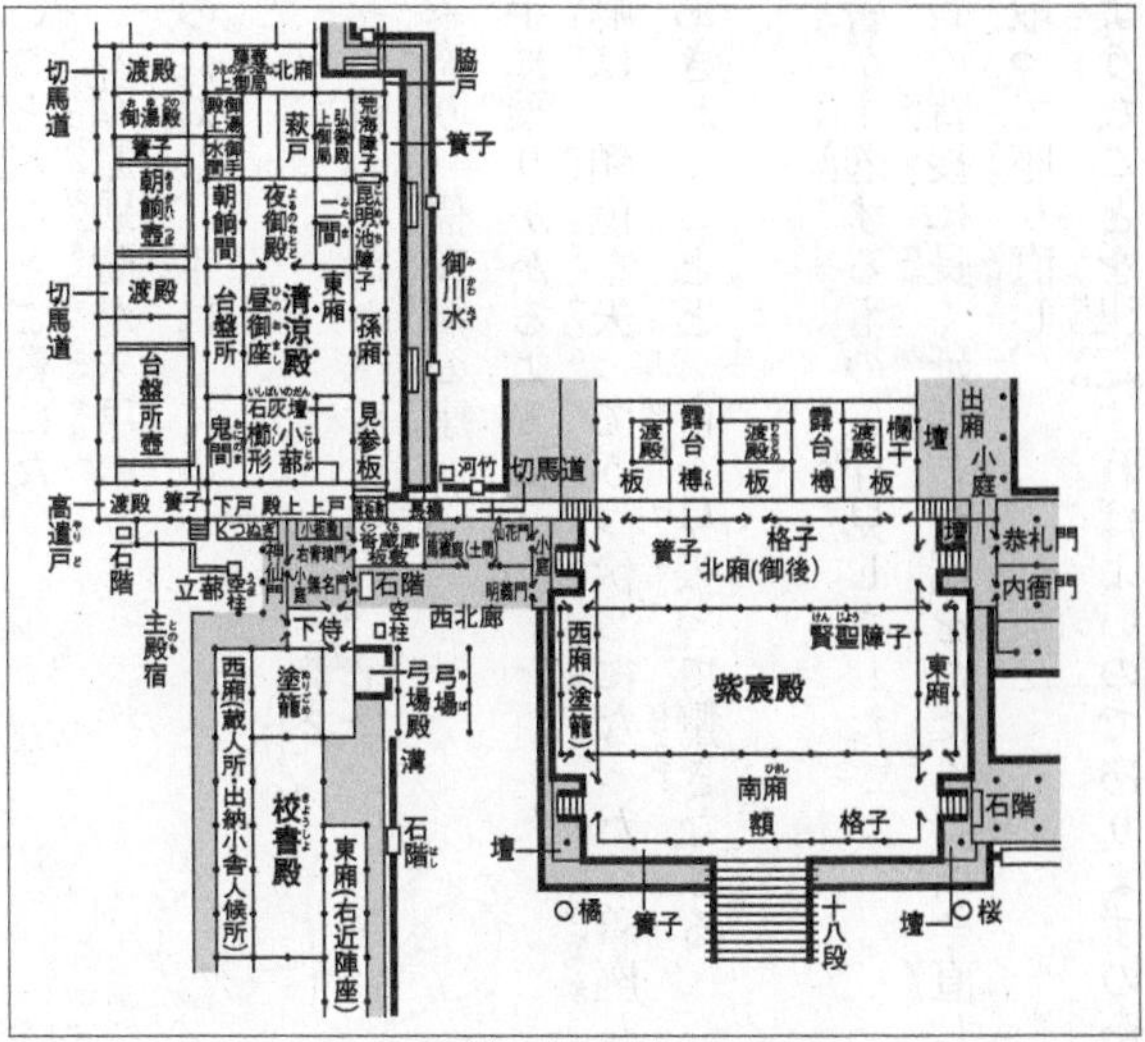

紫宸殿・清涼殿

卿《きょう》は、これは理解《りかい》しがたいことだなとご覧《らん》になり、左大弁《さだいべん》で宰相《さいしょう》（参議《さんぎ》）の藤原顕時《ふじわらのあきとき》が末席《まっせき》の宰相《さいしょう》として着座《ちゃくざ》していたのに対《たい》し、手《て》にしていた笏《しゃく》を持《も》ち直《なお》し、会釈《えしゃく》して、

「お座敷《ざしき》のようす、たいそう乱《みだ》れております」

と言《い》って、しずしずと歩《あゆ》み寄《よ》り、信頼卿《のぶよりきょう》の座《すわ》っていた上座《かみざ》にむずと、相手《あいて》に乗《の》りかかるように割《わ》り込《こ》みなさると、信頼卿《のぶよりきょう》は、顔色《がんしょく》を失《うしな》ってうつ伏《ぶ》しになった。着座《ちゃくざ》していた公卿《くぎょう》らは、ああ何《なん》とあきれたことと、目《め》を見張《みは》って驚《おどろ》きなさる。

左衛門督《さえもんのかみ》の光頼卿《みつよりきょう》は、

「今日《きょう》の会議《かいぎ》は、衛府《えふ》の督《かみ》が主催《しゅさい》するものと拝見《はいけん》しました」

と言《い》って、束帯装束《そくたいしょうぞく》の下着《したぎ》の背後《はいご》に長《なが》く延《の》ばした裾《きょ》をたたんで引《ひ》き直《なお》し、着衣《ちゃくい》の乱《みだ》れを整《ととの》え、笏《しゃく》を取《と》って座《すわ》り直《なお》し、

「そもそも今日《きょう》は、どのようなことを決定《けってい》すればよいのでありますのか」

貴族の着衣図

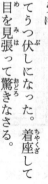

と申《もう》したけれども、その場《ば》に着座《ちゃくざ》していた公卿《くぎょう》・殿上人《てんじょうびと》は、一人《ひとり》も言葉《ことば》を口《くち》にしようとはされない。まして、末席《まっせき》からの発議《はつぎ》など、毛頭《もうとう》ない。

❖同十九日《どうじふくにち》、内裏《だいり》には、殿上《てんじやう》にて公卿僉議《くぎやうせんぎ》あるべしとて催《もよほ》されければ、左衛門督《さゑもんのかみ》光頼卿《みつよりきやう》、ことに鮮《あざ》やかなる装束《しやうぞく》に蒔絵《まきゑ》の細太刀《ほそだち》佩《は》きて、侍《さぶらひ》、一人《いちにん》も召《め》し具《ぐ》せず、尋常《じんじやう》なる雑色《ざふしき》四五人《しごにん》、侍《さぶらひ》には右馬允範義《うまのじようのりよし》に雑色《ざふしき》の装束《しやうぞく》させて、細太刀《ほそだち》、懐《ふところ》に差《さ》させ、

「もしのことあらば、我《われ》をば汝《なんぢ》が手《て》にかけよ」

とて、頼《たの》まれける。

大軍陣《たいぐんぢん》を張《は》り、列《れつ》を厳《きび》しく守《まぼ》りければ、たまたま参内《さんだい》し給《たま》ふ公卿《くぎやう》・殿上人《てんじやうびと》も、従容《しようよう》してこそ入《い》り給《たま》ひしに、この光頼卿《みつよりきやう》は、まんまんたる兵《つはもの》どもに憚《はばか》るところもなくてぞ入《い》り給《たま》ふ。兵《つはもの》、弓《ゆみ》を平《ひら》め、矢《や》を側《そば》めて通《とほ》したてまつる。

紫宸殿《ししんでん》の御後《ごご》を通《とほ》り給《たま》ひて、殿上《てんじやう》をめぐり見給《みたま》へば、右衛門督《うゑもんのかみ》、一座《いちざ》して、その座《ざ》の上臈《じやうらう》たち、皆《みな》、下《しも》に着《つ》かれけり。光頼卿《みつよりきやう》、こは不思議《ふしぎ》のことかなと見給《みたま》ひて、左大弁宰相顕時《さだいべんさいしやうあきとき》、末座《ばつざ》の宰相《さいしやう》にて着座《ちやくざ》ありけるに、笏《しやく》、取《と》り直《なほ》し気色《きしよく》して、

「御座敷《おんざしき》こそ、世《よ》にしどけなく候《さうら》へ」

とて、しづしづと歩《あよ》み寄《よ》りて、信頼卿《のぶよりきやう》の着《つ》きたる座上《ざしやう》にむずと居《ゐ》かかり給《たま》へば、信《のぶ》頼卿《よりきやう》、色《いろ》もなくうつ伏《ぶ》しにぞなりにける。着座《ちやくざ》の公卿《くぎやう》、あなあさましやと、目《め》を驚《おどろ》かし給《たま》ふ。

光頼卿《みつよりきやう》、

「今日《けふ》は、衛府《ゑふ》の督《かみ》が一座《いちざ》すると見《み》えて候《さうら》ふ」

とて、下襲《したがさね》の尻《しり》、引《ひ》き直《なほ》し、衣紋《えもん》、かいつくろひ、笏取《しやくと》り、居直《ゐなほ》りて、

「そもそも当日《たうじつ》は、何条《なんでう》のことを定《さだ》め申《まう》すべきにて候《さうら》ふぞ」

と申《まう》しけれども、着座《ちやくざ》の公卿《くぎやう》・殿上人《てんじやうびと》、一人《いちにん》も言葉《ことば》を出《い》だされず。まして、末座《ばつざ》の僉議《せんぎ》、沙汰《さた》もなし。


✽大胆不敵《だいたんふてき》な光頼の行動と、ただおどおどしているだけの信頼の姿とが、巧《たく》みに描き出されています。信頼は、このあと、天皇と上皇が連れ出されたと知った時には、「だまされた、だまされた」と言って、肥《こ》えて太った大男が、「躍《おど》り上がり、躍り上が

り」したけれども、「踊り出したこともなかった」と、こっけいに、皮肉《ひにく》に語られます。戦いを前に顔面蒼白《がんめんそうはく》、馬に乗ろうとしても身体《からだ》が震《ふる》えて、鎧《よろい》の音が聞こえるほど、助けて馬上《ばじょう》に押し上げてやると反対側に落ちてしまったという。それを目にした義朝は、「大臆病《だいおくびょう》の者」が、こんな大ごとを思い立ち、自分はその仲間になって汚名《おめい》を流すことになるとつぶやいたとあります。それは、『愚管抄《ぐかんしょう》』の伝える、天皇と上皇の脱出を知り啞然《あぜん》としている信頼を見た義朝が、「日本第一の不覚人《ふかくじん》（浅《あさ》はか者）」だった人を頼って、こんなことをやってしまったと言ったという、その一言と関連がありそうです。

光頼は当時、権中納言《ごんちゅうなごん》で左衛門督、信頼は権中納言の右衛門督。右と左では左が上でしたから、光頼は信頼の上座《かみざ》に割り込んだのでした。なお、中納言は大臣・大納言の下ですので、兼務《けんむ》して何らかの長官職の「かみ」に就いている場合は、その職名で呼ぶことになっていました。

光頼の祖父（顕隆《あきたか》）は白河院の、父（顕頼《あきより》）は鳥羽院の近臣として知られています。彼は大納言にまでなって、この四年後に出家しますが、歴史書の『今鏡《いまかがみ》』は、政争《せいそう》に関わることもせず、「何事にもよき人」だったと評価していますし、『愚管抄』も、「人にほめられ」た人物だったと伝えています。実際に信頼を辱《はずかし》めるような行動に出たのかどうかは分かりませんが、こうした場面に登場してもおかしくはない人柄《ひとがら》として、認められていたのでしょう。

物語は、光頼のふるまいを見ていた武士たちが讃嘆《さんたん》して、こんな人を大将にして戦いたいものだ、昔の武人、源頼光《みなもとのよりみつ》の名を逆転させて光頼と名乗っているからだろうかと一人が言うと、もう一人が、それなら頼光の弟の頼信《よりのぶ》をひっくり返して信頼と名乗るあの人は、どうして「あれほど臆病《おくびょう》」なのかと言って、忍《しの》び笑いをしていたと続けています。笑いを誘《さそ》うやりとりです。以後、臆病という信頼の人物評は一貫《いっかん》していくのですが、それはそれとして、実は系図をさかのぼっていくと、二人には母方《ははかた》を通じて源氏の血が流れ込んでいます。作者はそれを知っていたのかも知れません。

(3) 弟《おとうと》惟方《これかた》への訓戒《くんかい》

光頼卿《みつよりきょう》は、このようにふるまったけれども、急《いそ》いで外《そと》へ出《で》ることもせず、殿上《てんじょう》の間《ま》の東側《ひがしがわ》にある覗《のぞ》き窓《まど》の小蔀《こじとみ》の前《まえ》で、人《ひと》の出《で》入りを天皇《てんのう》に知《し》らせる見参《げんざん》の床板《ゆかいた》がある、それを、音高《おとたか》く踏《ふ》み響《ひび》かせて立《た》っていた。南北《なんぼく》に長《なが》い廊下《ろうか》の奥《おく》に置《お》いてある、中国《ちゅうごく》の昆明池《こんめいち》を描《えが》いた衝立障子《ついたてしょうじ》のさらに北《きた》、脇《わき》の戸《と》のあたりに、弟《おとうと》の検非違使《けびいし》別当惟方《べっとうこれかた》が立《た》っていたのを招《まね》き寄《よ》せて、

「今日《きょう》、公卿《くぎょう》の会議《かいぎ》があるという知《し》らせがあったので、急《いそ》いで馳《は》せ参《さん》じたけれども、格別《かくべつ》に議案《ぎあん》を聞《き》いて決定《けってい》するようなこともない。本当《ほんとう》かどうか、この光頼《みつより》は死罪《しざい》にされる人数《にんずう》に入《はい》っていると、伝《つた》え聞《き》いている。その人々《ひとびと》の名《な》を聞《き》けば、現代《げんだい》において、学問《がくもん》や諸芸《しょげい》、儀礼《ぎれい》にも長《た》けた、それ相応《そうおう》の方々《かたがた》だ。その人数《にんずう》に私《わたし》が入《はい》っているとは、たいそうな面目《めんぼく》ということになろう。

ところで、そこもとが、右衛門督信頼《うえもんのかみのぶより》の車《くるま》の後《うし》ろに乗《の》って、少納言入道《しょうなごんにゅうどう》信西《しんぜい》の首《くび》の実否《じっぴ》を検分《けんぶん》するために、神楽岡《かぐらおか》とかへ出向《でむ》いたことは、どれほど、ふさわしからぬふるまいであることか。近衛大将《このえだいしょう》や検非違使別当《けびいしべっとう》は、他《た》とは異《こと》なる重職《じゅうしょく》なのだ。その職《しょく》にありながら、他人《たにん》の車《くるま》の後《うし》ろに乗《の》るなどとは、先例《せんれい》もない。また、その場《ば》でも恥《はじ》をかいたことになる。

　とりわけ首実検《くびじっけん》は、はなはだ穏《おだ》やかではない」

と、おっしゃると、別当惟方《べっとうこれかた》は、

「そのことは、天皇様《てんのうさま》の御意向《ごいこう》でございましたから」

と言《い》って、顔《かお》を赤《あか》らめられた。

　光頼卿《みつよりきょう》は

「これは、何《なん》と。帝《みかど》の御意向《ごいこう》だからといって、自分《じぶん》の考《かんが》えるところを、どうして一《ひと》つの意見《いけん》として、申《もう》さないでおいてよかろうか。我々《われわれ》の先祖《せんぞ》の勧修寺内大臣高藤公《かじゅうじないだいじんたかふじこう》、そのお子《こ》の三条右大臣定方公《さんじょううだいじんさだかたこう》が、帝《みかど》の徳《とく》の高《たか》さから延喜《えんぎ》の聖代《せいだい》と言《い》われる醍醐天皇《だいごてんのう》の御代《みよ》にお仕《つか》えしてよりこのかた、天皇《てんのう》すでに十九代《じゅうくだい》、臣下《しんか》たる我《わ》が家《や》もまた十一代《じゅういちだい》、勅命《ちょくめい》を承《うけたまわ》り行《おこな》ってきたことは、みな民《たみ》を重《おも》んずる徳政《とくせい》。一度《いちど》も悪事《あくじ》にまじわったことはない。我《わ》が家《や》は、太政大臣《だじょうだいじん》になれるほどの、それほどの名家《めいか》ではないながら、ひたすら、正道《せいどう》を歩《あゆ》む臣下《しんか》と一緒《いっしょ》になって、よこしまな連中《れんちゅう》の仲《なか》間《ま》にならなかったからこそ、昔《むかし》から今《いま》に至《いた》るまで、人《ひと》から後《うし》ろ指《ゆび》を指《さ》されるほどのことはなかったのだ。

ところが、貴殿《きでん》、はじめて逆臣《ぎゃくしん》に引《ひ》きずり込《こ》まれて、代々《だいだい》続《つづ》いてきた我《わ》が家《や》の名声《めいせい》を失《うしな》ってしまうことになる、当然《とうぜん》、口惜《くちお》しいはずだ。清盛《きよもり》は、熊野《くまの》参詣《さんけい》を果《は》たさずに切目《きりめ》の宿場《しゅくば》から都《みやこ》へ馳《は》せ上《のぼ》ってくると聞《き》くが、和泉《いずみ》、紀伊国《きいのくに》、伊勢《いせ》や伊賀《いが》の家来《けらい》らが馳《は》せ集《あつ》まって、大軍勢《だいぐんぜい》になっているであろう。信頼卿《のぶよりきょう》が仲間《なかま》に呼《よ》び込《こ》んだ武士《ぶし》など、たいしたことはあるまい。平家《へいけ》の大軍《たいぐん》が押《お》し寄《よ》せ《せ》て攻めて来《く》るのに、それほど時間《じかん》がかかろうとは思《おも》われない。放火《ほうか》などに及《およ》んだら、天皇様《てんのうさま》もどうして無事《ぶじ》でいらっしゃれようか。大内裏《だいだいり》が焼《や》け落《お》ち灰《はい》だけの地《ち》になってしまうのすら、皇室《こうしつ》にとって深《ふか》いお嘆《なげ》きであるに違《ちが》いない。まして帝《みかど》や臣下《しんか》の身《み》ともに、万一《まんいち》のことがあったならば、徳《とく》を守《まも》る王《おう》のりっぱな政治《せいじ》も尽《つ》きてしまう、今《いま》、この時《とき》がそうなるであろう。

右衛門督《うえもんのかみ》は、貴殿《きでん》に大小《だいしょう》のあらゆることを相談《そうだん》していると聞《き》いているぞ。十分《じゅうぶん》に気《き》をつけて、心配《こころくば》りして、機会《きかい》をうかがって、計略《けいりゃく》をめぐらして、天皇《てんのう》・上皇様《じょうこうさま》のお身体《からだ》に災難《さいなん》が及《およ》ばないように、よく考《かんが》えられるのがよいのだ。

天皇様《てんのうさま》は、どこにいらっしゃるのか」

「北《きた》の黒戸《くろど》の御所《ごしょ》に」

「上皇様《じょうこうさま》は」

「内裏《だいり》の東《ひがし》の、一本御書所《いっぽんごしょどころ》に」

「三種《さんしゅ》の神器《じんぎ》の内《うち》、八咫鏡《やたのかがみ》の内侍所《ないしどころ》は」

「もと通《どお》り、温明殿《うんめいでん》に」

「草薙剣《くさなぎのつるぎ》と八尺瓊勾玉《やさかにのまがたま》の剣璽《けんじ》は」

「帝《みかど》のお休《やす》みになる夜《よる》の御殿《おとど》に」

と、左衛門督《さえもんのかみ》が順次《じゅんじ》お尋《たず》ねになると、別当《べっとう》は、このように答《こた》えられた。

「帝《みかど》の食事《しょくじ》どころの朝餉《あさがれい》の間《ま》の方《ほう》に人《ひと》のいる音《おと》がして、殿上《てんじょう》の間《ま》を覗《のぞ》く櫛《くし》形《がた》の穴《あな》に人影《ひとかげ》が見《み》えるが、何者《なにもの》か」

とお問《と》いになると、別当《べっとう》は答《こた》えて、

「それは、右衛門督《うえもんのかみ》が住《す》んでおりますので、その面倒《めんどう》を見《み》る女房《にょうぼう》などの姿《すがた》が見《み》え隠《かく》れしたのでしょう」

と申《もう》されると、光頼卿《みつよりきょう》は聞《き》くに堪《た》えられず、

「世《よ》の中《なか》、今《いま》はこんなありさまなのだな。天皇様《てんのうさま》のいらっしゃるべき朝《あさ》餉《がれい》の間《ま》には、右衛門督《うえもんのかみ》が住《す》んで、帝《みかど》を黒戸《くろど》の御所《ごしょ》にお移《うつ》し申《もう》しあげたとい
う。世《よ》の末《すえ》ながら、太陽《たいよう》も月《つき》も、まだ地《ち》に落《お》ちてはおられぬ。だのに私《わたし》は、どんな前世《ぜんせ》からの定《さだ》められた業《ごう》で、こんな世《よ》に生《う》まれて、いやなことばかりを見《み》たり聞《き》いたりするんだろう。

臣下《しんか》たる者《もの》が王《おう》の位《くらい》を奪《うば》うことは、中国《ちゅうごく》には例《れい》があるとはいえ、日本《にほん》のこの国《くに》では、まだこのような先例《せんれい》を聞《き》いたことがない。天照大神《あまてらすおおみかみ》と石清水八幡宮《いわしみずはちまんぐう》の神様《かみさま》は、国王《こくおう》の正《ただ》しい政治《せいじ》を、どのようにお守《まも》りなさろうとするのか」

と、遠慮《えんりょ》することなく、声《こえ》に出《だ》して嘆《なげ》かれたので、別当《べっとう》は、人《ひと》が聞《き》いてはいないかと、本当《ほんとう》に凍《こお》りつくようなようすで立《た》っておられた。

「昔《むかし》、中国《ちゅうごく》の許由《きょゆう》は、堯帝《ぎょうてい》から国《くに》を譲《ゆず》るという悪《わる》い話《はなし》を聞《き》いて、穎川《えいせん》という川《かわ》で耳《みみ》を洗《あら》ったのだ。今《いま》、この時《とき》の宮中《きゅうちゅう》のありさまを見聞《みき》きしては、耳《みみ》も目《め》も洗《あら》ってしまいたく思《おも》われる」

と言《い》って、装束《しょうぞく》の上衣《うわぎ》の袖《そで》を涙《なみだ》で濡《ぬ》らすばかりにして退出《たいしゅつ》されたのであった。

昆明池の障子

❖光頼卿《みつよりきやう》は、かやうにふるまひたれども、急《いそ》ぎても出《い》でられず、殿上《てんじやう》の小蔀《こじとみ》の前《まへ》に、見参《げんざん》の板《いた》、高《たか》らかに踏《ふ》み鳴《な》らして立《た》たれたる。昆明池《こんめいち》の御障子《おんしやうじ》の北《きた》、脇《わき》の戸《と》の辺《へん》に、舎弟《しやてい》、別当惟方《べつたうこれかた》の立《た》たれたりけるを招《まね》きつつ、宣《のたま》ひけるは、「今日《けふ》、公卿僉議《くぎやうせんぎ》あるべしとて触《ふ》れられつるあひだ、急《いそ》ぎ馳《は》せ参《まゐ》りてさぶらへども、さして承《うけたまは》り定《さだ》むることもなし。

まことにや、光頼《みつより》は死罪《しざい》に行《おこな》はれべき人数《にんじゆ》に数《かぞ》へられたりと、伝《つた》へ承《うけたまは》る。その人々《ひとびと》を聞《き》けば、当世《たうせい》の有職《いうそく》、しかるべき人《ひと》どもなり。その数《かず》に入《い》らんことは、はなはだ面目《めんぼく》なるべし。

さてもそこに、右衛門督《うゑもんのかみ》が車《くるま》の尻《しり》に乗《の》りて、少納言入道《せうなごんにふだう》が首実検《くびじつけん》のために神楽岡《かぐらをか》とかやへ渡《わた》られたりけることは、いかばかり、しかるべからざるふるまひかな。近《こん》衛大将《ゑだいしやう》・検非違使《けんびゐし》の別当《べつたう》は、他《た》に異《こと》なる重職《ぢゆうしよく》なり。その職《しよく》にゐながら人《ひと》の車《くるま》の尻《しり》にも乗《の》ること、先規《せんき》もなし。また、当座《たうざ》も恥辱《ちじよく》なり。

なかんづく首実検《くびじつけん》は、はなはだ穏便《おんびん》ならず」

と宣《のたま》へば、別当《べつたう》、

「それは、天気《てんき》にて候《さうら》ひしかば」

とて、赤面《せきめん》せられけり。

光頼卿《みつよりきやう》、

「こは、いかに。天気《てんき》なればとて、存《ぞん》ずる旨《むね》は、いかでか一議《いちぎ》、申《まう》さざるべき。われらが曩祖《なうそ》、勧修寺内大臣《くわんじゆじないだいじん》、三条右大臣《さんでううだいじん》、延喜《えんぎ》の聖代《せいだい》に仕《つか》へてよりこのかた、君《きみ》すでに十九代《じふくだい》、臣《しん》また十一代《じふいちだい》、承《うけたまは》り行《おこな》ふことは、みな徳政《とくせい》なり。一度《いちど》も悪事《あくじ》にまじはらず。当家《たうけ》は、させる英雄《えいいう》にはあらねども、ひとへに有道《いうたう》の臣《しん》に伴《ともな》ひて、纔《ざん》佞《ねい》のともがらに与《くみ》せざりしゆゑに、昔《むかし》より今《いま》に至《いた》るまで、人《ひと》に指《ゆび》を差《さ》さるるほどのことはなし。

御辺《ごへん》、初《はじ》めて暴逆《ばうぎやく》の臣《しん》に語《かた》らはれて、累家《るいけ》の佳名《かめい》を失《うしな》はんこと、口惜《くちを》しかるべし。清盛《きよもり》は、熊野参詣《くまのさんけい》、遂《と》げずして切目《きりめ》の宿《やど》より馳《は》せ上《のぼ》るなるが、和泉《いづみ》・紀伊国《きいのくに》、伊《い》勢《せ》・伊賀《いが》の家人《けにん》等《とう》、馳《は》せ集《あつ》まりて大勢《おほぜい》にてこそあんなれ。信頼卿《のぶよりきやう》が語《かた》らふところの兵《つはもの》、いくばくならじ。平家《へいけ》の大勢《おほぜい》、押《お》し寄《よ》せて攻《せ》めんに、時刻《じこく》をや巡《めぐ》らすべき。もしまた、火《ひ》などをもかけなば、君《きみ》も、いかでか安穏《あんおん》にわたらせ給《たま》ふべき。大内《おほうち》、灰燼《くわいじん》の地《ち》にならんだにも、朝家《てうけ》の御嘆《おんなげ》きなるべし。いかに況《いはん》や君臣《くんしん》とも、自然《しぜん》のこともあらば、王道《わうたう》の滅亡《めつばう》、この時《とき》にあるべし。

右衛門督《うゑもんのかみ》は、御辺《ごへん》に大小事《だいせうじ》を申し合《まうあ》はするとこそ聞《き》け。あひかまひて、あいかまひて、ひまを窺《うかが》ひて、謀《はかりこと》をめぐらして、玉体《ぎよくたい》につつがましまさぬやうに思案《しあん》せらるべきなり。

主上《しゆしやう》は、いづくにましますぞ」

「黒戸《くろど》の御所《ごしよ》に」

「上皇《しやうくわう》は」

「一本御書所《いつぽんごしよどころ》に」

「内侍所《ないしどころ》は」

「温明殿《うんめいでん》に」

「剣璽《けんじ》は」

「夜《よる》の御殿《おとど》に」

と、左衛門督《さゑもんのかみ》、次第《しだい》に尋《たづ》ね給《たま》ひければ、別当《べつたう》、かくぞ答《こた》へられける。

「朝餉《あさがれひ》の方《かた》に人音《ひとおと》のして、櫛形《くしがた》の穴《あな》に人影《ひとかげ》のしつる、何者《なにもの》ぞ」と問《と》ひ給《たま》へば、別当《べつたう》、

「それは右衛門督《うゑもんのかみ》の住《す》み候《さうら》へば、その方《かた》ざまの女房《にようばう》などぞ、かげろひ候《さうら》ひつらん」

と申《まう》されければ、光頼卿《みつよりきやう》、聞《き》きもあへず、

「世《よ》の中《なか》、今《いま》はかうごさんなれ。主上《しゆしやう》のわたらせ給《たま》ふべき朝餉《あさがれひ》には、右衛門督《うゑもんのかみ》、住《す》みて、君《きみ》をば黒戸《くろど》の御所《ごしよ》に移《うつ》しまゐらせたんなる。末代《まつだい》なれども、日月《じつげつ》はいまだ地《ち》に落《お》ち給《たま》はず。いかなる前世《ぜんぜ》の宿業《しゆくがう》にて、かかる世《よ》に生《せい》を受《う》けて、憂《う》きことのみ見《み》聞《き》くらん。

人臣《じんしん》の王位《わうゐ》を奪《うば》ふこと、漢朝《かんてう》には、その例《れい》ありといへども、本朝《ほんてう》にはいまだ、かくのごときの先規《せんき》を聞《き》かず。天照大神《あまてらすおほみかみ》・正八幡宮《しやうはちまんぐう》は、王法《わうぼふ》をば、何《なに》とまぼらせ給《たま》ふぞや」

と憚《はばか》るところもなく、うち口説《くど》き給《たま》へば、別当《べつたう》は、人《ひと》もや聞《き》くらんと、世《よ》にすさまじげにぞ立《た》たれける。

「昔《むかし》の許由《きよいう》は、悪事《あくじ》を聞《き》きて頴川《えいせん》に耳《みみ》をこそ洗《あら》ひしか。この時《とき》の内裏《だいり》のありさまを

見聞《みき》きては、耳《みみ》をも目《め》をも洗《あら》ひぬべくぞ覚《おぼ》ゆる」
とて、上《うへ》の衣《きぬ》の袖《そで》、しほるばかりにてぞ出《い》でられける。

✻光頼の言葉は、穏《おだ》やかななかに皮肉《ひにく》を込めて始まり、弟の軽はずみな行動を非難、自家《じか》の誇《ほこ》りを思い出させて翻意《ほんい》を促《うなが》し、平家の動向を伝えつつ、天皇と上皇の身の安全を第一に考えよと言う。次の一問一答は、息詰《いきづ》まるようなやりとり。そのあとに、現状を憂《うれ》うる涙まじりの言葉が続く。緊迫感のある一場が創り出されており、この作品の名場面の一つとなっています。

この直後に、まるで天皇のようにふるまっている愚《おろ》かな信頼の姿が描き出され、同日の夕刻、清盛一行が六波羅に到着したとあります。事実は二日前のことでしたが、それをずらして同日のこととし、反乱に批判的な勢力の動きをひとまとめにしたのでした。惟方は、兄の訓戒《くんかい》で心を改め、天皇と上皇を救い出し、それで形勢は逆転してしまうわけですから、ここは重要な意味を持っている場面なのです。

天皇と上皇の救出劇《きゅうしゅつげき》を物語がどう語っているかというと、まず、後白河上皇のもとへ惟方の弟の成頼《なりより》が出向いて、院の意向に従い仁和寺《にんなじ》へ、二条天皇は惟方と経宗《つねむね》が供《ぐ》奉《ぶ》して六波羅へ向かったという。天皇は女装して車に乗り、途中、警固《けいご》の武士に見とがめられたものの、女房の車と偽《いつわ》って脱出《だっしゅつ》できたとあります。経宗は、平治の乱の概要《がいよう》を述べたなかで、惟方とともに天皇側近派《そっきんは》だったと紹介しました。彼らは意図的に反乱軍を見捨てたのでしょう。

事実経緯《けいい》を詳《くわ》しく伝えているのは、『愚管抄』です。救出作戦の中心にいたのは内大臣の藤原公教《きんのり》で、経宗・惟方と連絡《れんらく》を取り合い、事は成功したのでした。連絡役になったのは惟方の親戚筋《しんせきすじ》の男、昼間より宮中に女房車《にょうぼうぐるま》を用意しておき、夜、内裏《だいり》近くで火事を起こさせ、武士たちがそちらに行っている間に連れ出そうと計画、さらに、信頼を油断《ゆだん》させるために、公教が清盛の服従の意を伝える一文を代筆《だいひつ》して、例の家貞《いえさだ》に届けさせたところ、信頼からは喜ぶ旨の返事が来たといいます。夜になってから、惟方が院に事の次第をこっそり伝えて、用意してあった車で脱出させ、天皇は、惟方の親戚の男が、用意した蓆《むしろ》の上を歩かせて導き、女房二人が協力して種々の宝物《ほうもつ》も車に乗せ、計画通り、火事の騒ぎの最中に外へ出ることに成功したのでした。

『愚管抄』の記事に、光頼の名は全く見えません。この場面は、作者の創作《そうさく》だった可能性が高いようです。光頼・惟方・成頼の三人は同母《どうぼ》兄弟で、親密な関係にありました。それを知っていて、創《つく》られた話ではなかったでしょうか。彼らの子孫と物語作者とは、何らかのつながりを持っていたのかも知れません。

　さて、天皇と上皇とが救出された翌日が、合戦当日でした。六波羅から発向したのは、重盛と、清盛の弟の頼盛《よりもり》、経盛《つねもり》、各千騎を率いた三部隊、迎え撃つ方は大内裏の東側の、北から順次、陽明門《ようめいもん》・待賢門《たいけんもん》・郁芳門《いくほうもん》の三門を開き、それぞれ光保、信頼、義朝を中心とする部隊が応戦することとなる。中でも、重盛の攻撃した待賢門での戦いに、焦点が当てられていきます。

★コラム9　三種《さんしゅ》の神器《じんぎ》
　光頼が弟に、そのあり所を問いただした三種の神器は、天皇の位に付随する宝物で、鏡《かがみ》・剣《つるぎ》・勾玉《まがたま》でした。鏡は、天照大神《あまてらすおおみかみ》の御《み》霊代《たましろ》とされる八咫鏡《やたのかがみ》。本体は伊勢神宮にあり、宮中にあるのは、それを模《も》したものだそうです。辛櫃《からびつ》に納められていますが、銅製の鏡ですので、三度の火災で形状をなくし、灰を集めて入れてあるようです。『古事記』『日本書紀』の神話によれば、八咫鏡は、天照大神が天《あまの》岩屋《いわや》に隠れて世が暗闇となった時、天鈿女命《あまのうずめのみこと》の踊りに誘われて岩戸《いわど》を開けた際に、大神《おおかみ》の放つ光が反射するようにと、岩戸の向かい側に置かれていたものといいます。そして三種の宝物とも、天照大神が天から地に降《くだ》る皇孫《こうそん》に託したものとされています。

剣《つるぎ》は、素戔嗚尊《すさのおのみこと》が八岐大蛇《やまたのおろち》の尾から取り出したもの。天叢雲剣《あまのむらくものつるぎ》と称していましたが、日本武尊《やまとたけるのみこと》が東国征討《とうごくせいとう》の戦いで火を放たれた際、野の草をこの剣で薙《な》ぎ払ったところから、草薙剣《くさなぎのつるぎ》と言われるようになりました。尊《みこと》が熱田神宮《あつたじんぐう》に奉納したのちに没したため、本体はそこに伝わっていて、宮中のものは、やはり模造品《もぞうひん》だったということです。しかも『平家物語』が語るように、安徳《あんとく》天皇と共に壇《だん》の浦《うら》の海中に沈んでしまいました。今日あるものは、後世、伊勢神宮から献上されたものです。

勾玉《まがたま》は、八尺瓊勾玉《やさかにのまがたま》。大きな玉で作ったものとも、八尺の紐《ひも》でつないだものとも言われています。天鈿女命《あまのうずめのみこと》が踊りを披露《ひろう》した場で、木の枝に掛けてあったのだそうです。

神鏡《しんきょう》の八咫鏡は、紫宸殿《ししんでん》の北東に位置する温明殿《うんめいでん》に安置されていました。そこに勤めるのが女官《にょうかん》の内侍《ないし》でしたので、温明殿を内侍所《ないしどころ》、神鏡をも内侍所と言うようになります。宝剣《ほうけん》と神璽《しんじ》の勾玉とは、天皇の枕元《まくらもと》の棚《たな》に置かれていました。光頼の問いかけに弟の惟方は、いずれの宝物も元通りの場所にあると答えたことになります。

神鏡は、特別な時以外、外に出すことは許されませんでしたが、宝剣と神璽は、天皇が行幸《ぎょうこう》する際に必ず女官が捧持《ほうじ》して随行《ずいこう》、天皇の代替《だいが》わりには、先帝から新帝に受け継がれる儀式が行われました。なお、天皇は、清涼殿《せいりょうでん》の夜御殿《よるのおとど》で就寝する時、神鏡を敬《うやま》うべく東方に頭を向け、かつ烏帽子《えぼし》をつけたままで寝たのだそうです。

(4) 悪源太義平《あくげんだよしひら》、重盛《しげもり》を撃退《げきたい》

いくさは、午前十時《ごぜんじゅうじ》ころ、互《たが》いに鏑矢《かぶらや》を射交《いか》わす矢合《やあわ》せをして始《はじ》まり、どちらも退《しりぞ》くことなく二時間《にじかん》ほど戦《たたか》った。

攻《せ》める左衛門佐重盛《さえもんのすけしげもり》は、千騎《せんき》の軍勢《ぐんぜい》を二手《ふたて》に分《わ》け、五百騎《ごひやつき》を、大内裏《だいだいり》の外壁《がいへき》に面《めん》した大宮大路《おおみやおおじ》の路上《ろじよう》に残《のこ》し、五百騎《ごひやつき》を率《ひき》いて待賢門《たいけんもん》を突破《とつぱ》、喚声《かんせい》を上《あ》げて駆《か》け入《い》ると、信頼卿《のぶよりきよう》は一防《ひとふせ》ぎもできず、大庭《おおにわ》の建礼門《けんれいもん》の東脇《ひがしわき》に立《た》つ樗《おうち》の木《き》のもとまで攻《せ》め込《こ》んだ。

隣《とな》りの郁芳門《いくほうもん》を守《まも》っていた左馬頭義朝《さまのかみよしとも》はそれを見《み》て、嫡子悪源太義平《ちやくしあくげんだよしひら》に目《め》をやり、「あれは見《み》えないか悪源太《あくげんだ》、待賢門《たいけんもん》を信頼《のぶより》という臆病者《おくびようもの》が、攻《せ》め破《やぶ》られてしまったようだ。追《お》い出《だ》せ」と命《めい》ずると、悪源太《あくげんだ》は父《ちち》に声《こえ》をかけられて、手勢十七騎《てぜいじゆうななき》とともに大庭《おおにわ》に向《む》かって馬《うま》を進《すす》めた。

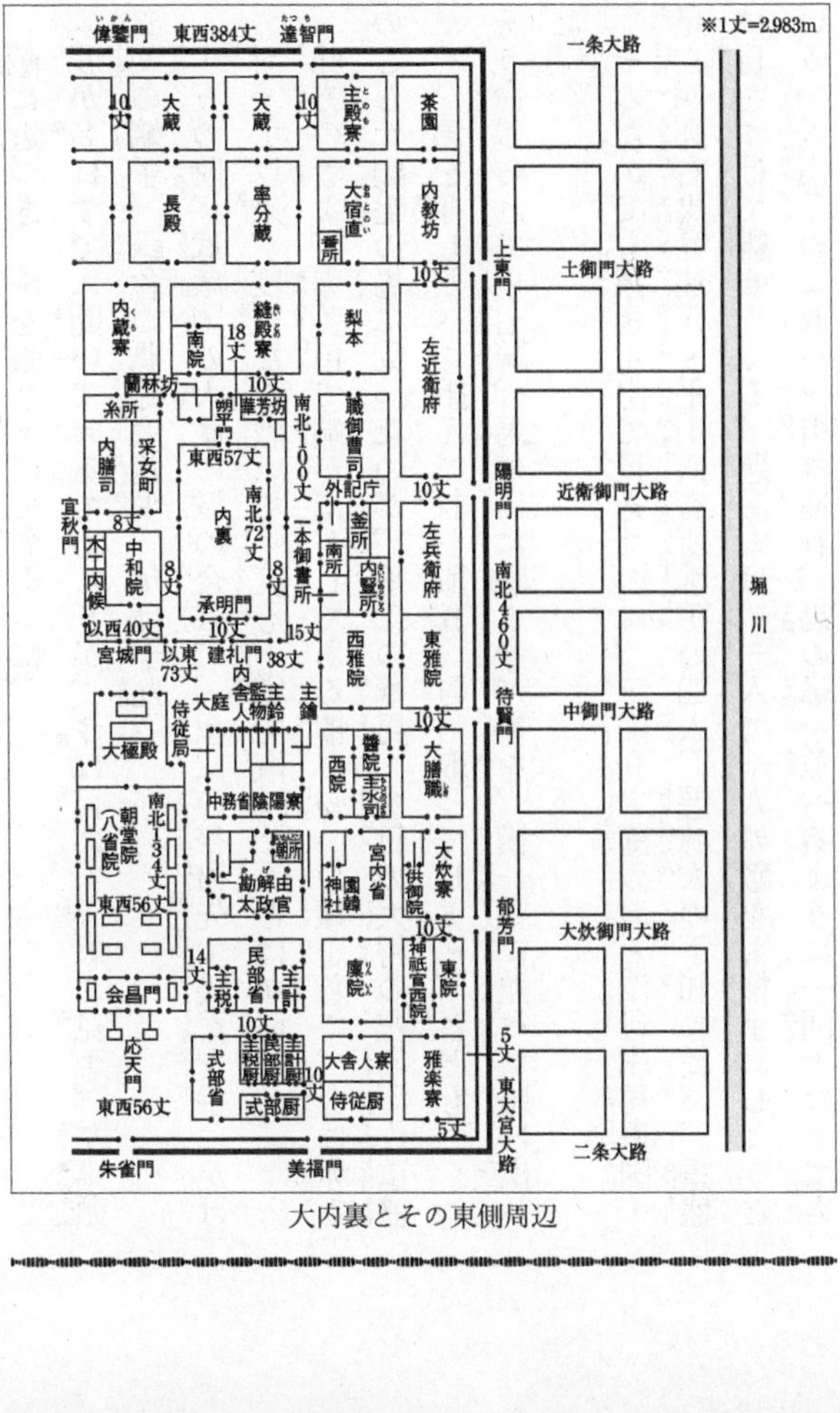
※1丈=2.983m
偉鑒門
東西384丈
達智門
一条大路
大蔵
大蔵
10丈
10丈
主殿寮
茶園
長殿
率分蔵
大宿直
番所
内教坊
上東門
土御門大路
内蔵寮
南院
18丈
縫殿寮
梨本
左近衛府
蘭林坊
10丈
華芳坊
糸所
朔平門
南北100丈
職御曹司
内膳司
采女町
東西57丈
外記庁
陽明門
近衛御門大路
宜秋門
8丈
南北72丈
内裏
一本御書所
釜所
南所
内豎所
左兵衛府
木工
中和院
8丈
8丈
承明門
以西40丈
10丈
15丈
西雅院
東雅院
南北460丈
待賢門
宮城門
以東73丈
建礼門
38丈
内舎人
監物
主鈴
主鑰
大庭
侍従局
大極殿
中御門大路
西院
主水司
大膳職
中務省
陰陽寮
朝堂院
(八省院)
南北134丈
朝所
勘解由
太政官
神社
園韓
宮内省
供御院
大炊寮
東西56丈
郁芳門
大炊御門大路
民部省
主税
主計
14丈
廩院
神祇官西院
東院
会昌門
10丈
主税厨
民部厨
主計厨
式部省
大舎人寮
侍従厨
式部厨
雅楽寮
10丈
5丈
東大宮大路
応天門
東西56丈
5丈
二条大路
朱雀門
美福門
堀川

大内裏とその東側周辺

敵《てき》に近《ちか》づき、声《こえ》を張《は》り上《あ》げて名乗《なの》るに、

「我《わ》が名《な》はすでに聞《き》いておるであろうが、今《いま》は目《め》にも入《い》れて見《み》よ。左馬頭《さまのかみ》義朝《よしとも》の嫡子《ちゃくし》、鎌倉《かまくら》の悪源太義平《あくげんだよしひら》、年《とし》は十九歳《じゅうきゅうさい》。十五《じゅうご》の時《とき》、武蔵国《むさしのくに》の大蔵《おおくら》の城《しろ》の合戦《かっせん》で、叔父《おじ》の帯刀先生義賢《たてわきせんじょうよしかた》を手《て》にかけて討《う》って以来《いらい》、度重《たびかさ》なる戦《たたか》いで一度《いちど》も不覚《ふかく》を取《と》ったことはない。味方《みかた》の者《もの》よ、赤黄色《あかきいろ》で端《はし》がぼかしてある櫨《はじ》の匂《にお》いの鎧《よろい》を着《き》て、白《しろ》に赤《あか》みのさした鴾毛《つきげ》の馬《うま》に乗《の》ったのが、平氏《へいし》の嫡男《ちゃくなん》、今日《きょう》の大将《たいしょう》の左衛門佐重盛《さえもんのすけしげもり》だぞ。馬《うま》を押《お》し並《なら》べて組《く》んで討《う》ち取《と》れ、討《う》ち取《と》ってしまえ、者《もの》ども」

そう命《めい》じられて十七騎《じゅうななき》、馬《うま》の口《くち》に嚙《か》ませた轡《くつわ》を、横一線《よこいっせん》に並《なら》べて駆《か》け出《だ》した。

そのなかでも抜《ぬ》きん出《で》て見《み》えたのは、三浦介二郎義澄《みうらのすけじろうよしずみ》・渋谷庄司重国《しぶやしょうじしげくに》・足立四郎右馬允遠元《あだちしろううまのじょうとおもと》・平山武者所季重《ひらやまむしゃどころすえしげ》の四人《よにん》、悪源太《あくげんだ》の下知《げち》に従《したが》い、重盛《しげもり》に目《め》をつけて馳《は》せめぐる。悪源太《あくげんだ》は、一人《ひとり》で千人《せんにん》の敵《てき》をも相手《あいて》にしようという一人当千《いちにんとうぜん》のこれらを引《ひ》き連《つ》れ、馬《うま》の鼻《はな》を並《なら》べるように一団《いちだん》となってさんざんに打《う》ってかかると、重盛《しげもり》の軍勢五百余騎《ぐんぜいごひやくよき》は、わずかな手勢《てぜい》に追《お》い立《た》てられて、大宮大路《おおみやおおじ》へぱっと引《ひ》いて出《で》たのであった。

悪源太《あくげんだ》の戦《たたか》いぶりを見《み》て、義朝《よしとも》は機嫌《きげん》を直《なお》し、使者《ししや》を送《おく》って、

「りっぱに見《み》えるぞ、悪源太《あくげんだ》。敵《てき》にいとまを与《あた》えるな。ただ駆《か》けよ」

と下知《げち》した。

重盛《しげもり》は、大宮大路《おおみやおおじ》に待機《たいき》して、しばらく人馬《じんば》の気分《きぶん》を落《お》ち着《つ》かせた。赤《あか》地《じ》の錦《にしき》で作《つく》った直垂《ひたたれ》を着用《ちやくよう》、櫨《はじ》の匂《にお》いの鎧《よろい》の袖《そで》と草摺《くさずり》の裾《すそ》には、平氏《へいし》の家《か》紋《もん》の蝶《ちよう》を模《かたど》った飾《かざ》り金物《かなもの》を打《う》ち付《つ》けてあった。鴾毛《つきげ》の馬《うま》の並外《なみはず》れてたくましい、背丈《せたけ》が一四五《ひやくよんじゆうご》センチに余《あま》る大《おお》きなのに、金色《こんじき》の金具《かなぐ》を縁《ふち》にかぶせた鞍《くら》を置《お》いて乗《の》っていた。年《とし》は二十三歳《にじゆうさんさい》、馬上《ばじよう》の姿《すがた》や品格《ひんかく》、戦場《せんじよう》での指揮《しき》ぶり、確《たし》かに平氏《へいし》の正《ただ》しい血筋《ちすじ》を引《ひ》く、武勇《ぶゆう》に長《た》けた、あっぱれな大将軍《たいしようぐん》と見《み》えた。

馬《うま》の鐙《あぶみ》をぐっと踏《ふ》んで、さっと馬上《ばじよう》に立《た》ちあがり、

「敵《てき》をだまして退却《たいきやく》するよう、天皇《てんのう》の命《めい》を拝命《はいめい》した身《み》ながら、合戦《かつせん》はまた、

その時々《ときどき》の状況《じょうきょう》によるもの。わずかな小勢《こぜい》に敗《やぶ》れて引《ひ》き退《しりぞ》いたこと、我《わ》が身《み》の面目《めんぼく》を失《うしな》った。もう一度《いちど》、敵陣《てきじん》で駆《か》けまわり、そののちに、天皇《てんのう》の命《めい》に従《したが》うことにしようぞ」

と言《い》って、先《さき》ほど戦《たたか》った武士《ぶし》らを大宮大路《おおみやおおじ》に待機《たいき》させ、新手《あらて》の五百余騎《ごひやくよき》を引《ひ》き連《つ》れ、再《ふた》び待賢門《たいけんもん》を突破《とっぱ》し、喚声《かんせい》を上《あ》げて駆《か》け入《い》った。

悪源太義平《あくげんだよしひら》は、鎧《よろい》の色《いろ》も馬《うま》の色《いろ》も変《か》わらぬ十七騎《じゅうななき》とともに、もと居《い》た陣《じん》地《ち》に待《ま》ち構《かま》えていた。重盛《しげもり》が駆《か》け入《い》って来《き》たのを見《み》て、

「武者《むしゃ》は新手《あらて》と見《み》えるが、大将軍《たいしょうぐん》は先《さき》ほどと同《おな》じ重盛《しげもり》だ。ほかの者《もの》に目《め》を向《む》けるな。櫨《はじ》の匂《にお》いの鎧《よろい》に鴾毛《つきげ》の馬《うま》に乗《の》ったのが重盛《しげもり》だ。馬《うま》を押《お》し並《なら》べて組《く》んで馬《うま》から引《ひ》き落《お》とせ。駆《か》け並《なら》べて討《う》ち取《と》れ、者《もの》ども」

と馳《は》せめぐって下知《げち》すれば、重盛《しげもり》の郎等《ろうどう》、筑後左衛門貞能《ちくごさえもんさだよし》・伊藤武者景綱《いとうむしゃかげつな》・館太郎貞保《たてのたろうさだやす》・与三左衛門景康《よそうさえもんかげやす》・後平四郎実景《ごへいしろうさねかげ》・同十郎《どうじゅうろう》かげとしをはじめとして、合《あ》わせてその勢五十余騎《せいごじゅうよき》、重盛《しげもり》を真《ま》ん中《なか》にして脇目《わきめ》も振《ふ》らず戦《たたか》った。

それでも悪源太《あくげんだ》は、

「敵《てき》に馬《うま》の足《あし》を止《と》めさせるな。櫨《はじ》の匂《にお》いの鎧《よろい》に組《く》め。鴇毛《つきげ》の馬《うま》に押《お》し並《なら》べよ」

と、大声《おおごえ》をあげて馳《は》せめぐる。その声《こえ》が次第《しだい》に近《ちか》くなって重盛《しげもり》は、また組《く》まれてしまいそうに思《おも》ったのか、大宮大路《おおみやおおじ》にさっと引《ひ》いて出《で》たのであった。


❖いくさは巳《み》の刻《こく》の半《なか》ばより矢合《やあ》はせして、互《たが》ひに退《しりぞ》くかたなく一時《いっとき》ばかりぞ戦《たたか》ひける。

左衛門佐重盛《さゑもんのすけしげもり》は、千騎《せんき》の勢《せい》を二手《ふたて》に分《わ》けて、五百騎《ごひやつき》をば大宮面《おおみやおもて》に立《た》て、五百騎《ごひやつき》を相具《あひぐ》して、待賢門《たいけんもん》に打《う》ち破《やぶ》り喚《をめ》いて駆《か》け入《い》りければ、信頼卿《のぶよりきやう》、一《ひと》こらへもこらへず、大庭《おほには》の椋《あふち》の木《き》のもとまで攻《せ》めつけたり。

郁芳門《いうはうもん》を固《かた》めたる左馬頭《さまのかみ》、これを見《み》て、嫡子悪源太《ちやくしあくげんだ》に目《め》をかけて、

「あれは見《み》ぬか悪源太《あくげんだ》。待賢門《たいけんもん》をば信頼《のぶより》といふ不覚仁《ふかくじん》が、攻《せ》め破《やぶ》られたるごさんめれ。追《お》ひ出《い》だせ」

と下知《げぢ》しければ、悪源太《あくげんだ》、父《ちち》に言葉《ことば》をかけられて、その勢十七騎《せいじふしちき》、大庭《おほには》に向《む》かひて歩《あゆ》ませけり。

敵《てき》に相近《あひちか》づき、声《こゑ》を上《あ》げて名乗《なの》りけるは、

「名《な》をば聞《き》きつらんものを、今《いま》は目《め》にも見《み》よ。左馬頭義朝《さまのかみよしとも》が嫡子《ちやくし》、鎌倉悪源太義平《かまくらのあくげんだよしひら》、生年十九歳《しやうねんじふきうさい》。十五《じふご》の年《とし》、武蔵国大蔵《むさしのくにおほくら》の城《しろ》の合戦《かつせん》に、叔父《をぢ》、帯刀先生義賢《たてはきせんじやうよしかた》を手《て》にかけて討《う》ちしよりこのかた、度々《どど》のいくさに一度《いちど》も不覚《ふかく》せず。櫨《はじ》の匂《にほ》ひの鎧《よろひ》着て、鴾毛《つきげ》なる馬《うま》に乗《の》りたるは、平氏《へいし》嫡々《ちやくちやく》、今日《こんにち》の大将《たいしやう》、左衛門佐重盛《さゑもんのすけしげもり》ぞ。押《お》し並《なら》べて組《く》み取《と》れ、討《う》ち取《と》れ、者《もの》ども」

十七騎《じふしちき》、轡《くつは》を並《なら》べてぞ駆《か》けたりける。

その中《なか》にも優《すぐ》れて見《み》えけるは、三浦介二郎義澄《みうらのすけじらうよしずみ》・渋谷庄司重国《しぶやしやうじしげくに》・足立四郎右馬允遠元《あだちしらううまのじようとほもと》・平山武者所季重《ひらやまむしやどころすゑしげ》、悪源太《あくげんだ》が下知《げぢ》に従《したが》ひて、重盛《しげもり》に目《め》をかけて馳《は》せ巡《めぐ》る。悪源《あくげん》太《だ》は一人当千《いちにんたうぜん》のこれら相具《あひぐ》して、馬《うま》の鼻《はな》を並《なら》べてさんざんに掛《か》かりければ、重盛《しげもり》の勢五百余騎《せいごひやくよき》、はつかの勢《せい》に駆《か》け立《た》てられて、大宮面《おほみやおもて》へばつと引《ひ》いてぞ出《い》でたりける。

悪源太《あくげんだ》がふるまひを見《み》て義朝《よしとも》、心地《ここち》を直《なほ》し使者《ししや》を立《た》てて、

「ようこそ見《み》ゆれ、悪源太《あくげんだ》。すきなあらせそ。ただ駆《か》けよ」

とぞ、下知《げぢ》しける。

重盛《しげもり》、大宮面《おほみやおもて》に控《ひか》へて、しばらく人馬《じんば》の気《け》を休《やす》めけり。赤地《あかぢ》の錦《にしき》の直垂《ひたたれ》に、櫨《はじ》の匂《にほ》ひの鎧《よろひ》に、蝶《てふ》の裾金物《すそかなもの》をぞ打《う》ちたりける。鴾毛《つきげ》なる馬《うま》のはなはだ逞《たくま》しきが八寸《やき》余《あま》りなるに、金覆輪《きんぶくりん》の鞍置《くらお》きてぞ乗《の》りたりける。年二十三《としにじふさん》、馬居《うまゐ》・事柄《ことがら》、いくさのおきて、まことに平氏《へいし》の正統《しやうとう》、武勇《ぶゆう》の達者《たつしや》、あはれ大将軍《たいしやうぐん》かなとぞ見《み》えし。

鐙《あぶみ》踏《ふ》ん張《ば》り、つい立《た》ち上《あ》がり、

「偽《いつは》りて引《ひ》き退《しりぞ》くべきよしの宣下《せんげ》を承《うけたま》つたる身《み》なれども、合戦《かつせん》はまた、時宜《じぎ》によるなり。はつかの小勢《こぜい》に打《う》ち負《ま》けて引《ひ》き退《しりぞ》くこと、身《み》に当《あ》たりて面目《めんぼく》を失《うしな》へり。今《いま》一駆《ひとか》け駆《か》けて、その後《のち》こそ、勅諚《ちよくじやう》のおもむきに任《まか》せめ」

とて、先《さき》の兵《つはもの》をば大宮面《おほみやおもて》に立《た》て置《お》き、新手《あらて》五百余騎《ごひやくよき》を相具《あひぐ》して、また待賢門《たいけんもん》を打《う》ち破《やぶ》りて喚《をめ》いて駆《か》け入《い》りけり。

悪源太義平《あくげんだよしひら》は、色《いろ》も変《か》はらぬ十七騎《じふしちき》、もとの陣《ぢん》にぞ控《ひか》へたる。重盛《しげもり》の駆《か》け入《い》りた

るを見《み》て、

「武者《むしや》は新手《あらて》と覚《おぼ》ゆるが、大将軍《たいしやうぐん》はもとの重盛《しげもり》ぞ。余《よ》の者《もの》に目《め》なかけそ。櫨《はじ》の匂《にほ》ひの鎧《よろひ》に鴾毛《つきげ》なる馬《うま》は重盛《しげもり》ぞ。押《お》し並《なら》べて組《く》み落《お》とせ、駆《か》け並《なら》べて討《う》ち取《と》れ、者《もの》ども」

と馳《は》せ巡《めぐ》つて下知《げぢ》しければ、重盛《しげもり》の郎等《らうどう》、筑後左衛門貞能《ちくごさゑもんさだよし》・伊藤武者景綱《いとうむしやかげつな》・館太郎貞保《たてのたらうさだやす》・与三左衛門景康《よさうさゑもんかげやす》・後平四郎実景《ごへいしらうさねかげ》・同十郎かげとし《どうじふらう》をはじめとして、都合《つがふ》その勢五十余騎《せいごじふよき》、重盛《しげもり》を最中《もなか》に立《た》てて、面《おもて》も振《ふ》らず戦《たたか》ひたり。

されども悪源太《あくげんだ》は、

「敵《てき》に馬《うま》の足《あし》な立《た》てさせそ。櫨《はじ》の匂《にほ》ひの鎧《よろひ》に組《く》め。鴾毛《つきげ》なる馬《うま》に押《お》し並《なら》べよ」

と、ののしりかけて馳《は》せ巡《めぐ》る。声《こゑ》、しだいに相近《あひぢか》になつて、また組《く》まれぬべくや思《おも》ひけん、大宮《おほみや》の大路《おほち》へさつと引《ひ》いてぞ出《い》でたりける。

✽精彩《せいさい》を放つ騎馬戦《きばせん》の描写は、いくさを描いた軍記文学の中でも出色《しゆつしよく》のものです。悪源太の言葉は単刀直入《たんとうちよくにゆう》、ただ重盛だけをねらえというもの、その目印《めじるし》は鎧《よろい》と馬の色、

「櫨《はじ》の匂《にお》いの鎧」と「鴾毛《つきげ》の馬」。これが四度も出てきます。繰り返されるその言葉が、よどみない活《い》き活《い》きとした全体の流れを支えていると言えるでしょう。

鎧の色は、札《さね》を綴《と》じ合わせる組紐《くみひも》や皮紐《かわひも》の色で決まるのでした（七十二頁）。「櫨《はじ》」は紅葉が美しいハゼノキのこと、その葉の汁《しる》で染めると赤みのさした黄色に染まります。重盛の着用していた鎧は、その色で、かつ、袖や草摺《くさずり》の端《はし》の方にいくに従い色が薄くなる、いわゆる「匂い縅《おどし》」の鎧でした。「匂い」の反対は「裾濃《すそご》」で、裾の方が次第に濃くなっていくものを言いました。

「鴾毛《つきげ》の馬」の「鴾」は、鳥のトキの古い呼称《こしょう》。飛んでいる白いトキを下から見ると、翼《つばさ》の下がピンク色に見えます。その色の馬ということで、桃花馬《とうかば》とも言います。背丈《せたけ》が一四五センチ余り（「八寸余《やき》り」）とありましたが、馬の背丈は前足の先端から肩までの高さを言い、これで当時の最大級の馬でした。日本の在来種《ざいらいしゅ》で、今日《こんにち》の馬より三十センチほど低かったのです。背丈を測《はか》るのには、四尺《しゃく》（約一二一センチ）を基準にして、一寸《すん》（約三センチ）高いと「一寸《ひとき》」、二寸高いと「二寸《ふたき》」と数えました。「八寸《やき》」の馬が最大級というのは、これで分かると思います。重盛の鎧も馬も人目を引く華やかなもの、作者は彼の雄姿《ゆうし》を描くことに相応の意を用いたのでした。

さて、五百騎対十七騎の騎馬戦、誇張《こちょう》されていることは確かですが、それにしても、平治の乱当時、ありえたことでしょうか。参考図（二二一頁）の大内裏《だいだいり》の構造を見ていただければ分かるように、義朝がいた郁芳門《いくほうもん》と信頼が守っていた待賢門《たいけんもん》との間、悪源太と重盛とが対決した大庭《おおにわ》との間は、かなりの距離があります。計算すると、それぞれ二五〇メートル余り、三五〇メートル余りです。しかも多くの建造物が視界《しかい》を遮《さえぎ》り、臆病な信頼のふるまいや、獅子《しし》奮迅《ふんじん》の活躍をする我が子の姿を義朝が目視《もくし》することなど、できそうもありません。重盛が攻め込んだ距離は、四〇〇メートル余り。大内裏の外まで、「ざっと」あるいは「さっと」退却《たいきゃく》できる距離ではありません。どうやら、現実離れした合戦場面が描き出されていたのでした。

それが可能だったのは、大内裏がもはや昔の面影《おもかげ》を全く残していない状況になっていたからと考えられます。一二二〇年代の後半には、「内野《うちの》」と言われるようになっていた皇居《こうきょ》の跡地《あとち》が、関東武士たちの弓馬《きゅうば》の訓練場《くんれんじょう》と化していました。建物群《たてものぐん》はすでに跡形《あとかた》もなくなっていたのです。鎌倉幕府の執権《しっけん》だった北条泰時《ほうじょうやすとき》は、内野《うちの》を馬場《ばば》にしないよう、自粛《じしゅく》を求める書状《しょじょう》を書いています（『渋柿《しぶがき》』）。それでも効果がなかったのでしょう、一二三三年（天福《てんぷく》元年）五月には、幕府がその停止を命ずる通達《つうたつ》を出しています（『吾妻鏡』）。騎馬《きば》訓練には、多くの見物衆《けんぶつしゅう》もいました（『渋柿』）。その一人が、『平治物語』の作者だったのかも知れません。物語の成立年代を考える有効《ゆうこう》な判断材料ともなるのが、この場面でした。

★コラム10　皇居の衰亡《すいぼう》史

信西が再建した大内裏は、平治の乱から十八年後の一一七七年、『方丈記《ほうじょうき》』が伝えて有名な安元の大火によって、即位《そくい》式《しき》の行われる大極殿《だいごくでん》や中央の門たる朱雀《すざく》門《もん》等々が焼失《しょうしつ》、大きな損害を受けます。源平の争乱《そうらん》時代に荒廃《こうはい》はさらに進み、十四年後の一一九一年には、大内裏の地を「車馬《しゃば》」の通り道にしないよう、「雑畜《ざっちく》」（家畜）や「牛馬《ぎゅうば》」の放牧地《ほうぼくち》にしないように、との天皇による宣旨《せんじ》が出されました。その十年後、歌人の藤原定家《ていか》は、「殿舎《とのしゃ》、破壊《はかい》」して、「雨露《うろ》」に侵《おか》されているさまを目にし、「悲しんで余りあり」と日記に記しています（『明月記《めいげつき》』）。

順徳帝《じゅんとくてい》即位後の行事が進行していた一二一一年、二年前に再建したばかりの朱雀門が、風なくして転倒、定家は末代《まつだい》には門がふさわしくないからかと疑い、かつ、大内裏を再建した信西が、罪なくして「斬罪《ざんざい》」にされたからか、とも疑っています（同）。翌年、紫宸殿《ししんでん》が新築されますが、天皇の日常生活は、内裏の外にある貴族の私邸を里内裏《さとだいり》と称して借り用い、そこで営まれるものになっていました。一二一六、一七年と続いた風害《ふうがい》によって、多くの門や建造物が倒壊《とうかい》してしまい、再建が繰り返されてきた朱雀門も、以後、姿を見せなくなります。

一二一九年七月、源頼政《よりまさ》の孫の頼茂《よりもち》が、実朝《さねとも》没後の将軍位をねらったという嫌疑をかけられ、大内裏の守護職《しゅごしょく》にあったため内に籠って追討軍と戦い、最後に放火して自刃《じじん》、皇居の建物はことごとく灰燼《かいじん》に帰《き》しました。天皇は、花見などの際にしばしば内裏に宿泊していたのですが、この時以降は途絶《とだ》えてしまい、即位式などの公《おおやけ》の行事以外に出向くことはなくなります。この二年後が、承久の乱でした。

一二二七年四月、市中に発した火の手が大内裏に波及《はきゅう》、再建途上にあった殿舎《でんしゃ》がすべて焼け落ち、「地を払って焼失」したと記録されています（『民経記《みんけいき》』）。そして解説中で紹介したように、内野《うちの》と言われることになった皇居の跡地《あとち》が、武士たちの騎馬《きば》訓練のための馬場《ばば》ともなっていったのでした。悪源太と重盛とが騎馬戦を繰り広げた建礼門《けんれいもん》の外の大庭《おおにわ》は、一二三一年の段階では「広野《こうや》」と表現されるほどで、門もなくなっていたのでした（同）。

(5) 義朝《よしとも》の苦境《くきよう》

悪源太《あくげんだ》が、敵《てき》を二度《にど》まで外《そと》へ追《お》い出《だ》したのを見《み》て、左馬頭義朝《さまのかみよしとも》は、

「さあこれで安心《あんしん》」

と口《くち》にし、郁芳門《いくほうもん》より馬《うま》を駆《か》って出《で》る。

鎌田兵衛正清《かまだひようえまさきよ》・後藤兵衛実基《ごとうひようえさねもと》・子息新兵衛 尉 基清《しそくしんひようえのじようもときよ》・山内首藤刑部丞《やまのうちすどうぎようぶのじよう》俊通《としみち》・子息滝口俊綱《しそくたきぐちとしつな》・長井斎藤別当実盛《ながいのさいとうべつとうさねもり》・片切小八郎大夫景重《かたぎりこはちろうたゆうかげしげ》・上総介広常《かずさのすけひろつね》・佐々木源三秀義《さききげんぞうひでよし》、この九騎《きゆうき》が太刀《たち》の切《き》っ先《さき》を並《なら》べ喚声《かんせい》をあげて敵勢《てきぜい》に襲《おそ》いかかり、三河守頼盛《みかわのかみよりもり》の軍勢千騎《ぐんぜいせんき》の真《ま》ん中《なか》に駆《か》け入《い》れば、敵勢《てきぜい》は散《ち》り散《ぢ》りになり、馬上《ばじよう》で控《ひか》えている、それを見《み》た義朝《よしとも》が、二百余騎《にひやくよき》の勢《せい》を引《ひ》き連《つ》れ、喚声《かんせい》とともにその中《なか》へ駆《か》け入《い》ったところ、三河守《みかわのかみ》の大軍勢《だいぐんぜい》は、馬《うま》の足《あし》をも止《と》めず、三《みつ》つに分《わ》かれて退却《たいきやく》してしまった。

大内裏《だいだいり》はもともと戦《たたか》うのには頑強《がんきよう》な城郭《じようかく》ゆえ、火《ひ》をかける以外《いがい》に簡単《かんたん》に

は攻略《こうりやく》しがたかったから、敵《てき》をだましておびき出《だ》すために、官軍《かんぐん》たる平家《へいけ》軍《ぐん》が六波羅《ろくはら》へ向《む》かって引《ひ》き退《しりぞ》く時《とき》に、陽明門《ようめいもん》を守《まも》っていた出雲守光保《いずものかみみつやす》・伊《い》賀守光基《がのかみみつもと》・讃岐守末時《さぬきのかみすえとき》・豊後守時光《ぶんごのかみときみつ》、この人々《ひとびと》は心変《こころが》わりして、六波羅《ろくはら》の軍勢《ぐんぜい》に馳《は》せ加《くわ》わる。その結果《けっか》、大内裏《だいだいり》に残《のこ》る勢《せい》と言《い》えば、左《さ》馬頭義朝《まのかみよしとも》の一《いち》団《だん》と、臆病《おくびょう》ながらも信頼卿《のぶよりきょう》のみとなる。

合戦《かっせん》の趨勢《すうせい》、希望《きぼう》が持《も》てそうにも見《み》えなかったので、義朝《よしとも》の女《おんな》の子《こ》で、今年六歳《ことしろくさい》になったその子《こ》を、父《ちち》はことさら可愛《かわい》がり、六条坊門烏丸《ろくじょうぼうもんからすまる》の地《ち》にあった母《はは》の実家《じっか》にちなんで坊門《ぼうもん》の姫《ひめ》と呼《よ》んでいたが、後藤兵衛実基《ごとうひょうえさねもと》が預《あず》かって養育《よういく》していたから、

「もう一度《いちど》、ご覧《らん》ください」

と言《い》って、鎧《よろい》の上《うえ》に抱《だ》いて戦場《せんじょう》に出《で》て来《く》ると、義朝《よしとも》はただ一目《ひとめ》見《み》て、涙《なみだ》のこぼれたのを、泣《な》いていないように見《み》せかけて、

「そのような者《もの》は、右近衛府《うこんえふ》の馬場《ばば》にある井戸《いど》に沈《しず》めてしまえ」

と言《い》ったゆえ、中次《ちゅうじ》という夜間《やかん》の世話《せわ》などする男《おとこ》の懐《ふところ》に抱《だ》かせて、急《いそ》ぎ逃《に》

がしたのであった。

❖悪源太《あくげんだ》、敵《てき》を二度《にど》、追《お》ひ出《い》だしたるを見《み》て左馬頭《さまのかみ》、

「さてこそ心《こころ》やすけれ」

とて、郁芳門《いうはうもん》より打《う》つて出《い》づ。

鎌田《かまだ》兵衛《ひやうゑ》・後藤《ごとう》兵衛《ひやうゑ》・子息《しそく》新兵衛尉《しんひやうゑのじよう》・山内首藤刑部丞《やまのうちすとうぎやうぶのじよう》・子息《しそく》滝口《たきぐち》・長井斎藤別当《ながいのさいとうべつとう》・片切小八郎大夫《かたぎりこはちらうたいふ》・上総介《かづさのすけ》・佐々木源三《ささきげんざう》、これ九騎《きうき》、太刀《たち》の切先《きつさき》を並《なら》べて喚《をめ》いてかかりければ、三河守《みかはのかみ》の千騎《せんき》が最中《もなか》へ駆《か》け入《い》つて、叢雲立《むらくもだ》ちに控《ひか》へたりけるを見《み》て、義朝《よしとも》、二百余騎《にひやくよき》の勢《せい》を相具《あひぐ》して喚《をめ》いて駆《か》け入《い》りたりければ、三河守《みかはのかみ》の大勢《おほぜい》、馬《うま》の足《あし》をもためず、三手《さんて》になりてぞ引《ひ》いたりける。

大内《おほうち》は、元来《ぐわんらい》、究竟《くつきやう》の城郭《じやうくわく》なれば、火《ひ》をかけざらん外《ほか》は、たやすく攻《せ》め落《お》ちがたかりしかば、敵《てき》をたばかり出《い》ださんがために、官軍《くわんぐん》、六波羅《ろくはら》へ向《む》かひて引《ひ》き退《しりぞ》くところに、出雲守光保《いづものかみみつやす》・伊賀守光基《いがのかみみつもと》・讃岐守末時《さぬきのかみすゑとき》・豊後守時光《ぶんごのかみときみつ》、これらは心変《こころが》はりして、六波羅《ろくはら》の勢《せい》に馳《は》せ加《くは》はる。大内《おほうち》に残《のこ》る勢《せい》とては、左馬頭一党《さまのかみいつたう》、臆病《おくびやう》なれども信《のぶ》

頼卿《よりきやう》ばかりなり。

合戦《かつせん》の体《てい》、末頼《すゑたの》もしくも見《み》えざりければ、義朝《よしとも》の女子《によし》、今年六歳《ことしろくさい》になりけるを殊《こと》に寵愛《ちようあい》しけるが、六条坊門烏丸《ろくでふばうもんからすまる》に母《はは》の里《さと》ありしかば、坊門《ばうもん》の姫《ひめ》とぞ申《まう》しける、後藤《ごとう》兵衛実基《ひやうゑさねもと》が養《やしな》ひ君《ぎみ》にてありけるほどに、

「今一度《いまいちど》、見《み》まゐらせ給《たま》へ」

とて、鎧《よろひ》の上《うへ》に抱《いだ》きて軍陣《ぐんぢん》に出《い》で来《き》ければ、義朝《よしとも》、ただ一目《ひとめ》見《み》て、涙《なみだ》のこぼれけるを、さらぬ様体《やうだい》にもてなして、

「さやうの者《もの》は、右近《うこん》の馬場《ばば》の井《い》に沈《しづ》めよ」

と言《い》ひければ、中次《ちゆうじ》といふ恪勤《かくごん》の懐《ふところいだ》 抱かせて、急《いそ》ぎ逃《に》がしけり。

✿反乱軍の崩壊していく過程が、明瞭にものがたられています。郁芳門《いくほうもん》を攻撃したのは平頼盛《よりもり》の千騎、その大軍に挑《いど》む義朝勢は、意気《いき》盛んではあってもわずかに二百騎。官軍は反乱軍を大内裏《だいだいり》からおびき出すために意図的に退却し、それに乗じて陽明門《ようめいもん》を守っていた光保《みつやす》らは寝返《ねがえ》って、平家勢に加わってしまう。乱の概略《がいりやく》で説明したように、

光保は二条帝に近い存在でした。彼らの裏切りは、予定の行動だったのでしょう。もはや勝ち目のない戦いとなったことが、明らかとなっていくのです。

戦場に連れて来られた女の子を見た時の義朝の言葉には、真実味《しんじつみ》がありました。実際にそれを耳にした部下が、後世に伝えた話であろうと前述したのですが、その部下が後藤実基《さねもと》だったわけです。女の子の名が「坊門《ぼうもん》の姫」と具体的に記され、戦場から逃がすために身柄《みがら》を託した男の名も「中次《ちゅうじ》」、その身分《みぶん》も「恪勤《かくごん》」と明記されています。「恪勤」というのは、夜、主君の傍《そば》に仕えて奉仕する、身分の低い立場の男です。この階級の人物で、作中に名前を紹介されているのは彼のみで、たとえば、牛若《うしわか》を鞍《くら》馬《ま》寺《でら》から奥州《おうしゅう》へ連れて行った人物として知られる「金売《かねう》り吉次《きちじ》」も、このテキストでは単に「金商人《かねあきひと》」としてしか記されません。

この姫君は、母が頼朝と同じ熱田《あつた》大宮司《だいぐうじ》藤原季範《すえのり》の娘で、後日、一条能保《いちじょうよしやす》の妻となります。能保は、頼朝の力を背景に都で権力を握り、権中納言《ごんちゅうなごん》にまで昇進した人物でした。その一条家に、実基は仕える立場となったと考えられ、彼の娘婿《むすめむこ》で後藤家を継《つ》いだ基清《もときよ》は、同家の股肱《ここう》の臣となって活躍します。実基は長命《ちょうめい》を保ったと見え、平家滅亡《めつぼう》の翌年一一八六年（文治《ぶんじ》二年）七月までの生存が確認できますし（『吾妻鏡』）、『平家物語』では那須与《なすのよ》一《いち》の話に登場します。彼は、成長した姫君やその他の人たちに、平治の乱の時の、自分しか知らない主君の一言《ひとこと》を話したのではなかったでしょうか。それが物語に入ってきたように想像されるのです。

物語の文面には、実基の娘婿の基清の名が「新兵衛尉《しんひょうえのじょう》」とありましたが、平治の乱当時は幼少で、参戦はありえません。彼は一二二一年の承久《じょうきゅう》の乱で後鳥羽院方として戦い、子の基成《もとなり》ともども処刑《しょけい》されます。刑を執行《しっこう》したのは、鎌倉方に属していた、もう一人の息子基綱《もとつな》。おそらくその母は、実基の娘ではなかったのでしょう。彼女は、夫と息子の死を悲しみ、明恵上人《みょうえしょうにん》のもとで出家、性明《しょうめい》と名のって尼寺《あまでら》の善妙寺《ぜんみょうじ》に入り、一二三二年ころ、まだ生きていました。実基一家のその後をたどってみると、彼の体験が後世に伝えられた可能性が、充分にありえたと考えられてくるのです。

やがて戦場は、大内裏から六波羅《ろくはら》へと移っていきました。退却する平家勢を追い源氏軍が追撃、鴨川《かもがわ》の六条河原《ろくじょうがわら》まで到達した時点で、信頼《のぶより》は逃亡します。新たに源頼政《よりまさ》が五条河原に姿を見せ、戦況《せんきょう》を見ている様子に怒った悪源太が攻撃を仕掛《しか》けます。

(6) 清盛《きよもり》の雄姿《ゆうし》、源《みなもとの》頼政《よりまさ》の参戦《さんせん》

左馬頭義朝《さまのかみよしとも》は、悪源太《あくげんだ》が小勢《こぜい》で戦《たたか》うのが哀《あわ》れで、五条河原《ごじょうがわら》に向《む》けて馬《うま》を駆《か》った。その結果《けっか》、兵庫頭頼政《ひょうごのかみよりまさ》の勢《せい》三百余騎《さんびゃくよき》は、六波羅勢《ろくはらぜい》についてしまったのである。

悪源太《あくげんだ》は鴨川《かもがわ》を馳《は》せ渡《わた》し、父《ちち》と一緒《いっしょ》になって六波羅《ろくはら》に向《む》けて馬《うま》を駆《か》った。

これが最後《さいご》の戦《たたか》いと思《おも》われたゆえ、伴《ともな》う仲間《なかま》は誰々《たれたれ》かというに、子息《しそく》には、悪源太義平《あくげんだよしひら》・中宮大夫進朝長《ちゅうぐうたゆうのしんともなが》・右兵衛佐頼朝《うひょうえのすけよりとも》、源氏同族《げんじどうぞく》には、三郎先生義憲《さぶろうせんじょうよしのり》・十郎蔵人義盛《じゅうろうくらんどよしもり》・陸奥六郎義隆《むつのろくろうよしたか》・平賀四郎義信《ひらがのしろうよしのぶ》、郎等《ろうどう》には、鎌田兵衛正清《かまだひょうえまさきよ》・後藤兵衛実基《ごとうひょうえさねもと》・子息新兵衛基清《しそくしんひょうえもときよ》・三浦荒次郎義澄《みうらのあらじろうよしずみ》・片切小八郎大夫景重《かたぎりこはちろうたゆうかげしげ》・上総介八郎広常《かずさのすけはちろうひろつね》・佐々木三郎秀義《ささきさぶろうひでよし》・平山武者所季重《ひらやまむしゃどころすえしげ》・長井《ながいの》斎藤別当実盛《さいとうべっとうさねもり》をはじめとして二十余騎《にじゅうよき》、六波羅《ろくはら》の平家《へいけ》屋敷《やしき》へ押《お》し寄《よ》せ、楯《たて》を垣根《かきね》のように並《なら》べて作《つく》った垣楯《かいだて》の一列目《いちれつめ》と二列目《にれつめ》を突破《とっぱ》、喚声《かんせい》を上《あ》げて中《なか》に駆《か》け入《い》り、さんざんに戦《たたか》った。

大宰府《だざいふ》の次官《じかん》たる大弐《だいに》の清盛《きよもり》は、寝殿《しんでん》の北《きた》の対屋《たいのや》の、西側《にしがわ》に面《めん》した両開《りょうびら》きの板戸《いたど》の内側《うちがわ》の部屋《へや》で戦《たたか》いの指図《さしず》をして座《ざ》していたが、戸《と》の扉《とびら》に敵《てき》の射《い》る矢《や》が雨《あめ》の降《ふ》るごとく当《あ》たったため、大弐清盛《だいにきよもり》は激怒《げきど》し、

「恥《はじ》を知る武士《ぶし》がいないからこそ、ここまで敵《てき》を近《ちか》づけてしまったのだ。どけ、この清盛《きよもり》が馬《うま》を駆《か》ろう」

と言《い》って、兜《かぶと》の紐《ひも》を結《むす》び固《かた》め、戸《と》の内側《うちがわ》の部屋《へや》からさっと出《で》て、庭《にわ》に置《お》いていた馬《うま》を縁側《えんがわ》の際《きわ》まで引《ひ》き寄《よ》せ、ぴたっと乗《の》る。

清盛《きよもり》のその日《ひ》の出《い》で立《た》ちは、播磨国飾磨《はりまのくにしかま》の産《さん》になる濃紺《のうこん》の鎧直垂《よろいひたたれ》に、黒《くろ》糸縅《いとおどし》の鎧《よろい》を着用《ちゃくよう》、漆塗《うるしぬ》りの篦《の》(矢竹《やだけ》)に鷲《わし》の翼《つばさ》の下《した》にある黒羽《くろば》をつけた矢《や》の十八本《じゅうはちほん》を身《み》に着《つ》けるまま、弓《ゆみ》は、巻《ま》いた籐《とう》を漆《うるしぬ》で塗り固《かた》めたのを持《も》っていた。鞘《さや》が黒漆塗《くろうるしぬ》りの太刀《たち》を腰《こし》に帯《お》び、熊皮《くまがわ》で作《つく》った頬貫《つらぬき》を足《あし》にはく。黒《くろ》馬《うま》で背丈《せたけ》が一四二〜五センチほどもある太《ふと》くたくましいその馬《うま》に、黒鞍《くろくら》を置《お》いて乗《の》る。このように下《した》から上《うえ》まで、年配者《ねんぱいしゃ》らしく真《ま》っ黒《くろ》に身《み》づくろい

をしていた。兜《かぶと》ばかりは銀《ぎん》の大《おお》きな鍬形《くわがた》を取《と》り付《つ》けてあったゆえ、それが白《しろ》く輝《かが》いて人《ひと》とは違《ちが》い、あっぱれな大将《たいしょう》と見《み》えたことであった。

腹巻鎧《はらまきよろい》を着《き》て太刀《たち》・長刀《なぎなた》を抜《ぬ》き一団《いちだん》となった歩兵《ほへい》の武者《むしゃ》三十余人《さんじゅうよにん》が、清盛《きよもり》の馬《うま》の前後《ぜんご》左右《さゆう》に走《はし》り散《ち》り、六波羅《ろくはら》屋敷《やしき》の西《にし》の門《もん》から駆《か》け出《だ》す。それに続《つづ》き、嫡子《ちゃくし》重盛《しげもり》・次男《じなん》基盛《もともり》・三男《さんなん》宗盛《むねもり》以下《いか》の平家《へいけ》一門《いちもん》三十余騎《さんじゅうよき》、大将軍《たいしょうぐん》を矢面《やおもて》に立《た》たせまいと、我先《われさき》に我先《われさき》にと馬《うま》を駆《か》ったのであった。

左衛門佐《さえもんのすけ》重盛《しげもり》も、戦列《せんれつ》に加《くわ》わった源《げん》兵庫頭《ひょうごのかみ》頼政《よりまさ》に目《め》をつけ、

「兵庫頭《ひょうごのかみ》は新《あら》たに加《くわ》わった軍勢《ぐんぜい》らしいな。馬《うま》を駆《か》けさせろ、進《すす》めよや」

と、言葉《ことば》をかけられて、兵庫頭《ひょうごのかみ》の三百余騎《さんびゃくよき》は、鴨川《かもがわ》の東河原《ひがしがわら》を西《にし》へと馬《うま》を駆《か》ったのであった。

左馬頭《さまのかみ》義朝《よしとも》は、兵庫頭《ひょうごのかみ》に駆《か》け立《た》てられて後退《こうたい》、川《かわ》を馳《は》せ渡《わた》り、西《にし》の河原《かわら》へ引《ひ》き退《しりぞ》く。しばらくの間《あいだ》、馬《うま》に息《いき》をつがせ、

「ここは最後《さいご》だぞ、若者《わかもの》ども。一歩《いっぽ》も後退《こうたい》するな」

と言《い》って、馬《うま》の轡《くつわ》を横一線《よこいっせん》に並《なら》べて喚声《かんせい》をあげて襲《おそ》いかかれば、兵庫頭《ひょうごのかみ》の

三百余騎《さんびやくよき》は、川《かわ》を東《ひがし》へ引《ひ》き退《しりぞ》く。源平両軍《げんぺいりようぐん》は、川《かわ》を隔《へだ》ててしばらく対峙《たいじ》した。

義朝《よしとも》が頼政《よりまさ》に向《む》かって言《い》ったのは、

「おい、兵庫頭《ひようごのかみ》よ。名前《なまえ》を源兵庫頭《げんひようごのかみ》と呼《よ》ばれながら、ふがいなくもどうして伊勢平氏《いせへいじ》の側《がわ》につくのか。貴殿《きでん》の二股《ふたまた》をかけた心《こころ》によって、我《わ》が源氏《げんじ》の武家《ぶけ》としての名誉《めいよ》に傷《きず》のついてしまうのが口惜《くちお》しい」

と、声高《こわだか》に申《もう》したところ、兵庫頭頼政《ひようごのかみよりまさ》は、

「代々《だいだい》受け継《つ》いできた弓矢《ゆみや》の芸《げい》を失《うしな》うまいとして、天皇《てんのう》におつき申《もう》しあげるのは、まったく二股《ふたまた》かけた心《こころ》などではない。貴殿《きでん》が、日本一《にほんいち》の不心得者《ふこころえもの》の信頼卿《のぶよりきよう》に同心《どうしん》しているのこそ、我《わ》が家《や》の恥《はじ》ぞ」

と申《もう》したので、その道理《どうり》が胸《むね》にこたえたのか、その後《ご》は言葉《ことば》もなかった。

❖左馬頭義朝《さまのかみよしとも》は、悪源太《あくげんだ》が小勢《こぜい》にて戦《たたか》ふいたはしさに、五条河原《ごでうかはら》へ向《む》けてぞ駆《か》けたりける。兵庫頭《ひやうごのかみ》が三百余騎《さんびやくよき》、六波羅《ろくはら》の勢《せい》につきにけり。

悪源太《あくげんだ》、川《かわ》、馳《は》せ渡《わた》して、父《ちち》と一手《ひとて》になつて六波羅《ろくはら》へ向《む》けてぞ駆《か》けたりける。これを限《かぎ》りと見《み》えければ、伴《とも》ふともがら誰々《たれたれ》ぞ。

悪源太義平《あくげんだよしひら》・中宮大夫進《ちゆうぐうたいふのしん》・右兵衛佐《うひやうゑのすけ》・三郎先生《さぶらうせんじやう》・十郎蔵人義盛《じゆうらうくらんどよしもり》・陸奥六郎《むつのろくらう》・平賀《ひらがの》四郎《しらう》・鎌田兵衛《かまだひやうゑ》・後藤兵衛《ごとうひやうゑ》・子息新兵衛《しそくしんひやうゑ》・三浦荒次郎《みうらのあらじらう》・片切小八郎大夫《かたぎりこはちらうたいふ》・上総介八《かづさのすけはち》郎《らう》・佐々木三郎《ささきさぶらう》・平山武者所《ひらやまむしやどころ》・長井斎藤別当実盛《ながいのさいとうべつたうさねもり》をはじめとして二十余騎《にじふよき》、六波羅《ろくはら》へ押《お》し寄《よ》せ、一《いち》、二《に》の垣楯《かいだて》うち破《やぶ》りて喚《をめ》いて駆《か》け入《い》り、さんざんに戦《たたか》ひけり。

大弐清盛《だいにきよもり》、北《きた》の対《たい》の西《にし》の妻戸《つまど》の間《ま》に、いくさ下知《げぢ》してゐたりけるが、妻戸《つまど》の扉《とびら》に敵《かたき》の射《い》る矢《や》が雨《あめ》の降《ふ》るごとくに当《あ》たりければ、大弐清盛《だいにきよもり》、大《おほ》いに怒《いか》つて、

「恥《はぢ》ある侍《さぶらひ》がなければこそ、これまで敵《かたき》を近《ちか》づくれ。退《の》けや、清盛《きよもり》、駆《か》けん」

とて、甲《かぶと》の緒《を》を締《し》めて妻戸《つまど》の間《ま》よりつと出《い》で、庭《には》に立《た》てたる馬《うま》を縁《えん》の際《きは》へ引《ひ》き寄《よ》せてひたと乗《の》る。

清盛《きよもり》、その日《ひ》の装束《しやうぞく》には、飾磨《しかま》の褐《かち》の直垂《ひたたれ》に黒糸縅《くろいとをどし》の鎧《よろひ》、塗篦《ぬりの》に黒保呂《くろほろ》矧《は》ぎたる矢《や》の十八差《じふはちさ》したるを負《お》ふままに、塗籠籐《ぬりごめどう》の弓《ゆみ》をぞ持《も》ちたりける。黒漆《こくしつ》の太刀《たち》に、熊《くま》の皮《かは》の頬貫《つらぬき》をぞ履《は》いたりける。黒《くろ》き馬《うま》の七《なな》、八寸《やき》ばかりなる太《ふと》くたくましきに、黒《くろ》

鞍置《くらお》きてぞ乗《の》りたりける。下《した》より上《うへ》までおとなしやかに、真黒《まくろ》にこそ装束《しやうぞ》いたれ。甲《かぶと》ばかりは銀《しろがね》をもつて大鍬形《おほくはがた》を打《う》ちたりければ、白《しろ》く輝《かかや》いて人《ひと》に変《か》はり、あはれ大《たい》将《しやう》やと見《み》えし。

腹巻《はらまき》に太刀《たち》・長刀《なぎなた》抜《ぬ》きつれたる徒歩武者《かちむしや》三十余人《さんじふよにん》、馬《うま》の前後左右《ぜんごさう》に走《はし》り散《ち》つて、西《にし》の門《もん》より駆《か》け出《い》でたり。嫡子重盛《ちやくししげもり》・二男基盛《じなんもともり》・三男宗盛《さんなんむねもり》以下《いげ》の一門三十余騎《いちもんさんじふよき》、大《たい》将軍《しやうぐん》をば矢面《やおもて》に立《た》てじと、我先《われさき》に我先《われさき》にとぞ駆《か》けたりける。

左衛門佐重盛《さゑもんのすけしげもり》も、源兵庫頭《げんひやうごのかみ》に目《め》をかけて、

「兵庫頭《ひやうごのかみ》は新手《あらて》ごさんめれ。駆《か》けよや、進《すす》めよや」

と、言葉《ことば》をかけられて、兵庫頭三百余騎《ひやうごのかみさんびやくよき》、河原《かはら》を西《にし》へぞ駆《か》けたりける。

左馬頭《さまのかみ》は兵庫頭《ひやうごのかみ》に駆《か》けられて、川《かは》、馳《は》せ渡《わた》り、西《にし》の河原《かはら》へ引《ひ》き退《しりぞ》く。しばらく馬《うま》の息《いき》を継《つ》がせ、

「ここは最後《さいご》ぞ、若党《わかたう》ども。一引《ひとひ》きも引《ひ》くな」

とて、轡《くつばみ》を並《なら》べて喚《をめ》いて駆《か》けければ、兵庫頭《ひやうごのかみ》が三百余騎《さんびやくよき》、川《かは》の東《ひがし》へ引《ひ》き退《しりぞ》く。源平《げんぺい》、川《かは》を隔《へだ》てて、しばらく支《ささ》へたり。

義朝《よしとも》、申《まう》しけるは、

「や、兵庫頭《ひやうごのかみ》。名《な》をば源兵庫頭《げんひやうごのかみ》と呼《よ》ばれながら、いふかひなく、など伊勢《いせ》平氏《へいじ》にはつくぞ。御辺《ごへん》が二心《ふたごころ》によりて、当家《たうけ》の弓矢《ゆみや》に傷《きず》つきぬるこそ口惜《くちを》しけれ」

と、高《たか》らかに申《まう》しければ、兵庫頭頼政《ひやうごのかみよりまさ》は、

「累代《るいたい》、弓箭《きうせん》の芸《げい》を失《うしな》はじと、十善《じふぜん》の君《きみ》につき奉《たてまつ》るは、全《まった》く二心《ふたごころ》にあらず。御辺《ごへん》、日本一《にほんいち》の不覚人《ふかくじん》、信頼卿《のぶよりきやう》に同心《どうしん》するこそ、当家《たうけ》の恥辱《ちじよく》なれ」

と申《まう》せば、ことわり、肝《きも》に当《あ》たりけるにや、その後《ご》は、言葉《ことば》もなかりけり。


✻従来《じゆうらい》、頼政は、途中で義朝を裏切《うらぎ》って平家側についたと解釈されてきましたが、それは改作《かいさく》後のこの物語にそうあるからで、正しくはここに書いてある通りだったと思われます。つまり、戦場が六波羅に移った段階で現れ、天皇を擁《よう》する平家陣に加わったということです。彼は、いつからかは定《さだ》かでありませんが、大内裏を警備する大《おお》内守護《うちしゆご》の役職《やくしよく》に就《つ》いていました。皇居の警備役となれば、天皇の近くに侍《はべ》るのが当然の任務なわけで、理《り》にかなった行動をとったことになります。

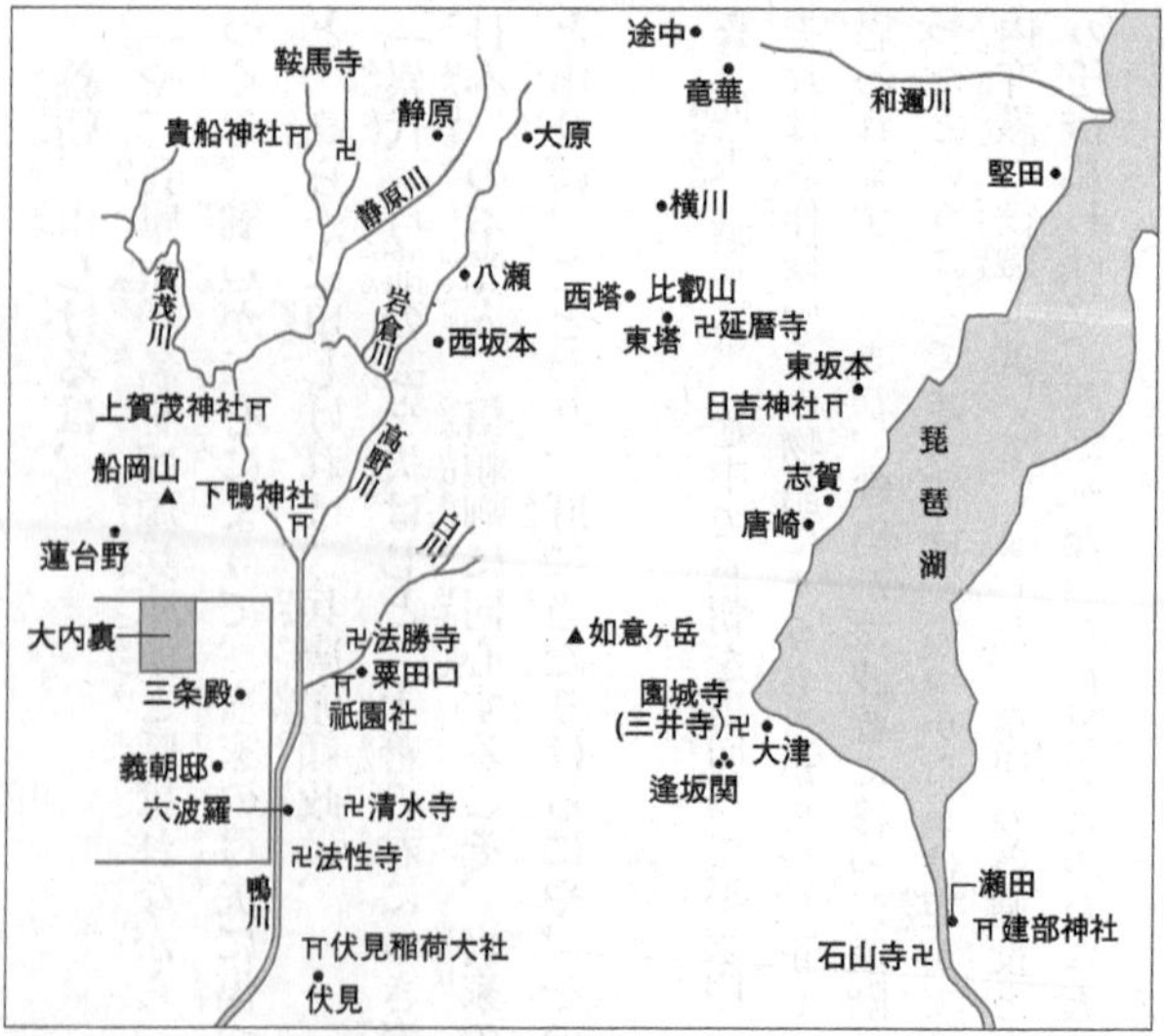

義朝の逃避経路１

清盛のこの時の出陣姿《しゅつじんすがた》は広く知られていたようで、『愚管抄』にも、全体を黒色で統一、褐色《かちいろ》（濃紺《のうこん》）の直垂《ひたたれ》に、黒革縅《くろかわおどし》の鎧《よろい》を着《き》、塗箆《ぬりの》の矢を帯《お》び、黒馬《くろうま》に乗り、大鍬形《おおくわがた》をつけた兜《かぶと》をかぶって打って出ると、歩兵《ほへい》の武者が二、三十人、馬に沿《そ》って走り、誠に頼《たの》もしかったとあります。しかも、勝利はすでに決まっていたゆえ、落ち着いて観戦《かんせん》でき、「見物《みもの》」であったとも記しています。義朝の方は、郎等《ろうどう》がわずか十人足らずになり、何もできずに都を逃《のが》れ、東国《とうごく》を目指し、都の北の大原《おおはら》を経《へ》て近江《おうみ》（滋賀県）方面へと落ちて行ったと伝えています。義朝軍の少なさが、想像されてきます。

なお、改作が進んだ後《のち》の物語では、戦場が六波羅へと移った段階で、鬨《とき》の声に驚いた清盛が兜《かぶと》を逆向《ぎゃくむ》きにかぶろうとして指摘され、帝《みかど》が後《うし》ろにおられるので失礼と思い、あえて逆向きにしたと答えたという、こっけいな場面が書き足されていきます。『平家物語』に描かれるマイナス・イメージに合わせようとしたのでしょう。琵琶《びわ》法師《ほうし》が『平家物語』と一緒に『保元』『平治』両物語を語る時代が進んでいけば、そうした改作現象《げんしょう》が起こるのも、自然な流れのように思われます。

義朝と頼政との言葉の応酬《おうしゅう》は、初めから義朝に勝ち目はありませんでした。信頼のふがいなさをすでに熟知《じゅくち》しているのですから、そこを突《つ》かれれば返答に窮《きゅう》するのは当然でした。逆に彼は、同情される立場だったことにもなります。むしろ物語作者は、そのことを表現したかったのかもしれません。それゆえ、後々《のちのち》の紙面で、彼の逃避行《とうひこう》から死に至るまでが、義朝に仕えていた童《わらわ》の少年、金王丸《こんおうまる》の報告談という不十分な形ながらも、語られていくことになるのです。

こののち、義朝は乳母子《めのとご》の鎌田《かまだ》に説得《せっとく》され、郎等《ろうどう》たちに馬の手綱《たづな》を取られて、不本《ふほん》意《い》に都を北へと落ちていきます。その過程では、主君のために自己犠牲《ぎせい》をいとわぬ献《けん》身的《しんてき》な部下たちの活躍が描かれますが、途中で信頼が現れ、東国への同道《どうどう》を求めてきます。

やがて、義朝は激怒《げきど》、鞭《むち》でその頰《ほお》を打ち据《す》えたとあります。

の河原で、信頼は後白河院に助けを求めて仁和寺に出頭《しゅっとう》しますが、最後は六波羅の前の河原で、人々の非難のまなざしの中で処刑されていきました。戦後の論功行賞《ろんこうこうしょう》が行われ、新しい年、平治二年を迎えることになります。

★コラム11　八幡太郎義家《よしいえ》の六男義隆《よしたか》の死

義朝一行が大原《おおはら》を過ぎ、琵琶湖畔《びわこはん》に下っていく竜華越《りゅうげご》えという峠道《とうげみち》に差し掛《か》かった時、比叡山《ひえいざん》の僧兵《そうへい》に襲われて一つの悲劇が起こります。義朝の父為義《ためよし》の弟に当たる義隆《よしたか》が、僧兵の矢を顔面に受け、落命してしまったのです。相模国《さがみのくに》の毛利《もり》（神奈川県厚木《あつぎ》市周辺の地）を治《おさ》めていたので毛利冠者《もりかんじゃ》と呼ばれていた彼は、一行から遅れてしまったところを多くの僧兵に襲われたのでした。

知らせを受けた義朝は、すぐさま取って返し、大男の敵を射倒《いたお》して、横たわっている叔父《おじ》の手を取り、「いかに、いかに」と問いかけますが、義隆は、「目を開き、義朝の顔をただ一目見、涙をはらはらと流しけるを最後に」、そのまま息を引き取ったといいます。

義朝は涙を抑《おさ》えながら、部下に叔父の首を切らせ、自らそれを手に持って逃避《とうひ》行《こう》を続けたのですが、やがて、谷川の深いところへ、誰とも分からないように、顔の皮を削《けず》って埋《う》めたと、伝えています。戦場では、いとし子の坊門《ぼうもん》の姫《ひめ》を見てすら、涙を隠したのに、「この人に別れては、人目もはばからず」、八幡殿《はちまんどの》のお子としては、今は、この人だけだったのにと、「道すがら、涙を流し」たとも語られています。

ここからは、他《ほか》にないリアリティが感じられないでしょうか。物語の創作者なら、義隆に死に際《ぎわ》の一言《ひとこと》を口にさせるのが普通と考えられます。それがありません。つまりここは、事実を記しているのでは、と感じられるのです。坊門の姫を見た時のことを持ち出しているのも、示唆的《しさてき》です。その時の実話を、後藤実基《さねもと》が後世に伝えたのだろうと前述しました。ここも、その一つと、私には思われるのです。

実基は、義朝一行が琵琶湖畔を南下《なんか》、東国へと向かう瀬田川《せたがわ》を過ぎたあたりで、都に残るよう指示され、皆と別れます。ということは、この時点までのことを、彼は目撃《もくげき》できたのでした。以後、義朝が討たれるまでのいきさつは、すべて金王《こんおう》丸《まる》の話にゆだねられることになります。

(7) 義朝《よしとも》の童《わらわ》・金王丸《こんおうまる》の報告談《ほうこくだん》――三男頼朝《さんなんよりとも》の落伍《らくご》

平治《へいじ》二《に》年正月《ねんしょうがつ》の五日《いつか》、左馬頭義朝《さまのかみよしとも》に仕《つか》えていた少年《しょうねん》の童《わらわ》、金王丸《こんおうまる》が、義《よし》朝《とも》の愛人《あいじん》であった常葉《ときわ》のもとに、人目《ひとめ》を忍《しの》んでやって来《き》た。馬《うま》から崩《くず》れ落《お》ち、しばらくは息《いき》もできず、ものも言《い》わない。時《とき》が経《た》って起《お》き上《あ》がり、「頭殿《こうのとの》の義朝様《よしともさま》は、去《さ》る三日《みっか》の暁《あかつき》、尾張国《おわりのくに》の野間《のま》の内海《うつみ》という所《ところ》で、代々《だいだい》源氏《げんじ》に仕《つか》えてきた御家人《ごけにん》の長田四郎忠致《おさだしろうただむね》の手《て》にかかり、お討《う》たれになってしまわれました」

と言《い》うと、常葉《ときわ》をはじめ、家《いえ》の中《なか》にいる者《もの》はみな、声々《こえごえ》に泣《な》き悲《かな》しんだのだった。

たしかに嘆《なげ》くのも、もっともなことである。夜《よる》は枕《まくら》を並《なら》べ、袖《そで》を重《かさ》ねた仲《なか》ゆえの名残惜《なごりお》しさがあるからには、わが身《み》一《ひと》つだけでも悲《かな》しいはず。まして、頼《たよ》りなさそうな幼《おさな》い子《こ》どもが三人《さんにん》いる。兄《あに》は八《やっ》つ、中《なか》の子《こ》は六《むっ》つ、

末《すえ》の子《こ》は二歳《にさい》である。三人《さんにん》ともみな男《おとこ》の子《こ》だから、

「ここから連《つ》れ出《だ》されて、さらにつらい目《め》を見《み》ることになるのだろうか」

と泣《な》き、憂《うれ》いある身《み》を悲《かな》しむその心《こころ》は、譬《たと》えようもないものであった。

金王丸《こんおうまる》は、道中《どうちゅう》であったことを語《かた》ってお聞《き》かせした。

『頭殿《こうのとの》は、いくさにお負《ま》けになったのち、大原《おおはら》を経《へ》て落《お》ちられている間《あいだ》、八瀬《やせ》の地《ち》や竜華越《りゅうげご》えなど、所々《ところどころ》で比叡山《ひえいざん》の僧兵《そうへい》と戦《たたか》いましたが、彼《かれ》らを打《う》ち払《はら》って、琵琶湖《びわこ》西岸《せいがん》の西近江《にしおうみ》へお出《で》になられました。

そこより北国《ほっこく》から都《みやこ》へ馳《は》せ上《のぼ》る勢《せい》のように見《み》せかけて南《みなみ》へ下《くだ》り、東坂《ひがしさか》本《もと》・戸津《とづ》・唐崎《からさき》・志賀《しが》の浦《うら》を通《とお》られましたが、見《み》とがめる者《もの》もおりません。瀬田川《せたがわ》をお船《ふね》で渡《わた》り、野路《のじ》の宿《しゅく》から三上山《みかみやま》の麓《ふもと》に沿《そ》って鏡山《かがみやま》の木立《こだち》にまぎれるようにして、愛知川《えちがわ》まで進《すす》まれましたが、その時《とき》、

「右兵衛佐頼朝《うひようえのすけよりとも》よ、右兵衛佐《うひようえのすけ》」

と、度々《たびたび》お呼《よ》びになられましたけれども、ご返事《へんじ》もございませんでしたので、

「ああ、かわいそうに。もう遅《おく》れてしまった」

と、お嘆《なげ》きになりましたところ、信濃出身《しなのしゅっしん》の平賀四郎義信殿《ひらがしろうよしのぶどの》が、取《と》って返《かえ》して、佐殿《すけどの》を探《さが》してお会《あ》い申《もう》し上《あ》げ、小野《おの》の宿《しゅく》で一行《いっこう》に追《お》いついて差《さ》し上《あ》げましたので、頭殿《こうのとの》は、この上《うえ》なく嬉《うれ》しくお思《おも》いになられて、

「どうした頼朝《よりとも》よ、どうして遅《おく》れたのか」

と、おっしゃられましたところ、

「遠《とお》い道《みち》のりを、夜通《よどお》し、馬《うま》を鞭打《むちう》って走《はし》らせました、それで、夜《よ》が明《あ》けてのち、馬上《ばじょう》で眠《ねむ》ってしまいました。

野洲川《やすがわ》を過《す》ぎた篠原堤《しのはらづつみ》のあたりで、人《ひと》が大騒《おおさわ》ぎしておりましたので、目《め》を開《あ》けて見《み》ますと、男《おとこ》が四《し》、五十人《ごじゅうにん》、私《わたし》を取《と》り囲《かこ》んでおりましたので、太刀《たち》を抜《ぬ》き、馬《うま》の口《くち》に取《と》りついていた男《おとこ》の頭《あたま》を、切《き》り割《わ》りました。もう一人《ひとり》は、腕《うで》を切《き》り落《お》としたと思《おも》います。

太刀《たち》のきらめいた光《ひかり》に驚《おどろ》いて、馬《うま》がぱっと走《はし》り出《で》ましたので、少々《しょうしょう》は馬《うま》に踏《ふ》み倒《たお》されました。二人《ふたり》が私《わたし》に討《う》たれたのを見《み》て、残《のこ》りの連中《れんちゅう》は、ぱっ

と引《ひ》き退《しりぞ》いた中《なか》を、馬《うま》で駆《か》け破《やぶ》って参《まい》りました」

と、申《もう》されましたところ、頭殿《こうのとの》は、本当《ほんとう》にいとおしそうにして、

「よくぞ、やった。大人《おとな》でも力《ちから》のある者《もの》こそ、そのように振《ふ》る舞《ま》うだろう。まして、元服《げんぷく》して間《ま》もない若者《わかもの》の身《み》で、よくぞやった」

と、お褒《ほ》め申《もう》し上《あ》げなさりました。

伊吹山《いぶきやま》の麓《ふもと》の不破《ふわ》の関所《せきしょ》は閉鎖《へいさ》され、武士《ぶし》が詰《つ》めているという情報《じょうほう》がありましたので、深《ふか》い山中《さんちゅう》に入《はい》り、知《し》らない道《みち》を踏《ふ》み分《わ》けて進《すす》み、迷《まよ》われてしまいます。雪《ゆき》が深《ふか》く馬《うま》をあきらめて捨《す》て、木《き》に取《と》りつき、萱草《かやくさ》にすがりつき、険《けわ》しい山道《やまみち》を越《こ》えさせなさりました時《とき》に、兵衛佐殿《ひょうえのすけどの》、お馬《うま》に乗《の》ってこそ、大人《おとな》と同《おな》じように進《すす》まれましたが、徒歩《とほ》では一緒《いっしょ》に行動《こうどう》することがおできにならず、お遅《おく》れになりました。

頭殿《こうのとの》は、深《ふか》い雪《ゆき》の中《なか》で一休《ひとやす》みなさって、

「兵衛佐《ひょうえのすけ》、兵衛佐《ひょうえのすけ》」

と、おっしゃられましたけれども、ご返事《へんじ》もなかったゆえ、

「ああ、かわいそうなことよ。もう、遅《おく》れてしまった。人《ひと》に生《い》け捕《ど》られることになるのであろうか」

と、お涙《なみだ》をはらはらと落《お》とされました時《とき》には、お供《とも》の人々《ひとびと》、袖《そで》を涙《なみだ》でぬらしたことでした。

❖同五日《どういつか》、左馬頭義朝《さまのかみよしとも》が童《わらは》、金王丸《こんわうまる》、常葉《ときは》がもとに忍《しの》びて来《き》たり。馬《うま》より崩《くづ》れ落《お》ち、しばしは息絶《いきた》えて、ものも言《い》はず。ほどへて起《お》き上《あ》がり、

「頭殿《かうのとの》は、過《す》ぎぬる三日《みつか》の暁《あかつき》、尾張国《をはりのくにの》野間《ま》の内海《うつみ》と申《まう》す所《ところ》にて、重代《ぢゆうだい》の御家人《ごけにん》、長田四郎忠致《をさだしらうただむね》が手《て》にかかりて討《う》たれさせ給《たま》ひ候《さうら》ひぬ」

と申《まう》せば、常葉《ときは》をはじめ家中《かちゆう》にあるほどの者《もの》ども、声々《こゑごゑ》に泣《な》き悲《かな》しみける。まことに嘆《なげ》くもことわりなり。枕《まくら》を並《なら》べ、袖《そで》を重《かさ》ねし名残《なごり》なれば、身一《みひと》つなりとも悲《かな》しかるべし。いかにいはんや、はかなげなる子《こ》ども三人《さんにん》あり。兄《あに》は八《や》つ、中《なか》は六《む》つ、末《すゑ》の子《こ》は二歳《にさい》なり。三人《さんにん》ながら男子《なんし》なれば、

「取《と》り出《い》だされて、また憂《う》き目《め》をや見《み》んずらむ」

と泣《な》き、思《おも》ひあるを悲《かな》しむ心《こころ》、たとへん方《かた》ぞなかりける。

金王丸《こんわうまる》、路次《ろし》のことをぞ、語《かた》り申《まう》しける。

『頭殿《かうのとの》、いくさに打《う》ち負《ま》けさせ給《たま》ひて、小原《をはら》へかからせ給《たま》ひしほどは、八瀬《やせ》・竜華越《りゆうげごえ》、所《ところ》どころにて山法師《やまほふし》と合戦候《かつせんさうら》ひしが、打《う》ち払《はら》ひて西近江《にしあふみ》へ出《い》でさせ給《たま》ふ。北国《ほくこく》より馳《は》せ上《のぼ》る勢《せい》のやうにて、東坂本《ひがしさかもと》・戸津《とづ》・唐崎《からさき》・志賀《しが》の浦《うら》を通《とほ》らせ給《たま》ひしかども、とがめ申《まう》す者《もの》も候《さうら》はず。勢多《せた》を御舟《おんふね》にて渡《わた》り、野路《のぢ》の宿《しゆく》より三上《みかみ》の嵩《だけ》の麓《ふもと》に沿《そ》ひて鏡山《かがみやま》の木隠《こがく》れにまぎれ、愛知川《ゑちがは》へ御出《おんい》で候《さうら》ひしが、

「右兵衛佐《うひやうゑのすけ》、右兵衛佐《うひやうゑのすけ》」

と、度々仰《たびたびおほ》せられ候《さうら》ひしかども、御《おん》いらへも候《さうら》はざりしほどに、

「あな、むざんや。はや、さがりにけり」

と、御嘆《おんなげ》き候《さうら》ひしかば、信濃《しなの》の平賀四郎殿《ひらがしらうどの》、取《と》つて返《かへ》して、佐殿《すけどの》に尋《たづ》ね会《あ》ひまゐらせて、小野《をの》の宿《しゆく》にて追《お》つ着《つ》きまゐらせて候《さうら》ひしかば、頭殿《かうのとの》、よに嬉《うれ》しげに思《おぼ》し召《め》されて、

「いかに頼朝《よりとも》は、などさがりたりけるぞ」

と仰《おほ》せられ候《さうら》ひしかば、

「遠路《ゑんろ》を夜《よ》もすがらは打《う》ち候《さうら》ひぬ、夜《よ》、明《あ》けてのち、馬眠《うまねぶ》りをして候《さうら》ひける。篠原堤《しのはらづつみ》のほとりにて、ものがどよみ候《さうら》ふあひだ、目《め》を見上《みあ》げ候《さうら》へば、男《をとこ》が四五十人《しごじふにん》、取《と》り籠《こ》め候《さうら》ひしほどに、太刀《たち》を抜《ぬ》いて、馬《うま》の口《くち》に取《と》りつきたる男《をとこ》の頭《かしら》を、切《き》り割《わ》り候《さうら》ひぬ。今一人《いまいちにん》をば、腕《うで》を打《う》ち落《お》とし候《さうら》ふとぞ覚《おぼ》え候《さうら》ひし。太刀《たち》のかげに驚《おどろ》きて、馬《うま》がつと出《い》で候《さうら》へば、少々《せうせう》、踏《ふ》み倒《たふ》され候《さうら》ひぬ。二人《ににん》が討《う》たるるを見《み》て、残《のこ》るところの奴《やつ》ばら、ばつと退《の》き候《さうら》ひし中《なか》を、駆《か》け破《やぶ》りて参《まゐ》り候《さうら》ふ」

と、御申《おんまう》し候《さうら》ひしかば、頭殿《かうのとの》、まことにいとほしげにて、

「いしう、したり。大人《おとな》も良《よ》からん者《もの》こそ、かうはふるまはんずれ。まして小冠者《こくわんじゃ》が身《み》には、ようしたり」

と、ほめまゐらつさせ給《たま》ひ候《さうら》ひき。

不破《ふは》の関《せき》、固《かた》めて候《さうら》ふと聞《き》こえしほどに、深《ふか》き山《やま》にかかりて、知《し》らぬ道《みち》を分《わ》け迷《まど》はせ給《たま》ふ。雪深《ゆきふか》くて御馬《おんうま》をば捨《す》て、木《き》に取《と》りつき、萱《かや》にすがり、険阻《けんそ》を越《こ》えさせ給《たま》

ふに、兵衛佐殿《ひやうゑのすけどの》、御馬《おんうま》にてこそ大人《おとな》と同《おな》じやうにおはししか、徒歩《かち》にてはかなはせ給《たま》はず、御《おん》さがり候《さうら》ひぬ。

頭殿《かうのとの》、深雪《じんせつ》の中《なか》にやすらはせ給《たま》ひて、

「兵衛佐《ひやうゑのすけ》、兵衛佐《ひやうゑのすけ》」

と仰《おほ》せられ候《さうら》ひしかども、御《おん》いらへもなかりしかば、

「あな、むざんやな。はや、さがりにけり。人《ひと》にや生《い》け捕《ど》られやすらん」

と、御涙《おんなみだ》をはらはらと落《お》とさせ給《たま》ひし時《とき》、人々《ひとびと》、袖《そで》をこそしほり候《さうら》ひしか。

✲金王丸が常葉に自分の体験すべてを語るという設定《せってい》は、作者が作ったものに違いありません。常葉の悲しみを語る文章になると、何か調子が滑《なめ》らかになってくる感じがありますが、それについては、後述《こうじゅつ》することにします。

問題は、金王丸の体験談でした。実際にそれを記録したものがあったのかどうか、よくは分かりませんが、ただ、作品の素材《そざい》となるこうした実話《じつわ》は、伝わっていたのでしょう。それに創作《そうさく》の手を加え、よりドラマティックに創《つく》り直そうとはしなかったと

考えられます。清盛の帰京や光頼の参内場面《さんだいばめん》は、劇的に表現されていました。そうした表現力を持つ作者でありながら、義朝の末路《まつろ》は、金王丸の報告談という形態《けいたい》の枠《わく》に閉《と》じ込めたままにしています。清盛や光頼は朝廷《ちょうてい》を守った立場、義朝は逆の立場でした。それゆえ、作者の価値観《かちかん》が、人々の共感《きょうかん》を呼ぶような形に再構成《さいこうせい》して、彼の最期《さいご》を描き直すことを、自制《じせい》させたのだろうと思います。

改作《かいさく》後の後代《こうだい》の作品では、報告談という枠《わく》は外《はず》され、その中で義朝の頼朝への愛情がことのほか強調されることになります。敵を倒して追いついてきた頼朝を、「あっぱれ、末代《まつだい》の大将《たいしょう》かな」と称賛《しょうさん》し、再び落伍《らくご》してしまうと、もはや生還《せいかん》は望めぬと思い込み、自分も生きていて何になろうか、「自害《じがい》して、同《おな》じ道《みち》に行《ゆ》かん」とまで言います。敵の頭を切り割った頼朝の武勇《ぶゆう》、馬を疾駆《しっく》させて一行に追いつく姿も、当然、りりしく描き出されるに至《いた》ります。その一方で、前述したように、清盛には、ふがいない一面が書き足されました。武家の世が進行していくなかで、源氏中心の物語へと変貌《へんぼう》していくのは、時代の要請《ようせい》だったのでしょう。

このテキストでは、落伍した頼朝についても、のちの紙面に、伊吹山の北西に位置する大吉寺《だいきちじ》という山寺（滋賀県長浜市）に一時的にかくまわれ、春になって東国に向かう途中で平家の郎等《ろうどう》に生《い》け捕《ど》られた事情が、ごく簡単《かんたん》にと記されるだけです。

悪源太義平《よしひら》に関しては、頼朝の落伍に続いて、父から、自分は東国より都へ攻め上るゆえ、お前は甲斐《かい》・信濃《しなの》の軍勢で攻め上れと命じられ、飛騨《ひだ》方面へただ一人で向かったと、金王丸は語ります。そして更に、彼の口から悲しい出来事が伝えられます。

(8)

——次《じ》男《なん》朝長《ともなが》の死《し》

　美濃国《みののくに》の青墓《あおはか》（岐阜県大垣市《ぎふけんおおがきし》）の宿場《しゅくば》と言《い》います所《ところ》にいる大炊《おおい》と申《もう》す遊《ゆう》女《じょ》は、頭殿《こうのとの》の長年《ながねん》のお宿《やど》の主《あるじ》です、そのお腹《なか》から生《う》まれた姫御前《ひめごぜん》が一人《ひとり》いらっしゃいます、その宿《やど》へお着《つ》きになりました。乳母子《めのとご》の鎌田兵衛正清《かまだひょうえまさきよ》も、はやり歌《うた》の今様《いまよう》の歌《うた》い手《て》、延寿《えんじゅ》のもとに着《つ》きなさりました。

この遊女《ゆうじょ》たちが、さまざまに一行《いっこう》を接待《せったい》し申《もう》しあげております最中《さいちゅう》に、

その土地《とち》の者《もの》たちが、

「この宿場《しゅくば》に落人《おちうど》がいるぞ。捜《さが》して捕《つか》まえろ」

と、騒《さわ》ぎ立《た》てましたので、頭殿《こうのとの》は、

「どうしたものか」

と、おっしゃられましたところ、佐渡《さど》式部《しきぶ》大夫源重成殿《たゆうみなもとのしげなりどの》が、

「私《わたし》が、お命《いのち》に代《か》わって差《さ》しあげましょう」

と言《い》って、頭殿《こうのとの》の錦《にしき》の御直垂《おんひたたれ》を頂戴《ちょうだい》してお召《め》しになり、馬《うま》にぱっとお乗《の》りになって、宿場《しゅくば》より北《きた》の山際《やまぎわ》へ馳《は》せ上《のぼ》られましたため、宿場《しゅくば》の者《もの》が追《お》いかけ申《もう》しあげると、式部大夫殿《しきぶたゆうどの》は、黄金作《こがねづく》りの太刀《たち》を抜《ぬ》いて、奴《やつ》らを追《お》い払《はら》い、

「お前《まえ》らの手《て》には、かかるまいぞ。我《われ》を、誰《だれ》と思《おも》うか、源氏《げんじ》の大将《たいしょう》、左馬《さまの》頭義朝《かみよしとも》だ」

と名乗《なの》り、御自害《ごじがい》いたしました。宿場《しゅくば》の連中《れんちゅう》は、

「左馬頭義朝《さまのかみよしとも》を、討《う》ちとどめたぞ」

と喜《よろこ》んで、大炊《おおい》の家《いえ》の裏庭《うらにわ》にあった倉《くら》の中《なか》に、頭殿《こうのとの》が隠《かく》れておられたのを知《し》らないでいました。

夜《よる》になって、頭殿《こうのとの》が宿《やど》を出《で》ようとなさったところ、次男《じなん》の中宮大夫進朝《ちゅうぐうたゆうのしんとも》長様《ながさま》が、比叡山《ひえいざん》の僧兵《そうへい》に襲《おそ》われた竜華越《りゅうげご》えの峠道《とうげみち》でのいくさに、膝《ひざ》の関節《かんせつ》を射《い》られ、その後《ご》、遠《とお》い道《みち》のりを馬《うま》で走《はし》りぬき、深《ふか》い雪《ゆき》の中《なか》を足《あし》で踏《ふ》み分《わ》けて進《すす》まれたため、脚《あし》が腫《は》れあがり、一足《ひとあし》も動《うご》かしなさることが、おでき

にならない。

「この深《ふか》い傷《きず》では、お供《とも》をして差《さ》しあげられそうにも思《おも》われません。早々《そうそう》に、お暇《いとま》を頂戴《ちょうだい》させてください」

と、申《もう》されたところ、頭殿《こうのとの》は、

「我慢《がまん》できるのなら、私《わたし》の供《とも》をしなさいよ」

と、たいそう悲《かな》しそうにおっしゃられると、大夫進殿《たゆうのしんどの》は、涙《なみだ》を流《なが》されなさって、

「それができるのでしたら、どうして父上《ちちうえ》の御手《おんて》で討《う》たれたいと申《もう》しましょう」

と言《い》って、自《みずか》らの御首《おんくび》を前《まえ》に差《さ》し出《だ》されなさったのを、頭殿《こうのとの》はそのまますぐにお打《う》ち申《もう》しあげて、その上《うえ》に着物《きもの》を引《ひ》きかぶせて差《さ》しあげ、

「大夫進《たゆうのしん》が、足《あし》を病《や》んでおります。面倒《めんどう》をみてやってください」

と言《い》い残《のこ》して、宿《やど》をお立《た》ちになられたのでした。

❖美濃国青墓《みののくにあふはか》の宿《しゆく》と申《まう》す所《ところ》に、大炊《おほひ》と申《まう》す遊君《いうくん》は、頭殿《かうのとの》の年《とし》ごろの御宿《おんやど》の主《あるじ》なり、その腹《はら》に姫御前一人《ひめごぜんいちにん》まします、この屋《や》へ着《つ》かせ給《たま》ひぬ。鎌田兵衛《かまだひやうゑ》も、今様《いまやう》うたひの延寿《えんじゆ》がもとへ着《つ》き給《たま》ひぬ。

この遊女《いうぢよ》ども、さまざまにもてなしまゐらせ候《さうら》ひし最中《さいちゆう》に、在地《ざいち》の者《もの》ども、

「この宿《しゆく》に落人《おちうど》あり。捜《さが》し取《と》れ」

と、ひしめき候《さうら》ひしに、頭殿《かうのとの》、

「いかがはせん」

と仰《おほ》せられ候《さうら》ひしを、佐渡式部大夫重成殿《さどしきぶのたいふしげなりどの》、

「御命《おんいのち》に代《か》はりまゐらせん」

とて、頭殿《かうのとの》の錦《にしき》の御直垂《おんひたたれ》を取《と》つて召《め》し、馬《うま》にひたと乗《の》らせ給《たま》ひて、宿《しゆく》より北《きた》の山際《やまぎは》へ馳《は》せ上《のぼ》り給《たま》ひしほどに、宿《しゆく》の人《ひと》、追《お》つかけたてまつりしほどに、式部大夫殿《しきぶたいふどの》、黄金作《こがねづく》りの太刀《たち》を抜《ぬ》いて、きやつばらを追《お》つ払《ぱら》ひ、

「おのれらが手《て》には、かかるまじきぞ。我《われ》をば誰《たれ》とか思《おも》ふ、源氏《げんじ》の大将《たいしやう》、左馬頭義朝《さまのかみよしとも》」

と名乗《なの》り、御自害候《おんじがいさうら》ひぬ。宿人《しゆくにん》ら、

「左馬頭義朝《さまのかみよしとも》、討《う》ちとどめたり」

と喜《よろこ》びて、大炊《おほひ》が後苑《こうゑん》の倉屋《くらや》に、頭殿《かうのとの》、隠《かく》れてましますをば知《し》らず。

夜《よる》に入《い》りて、頭殿《かうのとの》、宿《やど》を出《い》でさせ給《たま》ふところに、中宮大夫進朝長《ちゆうぐうたいふのしんともなが》、竜華越《りゆうげごえ》のいくさに膝《ひざ》の節《ふし》を射《い》させて、遠路《ゑんろ》を馳《は》せ過《す》ぎ、深《ふか》き雪《ゆき》を徒歩《かち》にて分《わ》けさせ給《たま》ひしほどに、腫《は》れ損《そん》じて一足《ひとあし》もはたらかせ給《たま》ふべきやうなし。

「この痛手《いたで》にて、御供申《おんともまう》すべしとも覚《おぼ》えず。とうとう、いとま、たばせ給《たま》へ」

と申《まう》されしかば、頭殿《かうのとの》、

「こらへつべくは、供《とも》せよかし」

と、よに哀《あは》れげにて仰《おほ》せられしかば、大夫進殿《たいふのしんどの》、涙《なみだ》を流《なが》させ給《たま》ひて、

「かなふべくは、いかでか御手《おんて》にかからんと申《まう》すべき」

とて、御首《おんくび》を延《の》べさせ給《たま》ひたりしを、頭殿《かうのとの》、やがて打《う》ちまゐらせて、衣《きぬ》、引《ひ》きかづけまゐらせて、

「大夫進《たいふのしん》が、足《あし》を病《や》み候《さうら》ふ。ふびんにし給《たま》へ」

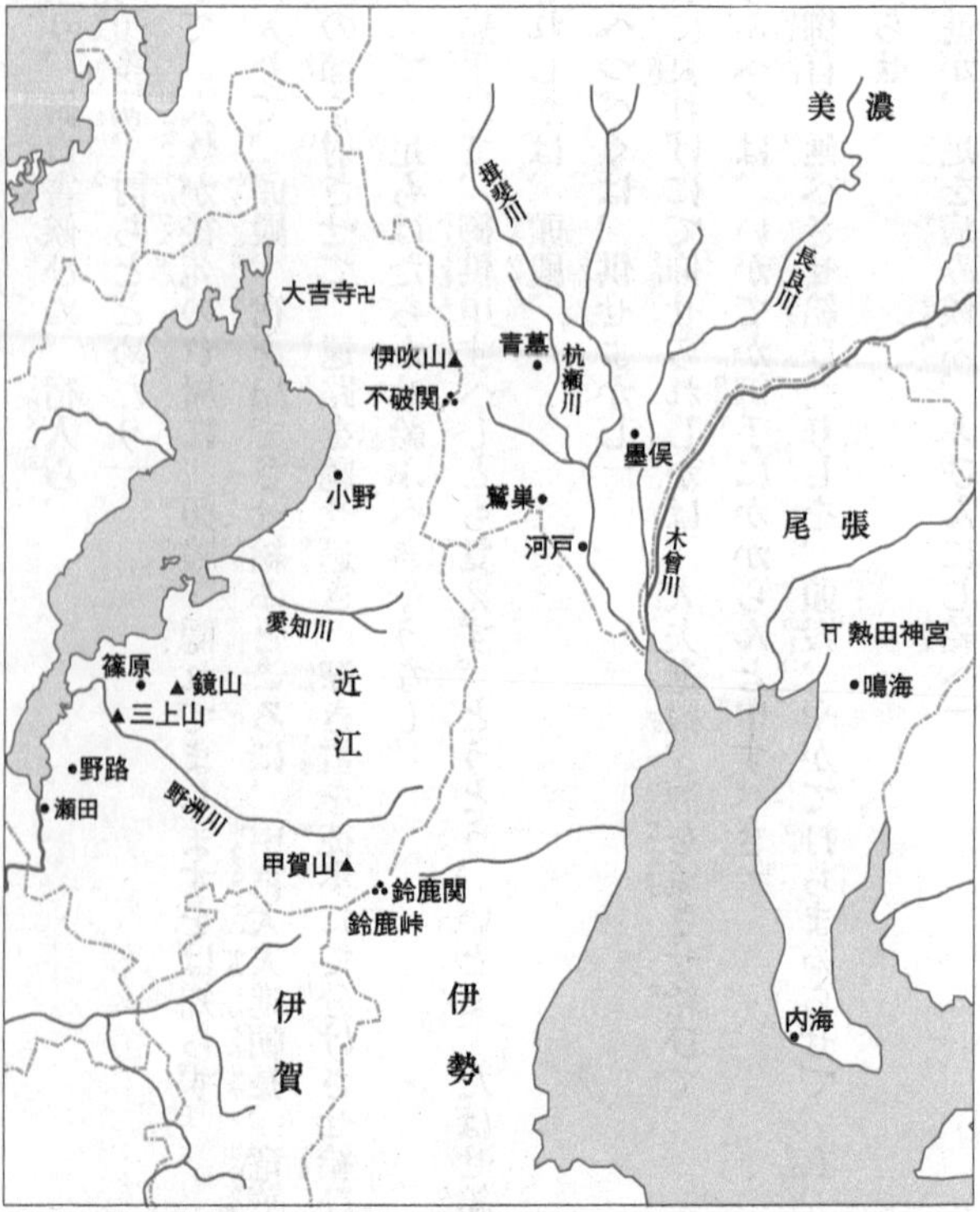

美濃
揖斐川
長良川
大吉寺
伊吹山
不破関
青墓
杭瀬川
墨俣
小野
鷲巣
河戸
木曾川
尾張
愛知川
熱田神宮
鳴海
篠原
鏡山
近江
三上山
野路
瀬田
野洲川
甲賀山
鈴鹿関
鈴鹿峠
伊賀
伊勢
内海

義朝の逃避経路２

とて、出《い》でさせ給《たま》ひぬ。

✲義朝の愛人の大炊《おおい》は、桂川《かつらがわ》に身を投じて死んだと『保元物語』に語られていた為義の妻の妹に当たる人でした（一五〇頁）。それを伝える『吾妻鏡《あずまかがみ》』の記事には、頼朝が大炊とその娘とに会ったとありましたが、ここに出てきた「姫御前《ひめごぜん》」が彼女に当たるのかも知れません。それにしても、大炊にとって義朝は、三年前に姉を死に追いやってしまった人だったわけですから、実際には複雑な思いがしたことでしょう。

鎌田と交際のあった今様《いまよう》の歌い手の延寿《えんじゅ》は、はやり歌の今様を好み自らも歌っていた後白河院によって編纂《へんさん》された『梁塵秘抄口伝集《りょうじんひしょうくでんしゅう》』に名が見えます。同書によれば、青墓《あおはか》は今様の盛んな宿場で歌い手が何人もおり、彼女は院から直接、一つの歌を習ったりしていますので、延寿の口を通して、この時の一部始終が後白河院に伝えられていた可能性は十分にあります。

身代《みが》わりとなって死んだ重成《しげなり》は、義朝と同じ清和源氏《せいわげんじ》に属し、源満仲《みなもとのみつなか》の弟で尾張《おわり》に住んだ満政《みつまさ》の子孫。『愚管抄』に、死んだ所を人に知られないようにしたため、人々から称賛されたと書かれており、この時の自害を言ったものと思われます。

朝長《ともなが》は十六歳でした。母が、『保元物語』に登場する波多野義通《はだのよしみち》の妻の妹で、波多野（今日の神奈川県秦野市）の地に朝長の邸宅があったことなど、前記しました（一三一頁）。彼女は、典膳大夫《てんぜんたゆう》中原久経《ひさつね》の養女となっており、久経は義朝に文筆《ぶんぴつ》をもって仕《つか》え、頼朝の時代には朝廷との交渉役もこなしていますから、それなりの実力者だったと考えられます（『吾妻鏡』治承四年〈一一八〇〉十月、元暦《げんりゃく》二年〈一一八五〉二月条）。朝長の官職は中宮少進《ちゅうぐうしょうしん》、官位は従五位下《じゅごいのげ》で、父と同じでした。兄の義平は無《む》官無位《かんむい》でしたから、破格《はかく》の昇進《しょうしん》だったわけで、そこに久経の力が働いたように推測されもします。

改作後の作品では、この場面、より劇的に作り変えられました。義朝は、義平には北国《ほっこく》へ、朝長には信濃《しなの》へ下って兵を集めるよう命じますが、朝長は傷が重くなって途中から引き返してきます。ふがいなく思った父は、頼朝と比較して落胆《らくたん》、その首を自分の手で打とうと思うがどうかと問いかけ、朝長が敵の手にかかるよりはと、自ら首を差し出したところに遊女たちが現れ、いったん、ことは中断されますが、彼女らが帰ったのち、念仏合掌《ねんぶつがっしょう》しつつ、彼は討たれていきます。義朝は、保元の乱で乙若《おとわか》が殺される前に言い残した言葉（一三一頁）を思い出して落涙《らくるい》したとも語られており、彼の苦衷《くちゅう》に焦点《しょうてん》が当てられているのです。それに比べれば、このテキストの父と子のやり取りは素朴《そぼく》で、真《しん》に迫るものがあります。事実を語っているからでしょう。

こののち、義朝一行は、そばを流れる杭瀬川《くいぜ》から舟に乗り、積んであった萱《かや》の下に身を隠《かく》して伊勢湾に出て、知多《ちた》半島へと向かいます。舟を漕いでいた人物は、前述の『吾妻鏡』に、大炊の兄弟の僧であったと伝えています。

★コラム12　朝長の墓所

大垣市青墓町には、朝長の墓のある円興寺《えんこうじ》があります。頼朝から大々的な寄進《きしん》を受け、多くの伽藍《がらん》を擁《よう》していましたが、織田信長《おだのぶなが》の焼き討ちにあい、往時《おうじ》の面《おも》影《かげ》は山中の礎石《そせき》に残すのみとなっています。

この地では、いつの頃からか、義朝を泊めたのは遊女の大炊《おおい》ではなく、土豪《どごう》の大炊氏で、平野《ひらの》姓の人物が朝長のために殉死《じゅんし》したことになっています（『不破郡《ふわぐん》史《し》』）。『尊卑分脈《そんぴぶんみゃく》』という南北朝期《なんぼくちょうき》に作られた系図《けいず》集を調べてみますと、藤原南《なん》家《け》真作流《またなりりゅう》の人が、青墓の近くにあった荘園、大井庄と平野庄に、その地名を姓として住んでいたと推測されてきます。当初は、両庄の中間に位置し、青墓の東に当たる中河《なかがわ》の地に居住していたようです。そこで、土地の豪族《ごうぞく》となった大井氏が、遊女の大炊と結び付けられ、姓を変えるに至ったのではないでしょうか。円興寺の過去帳《かこちょう》は、大炊家の人物十七名の戒名《かいみょう》を記載《きさい》、一族の墓もあり、同寺を支える有力な檀家《だんか》だったと分かります。

(9)　──義朝《よしとも》の末路《まつろ》

去年《きょねん》の十二月二十九日《じゅうにがつにじゅうくにち》に、尾張国野間《おわりのくにのま》の内海《うつみ》（愛知県知多郡南知多町《あいちけんちたぐんみなみちたちょう》）の、野間内海荘《のまうつみしょう》の庄司長田忠致《しょうじおさだただむね》の屋敷《やしき》へお着《つ》きになりました。この忠致《ただむね》は、ご当家《とうけ》に代々仕《だいだいつか》える奉公人《ほうこうにん》であります上《うえ》、鎌田兵衛《かまだひょうえ》の舅《しゅうと》ですから、頼《たよ》りにされたのも、もっともなことです。

「馬《うま》や武具《ぶぐ》など、差《さ》し出《だ》せ。急《いそ》いで通《とお》ろう」

とおっしゃられたのを、

「子《こ》らや郎等《ろうどう》を引《ひ》き連《つ》れ、お供《とも》に参《まい》りましょう」

というふうに申《もう》して、

「しばらくご逗留《とうりゅう》されて、お休《やす》みなされますよう」

と言《い》い、風呂場《ふろば》の湯殿《ゆどの》を清《きよ》めて、お入《い》れ申《もう》しあげました。鎌田《かまだ》は舅《しゅうと》のもとへ呼《よ》び寄《よ》せ、接待《せったい》するように見《み》せかけて討《う》ってしまいました。

その後《ご》、忠致《ただむね》の郎等《ろうどう》が七《しち》、八人《はちにん》、湯殿《ゆどの》へ参《まい》ってお討《う》ち申《もう》しあげましたが、鎌田《かまだ》が夕刻《ゆうこく》に討《う》たれたのをご存《ぞん》じなく、

「鎌田《かまだ》はいないか」

と、ただ一声《ひとこえ》、仰《おお》せられましたばかり。

この童《わらわ》は、ご主君《しゅくん》の御太刀《おんたち》を抱《いだ》いて横《よこ》になっておりましたが、私《わたし》を幼《おさな》いからと思《おも》ったのでしょうか、目《め》をかける者《もの》もおりませんでしたので、御太刀《おんたち》を抜《ぬ》いて、頭殿《こうのとの》をお討《う》ち申《もう》しあげました者《もの》を二人《ふたり》、切《き》り殺《ころ》しました。同《おな》じことなら、忠致《ただむね》を討《う》ち取《と》りたいものと思《おも》い、長田《おさだ》の家《いえ》の中《なか》へ走《はし》り込《こ》みましたけれども、壁《かべ》で塗《ぬ》り固《かた》めた塗籠《ぬりごめ》の部屋《へや》の内《うち》へ逃《に》げ込《こ》んでしまいましたので、致《いた》し方《かた》なく、庭《にわ》に鞍置《くらお》き馬《うま》がありましたのを奪《うば》って乗《の》り、三日《みっか》間《かん》かけて参上《さんじょう》しました次第《しだい》です』

と、詳《くわ》しく語《かた》ってさしあげたところ、常葉《ときわ》はこれを聞《き》いて、

「東国《とうごく》の方《ほう》は頼《たよ》りになる所《ところ》ということで下向《げこう》されましたから、はるかに遠《とお》く山河《やまがわ》を隔《へだ》てているにしても、この世《よ》に生《い》きておられるならと、便《たよ》りを何《なに》

よりも待《ま》っておりましたのに、再《ふたた》び帰《かえ》っては来《こ》ない別《わか》れの道《みち》へ旅立《たびだ》ってしまったと確《たし》かに聞《き》いていながら、今《いま》さら何《なに》を待《ま》とうとして、私《わたし》の身《み》に命《いのち》が残《のこ》っているのでしょう。

川《かわ》の深《ふか》みにでも身《み》を捨《す》てて、恨《うら》めしいこの世《よ》に、もう住《す》むまいとは思《おも》うものの、この身《み》が空《むな》しくなってしまったなら、子供《こども》たちは誰《だれ》を頼《たよ》りにしたらいいでしょう。この世《よ》にあるかいもない、あの人《ひと》の残《のこ》していった形見《かたみ》の子《こ》らのために、惜《お》しくもない私《わたし》の身《み》を惜《お》しんでいることですよ」

と、泣《な》いて悲《かな》しんだところ、六《むっ》つになる乙若《おとわか》が、母《はは》の顔《かお》を見上《みあ》げて涙《なみだ》を流《なが》し、

「お母《かあ》さんよ、お母《かあ》さん、身《み》を投《な》げないで。私《わたし》らが悲《かな》しくなるでしょうに」

と言《い》ったのには、童《わらわ》の金王丸《こんおうまる》も、ますます涙《なみだ》を流《なが》したのであった。

◆去年十二月二十九日《きよねんじふにがつにじふくにち》、尾張国野間《をはりのくにのま》の内海《うつみ》、長田庄司忠致《をさだしやうじただむね》が宿所《しゆくしよ》へ着《つ》かせ給《たま》ひ候《さうら》

ひぬ。この忠致《ただむね》は、御当家重代《ごたうけぢゆうだい》の奉公人《ほうこうにん》なる上《うへ》、鎌田兵衛《かまだひやうゑ》が舅《しうと》なれば、御頼《おんたの》みあるも、ことわりなり。

「馬《うま》、物具《もののぐ》など、まゐらせよ。急《いそ》ぎ通《とほ》らん」

と仰《おほ》せられしを、

「子《こ》ども、郎等《らうどう》、引《ひ》き具《ぐ》して、御供《おんとも》に参《まゐ》り候《さうら》ふべき」

よしを申《まう》して、

「しばらく御逗留《おんとうりう》あつて、御休《おんやす》み候《さうら》ふべし」

とて、湯殿《ゆどの》、清《きよ》めて入《い》れまゐらせ候《さうら》ひぬ。鎌田《かまだ》をば舅《しうと》がもとへ呼《よ》びて、もてなすよしにて討《う》ち候《さうら》ひぬ。

そののち、忠致郎等七八人《ただむねらうどうしちはちにん》、湯殿《ゆどの》へ参《まゐ》り、討《う》ちまゐらせ候《さうら》ひしに、宵《よひ》に討《う》たれたるをば知《し》ろし召《め》さで、

「鎌田《かまだ》はなきか」

と、ただ一声《ひとこゑ》、仰《おほ》せられて候《さうら》ひしばかり。

この童《わらは》は、御帯刀《おんはかせ》を抱《いだ》きて臥《ふ》して候《さうら》ひしを、幼《をさな》ければとや思《おも》ひ候《さうら》ひけん、目《め》、か

くる者《もの》も候《さうら》はざりしを、御帯刀《おんはかせ》を抜《ぬ》いて、頭殿《かうのとの》を討《う》ちまゐらせて候《さうら》ふ者《もの》を二人《にん》、切《き》り殺《ころ》し候《さうら》ひぬ。

同《おな》じくは、忠致《ただむね》を討《う》ち取《と》り候《さうら》はばやと存《ぞん》じて、長田《をさだ》が家中《かちゆう》へ走《はし》り入《い》りて候《さうら》へども、塗籠《ぬりごめ》の内《うち》へ逃《に》げ入《い》つて候《さうら》ひしほどに力及《ちからおよ》ばず、庭《には》に鞍置《くらお》き馬《うま》の候《さうら》ひしを取《と》つて乗《の》り、三日《みつか》に罷《まか》り上《のぼ》り候《さうら》ふなり』

と、詳《くは》しく語《かた》り申《まう》しければ、常葉《ときは》、これを聞《き》きて、

「東《あづま》の方《かた》をば頼《たの》もしき所《ところ》とて下《くだ》り給《たま》ひしかば、はるかに山河《さんか》を隔《へだ》つとも、この世《よ》におはせばと訪《おとづ》れをこそ待《ま》ちつるに、また帰《かへ》らぬ別《わか》れの道《みち》を聞《き》き定《さだ》めながら、何《なに》を待《ま》つとて我《わ》が身《み》に命《いのち》の残《のこ》るらん。

淵川《ふちかは》にも身《み》を捨《す》てて、恨《うら》めしき世《よ》に住《す》まじとこそ思《おも》へども、この身《み》、空《むな》しくなり果《は》てば、子《こ》どもは誰《たれ》をか頼《たの》むべき。よしなき忘《わす》れ形見《がたみ》ゆゑに、惜《を》しからぬ身《み》を惜《を》しむや」

と泣《な》き悲《かな》しみければ、六《む》つになる乙若《おとわか》が、母《はは》の顔《かほ》を見上《みあ》げて涙《なみだ》を流《なが》し、

「母《はは》や母《はは》、身《み》な投《な》げそ。われらが悲《かな》しからんずるに」

と言《い》ひけるにぞ、童《わらは》もいとど涙《なみだ》を流《なが》しける。

✤義朝が風呂場で命を落としたことは、確かでした。金王丸の話とは若干《じゃっかん》異なる経《けい》緯《い》を記す『愚管抄』は、入浴しようとした時、舅《しゅうと》の裏切りを知った鎌田がそれを告げると、義朝は、すでに分かっていたことと答えて自分の首を打つように命じ、鎌田は主君の首を打ち果たしたのち、その場で自害したと伝えています。

当時の風呂場は、浴槽《よくそう》に湯釜《ゆがま》で沸《わ》かした湯を運び入れるか、樋《とい》を通して流し込むかして、身体に湯をかけて洗う場でした。野間《のま》の大坊《だいぼう》と呼ばれている大御堂寺《おおみどうじ》には、義朝を供養する宝篋印塔《ほうきょういんとう》があり、討たれる間際《まぎわ》に「木太刀《きだち》一つあらば」と言ったという言い伝えから、奉納《ほうのう》された小さな木刀が、堆《うずたか》く積み上げられています。頼朝は、後年、都からの帰途《きと》に立ち寄りました（『吾妻鏡』建久元年〈一一九〇〉十月条）。

長田氏は、桓武平氏《かんむへいし》の流れをくむ一族と考えられます。この物語に付加《ふか》された後日《ごじつ》譚《たん》によれば、忠致は、平家追討戦が始まると鎌倉の頼朝のもとに出頭《しゅっとう》、その指示により戦場に出て、それなりの活躍をしたものの、一《いち》の谷《たに》の合戦後は出陣を禁止され、平家滅亡後に、野間の地で磔《はりつけ》の刑に処せられたそうです。それも普通の磔とは違い、義朝の墓前《ぼぜん》で、板に左右の足手を釘付《くぎづ》けにされ、爪《つめ》をはがされ顔の皮をはぎ取られ、なぶり殺しにされたとあります。

金王丸の報告談は、枝葉《えだは》の少ない淡々とした感じを与えます。改作されると、先の場面と同じように、劇的な展開に仕立て上げられていきます。より多くの人が登場し、さまざまな絡《から》み合いと葛藤《かっとう》とが描かれていきますが、もっとも違うのは鎌田の妻、つまり忠致の娘が夫の死を知り、刀を胸に突き刺して自害《じがい》してしまうことです。

さて、一行が野間に着いたのは、十二月二十九日とありました。そこで物語の日付《ひづけ》を遡《さかのぼ》ってみますと、二十七日が合戦当日で、午後に逃避行《とうひこう》が始まり、その夜、頼朝が一回目の落伍《らくご》、二十八日の夜に雪の伊吹山《いぶきやま》を越える途中で頼朝が最終的に落伍し、到着した青墓で騒動が起こり、人目を避けて出発したのは二十九日の夜でした。これでは、同日中に、舟で知多半島の野間に着くことは、到底《とうてい》できません。

実は戦いのあったのは、二十六日だったのです。幽閉《ゆうへい》されていた上皇と天皇とを救出した翌日が、合戦当日でした。救出劇を詳述《しょうじゅつ》する『愚管抄』によれば、二十五日の深夜、「丑《うし》」の刻《こく》（午前二時前後、各一時間）に救出作戦が始まり、すべてが終わったのは、ほのぼのと夜の明けるころだったとあります。そしてその日が、戦いの当日でした。物語作者は、それを取り違え、二十六日に救出、二十七日が合戦と考えてしまったようです。なお、当時の日付変更時刻《ひづけへんこう》は、慣習的に寅《とら》の刻（午前四時前後、各一時間）あたりでしたから、二十五日に救出とするのは間違っていません。二十九日、野間到着は正しかったわけで、ここからも、彼の話の真実性が知られます。

前述したように、金王丸の報告談の記録が、独自に存在したのでしょう。それを入手《にゅうしゅ》した物語作者は、あまり手を加えることをせず、自分の作品に取り込んだと考えられます。ですから、作中で日にちが矛盾《むじゅん》してしまっていることにも、気づきませんでした。原文《げんぶん》の、とつとつとした文面《ぶんめん》を味わってみてください。

報告を聞いた常葉の悲しみを語る文面は、それと対照的《たいしょうてき》に抒情的《じょじょうてき》です。その流れは、のちに語りだされる一連《いちれん》の常葉の話につながっていきます。

やがて、都に運ばれた義朝の首は、さらし首となり、重病に陥《おちい》っていた義平も捕らわれて処刑されました。頼朝は平家の郎等《ろうどう》に見つけられ、発見された朝長の首と一緒に都へ連行《れんこう》されます。

★コラム13　義朝の首

罪人とされた義朝の首は、木に掛けられ、さらし首となりました。そのことを梟首《きょうしゅ》といいます。乱の首謀者の信頼は、公卿《くぎょう》という身分ゆえに、そうした扱いはされませんでしたが。

首をさらした木は、牢獄《ろうごく》の門の脇《わき》にありました。楝《おうち》（樗）の木といい、今日《こんにち》言うセンダンです。ただし「栴檀《せんだん》は二葉《ふたば》より芳《かんば》し」の栴檀は、白檀《びゃくだん》のことで別種、楝には匂いがありません。罪人の首は、平将門《たいらのまさかど》をはじめ、同様に楝の木にさらされたのでした。牢獄は、大内裏《だいだいり》の外の東西にありましたが、西の獄舎は早くに潰《つい》え、当時は東の獄舎だけだったと思われます。なお、『平治物語絵巻』の「信西の巻」では、信西の首が牢獄の門の棟木《むなぎ》の先に掛けられていますが、絵巻の作られた十三世紀末には、すでに木に掛けるという慣例《かんれい》が忘れ去られていたのでしょう。

義朝の首の傍《かたわ》らには、一首の歌が書きつけられていました。その歌は、「下野《しもつけ》は木《き》の上《かみ》にこそなりにけれ　よしとも見えぬあげつかさかな」というもの。「下野」は、下野守《かみ》であった義朝のこと、「木の上」は「紀伊守《きのかみ》」の掛詞、「よしとも」に「良しとも」の意が重ねてあり、「あげつかさ」は官職の昇進《しょうしん》をいいます。巧《たく》みな歌で、『愚管抄《ぐかんしょう》』（巻五）には、これほど無駄《むだ》のない言葉遣《づか》いは、九条太政大臣の藤原伊通《これみち》のしわざに違いないと、当時の人たちは思っていたとあります。それに対し『平治物語』の方は、「いかなる者がしたのであろうか」と、あいまいにしか書いていません。

伊通は、この物語に何度も登場し、第三者的立場《たちば》から、反乱を起こした信頼らを揶揄嘲弄《やゆちょうろう》し、寝返った惟方《これかた》を弁護したりする特異《とくい》な姿が語られ、かつその人格が讃《たた》えられています。光頼《みつより》・惟方・成頼《なりより》の三兄弟が好意的に描かれていて、その子孫と物語作者とは関係があるかもと前記しましたが、実は彼らと伊通の子孫とは接点があります。もし作者圏《けん》をそこらあたりに想定《そうてい》してよいなら、武家の時代が進行しているなかで、伊通のマイナス評価になりかねない狂歌《きょうか》の作者については、あえてぼかしてしまったのかも知れません。

義朝の首は、その後、牢獄の中に保管されていましたが、やがて源平の戦いが起こり、一の谷で平家が敗れた後の一一八四年（元暦元）八月、頼朝の意向に従って働いていた僧文覚《もんがく》の手で鎌倉に運ばれます（『玉葉《ぎょくよう》』）。文覚は、神護寺《じんごじ》を再興した僧で、物怖《ものお》じせぬ活動的な姿が『平家物語』に伝えられている著名《ちょめい》な人物でした。頼朝は、鎌倉に勝長寿院《しょうちょうじゅいん》という寺を建立《こんりゅう》、翌年九月、父の首と、別途《べっと》入手したのでしょうか、乳母子《めのとご》の鎌田正清《まさきよ》の首とを、そこに埋葬《まいそう》しました（『吾妻《あずま》鏡《かがみ》』）。

★コラム14　金王丸の伝承

金王丸は、『平治物語絵巻』にもその姿が描き込まれていて、義朝の最期を伝えた人物として、よく知られていました。出自《しゅつじ》は、相模国《さがみのくに》（神奈川県）の渋谷荘《しぶやしょう》を本拠《ほんきょ》とした渋谷氏で、重家《しげいえ》の子、重国《しげくに》の弟に当たり、一一四一年（永治元）に生まれ、義朝に仕《つか》えたといいますが（『系図纂要《けいずさんよう》』）、確証《かくしょう》はありません。伝説的人物で、『平家物語』の一部のテキストには、義経殺害のために頼朝から差し向けられた刺客《しきゃく》の土佐房昌俊《しょうしゅん》のこととあります。

お墓が、静岡県や愛知県、滋賀県、岡山県とあちこちに点在、東京都渋谷区の金王神社は、子息の高重《たかしげ》（『系図纂要』は重国の子とする）が建立《こんりゅう》したものと伝えます。広島県尾道《おのみち》市には彼の子孫がいたといい、岐阜県岐阜市には築城《ちくじょう》伝説が残り、同羽島市の西方寺《せいほうじ》は、彼の三男の西円《さいえん》が寺を再興《さいこう》、寺伝では阿保《あぼ》親王《しんのう》の子孫たる水谷《みずたに》氏の家系を引く渋谷氏の出自としています。

⑽　常葉《ときわ》、幼子《おさなご》を連《つ》れて雪路《ゆきじ》をさまよう

左馬頭義朝《さまのかみよしとも》の子《こ》どもは、多《おお》くいる。鎌倉《かまくら》の悪源太《あくげんだ》義平《よしひら》は、切《き》られてしまった。次男《じなん》の中宮大夫進朝長《ちゅうぐうたゆうのしんともなが》は、首《くび》が都大路《みやこおおじ》を渡《わた》されて獄門《ごくもん》脇《わき》の木《き》に掛《か》けられた。三男《さんなん》の頼朝《よりとも》は、その身《み》を留《と》め置《お》かれたままで、生死《せいし》がいまだに決《き》まっていない。このほか、九条女院《くじょうにょういん》に仕《つか》え、雑役《ざつえき》に従事《じゅうじ》する役目《やくめ》の雑仕女《ぞうしめ》、常葉《ときわ》の腹《はら》から生《う》まれた子《こ》どもが三人《さんにん》いる。幼《おさな》いけれども、みな男《おとこ》の子《こ》なので、

「そのままでは、すまないだろう」

などと、世《よ》の人《ひと》は、うわさしあっていた。

常葉《ときわ》は、このことを聞《き》いて、

「この私《わたし》、左馬頭《さまのかみ》に先立《さきだ》たれて嘆《なげ》いてさえいるのに、この子《こ》らを殺《ころ》されては、片時《かたとき》だって生《い》きていられようか。幼《おさな》いこの者《もの》たちを引《ひ》き連《つ》れて、でき

ないにしても身《み》を隠《かく》そう」

と、思《おも》い立《た》った。

年老《としお》いた母《はは》がいるのにも知《し》らせず、召《め》し使《つか》う女《おんな》も多《おお》くいたけれども、頼《たの》みにならないのは人《ひと》の心《こころ》だから、それらにも知《し》らせず、夜《よる》の闇《やみ》にまぎれて、あてどなく家《いえ》を出《で》る。

兄《あに》は今若《いまわか》といって八《やっ》つになる。中《なか》の子《こ》は乙若《おとわか》といって六《むっ》つ、末《すえ》の子《こ》は牛《うし》若《わか》といって二歳《にさい》である。年《とし》かさの子《こ》を先《さき》に立《た》てて歩《ある》かせ、牛若《うしわか》を胸《むね》に抱《だ》いて屋敷《やしき》を出《で》た。心《こころ》のやり場《ば》もないままに、わが家《や》を出《で》てきたけれど、これから先《さき》はどこへとも考《かんが》えられず、足《あし》に任《まか》せて行《い》くうちに、長年《ながねん》、篤《あつ》い信仰《しんこう》心《しん》を捧《ささ》げてきたからであろうか、おのずと清水寺《きよみずでら》へ参詣《さんけい》することになった。

その夜《よ》は、観音《かんのん》の御前《おんまえ》で通夜《つや》をする。子《こ》ども二人《ふたり》を左右《さゆう》の傍《かたわ》らに寝《ね》させて着物《きもの》の裾《すそ》を着《き》せ掛《か》け、幼《おさな》い子《こ》を懐《ふところ》に抱《だ》いて、夜通《よどお》し泣《な》かせまいと、なだめすかした、その心《こころ》の内《うち》は言《い》いようもない。

方々《ほうぼう》から参詣《さんけい》に来《き》ている身分《みぶん》の高《たか》い人《ひと》も低《ひく》い人《ひと》も、一緒《いっしょ》に肩《かた》を並《なら》べ、膝《ひざ》を折《お》り重《かさ》ねるようにして並《なら》んで座《すわ》っていた。その人々《ひとびと》の仏《ほとけ》に祈《いの》り請《こ》い願《ねが》っている内容《ないよう》は、まちまちである。あるいは、いつまでも生《い》きてはいられない世《よ》の中《なか》だけれども、生活《せいかつ》しづらい我《わ》が身《み》の実情《じつじょう》を何《なん》とかしてほしいと祈《いの》る者《もの》もいる、あるいは、公《おおやけ》の仕事《しごと》に従事《じゅうじ》しながら、官職《かんしょく》・位階《いかい》が望《のぞ》み通《どお》りにならないことを祈《いの》る者《もの》もいる。しかし常葉《ときわ》は、

「三人《さんにん》の子《こ》らの命《いのち》、お助《たす》けください」

と祈《いの》るよりほか、他《た》に心《こころ》を込《こ》めて願《ねが》い申《もう》すことはとてない。

(中略《ちゅうりゃく》・九歳《きゅうさい》の時《とき》より毎月《まいつき》の月詣《つきもう》でを始《はじ》め、十五歳《じゅうごさい》からは、観音《かんのん》の縁日《えんにち》の十八《じゅうはち》日《にち》ごとに観音経三十三巻《かんのんぎょうさんじゅうさんかん》を読誦《どくじゅ》してきた常葉《ときわ》であった)

「大慈大悲《だいじだいひ》と言《い》われるほどに慈悲《じひ》深《ぶか》い観音《かんのん》さまが、人々《ひとびと》を救《すく》うためにお立《た》てになったお誓《ちか》いでは、前世《ぜんせ》の業《ごう》で定《さだ》められた寿命《じゅみょう》に達《たっ》している者《もの》の命《いのち》すら助《たす》け、朽《く》ち果《は》てた草木《くさき》にも花《はな》が咲《さ》き、実《み》がなるとお聞《き》きしています。信《しん》じ敬《うやま》います、千《せん》の手《て》とその中《なか》に千《せん》の眼《まなこ》をお持《も》ちになっておられる千手千眼《せんじゅせんげん》の観世音菩薩《かんぜおんぼさつ》さま、三人《さんにん》の子《こ》らの命《いのち》を、お助《たす》けくださいませ」

と、夜通《よどお》し泣《な》きながら、縷々《るる》繰《く》り返《かえ》しお祈《いの》り申《もう》しあげたから、観音《かんのん》もどれほど同情《どうじょう》なされるであろうかと思《おも》われた。

明《あ》け方《がた》まだ暗《くら》いうちに、師《し》と仰《あお》ぐ僧《そう》の住《す》んでいる建物《たてもの》へ行《い》った。師《し》の僧《そう》が、湯《ゆ》を注《そそ》いだ粥飯《かゆめし》などを出《だ》して食《た》べるように勧《すす》めてくれたけれども、常葉《ときわ》は胸《むね》がふさがっていて、少《すこ》しも見《み》ようとはしなかった。それでも、子《こ》どもには、あれこれ機嫌《きげん》を取《と》って食《た》べさせた。

常日《つねひ》ごろ参詣《さんけい》にやって来《き》た時《とき》は、実《じつ》にきちんとした乗《の》り物《もの》に乗《の》り、召《め》し使《つか》う下部《しもべ》・牛飼《うしかい》なども華《はな》やかに着飾《きかざ》って供《とも》をしていたから、本当《ほんとう》に左馬頭《さまのかみ》の最愛《さいあい》の気持《きも》ちも表《おもて》に出《で》ていて、すばらしく見《み》えたのに、今《いま》は人《ひと》から怪《あや》しまれまいとして、身《み》に満足《まんぞく》な着物《きもの》も着《き》ず、幼《おさな》い子《こ》らを引《ひ》き連《つ》れて泣《な》き濡《ぬ》らしたありさまは、目《め》もあてられないほど。師《し》の僧《そう》も、涙《なみだ》を流《なが》した。

「雪《ゆき》の晴《は》れ間《ま》となるまでは、隠《かく》れてここにいらっしゃい」

と言《い》ったところ、

「お言葉《ことば》は嬉《うれ》しく思《おも》いますけれど、この寺《てら》は六波羅《ろくはら》に近《ちか》いあたりゆえ、どう考《かんが》えても良《よ》くないでしょう。今《いま》となっては、仏神《ぶっしん》のお助《たす》け以外《いがい》に、また頼《たよ》りになるようなものもございません。観音《かんのん》さまにも、よくよくお祈《いの》り申《もう》してください」

と言《い》って、朝六時《あさろくじ》ころに清水寺《きよみずでら》を出《で》て、奈良《なら》に通《つう》ずる大和大路《やまとおおじ》に歩《ほ》を進《すす》め、どこを目指《めざ》すという当《あ》てもなかったけれども、南《みなみ》へ向《む》かって歩《ある》いて行《い》く。頃《ころ》は二月十日《にがっとおか》の明《あ》け方《がた》ゆえ、立春《りっしゅん》の日《ひ》を過《す》ぎての寒《さむ》さがまだ残《のこ》り、清水寺《きよみずでら》の後《うし》ろ山《やま》から流《なが》れ出《で》る音羽川《おとわがわ》の流《なが》れも凍《こお》ったまま、峰《みね》に吹《ふ》く嵐《あらし》も、たいそう激《はげ》しい。道《みち》に張《は》りつめた氷《こおり》も解《と》けていない上《うえ》に、また空《そら》が掻《か》き曇《くも》って雪《ゆき》が降《ふ》ってくるので、行《い》こうとする方向《ほうこう》も見《み》えなかった。

子《こ》どもたちは、しばらくは母《はは》に勧《すす》められて歩《ある》いていたけれども、のちには足《あし》が腫《は》れ、血《ち》も出《で》て、ある時《とき》は倒《たお》れ伏《ふ》し、ある時《とき》は雪《ゆき》の上《うえ》に座《すわ》り込《こ》んで、

「寒《さむ》いよ、冷《つめ》たいよ、これ、どうしたらいいの」

と、泣《な》いて悲《かな》しがる。母《はは》ひとり、この様子《ようす》を見《み》ていたその心《こころ》の内《うち》は、どう伝《つた》えていいのかも分《わ》からない。

子《こ》どもの泣《な》き声《ごえ》の高《たか》い時《とき》は、敵《てき》が聞《き》いているであろうかと肝《きも》を冷《ひ》やし、道《みち》で行《ゆ》き逢《あ》う人《ひと》が、

「これは、どうしたの」

と、同情《どうじょう》して問《と》いかけてくるのも、下心《したごころ》があって聞《き》いてくるのではと心《こころ》を取《と》り乱《みだ》す。

母《はは》は、悲《かな》しさのあまり、子《こ》らの手《て》を引《ひ》いて、他人《たにん》の家《いえ》の門《もん》の下《した》でしばらく身体《からだ》を休《やす》め、人目《ひとめ》の多《おお》くない時《とき》に、八歳《はっさい》の子《こ》の耳《みみ》にささやいて言《い》うに、

「どうしてお前《まえ》たちは、道理《どうり》が分《わ》からないのですか。ここは敵《てき》の住《す》んでいるあたり、六波羅《ろくはら》という所《ところ》ですよ。泣《な》いたなら人《ひと》から怪《あや》しまれ、左馬頭《さまのかみ》の子《こ》どもとして捕《つか》まってしまい、首《くび》なんか切《き》られるようになりなさんな。命《いのち》が惜《お》しいのなら、泣《な》いてはいけません。お腹《なか》の内《うち》にいる時《とき》も、りっぱな人《ひと》の子《こ》は、母《はは》の言《い》うことを聞《き》くといいます。ましてお前《まえ》たちは、七《なな》つ八《やっ》つになるでしょう。どうしてこれくらいのことを、聞《き》き分《わ》けられないのですか」

と、こまごま訴《うった》えて泣《な》くと、八歳《はっさい》の子《こ》は、ほかよりもう少《すこ》し成長《せいちょう》していたから、母《はは》の諫《いさ》めた言葉《ことば》を聞《き》いたのちは、涙《なみだ》は以前《いぜん》と同《おな》じ涙《なみだ》を流《なが》しながらも、声《こえ》をあげるほどには泣《な》かなかった。が、六歳《ろくさい》の子《こ》は言《い》うことを聞《き》かず、もと通《どお》りに倒《たお》れ伏《ふ》し、

「寒《さむ》いよ、冷《つめ》たいよ」

と泣《な》いて悲《かな》しがる。常葉《ときわ》は二歳《にさい》の嬰児《みどりご》を懐《ふところ》に抱《だ》いていたから、六歳《ろくさい》の子《こ》を抱《だ》く術《すべ》もない。その手《て》を取《と》り、引《ひ》くようにして歩《あゆ》みゆく。

（後略《こうりやく》・常葉《ときわ》はすっかり痩《や》せ衰《おとろ》えた身《み》で、ひたすら子《こ》への愛《あい》ゆえに歩《ある》き続《つづ》ける。やがて夕暮《ゆうぐ》れに寺《てら》で突《つ》く鐘《かね》の音《ね》の聞《き》こえるころ、伏見《ふしみ》の里《さと》に着《つ》いた）

❖左馬頭義朝《さまのかみよしとも》が子《こ》ども、あまたあり。鎌倉悪源太義平《かまくらのあくげんだよしひら》、切《き》られぬ。次男《じなん》、中宮大夫進朝長《ちゆうぐうたいふのしんともなが》、首《くび》を渡《わた》して懸《か》けられぬ。三男《さんなん》、兵衛佐頼朝《ひやうゑのすけよりとも》、その身《み》を召《め》し置《お》かれて、死生《しやう》、いまだ定《さだ》まらず。このほか、九条院《くでうのゐん》の雑仕《ざふし》、常葉《ときは》が腹《はら》に、子《こ》ども三人《さんにん》あり。幼《をさな》けれども、皆男子《みななんし》なれば、

「さては、あらじものを」

など、世《よ》の人《ひと》、申《まう》しあへり。

常葉《ときは》、このことを聞《き》きて、

「われ、左馬頭《さまのかみ》に後《おく》れて嘆《なげ》くだにもあるに、この子《こ》どもを失《うしな》はれては、片時《へんし》も生《い》きてやはあるべき。いとけなき者《もの》ども引《ひ》き具《ぐ》して、かなはぬまでも身《み》を隠《かく》さん」

と、思《おも》ひ立《た》つ。

老《お》いたる母《はは》のあるにも知《し》らせず、召《め》し使《つか》ふ女《をんな》もあまたあれども、頼《たの》みがたきは人《ひと》の心《こころ》なれば、それにも知《し》らせず、夜《よる》に紛《まぎ》れて迷《まよ》ひ出《い》づ。兄《あに》は今若《いまわか》とて八《や》つになる。中《なか》は乙若《おとわか》とて六《む》つ、末《すゑ》は牛若《うしわか》とて二歳《にさい》なり。おとなしきをば先《さき》に立《た》てて歩《あゆ》ませ、牛若《うしわか》をば胸《むね》に抱《いだ》きて宿所《しゆくしよ》をば出《い》でぬ。心《こころ》の遣《や》るかたもなさには立《た》ち出《い》でぬれど、行《ゆ》く末《すゑ》はいづくとも思《おも》ひ分《わ》かず、足《あし》に任《まか》せて行《ゆ》くほどに、年《とし》ごろ志《こころざし》を運《はこ》びけるしるしにや、清水寺《きよみづでら》へこそ参《まゐ》りたれ。

その夜《よ》は、観音《くわんおん》の御前《おんまへ》に通夜《つや》す。二人《ににん》を左右《さう》の傍《かたは》らに伏《ふ》せて衣《ころも》のつまを着《き》せ、幼《をさな》きを懐《ふところ》に抱《いだ》きて、夜《よ》もすがら泣《な》かせじとこしらへける、心《こころ》のうち、言《い》ふはかりなし。

所《ところ》どころより参詣《さんけい》の貴賤《きせん》、肩《かた》を並《なら》べ、膝《ひざ》を重《かさ》ねて並《な》み居《ゐ》たり。祈請《きせい》のおもむき、まちまちなり。あるいは、ありはてぬ世《よ》の中《なか》なれども、過《す》ぎがたき身《み》のありさまを祈《いの》るもあり、あるいは世《よ》に仕《つか》へながら、司《つかさ》・位《くらゐ》の心《こころ》にかなはぬことを祈《いの》るもあり。されども常葉《ときは》は、

「三人《さんにん》の子《こ》どもが命《いのち》、助《たす》けさせ給《たま》へ」

と祈《いの》るよりほか、また心《こころ》にかけて申《まう》すことなし。

（中略《ちゆうりやく》・二八四頁参照）

「大慈《だいじ》大悲《だいひ》の本誓《ほんぜい》には、定業《ぢやうごふ》の者《もの》をも助《たす》け、朽《く》ちたる草木《くさき》も花咲《はなさ》き、実《み》なるとこそ承《うけたまは》れ。南無《なむ》、千手千眼観世音菩薩《せんじゆせんげんくわんぜおんぼさつ》、三人《さんにん》の子《こ》ども、助《たす》けましませ」

と、夜《よ》もすがら泣《な》き口説《くど》き祈《いの》り申《まう》せば、観音《くわんおん》も、いかに憐《あはれ》み給《たま》ふらんとぞ覚《おぼ》えし。

暁《あかつき》深《ふか》く、師《し》の坊《ばう》へぞ行《ゆ》きにける。湯漬《ゆづ》けなどして勧《すす》めけれども、常葉《ときは》、胸《むね》ふさがりて、いささかも見《み》ざりけり。子《こ》どもをば、とかくすかして食《く》はせてけり。

日《ひ》ごろ参《まゐ》りし時《とき》は、さも尋常《じんじやう》なる乗《の》り物《もの》、下部《しもべ》・牛飼《うしかひ》も華《はな》やかに出《い》で立《た》ちて供《とも》せしかば、まことに左馬頭《さまのかみ》が最愛《さいあい》の志《こころざし》も現《あらは》れて、ゆゆしくこそ見《み》えしに、今《いま》は人《ひと》に

怪《あや》しめられじとて、身《み》に、はかばかしき衣装《いしやう》をも着《き》ず、いとけなき子《こ》ども引《ひ》き連《つ》れて泣《な》きしほれたるありさま、目《め》も当《あ》てられず。師《し》も涙《なみだ》をぞ流《なが》しける。

「雪《ゆき》の晴《は》れ間《ま》までは、忍《しの》びておはせかし」

と言《い》ひければ、

「嬉《うれ》しくは聞《き》こゆれど、この寺《てら》は六波羅《ろくはら》近《ちか》きあたりなれば、いかにも悪《あ》しかるべし。今《いま》は仏神《ぶつじん》の御助《おんたす》けならでは、また頼《たの》もしき方《かた》も候《さぶら》はず。観音《くわんおん》にも、よくよく祈《いの》り申《まう》し給《たま》へよ」

とて、卯《う》の時《とき》に清水寺《せいすいじ》を出《い》でて、大和大路《やまとおほち》に歩《あゆ》み出《い》で、いづくを指《さ》すとしもなけれども、南《みなみ》へ向《む》かひてぞ歩《あゆ》み行《ゆ》く。

ころは二月十日《にがつとをか》の曙《あけぼの》なれば、余寒《よかん》なほ尽《つ》きせず、音羽川《おとはがは》の流《なが》れも氷《こほ》りつつ、峰《みね》の嵐《あらし》もいと激《はげ》し。道《みち》のつららもとけぬが上《うへ》に、またかきくもり雪降《ゆきふ》れば、行《ゆ》くべき方《かた》も見《み》えざりけり。

子《こ》ども、しばしは母《はは》にすすめられて歩《あゆ》めども、のちには足腫《あしは》れ、血《ち》出《い》でて、ある時《とき》は倒《たふ》れ伏《ふ》し、ある時《とき》は雪《ゆき》の上《うへ》にゐて、

「寒《さむ》や冷《つめ》たや、こはいかがせん」と泣《な》き悲《かな》しむ。母《はは》ひとり、これを見《み》けん心《こころ》の内《うち》、言《い》ふはかりなし。子《こ》ども泣《な》く声《こゑ》の高《たか》き時《とき》は、敵《かたき》や聞《き》くらんと肝《きも》を消《け》し、行《ゆ》きあふ人《ひと》の、

「こは、いかに」

と憐《あはれ》みとむらふも、憂《う》き心《こころ》ありてや問《と》ふらんと魂《たましひ》を惑《まど》はす。母《はは》、あまりの悲《かな》しさに、子《こ》どもが手《て》を引《ひ》きて、人《ひと》の家《いへ》の門《もん》の下《した》にしばらく休《やす》み、人目《ひとめ》のしげからぬ時《とき》、八《や》つ子《ご》が耳《みみ》にささやきて言《い》ふやう、

「など、おのれらは、ことわりをば知《し》らぬぞ。ここは敵《かたき》のあたり、六波羅《ろくはら》といふ所《ところ》ぞかし。泣《な》けば人《ひと》にも怪《あや》しまれ、左馬頭《さまのかみ》が子《こ》どもとて捕《と》らはれ、首《くび》ばし切《き》らるな。命《いのちを》惜しくは、な泣《な》きそ。腹《はら》の内《うち》にある時《とき》も、はかばかしき人《ひと》の子《こ》は、母《はは》の言《い》ふことをばきくとこそ聞《き》け。ましておのれらは、七《なな》つ八《や》つになるぞかし。などかこれほどのことを、聞《き》き知《し》らざるべき」

と口説《くど》き泣《な》けば、八《や》つ子《ご》はいま少《すこ》しおとなしければ、母《はは》のいさめ言《ごと》を聞《き》きてのちは、涙《なみだ》は同《おな》じ涙《なみだ》にて、声《こゑ》立《た》つばかりは泣《な》かざりけり。六《む》つ子《ご》はもとの心《こころ》に倒《たふ》れ伏《ふ》し、

「寒《さむ》や、冷《つめ》たや」

と泣《な》き悲《かな》しむ。常葉《ときは》、二歳《にさい》のみどり子《ご》を懐《ふところ》に抱《いだ》きたれば、六《む》つ子《ご》を抱《いだ》くべきやうなし。手《て》を取《と》り引《ひ》きて歩《あゆ》み行《ゆ》く。

（後略《こうりやく》・二八八頁参照）

✲常葉が、年老《としお》いた母にも、召し使う女たちにも黙って我が家を出たのは、「頼みがたきは人の心」と思ったからでした。その思いは、師と仰ぐ清水寺の僧の、雪の晴れるまではここにと、優《やさ》しく勧《すす》める言葉をも、今は「仏神」のお助けの外に頼みになるものとてないから、観音によくよく祈ってほしいと言って断《ことわ》る、その姿勢に結びついています。通りすがりの人が同情して声をかけてくれれば、下心《したごころ》があるのではと、身を凍《こお》らせる。猜疑心《さいぎしん》に凝り固まっていたのでした。

常葉の連れていたのは、八歳、六歳、二歳（生まれた時を一歳と数える数え年で）の幼い子どもたちでした。その子らを、物語は「八つ子」「六つ子」「二歳のみどり子」と表現し、「今若《いまわか》」「乙若《おとわか》」「牛若《うしわか》」という固有名詞《こゆうめいし》はほとんど使っていません。常葉も、多くの場合、「母」です。このことは、この話の本質が、母と子の物語にあり、語りたいのは母の子に対する深い愛であるということを、象徴的に示しています。源氏がみまわれた悲運《ひうん》という歴史的側面は、それほど重視《じゅうし》されていないのです。

清水寺は、女性の信仰を集める寺でした。観音は観世音菩薩《かんぜおんぼさつ》の略称で、世の人々の苦悩を聞きとどけ、救済《きゅうさい》と慈悲《じひ》を施す菩薩といいます。その優《やさ》しさゆえでしょう、女性の信者が多く、中でも清水観音の人気が高かったことは、『今昔物語集《こんじゃくものがたりしゅう》』をはじめとする説話集《せつわしゅう》で、観音からご利益《りやく》を得た話を調べてみると、その数の多さで、おのずから分かってきます。

清水寺を創建《そうけん》したのは坂上田村麻呂《さかのうえのたむらまろ》でしたが、実は、妊娠していた妻が、自分に食べさせるために夫が鹿を射殺したことを知って、自らが罪の因となったことを恥じ、私財《しざい》をなげうって建立《こんりゅう》したのだと伝わります。また、皇子誕生《おうじたんじょう》を祈願《きがん》した嵯峨天皇《さがてんのう》が願いのかなえられたのを喜び、弟の親王《しんのう》に命じて建てさせた子安塔《こやすのとう》が、安産祈願《あんざんきがん》の対《たい》象《しょう》としてあがめられてもいました。こうした過去の経緯《けいい》が相乗効果《そうじょうこうか》となり、女性の参拝者が多くなったのでしょう。

清水観音は、常葉が唱えた言葉に「千手千眼観世音菩薩《せんじゅせんげんかんぜおんぼさつ》」とあるように、千の手を持ち、その手のひらに千の眼を宿す千手観音《せんじゅかんのん》でした。ただし、実際に千の手があるとは限りません。ふつう、左右に伸びている手の総数は四十本、それに胸のところで合《がっ》掌《しょう》している手を合わせると四十二本となります。なぜそうなのかというと、一本の手で二十五の世界を救うことができる、つまり二十五本分の力を持っていると考えられているからなのです。清水観音の場合は特殊で、左右から頭上《ずじょう》に伸びた手が釈迦如来《しゃかにょらい》像《ぞう》を捧《ささ》げ持っており、清水型《きよみずがた》と言われています。

観音を讃《たた》える『観音経』は、『法華経《ほけきょう》』の第二十五章（二十五品《ほん》）のことで、二〇六二字しかありません。常葉がそれを三十三巻読誦《どくじゅ》したとありましたが、充分《じゅうぶん》、できることでしょう。三十三の数は、観音が救う相手に応じて三十三に身を変えるというところから来ています。

清水寺を出て南へ向かえば、六波羅の屋敷群《やしきぐん》の中を通ることになります。泣きやまない子どもをしかる母の言葉は、深刻《しんこく》でした。お前たちの命にかかわることと説得《せっとく》されて、八つ子は声を押し殺すものの、六つ子は言うことを聞かない。二歳違《ちが》いの幼《おさな》さが巧《たく》みに描き出されています。

ここで注意してもらいたいのは、日付《ひづけ》が二月十日とあることです。当時（旧暦）の二月といえば、春です。西行《さいぎょう》は、願《ねご》うことなら桜の花のもとで春に死にたいもの、二月十五日の満月のころに、と歌にしていました（願はくは花のもとにて春死なん　その如月《きさらぎ》の望月《もちづき》のころ）。それを思い出してもらえば、川の流れが凍《こお》り、道に氷が張っていて、先の見えないほど雪が降りしきっていたという自然描写は、おかしいとすぐ分かるでしょう。でも、これを、常葉が夫の死を耳にした一月五日の翌日あたりのことと考えれば、納得《なっとく》がいきます。『平治物語』から独立してあったもとの作品では、そうだったのでしょう。それを、ここに取り込んだ段階で二月十日に変更、自然描写がそぐわないものとなってしまった……。このことは、またのちに述べることにしましょう。

⑾　伏見《ふしみ》の里《さと》で

日《ひ》が暮《く》れ、夜《よる》になったものの、どこに立《た》ち寄《よ》っていいかも分《わ》からない。山陰《やまかげ》や野《の》の近辺《きんぺん》に人《ひと》の家《いえ》は見《み》えたけれども、「あれも敵《てき》と近《ちか》しい人《ひと》の家《いえ》だろうか。こちらも六波羅《ろくはら》に仕《つか》える家来《けらい》などの所《ところ》だろうか」と思《おも》うと、安心《あんしん》して宿《やど》を借《か》りていいような気持《きも》ちにもならない。「私《わたし》につらい思《おも》いをさせるに決《き》まっていたあの人《ひと》、その人《ひと》の子《こ》どもらの母《はは》となって、今日《きょう》はこんな嘆《なげ》かわしい目《め》にあっていることですよ」と思《おも》ったが、また思《おも》い返《かえ》して思《おも》うに、「愚《おろ》かな私《わたし》の心《こころ》だこと。このように家《いえ》を迷《まよ》い出《で》て、落《お》ち着《つ》かないありさまだから、あの人《ひと》の後世《ごせ》を弔《とむら》ってあげられないまでのこと、一緒《いっしょ》に愛《あい》しあったからこそ子《こ》らもいます。夫《おっと》ひとりの罪《つみ》にしてしまったのは、幼《おさな》くて愚《おろ》かなこと。

今日一日中《きょういちにちじゅう》、歩《ある》き疲《つか》れている者《もの》たちに、足《あし》を休《やす》めさせてあげなければ、どうして明日《あす》行《い》く道《みち》をも歩《ある》かせられましょうか。宿《やど》をも借《か》りないとすれば、間違《まちが》いなく野山《のやま》に寝起《ねお》きすることになりましょう。さあ、そうしたら、野《の》山《やま》にも恐《おそ》ろしいものが多《おお》いとか。無事《ぶじ》に夜《よ》を明《あ》かすことも難《むずか》しいでしょう」――

と思《おも》うにつけても悲《かな》しいので、道端《みちばた》のいばらの木《き》などが生《お》い茂《しげ》ってせり出《だ》している下《した》で、親子四人《おやこよにん》の人《ひと》たちは、手《て》を取《と》りあい、身《み》に身《み》を寄《よ》せあって泣《な》いていた。

(中略《ちゅうりゃく》・夕刻《ゆうこく》が過《す》ぎて人通《ひとどお》りも絶《た》え、門扉《もんぴ》を閉《と》じた家《いえ》からは煙《けむり》も立《た》たなくなる。夜《よ》が更《ふ》け、風《かぜ》や雪《ゆき》も吹《ふ》きつのり、子《こ》どもも自分《じぶん》も明日《あす》まで命《いのち》があろうとは思《おも》われない)

「ああ、人《ひと》の身分《みぶん》も分《わ》からないような、山里《やまざと》に住《す》む人《ひと》の草《くさ》ぶきの粗末《そまつ》な庵《いおり》でもあってくれたらいいのに。そこに、今夜《こんや》だけでも身《み》を隠《かく》し、子《こ》どもを助《たす》けようものを」

と、思《おも》っていた。

そうして時《とき》が経《た》つうちに、幼《おさな》い者《もの》たちは泣《な》き弱《よわ》って、声《こえ》も時々途《とぎどきと》絶《だ》えがちになり、息《いき》も消《き》え入《い》りそうに聞《き》こえてきたので、

「こうしていて助《たす》かるのだったらいいけれど、どうしたって生《い》きながらえられない身《み》なのだから、人里《ひとざと》に宿《やど》を借《か》りてみてこそ、もしかしたらの希望《きぼう》もあるでしょう」

と心《こころ》に決《き》めて、物《もの》を焚《た》いている火《ひ》の光《ひかり》が見《み》えたのを頼《たよ》って、恐《おそ》る恐《おそ》る近《ちか》づき、竹《たけ》を組《く》んで作《つく》った粗末《そまつ》な門《もん》の扉《とびら》を打《う》ちたたく。すると、家《いえ》のあるじと思《おも》われて、年《とし》かさの女性《じょせい》が戸《と》を開《あ》けて出《で》てきた。

常葉《ときわ》を見《み》て、たいそういぶかしげに見守《みまも》り、

「どうして、頼《たよ》りにできるようなお供《とも》の人《ひと》も伴《ともな》わないで、幼《おさな》い人《ひと》たちをお連《つ》れして、この雪《ゆき》の中《なか》を、どちらへいらっしゃろうとなさるおつもりですか」

と尋《たず》ねると、常葉《ときわ》は、

「そのことですよ、夫《おっと》が冷《つめ》たい薄情《はくじょう》な態度《たいど》を見《み》せたので、恨《うら》めしさのあまりに子《こ》どもを引《ひ》き連《つ》れて家《いえ》を出《で》てきましたけれど、雪《ゆき》さえ降《ふ》り積《つ》もって、道《みち》に迷《まよ》ってしまったのですよ」

と答《こた》えて、しおしおとした様子《ようす》を見《み》せて、本心《ほんしん》ばかりは紛《まぎ》らかそうと、あまり深《ふか》い事情《じじょう》などないようなそぶりをするけれども、涙《なみだ》は袖《そで》で覆《おお》えないほどであった。

女《おんな》あるじは、

「やっぱり、おかしいと思《おも》ったのですよ。どちらにしても、普通《ふつう》の人《ひと》ではいらっしゃらないでしょう。こんな乱《みだ》れた世《よ》の中《なか》ですから、それ相応《そうおう》の人《ひと》の奥方《おくがた》さまでいらっしゃるでしょう。

これからどうなるかも分《わ》からないような貴女《あなた》さまのために、老《お》い衰《おとろ》えた身分《みぶん》の低《ひく》いこの身《み》が六波羅《ろくはら》へ呼《よ》び出《だ》されて、縄《なわ》をかけられ、恥《はじ》をかかされ、命《いのち》を失《うしな》うほどの目《め》にあいましょうとも、どうして貴女方《あなたがた》をここから追《お》い出《だ》し申《もう》しあげていいものですか」

（中略《ちゅうりゃく》・老婆《ろうば》は、この家《いえ》に来《き》たのも前世《ぜんせ》からの契《ちぎ》りゆえと優《やさ》しく言《い》い、焚火《たきび》をして食《た》べ物《もの》を出《だ》してくれる。常葉《ときわ》は、この成《な》り行《ゆ》きを清水観音《きよみずかんのん》のお慈悲《じひ》と思《おも》い、今後《こんご》にも希望《きぼう》を抱《いだ》く）

夜《よる》、六歳《ろくさい》の子《こ》は、歩《ある》き疲《つか》れて、どうという思《おも》いもなく、母《はは》の膝《ひざ》の傍《かたわ》らで横《よこ》になっていた。八歳《はっさい》の子《こ》は、父義朝《ちちよしとも》のことが忘《わす》れられず、母《はは》の涙《なみだ》も止《と》めどなく流《なが》れるのを見《み》て、気《き》をゆるし、うとうとするということもない。常葉《ときわ》は、壁《かべ》に顔《かお》を向《む》け、こらえられずにあふれる涙《なみだ》を、せき止《と》められない。

夜《よ》が更《ふ》け、人《ひと》も寝静《ねしず》まったのち、母《はは》は八歳《はっさい》の子《こ》の耳《みみ》にささやいて言《い》うに、

「ああ、かわいそうな者《もの》たちのようすだこと。世間《せけん》でいい生活《せいかつ》をしている人《ひと》は、十人《じゅうにん》、二十人《にじゅうにん》の子《こ》を育《そだ》てる人《ひと》だっているじゃないですか。夫《おっと》と妻《つま》で、相手《あいて》に先立《さきだ》たれたり、自分《じぶん》が先立《さきだ》ったりすることは、つらいこの世《よ》でいつもあることとは言《い》うけれど、一緒《いっしょ》に長生《ながい》きして同《おな》じように真《ま》っ白《しろ》な髪《かみ》になり、そのあとで、子《こ》が二親《ふたおや》の後世《ごせ》を弔《とむら》う、そんな幸《しあわ》せな例《れい》もあるじゃない

ですか。お前《まえ》たち三人《さんにん》を子《こ》として持《も》ったけれど、せめては一人《ひとり》、最後《さいご》まで私《わたし》のそばにいてほしいもの。でも、明日《あす》はどのような者《もの》の手《て》にかかって、どんな目《め》にあうのでしょう。水《みず》の中《なか》に沈《しず》められるのでしょうか、土《つち》の中《なか》に埋《う》められるのでしょうか、母《はは》としてお前《まえ》たちが私《わたし》を頼《たよ》りにできるのも、子《こ》として私《わたし》がお前《まえ》たちを大事《だいじ》に守《まも》ってあげられるのも、夜《よ》が明《あ》けるのを待《ま》っているまでの、この残《のこ》った時間《じかん》だけなんですよ」

と、泣《な》く泣《な》く、こまごまと嘆《なげ》いて語《かた》りかけると、八歳《はっさい》の子《こ》が口《くち》を開《ひら》いて、

「それなら、私《わたし》が死《し》んだら、お母《かあ》さんはどうなるの」

母《はは》は、

「お前《まえ》たちに先《さき》に死《し》なれて、一日《いちにち》、いや、ちょっとの間《あいだ》だって、我慢《がまん》して生《い》きていられる私《わたし》だったらね。それはできないから、一緒《いっしょ》に死《し》ぬでしょうよ」

と言《い》うと、八歳《はっさい》の子《こ》は、自分《じぶん》たちに離《はな》れまいとして、母《はは》も一緒《いっしょ》に死《し》ぬだろ

うことが嬉《うれ》しくて、

「お母《かあ》さんさえ傍《そば》にいてくれるんなら、命《いのち》なんて惜《お》しくない」

と言《い》って、顔《かお》に顔《かお》を寄《よ》り添《そ》わせ、手《て》に手《て》を取《と》りあって、少《すこ》しもまどろむこともなく、夜《よ》を泣《な》き明《あ》かす。

(中略《ちゆうりやく》・明《あ》け方早《がたはや》くに常葉《ときわ》が旅立《たびだ》とうとすると、老婆《ろうば》が急《いそ》いで出《で》てきて止《と》め、もう一泊《いつぱく》することになる)

二日目《ふつかめ》の夜《よ》も明《あ》けてきたので、また子《こ》どもらを起《お》こし、女《おんな》あるじに暇乞《いとまご》いして、旅立《たびだ》った。あるじは、遠《とお》く門《もん》の口《くち》まで見送《みおく》り、小声《こごえ》で言《い》うに、

「どういう人《ひと》とのご関係《かんけい》がおありで、深《ふか》く身《み》を隠《かく》していらっしゃるのでしょう。都近《みやこちか》いこの里《さと》に、これ以上《いじよう》、お留《とど》め申《もう》しあげますこと、却《かえ》ってかわいそうですので、今日《きよう》はお留《とど》めいたしません。

どなたとも知《し》らない貴女《あなた》さまのために、心《こころ》をあれこれ悩《なや》ますなんて理《り》に合《あ》わないことですよ。ご安心《あんしん》できるようなことになり、都《みやこ》にまたお住《す》みになるようなことがありましたなら、卑《いや》しい身《み》ですけれども、またお訪《たず》ねく

ださいよ」

と、涙《なみだ》を流《なが》したので、常葉《ときわ》は、

「前世《ぜんせ》の親子《おやこ》でなくては、このような縁《えん》があろうとは思《おも》われません。命《いのち》のある限《かぎ》り、あなたの真心《まごころ》、どうして忘《わす》れましょう」

と言《い》って、泣《な》く泣《な》く別《わか》れたのであった。

道《みち》すがら、見《み》る者《もの》は同情《どうじょう》して、思《おも》いやりを見《み》せ、馬《うま》に乗《の》せて送《おく》ってくれる者《もの》もあり、歩《ある》いている者《もの》も見過《みす》ごすことなく、子《こ》らを背負《せお》ったり抱《だ》いたりして、五百《ごひゃく》メートル余《あま》り、一《いち》キロ余《あま》りと送《おく》ってくれるうちに、思《おも》いのほかに気《き》をもむこともなく、奈良《なら》の宇陀《うだ》の地《ち》に着《つ》いたのであった。親戚《しんせき》の人《ひと》たちがいたのに訪《たず》ねて会《あ》い、

「子《こ》どもらの命《いのち》を助《たす》けようとして、皆《みな》さん方《がた》を頼《たよ》りに、迷《まよ》いながらやって来《き》ました」

と言《い》うと、今《いま》の世《よ》の中《なか》に気《き》がねして、

「どうしたものか」

と、はじめは言《い》いあったけれども、

「女《おんな》の身《み》で、はるばる頼《たよ》ってやって来《き》たその気持《きも》ちを無《む》にしてしまうのは、かわいそうだろう」

ということで、あれこれ労《ろう》をねぎらってあげたので、のちのちのことまでは分《わ》からないものの、今《いま》は安心《あんしん》できることになったのであった。


❖日暮《ひく》れ、夜《よる》に入《い》れども、立《た》ち寄《よ》るべき方《かた》も覚《おぼ》えず。山《やま》の陰《かげ》、野《の》のほとりに人《ひと》の家《いへ》は見《み》ゆれども、

「あれも敵《かたき》のあたりにやあるらむ。これも六波羅《ろくはら》の家人《けにん》などの所《ところ》にやあるらむ」

と思《おも》へば、心安《こころやす》く宿借《やどか》りぬべき思《おも》ひもなし。

「憂《う》かりける人《ひと》の子《こ》どもが母《はは》となりて、今日《けふ》はかかる嘆《なげ》きにあふことよ」

と思《おも》ひけるが、また思《おも》ひ返《かへ》して思《おも》ふやう、

「愚《おろ》かなる心《こころ》かな。かやうに迷《まよ》ひ出《い》でてしづかならねば、後世《ごせ》をこそ弔《とぶら》はざらめ、ともに契《ちぎ》ればこそ子《こ》どももあれ。ひとりが咎《とが》になしけることのはかなさよ。

今日《けふ》ひめもすに歩《あゆ》み疲《つか》れたる者《もの》どもに、足《あし》をも休《やす》めずは、いかにしてか明日《あす》の道《みち》をも歩《あゆ》ますべき。宿《やど》をも借《か》らずは、必《かなら》ず野山《のやま》にこそ泊《と》まらんずれ。いさとよ、野山《のやま》にも恐《おそ》ろしきものの多《おほ》かんなる。おだしく明《あ》かさんことも難《かた》し」と思《おも》ふも悲《かな》しければ、道《みち》のほとりのおどろが下《した》に、親子《おやこ》四人《よにん》の者《もの》ども、手《て》を取《と》り組《く》み、身《み》に身《み》を添《そ》へて泣《な》きゐたり。

(中略《ちゆうりやく》・二九八頁参照)

「あはれ、人品《ひとしな》も見知《みし》らざらん山里人《やまざとびと》の草《くさ》の庵《いほ》もがな。今宵《こよひ》ばかり身《み》をも隠《かく》して、子《こ》どもを助《たす》けむ」

と思《おも》ひゐたる。

幼《をさな》き者《もの》どもも泣《な》き弱《よわ》りて、声《こゑ》も時々《ときどき》は絶《た》え、息《いき》も絶《た》え入《い》るやうに聞《き》こゆれば、

「かくても助《たす》からばこそあらめ、とてもながらふまじき身《み》なれば、人里《ひとざと》に宿《やど》を借《か》りてこそ、もしやの頼《たの》みもあらむずれ」

と思《おも》ひなして、たく火《ひ》のかげの見《み》えけるを頼《たの》みて、おづおづ近《ちか》づきて竹《たけ》の網戸《あみど》を打《う》ちたたく。あるじと思《おぼ》しくて、おとなしき女《をんな》、戸《と》を開《あ》けてぞ出《い》でたりける。

常葉《ときは》を見《み》て、よに怪《あや》しげにうちまもり、

「いかにや、かひがひしき人《ひと》をも召《め》し具《ぐ》さで、幼《をさな》き人々《ひとびと》を具《ぐ》しまゐらせて、この雪《ゆき》にいづくへとておはしますぞ」

と申《まう》せば、常葉《ときは》、

「さればこそ、夫《をっと》の憂《う》き心《こころ》を見《み》せしかば、うらめしさのあまりに子《こ》どもを引《ひ》き具《ぐ》して出《い》でたれども、雪《ゆき》さへ降《ふ》りて道《みち》を踏《ふ》み違《たが》へてよ」

とて、しをしをとしたる気色《けしき》にて、心《こころ》ばかりはまぎらかさんと、思《おも》はぬよしをすれども、涙《なみだ》は袖《そで》にあまりけり。

あるじ、

「さればこそ怪《あや》しかりつるが。いかさまにも、ただ人《びと》にてはおはしまさじ。かかる乱《みだ》れの世《よ》なれば、しかるべき人《ひと》の北《きた》の方《かた》にてぞおはすらめ。ゆくへも知《し》らぬ君《きみ》の御故《おんゆゑ》に、老《お》い衰《おとろ》へたる下臈《げらう》が六波羅《ろくはら》へ召《め》し出《い》だされて、縄《なは》をもつき、恥《はぢ》をもみて、命《いのち》を失《うしな》ふほどの目《め》にあふとても、追《お》ひ出《い》だしたてまつるべきかは」

（中略《ちゆうりやく》・三〇二頁参照）

六《む》つ子《ご》は歩《あゆ》み疲《つか》れて、何心《なにごころ》もなく膝《ひざ》の傍《かたは》らにぞ臥《ふ》したりける。八《や》つ子《ご》は父義朝《ちちよしとも》を忘《わす》れず、母《はは》が涙《なみだ》も尽《つ》きせねば、うちとけまどろむこともなし。常葉《ときは》、壁《かべ》に向《む》かひて、忍《しの》びあまる涙《なみだ》、せきあへず。

夜更《よふ》け、人《ひと》しづまりてのち、母《はは》、八《や》つ子《ご》が耳《みみ》にささやきて言《い》ふやう、

「あな、むざんの者《もの》どもがありさまや。世《よ》にある人《ひと》は、十人《じふにん》二十人《にじふにん》、子《こ》を育《そだ》つる人《ひと》もあるぞかし。後《おく》れ先立《さきだ》つことは憂《う》き世《よ》のならひと言《い》ひながら、同《おな》じたけ諸白髪《もろしらが》になり、のちは二親《にしん》の跡《あと》を訪《と》ふためしもあるぞかし。

おのれらを三人持《さんにんも》ちたるが、せめては一人《ひとり》、添《そ》ひ果《は》てよかし。明日《あす》はいかなる者《もの》の手《て》にかかりて、何《なん》たる日《め》にかあはんずらん。水《みづ》にや沈《しづ》められんずらむ、土《つち》にや埋《うづ》まれんずらん。母《はは》とて我《われ》を頼《たの》まんことも、子《こ》とて汝《なんぢ》らを育《はごく》まんことも、明《あ》くるを待《ま》つ間《ま》の名残《なごり》ぞかし」

と、泣《な》く泣《な》くかき口説《くど》きければ、八《や》つ子《ご》が言《い》ふやう、

「さて、われ死《し》なば、母《はは》は何《なん》となるべきぞや」

母《はは》、

「おのれらを先立《さきだ》てて、一日《いちにち》、片時《へんし》も耐《た》へてあるべき身《み》ならばこそ。もろともにこそ死《し》なんずらめ」

と言《い》へば、八《や》つ子《ご》、われらに離《はな》れじとて、母《はは》も死《し》なんずらむ嬉《うれ》しさに、

「母《はは》にだにも添《そ》ひてあらば、命《いのち》、惜《を》しからず」

と言《い》ひて、顔《かほ》に顔《かほ》を並《なら》べて、手《て》に手《て》を取《と》り組《く》みて、仮《かり》にもまどろまで泣《な》き明《あ》かす。

(中略《ちゆうりやく》・三〇三頁参照)

その夜《よ》も明《あ》け行《ゆ》けば、また子《こ》どもを起《お》こして、あるじに暇《いとま》を乞《こ》ひ、出《い》でてけり。あるじ、はるかに門送《かどおく》りして、小声《こごゑ》に申《まう》しけるは、

「いかなる人《ひと》の御《おん》ゆかりにてか、深《ふか》く忍《しの》ばせ給《たま》ふらん。都近《みやこちか》きこの里《さと》に留《とど》めまゐらせんこと、なかなか、いたはしければ、今日《けふ》は留《とど》めもまゐらせず。誰《たれ》とも知《し》らぬ君《きみ》ゆゑに、心《こころ》を砕《くだ》くよしなさよ。御心安《おんこころやす》きことになり、都《みやこ》に住《す》ませ給《たま》ふ御《おん》ことあらば、卑《いや》しき身《み》なりとも、御訪《おんたづ》ねさぶらへよ」

とて、涙《なみだ》を流《なが》しければ、常葉《ときは》、

「前《さき》の世《よ》の親子《おやこ》ならでは、かかる契《ちぎ》りあるべしとも覚《おぼ》えず。命《いのち》あらんほどは、この志《こころざし》、いかでか忘《わす》れん」

とて、泣《な》く泣《な》く別《わか》れにけり。

道《みち》すがら、見《み》る者憐《ものあはれ》み、情《なさ》けをかけて、馬《うま》などにて送《おく》る者《もの》もあり、徒歩《かち》なる者《もの》も見過《みす》ごさず、子《こ》どもを負《お》ひ抱《いだ》きて、五町十町《ごちやうじつちやう》送《おく》るほどに、思《おも》ひのほかに心安《こころやす》く、大和《やまと》の宇陀《うだ》の郡《こほり》に着《つ》きにけり。親《した》しき者《もの》どもありけるに訪《たづ》ね会《あ》ひて、

「子《こ》どもが命《いのち》を助《たす》けんとて、おのおのを頼《たの》みて惑《まど》ひ下《くだ》れり」

と申《まう》せば、この世《よ》の中《なか》をはばかりて、

「いかがあるべき」

と、はじめは申《まう》しあひしかども、

「女《をんな》の身《み》にて、はるばる頼《たの》み来《き》たれる志《こころざし》を空《むな》しくなさんこと、不憫《ふびん》なるべし」

とて、さまざまにいたはりけるほどに、末《すゑ》の世《よ》までは知《し》らず、今《いま》は心安《こころやす》くぞなりにける。

✻宿を借りる当てもなく、途方《とほう》に暮れているなか、常葉の心に浮かんだのは、亡き夫への恨み、つらみの情でした。でも、その感情をすぐに打ち消し、こんな目に遭《あ》っているのを夫ひとりのせいにしてはいけない、互いに愛し合ったからこそ子らもできた、それを私は、と反省するのでした。夫を非難したい思いが湧《わ》いてきたのは、人目《ひとめ》に立ちにくい夕闇《ゆうやみ》の時間帯となって、警戒心《けいかいしん》がゆるんだからなのです。

清水寺から伏見《ふしみ》まで、母子が歩いた距離は、五、六キロでしょうか、十キロに満たない距離です。そんな土地で、人の身分《みぶん》も理解できないような山里があるはずもありません。にもかかわらず、常葉は、そうした所があってくれたならと非現実的《ひげんじつてき》な願望に心がとらわれているうちに、子らの息が途絶《とだ》えがちとなり、最後の意を決して、貧しい一軒《いっけん》の家の戸をたたくのでした。出てきた老婆《ろうば》は、幸いにも心優《やさ》しい人、常葉の作り話をすぐに見破《みやぶ》り、家中《かちゅう》に招き入れて、食べ物まで出してくれるのです。

夜が更《ふ》け、六歳の子はあどけなく寝入ってしまいますが、八歳の子の方は寝つかれない。その子に対し、常葉は、幸せな家庭とは裏腹《うらはら》な自分たちのありさまを口にし、お前たちの命は明日までしかないかもしれないと語りかけて泣きます。八つ子は、自分らの死後、母はどうするのと問いかけ、一緒《いっしょ》に死ぬだろうという返事を聞いて、それなら命も惜しくはないと答える。短い二人のやりとりは、母と子の濃密《のうみつ》な愛をものがたっています。

翌朝早《よくあさ》くに、常葉は黙って旅立とうとしますが、急いで出てきた老婆に留められ、もう一泊することになります。考えてみれば、前夜は八つ子と語り明かして、まどろむこともなく、その前の夜は、観音の前で通夜《つや》をし、寝ていませんでした。物語の作り手は、常葉に心身の休養を取らせるための、貴重《きちょう》な一日を用意したのです。

その夜も明けて、今度は女あるじに挨拶《あいさつ》をし、旅立ちます。見送りに出てきた彼女の言葉から、相手の氏素性《うじすじょう》を最後まで聞こうとしなかったことが分かります。ただひたすらな同情から、母子を救ったのでした。無償《むしょう》の愛が語られているのです。

旅を続ける常葉には、人を信じる気持ちが生まれていました。「頼みがたきは人の心」と思って我が家を後にした時の心境《しんきょう》とは、大きく変わっています。ですから、わが子を人に託《たく》し、馬に乗せてもらったり、負ぶってもらったりして、案ずるより安く、目的地の宇陀《うだ》にたどり着けたのでした。その心境の変化は、老婆の優しい心がもたらしたものに他ならないのです。それが最も語りたかったところなのでしょう。

物語は、この後、捕らわれていた頼朝が、清盛の継母《けいぼ》に当たる池禅尼《いけのぜんに》の尽力《じんりょく》で命が助けられそうだという話を挟《はさ》んで、常葉母子が六波羅に出頭《しゅっとう》するくだりに続いていきます。実は常葉の都落ちを語りだす直前には、東国を目指していた頼朝が「関《せき》が原《はら》」

で発見され、都へ連行《れんこう》されたことが配されていました。頼朝と常葉母子の話が、交互《こうご》に語られているわけで、最後は両者とも命が救われることになったとして、二つの話が結びつけられていきます。意図的な操作《そうさ》が想像されるでしょう。

前章の解説で、母子の都落ちの日付《ひづけ》が二月十日になっていることの不自然さを指摘《してき》しましたが、捕縛《ほばく》された頼朝の都入りが二月九日でした。物語にそう記されているだけではなく、歴史記録でも確認できます。どうやらそれに合わせて、常葉の話を取り込むために日付を変更、不自然さを生むことになったと考えられるのです。

⑿ 六波羅《ろくはら》に出頭《しゅっとう》

さて、九条女院《くじょうにょういん》の雑仕《ぞうし》、常葉《ときわ》の腹《はら》から生《う》まれた義朝《よしとも》の子《こ》どもは、三人《さんにん》いる。みな男《おとこ》の子《こ》なので、ほうっては置《お》けないということで、六波羅《ろくはら》より兵《へい》士《し》たちを派遣《はけん》して探《さが》したけれども、常葉《ときわ》と子《こ》どもはおらず、常葉《ときわ》の母《はは》の年《とし》とった尼《あま》だけがいた。

「娘《むすめ》の姫《ひめ》と孫《まご》の行方《ゆくえ》を知《し》らないことは、断《だん》じてあるまい」

ということで、六波羅《ろくはら》へ連《つ》れ出《だ》して尋問《じんもん》する。

常葉《ときわ》の母《はは》が、

「左馬頭《さまのかみ》が討《う》たれたとうわさの立《た》ったその翌朝《よくあさ》から、幼《おさな》い子《こ》らを引《ひ》き連《つ》れて、行方知《ゆくえし》れずになりました」

と、申《もう》したところ、

「どうして知《し》らないことがあろうか」

と言《い》って、種々《しゅじゅ》の拷問《ごうもん》に及《およ》ぶ。母《はは》は、わずかにその責《せ》め苦《く》に間《ま》がある時《とき》、「私《わたし》は、六十歳《ろくじっさい》を超《こ》えた老《お》いの身《み》です。何《なに》もなくて世《よ》を過《す》ごしたところで、どれほどの命《いのち》があるでしょう。三人《さんにん》の孫《まご》たちは、まだ十歳《じっさい》にもならない幼《おさな》い者《もの》たち、もし何事《なにごと》もなかったなら、将来《しょうらい》ははるかに開《ひら》けているでしょう。今日《きょう》とも明日《あす》とも分《わ》からない露《つゆ》のような私《わたし》の命《いのち》を惜《お》しんで、将来《しょうらい》のある三《さん》人《にん》の命《いのち》を、どうして奪《うば》っていいでしょう。たとえ行方《ゆくえ》を知《し》らせてきたところで、申《もう》すことは致《いた》しますまい。まして、夢《ゆめ》にも知《し》りません」

と、申《もう》し立《た》てた。

常葉《ときわ》は、奈良《なら》にいて、このことを伝《つた》え聞《き》き、「私《わたし》がわが子《こ》を愛《あい》しているように、母《はは》も私《わたし》をいとおしく思《おも》っているのでしょう。私《わたし》のために母《はは》が苦《くる》しめられていると聞《き》きながら、どうして出《で》て行《い》って助《たす》けないでおけましょうか。

子《こ》どもたちの前世《ぜんせ》から受《う》ける果報《かほう》が良《よ》くなくて、義朝《よしとも》の子《こ》として生《う》まれ、父親《ちちおや》の罪科《ざいか》が子《こ》に及《およ》んで殺《ころ》されてしまうことは、その道理《どうり》があることでしょう。まっとうな理由《りゆう》もない私《わたし》の母《はは》がつらい思《おも》いをすることは、すべて私《わたし》自身《じしん》の罪《つみ》に違《ちが》いないこと。

今後《こんご》も子《こ》が欲《ほ》しくなったら、夫《おっと》と同《おな》じ血筋《ちすじ》の子《こ》をもらい受《う》けて育《そだ》てても、私《わたし》の心《こころ》は慰《なぐさ》められるでしょう。親子《おやこ》の絆《きずな》は、どんなに生《う》まれ変《か》わり計《はか》り知《し》れないほどの時《とき》を経《へ》ても、再《ふたた》びありえないもの。責《せ》め殺《ころ》されてしまったのちは、後悔《こうかい》しても甲斐《かい》のないはず。母《はは》がまだこの世《よ》に生《い》きているうちに、出《で》て行《い》って助《たす》けましょう」

と思《おも》って、三人《さんにん》の子《こ》どもらを引《ひ》き連《つ》れ、故郷《こきょう》の都《みやこ》へと帰《かえ》った。

（中略《ちゅうりゃく》・わが家《や》には、もはや誰《だれ》もいない。仕《つか》えていた九条女院《くじょうにょういん》のもとに挨拶《あいさつ》に行《い》くと、かつての同僚《どうりょう》からも、女院《にょういん》からも同情《どうじょう》され、新《あたら》しい着物《きもの》、牛車《ぎっしゃ》まで提《てい》供《きょう》される）

六波羅《ろくはら》へ出向《でむ》いたところ、伊勢守藤原景綱《いせのかみふじわらのかげつな》が母子《ぼし》の身柄《みがら》を預《あず》かった。

常葉《ときわ》が、

「女心《おんなごころ》の浅《あさ》はかさ、この子《こ》らが、もしかしたら助《たす》かるかもと考《かんが》えて、辺鄙《へんぴ》な田舎《いなか》へ引《ひ》き連《つ》れて下《くだ》りましたけれども、罪《つみ》もない母親《ははおや》が呼《よ》び出《だ》されて、恥《は》ずかしい目《め》にあい、苦《くる》しめられているとお聞《き》きしましたので、子《こ》どもたちを失《うしな》いましょうとも、母《はは》をどうして助《たす》けないでおけましょうと決心《けっしん》して、お尋《たず》ねの子《こ》ども、ここに伴《ともな》って参上《さんじょう》しましたからには、母《はは》をお許《ゆる》しください」

と、泣《な》く泣《な》く申《もう》したところ、聞《き》いていた人《ひと》は、親孝行《おやこうこう》の真心《まごころ》を感《かん》じて、皆々《みなみな》、涙《なみだ》を流《なが》したことであった。

伊勢守景綱《いせのかみかげつな》が、ことの次第《しだい》を大宰大弐《だざいのだいに》、清盛殿《きよもりどの》に申《もう》しあげたので、常葉《ときわ》の母《はは》は許《ゆる》された。

母《はは》は、景綱《かげつな》の屋敷《やしき》へやって来《き》て、娘《むすめ》と孫《まご》とを目《め》にし、息《いき》も絶《た》え入《い》りそうなばかり、嘆《なげ》き悲《かな》しんだ。だいぶ時《とき》が経《た》ってから起《お》きあがり、常葉《ときわ》の顔《かお》を苦《くる》しそうに見《み》て、

「ああ、恨《うら》めしい心遣《こころづか》いをしてくれたものですよ。年老《としお》いた私《わたし》の身《み》は、どうせあの世《よ》が近《ちか》いのだから、生《い》きながらえたとて、いつまででしょう。わ

ざとでも私《わたし》の身《み》に代《か》えて、孫《まご》たちを助《たす》けたかったのに。何《なん》のために、子《こ》らを連《つ》れて出《で》てきて、私《わたし》につらい思《おも》いをさせなさるのか。娘《むすめ》と孫《まご》たちを再《ふたた》び目《め》にしたことは、確《たし》かに嬉《うれ》しいけれども、孫《まご》たちが死《し》んでしまうでしょう、そのことこそ、悲《かな》しい」

と言《い》って、互《たが》いに手《て》を取《と》りあい、顔《かお》を寄《よ》せあって、その場《ば》に泣《な》き伏《ふ》した。

大弐清盛《だいにきよもり》が常葉《ときわ》を呼《よ》び出《だ》したので、子《こ》どもたちを伴《ともな》って清盛《きよもり》の邸宅《ていたく》へ出頭《しゅっとう》した。

六歳《ろくさい》の子《こ》と八歳《はっさい》の子《こ》とは、母親《ははおや》の左右《さゆう》の傍《かたわ》らに座《すわ》っていた。二歳《にさい》の牛若《うしわか》は懐《ふところ》に抱《だ》かれている。常葉《ときわ》は泣《な》く泣《な》く口《くち》を開《ひら》いて、

「左馬頭《さまのかみ》は罪深《つみぶか》い身《み》ですから、その子《こ》どもたちを、皆《みな》、殺《ころ》そうとされるのを、一人《ひとり》でも助《たす》けてくださいと私《わたし》が申《もう》すのでありましたなら、物事《ものごと》の道理《どうり》をわきまえない身《み》でもありましょう。子《こ》どもたちが殺《ころ》される前《まえ》に、まずこの身《み》を殺《ころ》してくださいと申《もう》しますのを、どうしてお聞《き》き届《とど》けくださされないで、いいでしょうか。

身分《みぶん》が高《たか》かろうとも、低《ひく》かろうとも、親《おや》が子《こ》を思《おも》い、あれこれ迷《まよ》う心《こころ》の闇《やみ》に悩《なや》み苦《くる》しむことは、すべて同《おな》じです。私《わたし》は、この子《こ》どもたちに別《わか》れてしまっては、ほんのわずかな時《とき》だって我慢《がまん》して生《い》きていられる身《み》とも思《おも》われません。私《わたし》を殺《ころ》してくださったのちに、子《こ》どもたちを、どうとでもしてくださいませ。

この希望《きぼう》を申《もう》しあげようとして、あの世《よ》にいる夫《おっと》の左馬頭《さまのかみ》に恥《はじ》をかかせて、このようなみじめなありさまを顧《かえり》みもせず、ここまで参《まい》ったのです。この世《よ》で施《ほどこ》してくださるお情《なさ》け、旅立《たびだ》つあの世《よ》に向《む》けての御功徳《おんくどく》、これ以《い》上《じょう》のものが他《ほか》にあるでしょうか」

と、泣《な》く泣《な》くしきりに訴《うった》えると、六歳《ろくさい》の子《こ》は、母《はは》の顔《かお》を頼《たの》もしそうに見《み》あげて、

「泣《な》かないで、よくよくお願《ねが》いしてくださいよ」

と言《い》ったので、先《さき》ほどまでは、いかにも頑固《がんこ》そうでいらっしゃった大弐殿《だいにどの》も、

「しっかりしている子《こ》の言葉《ことば》だな」

と言《い》って、横《よこ》を向《む》き、しきりに涙《なみだ》を流《なが》された。武士《ぶし》たちも、数多《かずおお》く並《なら》んで座《すわ》っていたが、涙《なみだ》にむせんでうつむきになり、顔《かお》をあげる者《もの》もいない。


❖さても、九条院《くでうのゐん》の雑仕《ざふし》、常葉腹《ときはばら》の義朝《よしとも》が子《こ》ども、三人《さんにん》あり。皆男子《みななんし》なれば、ただは置《お》きがたしとて、六波羅《ろくはら》より兵《つはもの》どもを差《さ》し遣《つか》はし尋《たづ》ねければ、常葉《ときは》・子《こ》どもはなし、常葉《ときは》が母《はは》の老尼《らうに》ばかりぞありける。

「姫《ひめ》・孫《まご》の行方《ゆくへ》、知《し》らぬことは、よもあらじ」

とて、六波羅《ろくはら》へ召《め》し出《い》だして尋《たづ》ねらる。

常葉《ときは》が母《はは》、申《まう》しけるは、

「左馬頭《さまのかみ》討たれぬと聞《き》こえし朝《あした》より、いとけなき子《こ》ども引《ひ》き具《ぐ》して、行方《ゆくへ》も知《し》らずなりさぶらひぬ」

と申《まう》しければ、

「いかでか知《し》らざるべき」

とて、さまざまの拷問《がうもん》に及《およ》ぶ。母《はは》、片時《へんし》の暇《いとま》ある時《とき》、申《まう》しけるは、「われ、六十《ろくじふ》にあまる老《お》いの身《み》なり。事《こと》なくして過《す》ぐすとも、幾《いく》ほどの命《いのち》かあるべき。三人《さんにん》の孫《まご》どもは、いまだ十歳《じつさい》にもならぬ幼《をさな》き者《もの》ども、もし事《こと》なくありえば、行方《ゆくへ》はるかなるべし。今日明日《けふあす》とも知《し》らぬ露《つゆ》の命《いのち》を惜《を》しみて、末《すゑ》はるかなる三人《さんにん》の命《いのち》をば、いかでか失《うしな》ひ候《さぶら》ふべき。たとひ行《ゆ》く方《かた》知らせたりとも、申《まう》し候《さぶら》ふまじ。まして夢《ゆめ》にも知《し》らず候《さぶら》ふ」

とぞ申《まう》しける。

常葉《ときは》、大和《やまと》にて、このこと聞《き》き伝《つた》へて、

「わが子《こ》を思《おも》ふやうにこそ、母《はは》もわれをば、愛《かな》しむらめ。われゆゑ苦《く》を受《う》くと聞《き》きながら、いかでか出《い》でて助《たす》けざるべき。

前世《ぜんせ》の果報《くわほう》つたなくて、義朝《よしとも》が子《こ》と生《う》まれ、父《ちち》が科《とが》の子《こ》にかかりて失《うしな》はれんことは、そのことわり、ありぬべし。そのゆゑもなきわが母《はは》の憂《う》き目《め》を見《み》ることは、さながらわが身《み》の咎《とが》ぞかし。

こののちも子《こ》ほしくは、同《おな》じゆかりの子《こ》を養《やしな》ひても慰《なぐさ》みぬべし。無量劫《むりやうごふ》を経《へ》てもあらざる親子《おやこ》の仲《なか》なり。責《せ》め殺《ころ》されてのちは、悔《くや》しむともかひあらじ。母《はは》、この世《よ》にある時《とき》、出《い》でて助《たす》けん」

と思《おも》ひて、三人《さんにん》の子《こ》どもを引《ひ》き具《ぐ》して、故郷《こきやう》の都《みやこ》へぞ帰《かへ》りける。

（中略《ちゆうりやく》・三二六頁参照）

六波羅《ろくはら》へ出《い》でたりければ、伊勢守景綱《いせのかみかげつな》、預《あづ》かりてけり。常葉《ときは》、申《まう》しけるは、

「女心《をんなごころ》のはかなさは、この子《こ》ども、もしや助《たす》かるとて、片田舎《かたゐなか》へ引《ひ》き具《ぐ》して下《くだ》り候《さぶら》ひしかども、咎《とが》なき母《はは》が召《め》し出《い》だされて、恥《はぢ》を見《み》、苦《くる》しみにあふと承《うけたまは》り候《さぶら》ふほどに、子《こ》どもこそ失《うしな》ひ候《さぶら》はめ、母《はは》をばいかでか助《たす》けでは候《さぶら》ふべきと思《おも》ひ定《さだ》めて、御尋《おんたづ》ねある子《こ》ども、相具《あひぐ》して参《まゐ》りて候《さぶら》ふ上《うへ》は、母《はは》をば許《ゆる》させ給《たま》へ」

と、泣《な》く泣《な》く申《まう》しければ、聞《き》く人《ひと》、孝行《かうかう》の志《こころざし》を感《かん》じて、皆々涙《みなみななみだ》をぞ流《なが》しける。

伊勢守景綱《いせのかみかげつな》、このよしを大弐殿《だいにどの》に申《まう》しければ、常葉《ときは》が母《はは》をば宥《なだ》められけり。母《はは》、景綱《かげつな》が宿所《しゆくしよ》へ来《き》て、姫《ひめ》・孫《まご》どもをうち見《み》て、絶《た》え入《い》るばかり嘆《なげ》きけり。ややはるかにありて起《お》き上《あ》がり、常葉《ときは》が顔《かほ》をつらげに見《み》て、申《まう》しけるは、

「あな、恨《うら》めしの心遣《こころづか》ひや。老《お》いたるわが身《み》は、とても近《ちか》き後《のち》の世《よ》なれば、ながら

ふべくとも、いつまでぞ。わざとも身《み》に替《か》へて、孫《まご》どもをこそ助《たす》けたけれ。何《なに》しに子《こ》どもをば具《ぐ》し出《い》でて、われに憂《う》き目《め》をば見《み》せ給《たま》ふぞ。姫《ひめ》・孫《まご》どもを再《ふたた》び見《み》ることの、まことに嬉《うれ》しけれども、孫《まご》どもが空《むな》しくならんことこそ、悲《かな》しけれ」

とて、手《て》を取《と》り組《く》み、顔《かほ》を並《なら》べて、同《おな》じ所《ところ》に伏《ふ》し沈《しづ》む。

大弐《だいに》清盛《きよもり》、常葉《ときは》を召《め》し出《い》だしければ、子《こ》どもも引《ひ》き具《ぐ》し清盛《きよもり》の宿所《しゆくしよ》へ出《い》でけり。六《む》つ子《ご》・八《や》つ子《ご》、左右《さう》の傍《かたは》らにゐたり。二歳《にさい》の牛若《うしわか》は懐《ふところ》にあり。常葉《ときは》、泣《な》く泣《な》く申《まう》しけるは、

「左馬頭《さまのかみ》、罪深《つみふか》き身《み》にて、その子《こ》ども、皆失《みなうしな》はれんを、ひとりをも助《たす》けさせ給《たま》へと申《まう》さばこそ、そのことわり知《し》らぬ身《み》にても候《さぶら》はめ。子《こ》ども、かくもならざらん先《さき》に、まづこの身《み》を失《うしな》はせ給《たま》へと申《まう》さんを、などか聞《き》こし召《め》されでは候《さぶら》ふべき。

高《たか》きも卑《いや》しきも、親《おや》の子《こ》を思《おも》ふ心《こころ》の闇《やみ》は、さのみこそ候《さぶら》へ。この子《こ》どもに別《わか》れて片時《へんし》も耐《た》へてあるべき身《み》とも覚《おぼ》え候《さぶら》はず。わらはを失《うしな》はせ給《たま》ひてのちにこそ、子《こ》ど

ももをば御《おん》はからひ候《さぶら》はめ。

この心《こころ》ざしを申《まう》さんためにこそ、左馬頭《さまのかみ》が草《くさ》の陰《かげ》に恥《はぢ》を見《み》せて、かかる憂《う》きありさまを思《おも》ひも知《し》らず、これまで参《まゐ》りて候《さぶら》へ。この世《よ》の御情《おんなさ》け、後《のち》の世《よ》の御功徳《おんくどく》、何《なに》事《ごと》かこれに過《す》ぎさぶらふべき」と、泣《な》く泣《な》く口説《くど》き申《まう》せば、六《む》つ子《ご》、母《はは》の顔《かほ》を頼《たの》もしげに見上《みあ》げて、「泣《な》かで、よくよく申《まう》してたべや」と言《い》ひければ、ただ今《いま》までも、よに心強《こころつよ》げにおはしける大弐殿《だいにどの》も、「けなげなる子《こ》が言葉《ことば》かな」とて、傍《かたは》らにうち向《む》きて、しきりに涙《なみだ》を流《なが》されけり。兵《つはもの》ども、あまた並《な》み居《ゐ》たりけるに、涙《なみだ》にむせびてうつぶさまになり、面《おもて》を上《あ》げたる者《もの》もなし。

✲常葉の凝《こ》り固《かた》まっていた心は、伏見《ふしみ》の老婆の親切心によってほぐされ、人を信ずる気持ちに変わってはいましたが、まだ子らの命を守り切ることしか考えてはいませんでした。そこに、年老《としお》いた母が、自分らを助けるために、責め苦《く》に耐えているという情報が入ってくるのです。彼女は、自分が愛される存在《そんざい》でもあったことに気づかされます。しかも、母は罪人の夫とは無縁《むえん》の人、にもかかわらず、すすんで娘と孫の身《み》代《が》わりになろうとしている、その愛に報《むく》いるためには、子らを連れて出頭《しゅっとう》する以外にないと決心するのでした。一心《いっしん》に考える常葉が描かれています。

都に帰ってみれば、わが家に人気《ひとけ》はなく、次いで、お仕《つか》えしていた九条女院《くじょうにょういん》のもとへ、最後の暇乞《いとまご》いに出向《でむ》きます。その場面、ここでは省略《しょうりゃく》しましたが、かつての同《どう》僚《りょう》たちや女院の優しい気配《きくば》りが語られています。常葉は、貧しい老婆に助けられ、高《こう》貴《き》な女主人《おんなしゅじん》からは温《あたた》かい庇護《ひご》を受けるのです。つまり、あらゆる階層《かいそう》の同性《どうせい》から、彼女の生《せい》は支《ささ》えられているのでした。

清盛に向かって常葉の口にした言葉は、出頭《しゅっとう》を決意した時に心に思っていたことと、全く矛盾《むじゅん》するものでした。かつては、子どもらが殺されたら、夫の血縁《けつえん》につながる子をもらい受ければ、それでいいと考えたのでした。でも、今は、子らに先立って私を殺してほしいと、泣いて訴える。こちらの方が本当の気持ち。以前に自問自答《じもんじとう》して出した答えは、出頭することを、無理《むり》やり自分に納得《なっとく》させるための、ごまかしに過ぎなかったのです。

六《む》つ子は、母の言葉を勘違《かんちが》いしていました。自分たちを助けるために、訴えていると思ったのです。八つ子の方は、そんな誤解をするはずがありません。あの伏見での夜、母も一緒に死ぬという約束を聞いていたのですから。幼い六つ子の、その、いじらしい反応に、清盛は涙を漏《も》らしてしまいます。

この後《のち》、清盛は、池禅尼《いけのぜんに》の懇請《こんせい》を受け入れて頼朝を助命《じょめい》、常葉母子もゆるしました。それを、物語は、源氏の氏神《うじがみ》である八幡大菩薩《はちまんだいぼさつ》と、常葉の信じた清水寺《きよみずでら》の観音菩薩《かんのんぼさつ》、神と仏との加護《かご》によって救われたのだと、両者を結びつけ、話を閉《と》じます。

ここに紹介しているテキストの清盛は、決して悪人ではなく、むしろ朝廷の危機を救った人物として、好意的《こういてき》に描かれています。ところが改作されていくと、『平家物語』中と同じような傲慢《ごうまん》で、欠点のある姿に作り変えられてしまい、常葉には、子らを助ける代わりに、自分の愛人となるよう強要《きょうよう》したとあります。事の真相《しんそう》は分かりませんが、二人の間には女の子が生まれました。

その女の子は、清盛の長女が嫁《とつ》いだ花山院家《かざんいんけ》の左大臣藤原兼雅《かねまさ》に養育《よういく》され、七、八歳のころ、即位《そくい》したばかりの幼い高倉《たかくら》天皇の女御代《にょうごだい》（正式な后《きさき》の代役）を務《つと》めます（『兵範記《ひょうはんき》』仁安《にんあん》三年〈一一六八〉八月条）。成長後は、廊《ろう》の御方《おんかた》という女房名《にょうぼうめい》で呼ばれる存在となり、平家一門の都落ちに同行、壇《だん》の浦《うら》まで行ったそうです（『平家物語』）。

一方、常葉は、娘が女御代になった時、すでに第三の夫、大蔵卿《おおくらきょう》藤原長成《ながなり》との間に、従三位《じゅさんみ》の公卿《くぎょう》に至る男子、能成《よしなり》をもうけていました。そして後年の文治《ぶんじ》二年（一一八六）六月、頼朝による義経探索《たんさく》の手が伸びるや、鴨川《かもがわ》の西岸にあった一条河崎観音堂《いちじょうかわさきかんのんどう》のあたりで、娘と共に捕《とら》えられたことが『吾妻鏡《あずまかがみ》』に記されていますが、その後のことは分かりません。数奇《すうき》な人生を送ったことは確かでした。

物語のストーリーは、二条天皇による政治を推し進めようとした藤原経宗《つねむね》と同惟方《これかた》とが後白河院の怒りを買い、清盛に捕縛《ほばく》されて流罪《るざい》となった一件を伝えたのち、頼朝と池禅尼との対面場面に話を転じていきます。

★コラム15　盲女《もうじょ》の語り物

常葉の話は、本来、独自に存在していたのを、『平治物語』が取り込んだものと考えられました。その独自の物語は、冒頭《ぼうとう》の語り出しが決まっていたように思われます。というのは、三つの要素、①九条院の雑仕《ぞうし》、常葉腹に義朝の子ども三人がいて、②年齢はこれこれで、③皆、男の子なので命が危ない、が、三回も繰り返し出てくるからです。一度紹介すれば、こと足りるはずなのに、です。内容は、都落《みやこお》ちと六波羅出頭《ろくはらしゅっとう》とで、大きく二つに分かれていましたが、それぞれの話を始めるに際し、この三つの要素を語ることから入っていったのではないでしょうか。

それから、他の箇所に比べて、文章がなめらかでリズミカル、多くの文末《ぶんまつ》が七五調《しちごちょう》で終わっていることも、見逃《みのが》せません。こうしたことを勘案《かんあん》すると、独立した語り物として、人々に享《きょう》受《じゅ》されていたのだろうと推測されてくるのです。そして重点は、女性信者の多かった清水観音のご利益《りやく》によって、母と子は救われたのだと語ることにありましたし、話の中心にいるのは女性たちでした。

物語を語る、目の見えない女性の芸能者を「瞽女《ごぜ》」と言いますが、十三世紀前半、つまり、『平治物語』が作られるころ、一人の盲女《もうじょ》が、大内裏《だいだいり》の美福門《びふくもん》の前で、「南天竺《なんてんじく》」（南インド）に「一つの小国《しょうこく》」があったと歌っていた事実が伝えられています（喜海《きかい》作『高山寺明恵上人行状《こうざんじみょうえしょうにんぎょうじょう》』）。その文言《もんごん》から、語っていたのは、

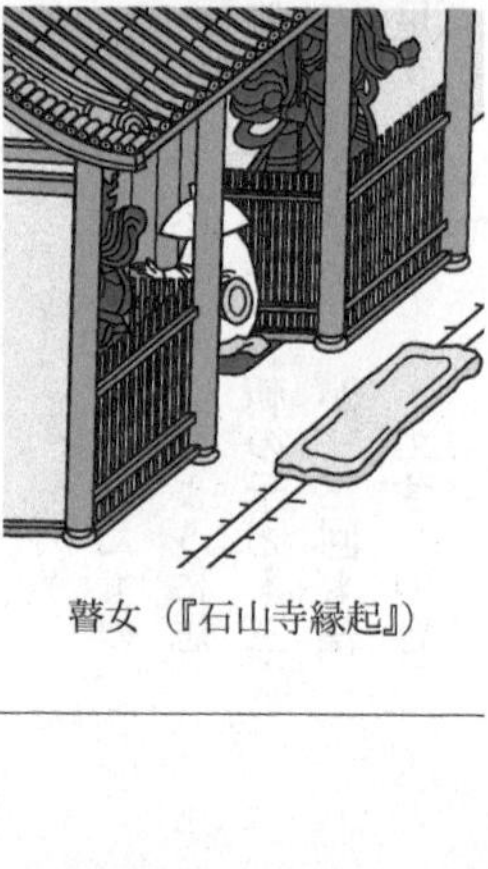
瞽女（『石山寺縁起』）

継母《ままはは》から絶海《ぜっかい》の孤島《ことう》に置き去りにされた幼《おさな》い兄弟の話、観音《かんのん》と勢至《せいし》の二菩薩《ぼさつ》に生まれ変わるその兄弟の話と判断されます（『観世音菩薩《かんぜおんぼさつ》往生浄土本縁経《おうじょうじょうどほんえんきょう》』）。

清水寺の千手観音《せんじゅかんのん》は、盲人の信仰も集めていました。そもそも千手観音は、左右にある四十本の手の、右の第八手に持っている日摩尼《にちまに》（日精摩尼《にっしょうまに》）という珠《たま》が、見えない目を開けてくれると信じられていたのです。清水寺の場合、先に紹介した子安塔《こやすのとう》についても、室町期の『子安物語』から、眼病治癒《がんびょうちゆ》の地蔵とあがめられていたことが分かり、狂言《きょうげん》で盲人を主人公とする作品の多くは、清水寺を舞台としています。

清水寺では、室町期になってしまいますが、子安塔に通じる西門《さいもん》に、盲女がいて何かの芸をしていたらしいことが知られます（『蔭涼軒日録《いんりょうけんにちろく》』文明《ぶんめい》十九年〈一四八七〉五月条）。母と子の物語は女性の好むもの、常葉の物語は、清水寺に詣でる女性たちに、自らの目も開くことを願いつつ、盲女が語り聞かせていた可能性が高いように思われるのです。

⒀　頼朝《よりとも》、助命《じょめい》されて伊豆《いず》へ

永暦元年《えいりゃくがんねん》（一一六〇）三月二十日《さんがつはつか》、兵衛佐頼朝《ひょうえのすけよりとも》が伊豆国《いずのくに》へ流《なが》されるという情報《じょうほう》が世《よ》に流《なが》れ、頼朝《よりとも》は池禅尼殿《いけのぜんにどの》に暇乞《いとまご》いをするべく参上《さんじょう》した。池禅尼《いけのぜんに》殿《どの》は、簾《すだれ》を上《あ》げて頼朝《よりとも》をご覧《らん》になり、

「近《ちか》くに来《き》なさい、近《ちか》くに」

と言《い》って招《まね》き寄《よ》せ、つくづくと見守《みまも》りなさり、

「このように、生《い》き延《の》びがたい命《いのち》をお助《たす》けしましたからには、この尼《あま》の言《い》う言葉《ことば》の端々《はしばし》までよく聞《き》いて守《まも》り、それを少《すこ》しでも違《たが》えないようにすることです。弓矢《ゆみや》や太刀《たち》、刀《かたな》などというものは、目《め》にもしたり、手《て》にも取《と》ったりしてはいけません。山《やま》で狩《か》りをしたり、海《うみ》で漁《りょう》をしたりする遊《あそ》びなど、また、思《おも》いついてはいけません。うわさを広《ひろ》める人《ひと》の口《くち》というものは、意《い》地悪《じわる》で品《ひん》のないものですから、人《ひと》を陥《おとしい》れるどんな悪口《わるくち》を立《た》てられて、この

尼《あま》の短《みじか》い余命《よめい》のうちに、再《ふたた》びつらいことを聞《き》くことになるでしょうか。あなた自身《じしん》もまた、再《ふたた》びつらい目《め》を見《み》ることは、口惜《くちお》しいはずです。それにしても、どのような前世《ぜんせ》における行《おこな》いの返報《へんぽう》で、親子《おやこ》でもない人《ひと》を、これほどにいとおしく思《おも》うのでしょう。他人《たにん》の嘆《なげ》きごとを引《ひ》き受《う》けて、わが心《こころ》を苦《くる》しめることですよ」

と言《い》って、涙《なみだ》をせき止《と》められないようにお見《み》えであったから、兵衛佐《ひょうえのすけ》は今年十四歳《ことしじゅうよんさい》を迎《むか》えた春《はる》、思《おも》えばまだ幼《おさな》い年齢《ねんれい》のはず、それでも人《ひと》の誠意《せいい》の深《ふか》さを感《かん》じ取《と》り、涙《なみだ》にむせんで顔《かお》も持《も》ちあげない。

時《とき》を経《へ》て、涙《なみだ》を抑《おさ》えながら申《もう》したことは、

「わたくし頼朝《よりとも》は、去年三月一日《きょねんさんがつついたち》、母《はは》に先立《さきだ》たれ、今年正月三日《ことししょうがつみっか》、父《ちち》に死別《しべつ》しました。正真正銘《しょうしんしょうめい》の孤児《みなしご》となって、「ああ、かわいそうに」と申《もう》す人《ひと》もおりませんのに、このようにお助《たす》けくださいましたからには、恐《おそ》れ多《おお》いことではありますけれども、父上《ちちうえ》とも母上《ははうえ》とも、こちらのあなた様《さま》を、お頼《たよ》り申《もう》しあげます」

と言《い》って、さめざめと泣《な》いたので、池禅尼殿《いけのぜんにどの》は、

「確《たし》かに、そう思《おも》うでしょう」

と言《い》い、また涙《なみだ》を流《なが》された。そして、

「人《ひと》は皆《みな》、亡《な》き父《ちち》や母《はは》のために追善供養《ついぜんくよう》しようとする気持《きも》ちがあれば、神《かみ》や仏《ほとけ》の加護《かご》もあり、命《いのち》も長《なが》くなるそうですよ。お経《きょう》を読《よ》み、念仏《ねんぶつ》をも称《とな》えて、父母《ちちはは》の後世《ごせ》の冥福《めいふく》を祈《いの》りなさい。

この尼《あま》の子《こ》に、右馬頭家盛《うまのかみいえもり》という名《な》の子《こ》がおりましたのですよ。その子《こ》の幼《おさな》かった時《とき》の面影《おもかげ》を思《おも》い出《だ》したからこそ、あなたをいとおしく思《おも》い始《はじ》めたのですよ。

家盛《いえもり》は、鳥羽院《とばいん》にお仕《つか》えして、権力《けんりょく》も勢力《せいりょく》も、人《ひと》より抜《ぬ》きん出《で》ていたのに、今《いま》の大弐清盛《だいにきよもり》が、まだ中務少輔《なかつかさのしょう》という職《しょく》にあった時《とき》、祇園《ぎおん》の八坂神社《やさかじんじゃ》の境内《けいだい》で事件《じけん》を引《ひ》き起《お》こしてしまい、祇園社《ぎおんしゃ》を配下《はいか》に置《お》く比叡山延暦寺《ひえいざんえんりゃくじ》の僧集団《そうしゅうだん》に訴《うった》えられて、遠地《えんち》への流罪《るざい》（遠流《おんる》）になさるべきとの意見《いけん》がありましたので、鳥羽院《とばいん》が考《かんが》えあぐねておられました時《とき》に、「清盛《きよもり》の流罪決定《るざいけってい》

が滞《とどこお》っているのは、弟《おとうと》の家盛《いえもり》が、それを阻《はば》もうとして、あれこれ申《もう》し立《た》てているからだ」と言《い》い出《だ》して、さまざまに家盛《いえもり》を呪《のろ》い、神《かみ》に訴《うった》えていると耳《みみ》にしましたが、同《おな》じ延暦寺《えんりゃくじ》の配下《はいか》にある日吉神社《ひえじんじゃ》の神様《かみさま》の山王権現《さんのうごんげん》の御《おん》祟《たた》りを被《こうむ》ったとかで、二十三歳《にじゅうさんさい》の時《とき》、亡《な》くなってしまったのですよ。家盛《いえもり》に先立《さきだ》たれて、一日《いちにち》、片時《かたとき》だって、この世《よ》に生《い》きておられようとは思《おも》わなかったけれども、もう十一年《じゅういちねん》になってしまいましたよ。昨日《きのう》までは、そなたのことも加《くわ》わって、心《こころ》が苦《くる》しかったけれど、今日《きょう》になって、やっと涙《なみだ》の途絶《とだ》える時《とき》ともなりました。

これから先《さき》、長《なが》く生《い》きられるあなたのその身《み》は、年月《としつき》を経《へ》て、都《みやこ》へ召《め》し返《かえ》される時《とき》もあることでしょう。今日明日《きょうあす》終《お》わるとも分《わ》からない年寄《としよ》りの命《いのち》には、それを待《ま》っていいような望《のぞ》みもありません。この時《とき》こそ、会《あ》える最後《さいご》だと思《おも》うと、ひたすら名残惜《なごりお》しいことですよ」

と言《い》って、お泣《な》きになると、兵衛佐《ひょうえのすけ》も、ますます涙《なみだ》で袖《そで》を濡《ぬ》らしたのであった。

❖永暦《ゑいりやく》元年《ぐわんねん》三月《さんぐわつ》二十日《はつか》、兵衛佐《ひやうゑのすけ》、伊豆国《いづのくに》へ下《くだ》さるべしと聞《き》こえければ、池殿《いけどの》へ暇《いとま》申しに参《まゐ》りけり。池殿《いけどの》、簾《すだれ》をかかげて御覧《ごらん》じ、

「近《ちか》う、近《ちか》う」

と召《め》して、つくづくとまぼり給《たま》ひ、

「かやうにありがたき命《いのち》を助《たす》け申《まう》し候《さぶら》へば、尼《あま》が言葉《ことば》の末《すゑ》、少《すこ》しも違《たが》ふまじきなり。弓矢《ゆみや》・太刀《たち》・刀《かたな》といふことは、目《め》にも見《み》、手《て》にも取《と》るべからず。狩《かり》・漁《すなどり》のあそび、また思《おも》ひ寄《よ》るまじきなり。人《ひと》の口《くち》は、さがなきものにて候《さぶら》へば、なにといふ讒言《ざんげん》にあひてか、尼《あま》がほどなき命《いのち》のうちに、再《ふたた》び憂《う》きことを聞《き》かんずらむ。その身《み》もまた、再《ふたた》び憂《う》き目《め》を見《み》んこと、口惜《くちを》しかるべし。

いかなる前世《ぜんせ》の報《むく》ひにてか、親子《おやこ》ならぬ人《ひと》を、これほどにいとほしく思《おも》ふらん。人《ひと》の嘆《なげ》きを受《う》けて、わが心《こころ》を苦《くる》しむることよ」

と、涙《なみだ》せきあへず見《み》え給《たま》へば、兵衛佐《ひやうゑのすけ》は生年十四《しやうねんじふし》の春《はる》なり、思《おも》へば幼稚《えうち》のほどぞかし、されども人《ひと》の志《こころざし》の切《せつ》なるを思《おも》ひ知《し》りて、涙《なみだ》にむせびて顔《かほ》も持《も》ち上《あ》げず。

　ほど経《へ》て、涙《なみだ》を抑《おさ》へ申《まう》しけるは、

「頼朝《よりとも》、去年三月一日《きよねんさんぐわつついたち》、母《はは》に後《おく》れ、今年《ことし》正月《しやうぐわつ》三日《みつか》、父《ちち》に別《わか》れぬ。定《さだ》まれる孤児《みなしご》となりて、「哀《あは》れ、不憫《ふびん》」と申《まう》す人《ひと》も候《さうら》はぬに、かやうに御助《おんたす》け候《さうら》へば、そのおそれ候《さうら》へども、父《ちち》とも母《はは》とも、この御方《おんかた》をこそ頼《たの》み申《まう》し候《さうら》はん」

とて、さめざめと泣《な》きければ、池殿《いけどの》、

「まことに、さこそあるらめ」

とて、また涙《なみだ》を流《なが》されけり。

「人《ひと》は皆《みな》、父母《ふぼ》のため孝養《けうやう》の志《こころざし》あれば、冥加《みやうが》もあり、命《いのち》も長《なが》く候《さぶら》ふなるぞ。経《きやう》を読《よ》み、念仏《ねんぶつ》をも申《まう》して、父母《ふぼ》の跡《あと》を弔《とぶら》ふべし。

尼《あま》が子《こ》に、右馬頭家盛《うまのかみいへもり》とて候《さぶら》ひしぞとよ。その幼《をさな》かりし面影《おもかげ》、思《おも》ひ出《い》でてこそ、いとほしく思《おも》ひ染《そ》めたりしか。

鳥羽院《とばゐん》に召《め》し仕《つか》へて、権勢《けんせい》、並《なら》びなかりしに、この大弐《だいに》、いまだ中務少輔《なかつかさのせう》と申《まう》しし時《とき》ぞ、祇園《ぎをん》の社《やしろ》にて事《こと》を引《ひ》き出《い》だし、山門《さんもん》の大衆《だいしゆ》に訴《うつた》へられ、遠流《をんる》せらるべきよしありしかば、君《きみ》、思《おぼ》し召《め》し煩《わづら》はせ給《たま》ひしに、「清盛《きよもり》が流罪《るざい》の遅々《ちち》するは、弟《おとと》の家《いへ》盛《もり》がささへ申《まう》す故《ゆゑ》なり」とて、さまざま呪詛《しゆそ》すと聞《き》こえしが、山王《さんわう》の御祟《おんたた》りとて、二十三《にじふさん》の年《とし》、失《う》せ候《さぶら》ひしぞとよ。

家盛《いへもり》に後《おく》れて、一日片時《いちにちへんし》もこの世《よ》にあるべしとは思《おも》はざりしかども、はや十一年《じふいちねん》になり候《さぶら》ひけるぞや。昨日《きのふ》まで、それのことをうち添《そ》へて心苦《こころくる》しかりしに、今日《けふ》こそ涙《なみだ》のたゆむ時《とき》ともなりて候《さぶら》へ。

行《ゆ》く末《すゑ》、はるかなるその身《み》は、年月《としつき》を経《へ》ては召《め》し還《かへ》さるる時《とき》もありこそせんずらめ。今日明日《けふあす》とも知《し》らぬ老《お》いの命《いのち》は、それを待《ま》つべき頼《たの》みもなし。これこそ最後《さいご》よと思《おも》へば、ただ名残《なごり》こそ惜《を》しけれ」

とて、うち泣《な》き給《たま》へば、兵衛佐《ひやうゑのすけ》も、いとど袖《そで》をぞしほりける。

✻池禅尼《いけのぜんに》が頼朝の助命《じよめい》を清盛に嘆願《たんがん》したことは、『愚管抄《ぐかんしよう》』にも、自分に免《めん》じて赦《ゆる》してほしいと「泣く泣く」訴えたとありますから(巻五)、事実なのでしょう。『吾《あ》妻《ずま》鏡《かがみ》』によれば、朝廷《ちようてい》が平家一門の土地を没収《ぼつしゆう》して頼朝に与えたところ、禅尼の子息で都落ちをしなかった頼盛《よりもり》に、「故池禅尼の恩徳《おんとく》」に報《むく》いるため、彼の家の領地《りようち》はすべて返却《へんきゃく》したそうです（寿永《じゅえい》三年〈一一八四〉四月条）。頼朝助命には、清盛嫡男《ちゃくなん》の重盛《しげもり》も、尽力《じんりょく》したと伝えられています。

池禅尼は、忠盛《ただもり》の晩年《ばんねん》の正妻《せいさい》で、夫《おっと》の死に際して出家、池殿《いけどの》という邸宅《ていたく》に住んでいたところからの呼び名です。崇徳院《すとくいん》の皇子《おうじ》、重仁親王《しげひとしんのう》の乳母《めのと》を務《つと》め、『愚管抄』は、夫の忠盛をも支《ささ》えたほどの、すぐれた女性だったと伝えています。子供は、作中に出ていた家盛《いえもり》と、その弟に当たる頼盛の二人。

頼朝とのやりとりは、情愛《じょうあい》のこもったものでした。彼は、確かに一年前の三月一日に母を亡《な》くし、喪《も》に服《ふく》しています（『公卿補任《くぎょうぶにん》』）。母は、先に出ていた坊門《ぼうもん》の姫《ひめ》と同じ熱田《あつた》神社の大宮司《だいぐうじ》藤原季範《すえのり》の娘、両親を早くに失ったのは間違いありません。

ただし、禅尼が、清盛の事件とわが子の家盛の死とを結びつけているのは、事実に反します。事件のあったのは久安《きゅうあん》三年（一一四七）六月で、家盛の死はその二年後の同五年三月、病《やまい》を押して鳥羽《とば》院《いん》の熊野《くまの》参詣《さんけい》の供をし、その帰途《きと》、宇治川《うじがわ》の辺で落命《らくめい》したのでした（『本朝世紀《ほんちょうせいき》』）。事件とは、清盛が祇園社《ぎおんしゃ》の社頭《しゃとう》で田楽《でんがく》の踊《おど》りを奉納《ほうのう》すべく、武器を持った武士を同行させたため、神職《しんしょく》の下部《しもべ》がそれを制止して乱闘《らんとう》となり、神社側に多くの負傷者が出て、清盛に罰金刑《ばっきんけい》が科《か》されたものです（同前）。

ここで問題視《もんだいし》すべきことがあります。頼朝と禅尼との対面は、この前にも、描かれているのです。そこでは、頼朝が禅尼に感謝しつつも、東国へ同道《どうどう》する供人《ともびと》がいないと訴え、許《ゆる》しを得て人集めをした結果、七、八十人も現れて、その中の纐纈源五盛康《こうけつげんごもりやす》なる人物が、命拾《いのちびろ》いしたのは八幡神《はちまんしん》の計《はか》らいゆえ、人の勧《すす》める出家などしないようにとささやいたので、以後、頼朝は何を言われても沈黙《ちんもく》し続けた、その心中は「恐ろしけれ」とあります。どうも今読んだ人物像《じんぶつぞう》とは、異質な感じがするでしょう。

盛康は、この後、東国への道中《どうちゆう》記事に再登場し、近江《おうみ》の瀬田《せた》で宿泊した夜、頼朝が日本全国を掌握《しょうあく》するであろうという夢告《むこく》を得ていたことを、本人に告《つ》げます。彼の物語中の役割《やくわり》は、頼朝の将来を予言《よげん》するためだったわけで、その話を強引《ごういん》にストーリーにはめ込み、結果的に池禅尼と頼朝との対面場面を二分割《にぶんかつ》してしまうことになったと推察《すいさつ》されます。そもそも供人《ともびと》が、七、八十人も名乗り出たなどというのは、現実にはありえないこと、両場面における人物像の異質さも、表現目的の相違がもたらしたものだったのです。

盛康の話は増補されたもので、物語の原作にはなかったに違いありません。それを示唆《しさ》するのが、十三世紀後半の作とされる『平治物語絵巻《えまき》』です。よく知られているのは、原本と模写《もしゃ》本を合わせて五巻ある作品ですが、それとは別種で、一巻のみ伝わるもの。内容は、常葉の六波羅出頭、清盛軍による経宗《つねむね》・惟方《これかた》の捕縛《ほばく》事件、池禅尼に暇乞《いとまご》いする頼朝、の三要素からなっています。『平治物語』に基《もと》づいていることは、絵巻の詞書《ことばがき》から明らかなのですが、ここには盛康が描かれていないのです。

そして、詞書の最後は、人が流罪地《るざいち》に赴《おもむ》くのは嘆きに違いないのに、頼朝には、「喜《よろこ》びにてありけるとなん（喜びであったということです）」となっています。「となん」という結び句は、物語の全体を閉《と》じる時によく見られるものです。おそらく、原作は頼朝の流罪話で終わっていたのでしょう。それを投影《とうえい》していると考えられます。

ここに紹介しているテキストでは、さらに、処刑《しょけい》された悪源太義平《あくげんだよしひら》の怨念《おんねん》が、後日《ごじつ》、雷《かみなり》となって切り手であった平家の郎等《ろうどう》、難波経房《なんばつねふさ》を雷死《らいし》させた話が続きます。ところが、『十訓抄《じっきんしょう》』という一二五二年（建長四）成立の説話《せつわ》集には、経房が信仰心のなさゆえに雷に打たれたのだとして、悪源太とは関係のない話になっています。『平治物語』は、それ以前の一二四六年（寛元四）に、文章の断片《だんぺん》が写し取られていましたが、その段階ではまだ、経房の雷死と悪源太の怨念とを結びつける一話は、作られていなかった可能性が大なのです。増補は、後年《こうねん》、相当の年数を経て行われたように推測されます。

最大の増補は、義経と頼朝のその後の話です。鞍馬《くらま》寺《でら》で成長した義経が奥州《おうしゅう》の藤原氏のもとに身を寄せ、やがて挙兵《きょへい》した頼朝のもとに馳《は》せ参じて平家を追討《ついとう》、頼朝は、かつて恩義《おんぎ》を受けた人々に恩返《おんがえ》しをする、というのが大筋《おおすじ》です。その中から、雷となった悪源太に続いて語られる、牛若《うしわか》の話の一端《いったん》を紹介しましょう。

⒁　鞍馬寺《くらまでら》の牛若《うしわか》

（前略《ぜんりやく》・鞍馬寺《くらまでら》で沙那王《しやなおう》と呼《よ》ばれていた牛若《うしわか》は、系図類《けいずるい》を見《み》て自分《じぶん》が源氏《げんじ》の正《せい》統《とう》な血筋《ちすじ》を引《ひ》くことを知《し》り、毘沙門天《びしやもんてん》が腰《こし》に帯《お》びている剣《つるぎ》を欲《ほ》しがったりする）

鞍馬寺《くらまでら》の内《うち》の隣《とな》りの宿坊《しゆくぼう》に同年齢《どうねんれい》の稚児《ちご》がいるのを仲間《なかま》に引《ひ》き込《こ》んで、小《こ》いつも寺《てら》の外《そと》へ出歩《である》き、市中《しちゆう》にたむろする若者連中《わかものれんちゆう》が集《あつ》まっていると、太刀《だち》や反《そ》りのない短《みじか》い打刀《うちがたな》などで、切《き》ったり追《お》いかけたりした。追《お》いかけるのも早《はや》く、逃《に》げるのも早《はや》く、築地《ついぢ》や板塀《いたべい》を躍《おど》り越《こ》えても、しくじらなかった。

僧正《そうじよう》が谷《たに》に、天狗《てんぐ》や化《ば》け物《もの》が住《す》んでいるというのにも、恐《おそ》ろしそうなようすも見《み》せず、夜《よ》な夜《よ》な、その谷《たに》を越《こ》えて貴船神社《きぶねじんじや》へ詣《もう》でていた。そのふるまい、普通《ふつう》の人《ひと》ではないと、寺《てら》の僧《そう》たちは舌《した》を震《ふる》わせて驚《おどろ》いていた。

（中略《ちゆうりやく》・師匠《ししよう》の僧《そう》らが出家《しゆつけ》を勧《すす》めると、伊豆《いず》にいる兄《あに》に相談《そうだん》の上《うえ》と答《こた》えて応《おう》じ

ず、実《じつ》の兄二人《あにふたり》の出家《しゆつけ》したのすら残念《ざんねん》なのに、無理強《むりじ》いする者《もの》は突《つ》き殺《ころ》すぞと、脅《おど》したという）

そのころ、毎年《まいねん》、陸奥国《むつのくに》へ下《くだ》る、砂金類《さきんるい》を売買《ばいばい》する金商人《こがねあきんど》が、いつも鞍馬寺《くらまでら》へ参詣《さんけい》していた。沙那王《しやなおう》の住《す》む寺坊《じぼう》の主《あるじ》を師《し》と頼《たよ》っていた。その商人《あきんど》に沙那王《しやなおう》は近寄《ちかよ》って、

「このわれを、奥州《おうしゆう》へ連《つ》れて下《くだ》れ。すごくりっぱな者《もの》を一人《ひとり》、知《し》っている。金《こがね》の二《に》、三十両《さんじゆうりよう》（約《やく》〇・七五〜一・一二五キログラム）、もらい受《う》けて与《あた》えよう」

と、語《かた》りかけると、

「承知《しようち》しました」

と約束《やくそく》した。

また、坂東武者《ばんどうむしや》のなかに、陵助重頼《みささぎのすけしげより》という者《もの》がいた。彼《かれ》も鞍馬寺《くらまでら》へ参《さん》詣《けい》していた。沙那王《しやなおう》は話《はな》しかけて、

「貴殿《きでん》は、どこの人《ひと》か」

「下総国《しもうさのくに》の者《もの》であります」

「どのような人《ひと》の子《こ》か。名字《みょうじ》は、何《なん》という姓《せい》か。名前《なまえ》を何《なん》と申《もう》すのか」

など、問《と》うと、

「深栖三郎光重《ふかすのさぶろうみつしげ》の子《こ》で、陵助重頼《みささぎのすけしげより》という、取《と》るに足《た》りない身《み》ではありますが、源氏《げんじ》の血筋《ちすじ》を遠《とお》く引《ひ》く者《もの》です」

「それなら、またとない人《ひと》のようだな。誰《だれ》と親《した》しくつきあっておられるか」

「兵庫頭源頼政《ひょうごのかみみなもとのよりまさ》と、親《した》しくしております」

「このように尋《たず》ね申《もう》すのには、事情《じじょう》がある。この童《わらわ》は、平治《へいじ》の乱《らん》を起《お》こして殺《ころ》された左馬頭義朝《さまのかみよしとも》の末《すえ》の子《こ》です。九条女院《くじょうにょういん》に仕《つか》えた雑仕女《ぞうしめ》の常葉《ときわ》のお腹《なか》から生《う》まれた子《こ》は三人《さんにん》いますが、兄二人《あにふたり》は僧《そう》になってしまった。この沙那王《しゃなおう》は出家《しゅつけ》せず、元服《げんぷく》して独《ひと》り立《だ》ちする男《おとこ》になりたいと思《おも》うが、そうすれば、平家《へいけ》がどう思《おも》うであろうかという、気《き》にせねばならぬことがある。貴殿《きでん》、われを連《つ》れて下《くだ》っていただきたい。弓矢《ゆみや》で獲物《えもの》を射《い》て、遊《あそ》ぼう」

陵助《みささぎのすけ》が答《こた》えて、

「お連《つ》れ申《もう》しては、寺《てら》の僧《そう》たちに、稚児《ちご》をさらったと見《み》られて、罪《つみ》に問《と》われてしまいましょう」

と言《い》うと、

「この童《わらわ》がいなくなったとして、誰《だれ》が咎《とが》めだて申《もう》そうか。わが身《み》の境遇《きょうぐう》を思《おも》うと、そうなることによってのみ、心《こころ》が落《お》ち着《つ》く」

と言《い》って、涙《なみだ》ぐんだので、

「そのこと、承諾《しょうだく》しました」

と、重頼《しげより》は約束《やくそく》した。

沙那王《しゃなおう》は、十六歳《じゅうろくさい》という承安《じょうあん》四年《ねん》（一一七四）三月三日《さんがつみっか》の暁《あかつき》、鞍馬寺《くらまでら》を出《で》てしまった。寺《てら》に住《す》む人達《ひとたち》は、世間《せけん》のことを恐《おそ》れて、表面上《ひょうめんじょう》では、

「あの稚児《ちご》が」

などと憎《にく》むようであったが、内々《ないない》の気立《きだ》ては人《ひと》より優《すぐ》れていたので、つきあっていた、同《おな》じ寺坊《じぼう》で寝起《ねお》きを共《とも》にした仲間《なかま》や稚児《ちご》なども、皆《みな》、名残《なごり》を

惜《お》しんだのであった。

その日《ひ》、東海道《とうかいどう》の鏡山《かがみやま》の麓《ふもと》の宿場《しゅくば》に着《つ》いた夜半《やはん》ばかりに、自《みずか》らの手《て》で、垂《た》らしていた髪《かみ》をまとめ上《あ》げて髻《もとどり》に結《ゆ》い、常日《つねひ》ごろ、武力《ぶりょく》のほどを示《しめ》そうと懐《ふところ》に持《も》っていた刀《かたな》を腰《こし》に差《さ》し、いつもふざけて着《つ》けていた烏帽子《えぼし》を取《と》り出《だ》し、頭《あたま》の上《うえ》にかぶった。次《つぎ》の朝《あさ》、部屋《へや》から出《で》てきた時《とき》、陵助《みささぎのすけ》が驚《おどろ》いて、

「ご元服《げんぷく》、なされましたのか。名《な》づけ親《おや》の御烏帽子親《おんえぼしおや》は」

「自《みずか》らよ」

「お名前《なまえ》は、どのように」

「源九郎義経《げんくろうよしつね》、でありますよ。弓矢《ゆみや》がなくては、万事《ばんじ》、うまくいくまい」

との言葉《ことば》があったので、

「承知《しょうち》しました」

と言《い》って、腰《こし》に着《つ》ける、矢《や》の入《はい》った箙《えびら》を一《ひと》つ、弓《ゆみ》を一張《いっちょう》、差《さ》しあげた。矢《や》を身《み》に帯《お》び、弓《ゆみ》を手《て》に持《も》つに任《まか》せ、陵助《みささぎのすけ》が、

「馬《うま》は、御随意《ごずいい》に」

と申《もう》すと、道《みち》すがら馬《うま》を選《えら》び取《と》って乗《の》り、馬《うま》の足場《あしば》の良《よ》いところでは、それを走《はし》らせ弓《ゆみ》を引《ひ》き、物射《ものい》ることを習《なら》い覚《おぼ》えて、東国《とうごく》へと下《くだ》っていった。

❖（前略《ぜんりやく》・三四一頁参照）

隣《とな》りの坊《ばう》に同《おな》じき稚児《ちご》のあるを語《かた》らひて、常《つね》に出行《しゆつぎやう》して、辻冠者《つぢくわんじや》ばらの集《あつ》まりたるを、小太刀《こだち》・打刀《うちがたな》などにて切《き》りたり追《お》ひたりしけり。追《お》ふも早《はや》く逃《に》ぐるも早《はや》く、築地《ついぢ》・端板《はたいた》を躍《をど》り越《こ》ゆるも相違《さうゐ》なし。

僧正《そうじやう》が谷《たに》にて、天狗《てんぐ》・化《ば》け物《もの》の住《す》むといふも恐《おそ》ろしげもなく、夜《よ》な夜《よ》な越《こ》えて貴《き》布祢《ぶね》へ詣《まう》でけり。そのふるまひ、凡夫《ぼんぶ》にはあらずとて、寺僧《じそう》ども、舌《した》をぞ振《ふ》りける。

（中略《ちゆうりやく》・三四一頁参照）

そのころ、毎年《まいねん》、陸奥《むつのおく》へ下《くだ》る金商人《かねあきひと》、常《つね》に鞍馬《くらま》へ参《まゐ》りけり。沙那王《しやなわう》が坊主《ばうず》を師《し》と頼《たの》みけり。沙那王《しやなわう》、近《ちか》づき寄《よ》りて、

「われを奥州《あうしう》へ具《ぐ》して下《くだ》れ。ゆゆしき者《もの》を一人《いちにん》、知《し》りたり。金二三十両《こがねにさんじふりやう》、乞《こ》うて取《と》らせん」

と、語《かた》らひければ、

「承《うけたまは》り候《さうら》ひぬ」

と約束《やくそく》す。

また、坂東武者《ばんどうむしや》のなかに、陵助重頼《みささぎのすけしげより》といふ者《もの》あり。これも鞍馬《くらま》へ参《まゐ》りける。沙那王《しやなわう》、語《かた》らひ寄《よ》りて、

「御辺《ごへん》は、いづくの人《ひと》ぞ」

「下総国《しもをさのくに》の者《もの》にて候《さうら》ふ」

「いかなる人《ひと》の子《こ》ぞ。氏《うぢ》はいづれの姓《しやう》ぞ。名《な》をば誰《たれ》と申《まう》すぞ」

など、問《と》へば、

「深栖三郎光重《ふかすのさぶらうみつしげ》が子《こ》に、陵助重頼《みささぎのすけしげより》といふ不肖《ふせう》の身《み》にて候《さうら》へども、源家《げんけ》の末葉《ばつえふ》にて候《さうら》ふ」

「さては、左右《さう》なき人《ひと》ごさんなれ。誰《たれ》と申《まう》し承《うけたまは》り給《たま》ふ」

「兵庫頭頼政《ひやうごのかみよりまさ》とこそ、むつび候《さうら》へ」

「かやうに尋《たづ》ね申《まう》すことは子細《しさい》あり。この童《わらは》は、平治《へいぢ》の乱《らん》を起《お》こして失《うしな》はれし左馬《さまの》

頭義朝《かみよしとも》が末子《ばつし》にて候《さうら》ふ。九条院《くでうのゐん》の雑仕《ざふし》、常葉《ときは》が腹《はら》に三人候《さんにんさうら》ふが、兄二人《あにふたり》は法師《ほふし》になりぬ。沙那王《しやなわう》は出家《しゆつけ》なく、男《をとこ》にならばやと存《ぞん》ずるが、男《をとこ》になりなば、平家《へいけ》、いかが思《おも》はんずらんの憚《はばか》りあり。御辺《ごへん》、連《つ》れて下《くだ》り給《たま》へ。物射《ものい》て遊《あそ》ばん」

陵助《みささぎのすけ》、

「伴《とも》ひ申《まう》しては、寺僧《じそう》たちに、稚児勾引《ちごかどはかし》とて咎《とが》められまゐらせんずらむ」

と申《まう》せば、

「この童《わらは》、失《う》せて候《さうら》へばとて、誰《たれ》か咎《とが》め申《まう》すべき。わが身《み》のほどを思《おも》ふに、それのみぞ心《こころ》やすし」

とて、うち涙《なみだ》ぐめば、

「さ、承《うけたまは》り候《さうら》ひぬ」

と契約《けいやく》してけり。

沙那王十六《しやなわうじふろく》と申《まう》す承安《ぜうあんよ》四年三月三日《ねんさんぐわつみつか》の暁《あかつき》、鞍馬寺《くらまでら》をぞ出《い》でてける。世《よ》の中《なか》を恐《おそ》れて、上《うへ》にこそ、

「さる稚児《ちご》」

など憎《にく》むよしなれ、内々《うちうち》の心際《こころぎは》、人《ひと》に優《すぐ》れたりしかば、申《まう》し承《うけたまは》りし同宿《どうじゆく》・稚児《ちご》なども、皆《みな》、名残《なごり》をぞ惜《を》しみける。

その日《ひ》、鏡《かがみ》の宿《しゆく》に着《つ》きて夜半《やはん》ばかりに、手《て》づから髪《かみ》を取《と》りあげて、日《ひ》ごろ武勇《ぶよう》せんとて懐《ふところ》に持《も》ちたりける刀《かたな》を差《さ》し、常《つね》に戯《ざ》れて着《き》ける烏帽子《ゑぼし》、取《と》り出《い》だして着《き》てけり。次《つぎ》の朝《あさ》、うち出《い》でける時《とき》、陵助《みささぎのすけ》、

「御元服《ごげんぷく》、候《さうら》ひけるや。御烏帽子親《おんゑぼしおや》は」

「自《みづか》ら」

「御名《おんな》はいかに」

「源九郎義経《げんくらうよしつね》、候《さうら》ふぞかし。弓矢《ゆみや》がなくては、かなふまじ」

とありしかば、

「承《うけたまは》り候《さうら》ふ」

とて、矢《や》一腰《ひとこし》、弓一張《ゆみいつちやう》、奉《たてまつ》る。矢負《やお》ひ、弓持《ゆみも》つままに、

「馬《うま》は御心《みこころ》のままに」

と申《まう》せば、道《みち》すがら選《えら》び乗《の》り、馬《うま》の足立《あしだ》ちよき所《ところ》にては、馳《は》せ引《ひ》き、物射《ものい》ならうて

ぞ下《くだ》りける。

✲義経伝説の、ごく初期の段階をものがたる一連《いちれん》の話となっています。それを示すのが、よく知られている僧正《そうじょう》が谷《たに》で天狗《てんぐ》から兵法《ひょうほう》を習ったことが出てこないこと、「吉次《きちじ》」の名で著名《ちょめい》な金《こがね》商人が無名《むめい》であること、また、その金商人と重頼《しげより》とは顔見知りでもない別個《べっこ》の存在として描かれていて、のちに語られる、重頼のもとを離れ、金商人に伴《ともな》われて平泉《ひらいずみ》へ下るストーリー展開《てんかい》が、継《つ》ぎはぎをしたような不自然さを感じさせること、などです。後世《こうせい》、改作されたテキストでは、その不自然さを解消《かいしょう》しようとしたのでしょう、二人は当初《とうしょ》から「同道《どうどう》の人（同伴者）」として設定されています。

なお、重頼の「陵助《みささぎのすけ》」という聞きなれない役職は、皇室《こうしつ》の墓所《ぼしょ》を警備《けいび》する諸陵寮《みささぎのつかさ》の次官です。『尊卑分脈《そんぴぶんみゃく》』という系図には、「頼重」「諸陵頭《みささぎのかみ》」とあります。

このあと、重頼の地元《じもと》での盗賊退治《とうぞくたいじ》の話、後日《ごじつ》、腹心《ふくしん》の部下《ぶか》となる佐藤嗣信《つぐのぶ》・忠信《ただのぶ》兄弟の母に、頼朝の勧《すす》めで会う話、平泉での藤原秀衡《ひでひら》との対面、上野国松井田《こうずけのくにまついだ》での、これも腹心の部下となる伊勢《いせ》三郎義盛《よしもり》との奇遇《きぐう》と、次々に語られていきます。それぞれ千葉県、福島県、岩手県、群馬県でのできごと。さらに埼玉県、栃木県、神奈川県、茨城県にも出向いたとありますから、彼の行動範囲《はんい》は大変なもの。そこに実人生《じつじんせい》とはかけ離れた義経伝承の広がりが想像できるでしょう。それらを物語に取り込もうとして、継ぎはぎ感をぬぐえない表現となっているように考えられます。

続いて語られるのが頼朝の挙兵《きょへい》で、義経の二人の兄の東国下向《とうごくげこう》、土佐《とさ》へ流されていた頼朝実弟《じってい》の自害に至《いた》るいきさつ、手勢《てぜい》を従えた義経の頼朝軍への合流《ごうりゅう》、富士川《ふじがわ》合戦での頼朝軍の勝利、墨俣川《すのまたがわ》（長良川《ながらがわ》）合戦での義経次兄《じけい》の敗死、と、源氏一族に焦点《しょうてん》を当てて、源平合戦の流れが大まかにたどられます。

その後に、頼朝による報恩《ほうおん》と報復《ほうふく》の話になっていきます。報恩は、池禅尼《いけのぜんに》の子息頼《より》盛《もり》への温情《おんじょう》、報復は父義朝を暗殺《あんさつ》した長田《おさだ》父子に対する極刑《きょっけい》です。報恩はさらに、池《いけ》殿邸《どのてい》で世話になった使用人への膨大《ぼうだい》な贈《おく》り物、義経を滅ぼした後には、落伍《らくご》した際に助けてくれた老夫婦への恩返《おんがえ》し、出家をしないよう説いた纐纈盛康《こうけつもりやす》に関する話と連続します。ただし盛康については、双六《すごろく》が天才的にうまく、後白河院《ごしらかわいん》に目をかけられているうちに、鎌倉に行く機《き》を逸《いっ》し、充分《じゅうぶん》な恩賞《おんしょう》をもらいそこなったと、やや皮肉《ひにく》な語り口調となっています。

そして最後は、母の懐《ふところ》にいた幼児が、わが子孫を滅ぼすとは清盛《きよもり》も想像しなかったろうと、義経の功績《こうせき》に筆を及ぼし、中国にも同じような例があり、家系が絶えないということは、こういうことかと、源氏の血筋《ちすじ》を讃《たた》えて結びとしています。後日譚《ごじつたん》を追加した増補《ぞうほ》作者には、頼朝より義経に傾斜《けいしゃ》する思いがあったのでした。

この物語は、朝廷《ちょうてい》の危機《きき》を救った人物を評価《ひょうか》する立場《たちば》から、書き始められていました。ですから、清盛も決して悪くは書かれていません。反乱者の信頼《のぶより》を辱《はずかし》めた光頼《みつより》は堂々と描かれ、その犠牲《ぎせい》となった信西《しんぜい》は、朝廷を第一に思う忠臣像《ちゅうしんぞう》に創《つく》り上げられていました。ところが、信頼に抱《だ》き込まれた義朝《よしとも》には、少なからぬ同情心があったように見えます。その流れが膨《ふく》らんで、後日譚の追加にまで至《いた》ったのです。全体を大きくとらえるなら、屈折《くっせつ》した作品と言えるのでしょう。

『保元物語』『平治物語』関連歴史年表

西暦	年号	月・事項
一一二三	保安四	1. 崇徳天皇践祚《せんそ》。
一一二四	天治元	11. 中宮璋子、待賢門院となる。
一一二九	大治四	7. 白河法皇没。鳥羽院政開始。
一一三二	天承二	3. 平忠盛、内昇殿。
一一三九	保延五	5. 体仁《なりひと》親王（近衛天皇）生まれる。母は得子。　8. 体仁親王、皇太弟となる。得子、女御となる。
一一四一	永治元	12. 近衛天皇践祚。得子立后。
一一五〇	久安六	9. 藤原忠実、忠通を義絶。頼長を氏長者とする。
一一五三	仁平三	1. 平忠盛没。
一一五四	久寿元	11. 鎮西での為朝の乱行のため、父為義解官される。
一一五五	二	7. 近衛天皇没。後白河天皇践祚。　9. 守仁《もりひと》親王（二条天皇）立太子。

一一五六	保元元	7．鳥羽法皇没。**保元の乱**（白河殿夜討ち、藤原頼長戦死、崇徳上皇讃岐へ配流、源為義・平忠正死刑）。
一一五八	三	8．二条天皇即位。後白河院政開始。忠通、嫡子基実に関白を譲る。
一一五九	平治元	この年、牛若（源義経）生まれる。12．清盛、熊野参詣。**平治の乱**（三条殿焼き討ち。信西自害、藤原信頼死刑、源義朝一行、東国へ落ちる。義朝次男朝長没）。
一一六〇	平治二・永暦元	1．源義朝、尾張国内海で謀殺される。1．義朝長男義平、斬首される。3．同三男頼朝伊豆へ配流。★常葉、都落ち。
一一六二	応保二	6．藤原忠実没。
一一六四	長寛二	2．藤原忠通没。8．崇徳院、配流地讃岐で没。
一一六五	永万元	6．六条天皇受禅《じゅぜん》。7．二条上皇没。
一一六七	仁安二	2．清盛、太政大臣従一位となる。
一一六八	三	2．高倉天皇受禅。
一一六九	嘉応元	6．後白河上皇出家。

一一七一	承安元	12. 清盛の娘徳子、入内（翌年二月、中宮）。
一一七七	安元三	6. 鹿ヶ谷の陰謀露見。 7. 讃岐院に追号（崇徳院）、頼長に贈位贈官（太政大臣正一位）。
一一七八	治承二	12. 言仁親王（安徳天皇）立太子。
一一七九	三	11. 清盛による政変。
一一八〇	四	2. 安徳天皇即位。 5. 以仁王《もちひとおう》挙兵。 8. 源頼朝挙兵。 9. 源義仲挙兵。
一一八一	五・養和元	閏2 平清盛没。 11. 中宮徳子、建礼門院と号す。
一一八三	寿永二	7. 平家一門の都落ち。源義仲ら入京。 8. 後鳥羽天皇即位。 11. 義仲、後白河院御所法住寺殿を襲撃。
一一八四	三	2. 一の谷の戦い。
一一八五	元暦二・文治元	2. 屋島の戦い。 3. 壇の浦の戦い。平氏滅亡。 11. 義経都落ち。
一一八六	二	6. 常葉、京都で捕縛。
一一八九	五	閏4. 義経、平泉で討たれる。 9. 頼朝、奥州征圧。

一一九〇	建久元	11．頼朝上洛。右大将となる。
一一九二	三	3．後白河院没。7．頼朝、征夷大将軍となる。
一一九三	四	8．頼朝、弟範頼を討つ。
一一九五	六	3．頼朝、東大寺供養のために上洛。
一一九九	十	1．頼朝没。

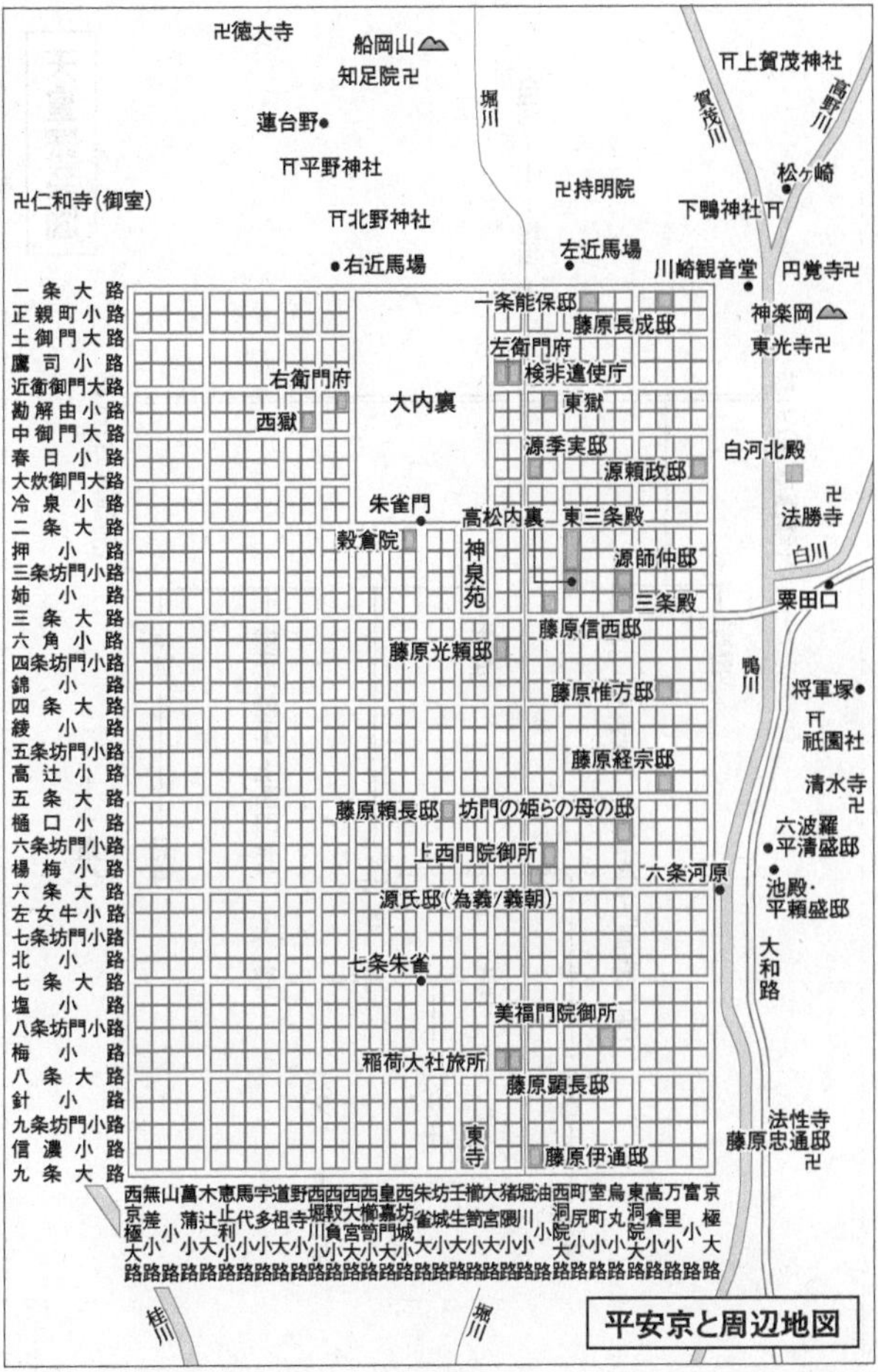

卍徳大寺
船岡山
知足院卍
蓮台野
平野神社
卍仁和寺(御室)
北野神社
右近馬場
堀川
卍持明院
左近馬場
上賀茂神社
賀茂川
高野川
松ヶ崎
下鴨神社
川崎観音堂
円覚寺卍
神楽岡
東光寺卍
一条能保邸
藤原長成邸
左衛門府
検非違使庁
右衛門府
大内裏
東獄
西獄
源季実邸
源頼政邸
白河北殿
卍
法勝寺
白川
朱雀門
高松内裏
東三条殿
穀倉院
神泉苑
源師仲邸
三条殿
粟田口
藤原信西邸
藤原光頼邸
鴨川
将軍塚
藤原惟方邸
祇園社
藤原経宗邸
清水寺
卍
藤原頼長邸
坊門の姫らの母の邸
六波羅
平清盛邸
上西門院御所
六条河原
池殿・
平頼盛邸
源氏邸(為義/義朝)
大和路
七条朱雀
美福門院御所
稲荷大社旅所
藤原顕長邸
法性寺
藤原忠通邸
卍
東寺
藤原伊通邸
一条大路
正親町小路
土御門大路
鷹司小路
近衛御門大路
勘解由小路
中御門大路
春日小路
大炊御門大路
冷泉小路
二条大路
押小路
三条坊門小路
姉小路
三条大路
六角小路
四条坊門小路
錦小路
四条大路
綾小路
五条坊門小路
高辻小路
五条大路
樋口小路
六条坊門小路
楊梅小路
六条大路
左女牛小路
七条坊門小路
北小路
七条大路
塩小路
八条坊門小路
梅小路
八条大路
針小路
九条坊門小路
信濃小路
九条大路
西京極大路
無差小路
山小路
菖蒲小路
木辻大路
恵止利小路
馬代小路
宇多小路
道祖大路
野寺小路
西堀川小路
西靫負小路
西大宮大路
西櫛笥小路
皇嘉門大路
西坊城小路
朱雀大路
坊城小路
壬生大路
櫛笥小路
大宮大路
猪隈小路
堀川小路
油小路
西洞院大路
町尻小路
室町小路
烏丸小路
東洞院大路
高倉小路
万里小路
富小路
京極大路
桂川
堀川

平安京と周辺地図

天皇家系図

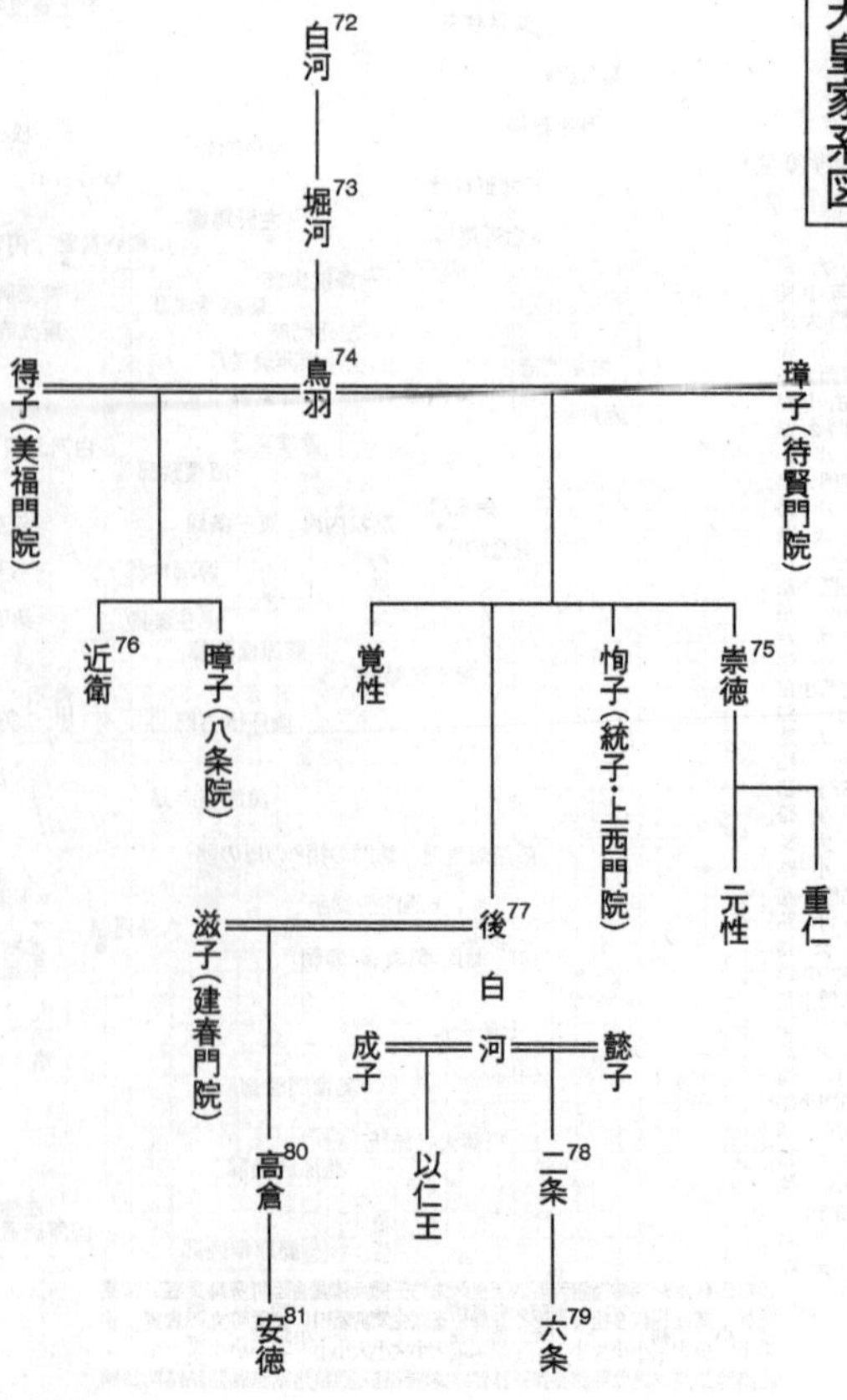

白河72
堀河73
鳥羽74
得子（美福門院）
璋子（待賢門院）
近衛76
暲子（八条院）
覚性
後白河77
恂子（統子・上西門院）
崇徳75
元性
重仁
滋子（建春門院）
成子
懿子
高倉80
以仁王
二条78
安徳81
六条79

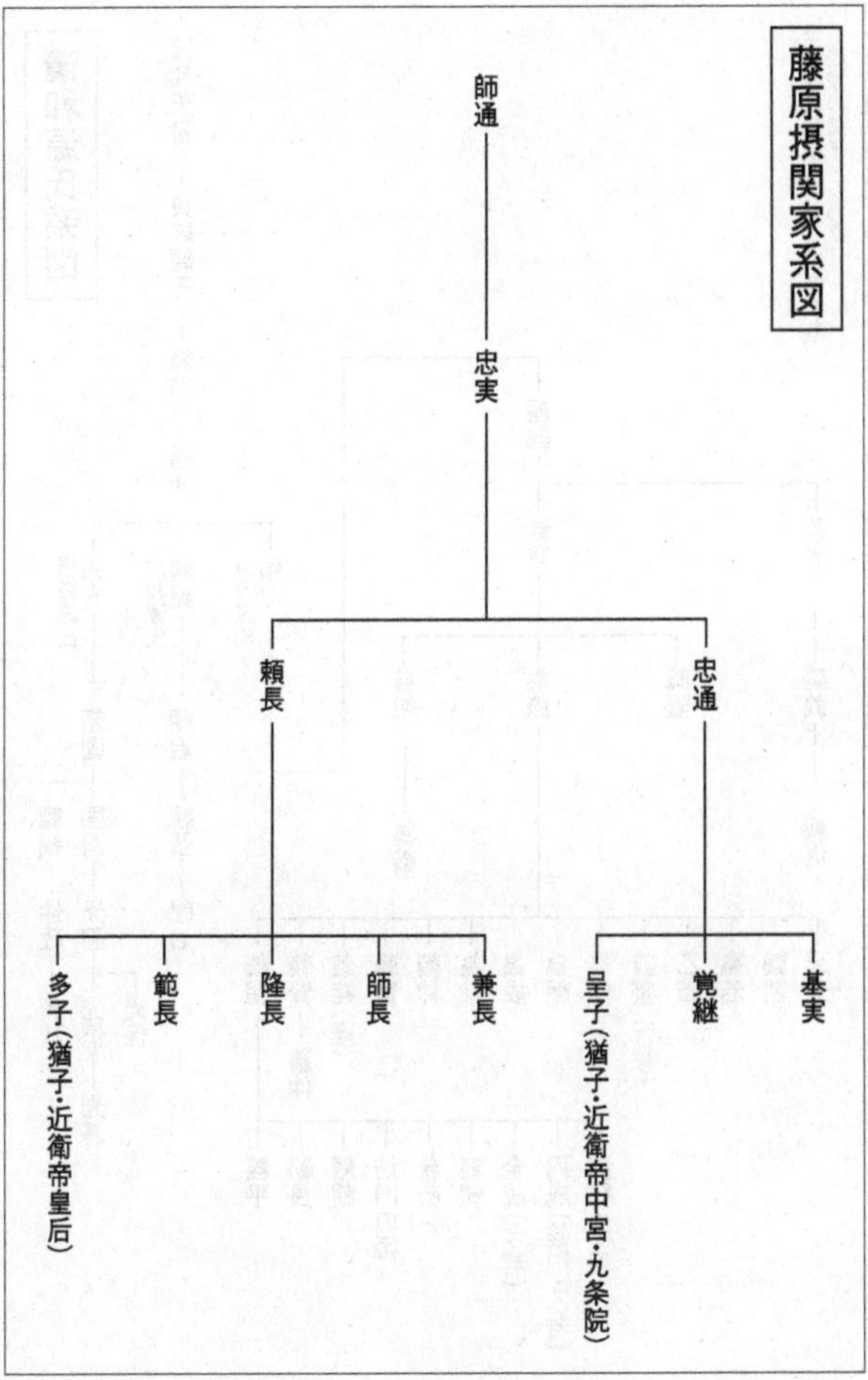
藤原摂関家系図
師通
忠実
忠通
頼長
基実
覚継
呈子（猶子・近衛帝中宮・九条院）
兼長
師長
隆長
範長
多子（猶子・近衛帝皇后）

清和源氏系図

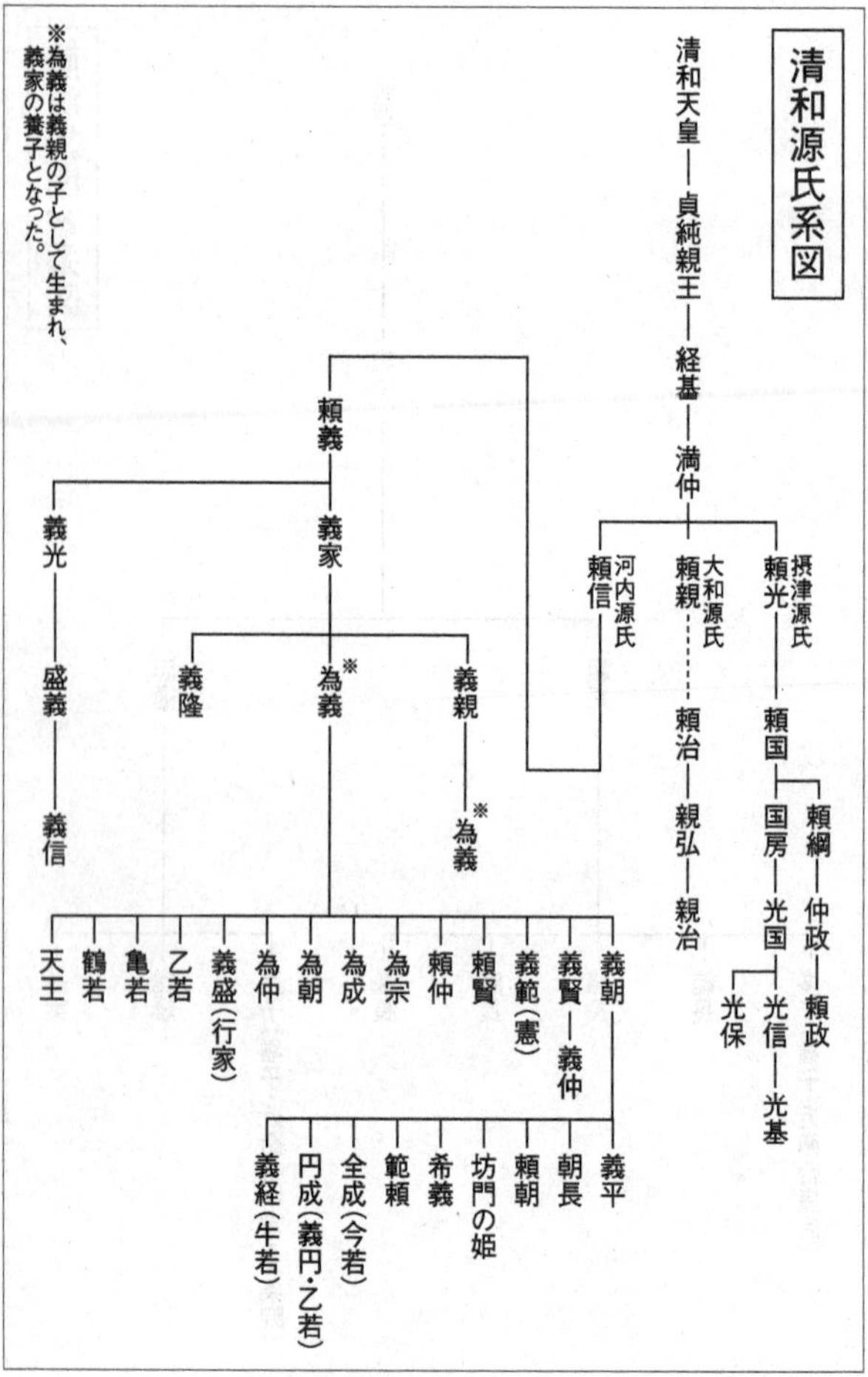
清和天皇
貞純親王
経基
満仲
摂津源氏
頼光
頼国
頼綱
仲政
頼政
国房
光国
光信
光基
光保
大和源氏
頼親
頼治
親弘
親治
河内源氏
頼信
頼義
義家
義光
盛義
義信
義親
※為義
為義※
義隆
義朝
義賢
義仲
義範(憲)
頼賢
頼仲
為宗
為成
為朝
為仲
義盛(行家)
乙若
亀若
鶴若
天王
義平
朝長
頼朝
坊門の姫
希義
範頼
全成(今若)
円成(義円・乙若)
義経(牛若)
※為義は義親の子として生まれ、義家の養子となった。

桓武平氏系図

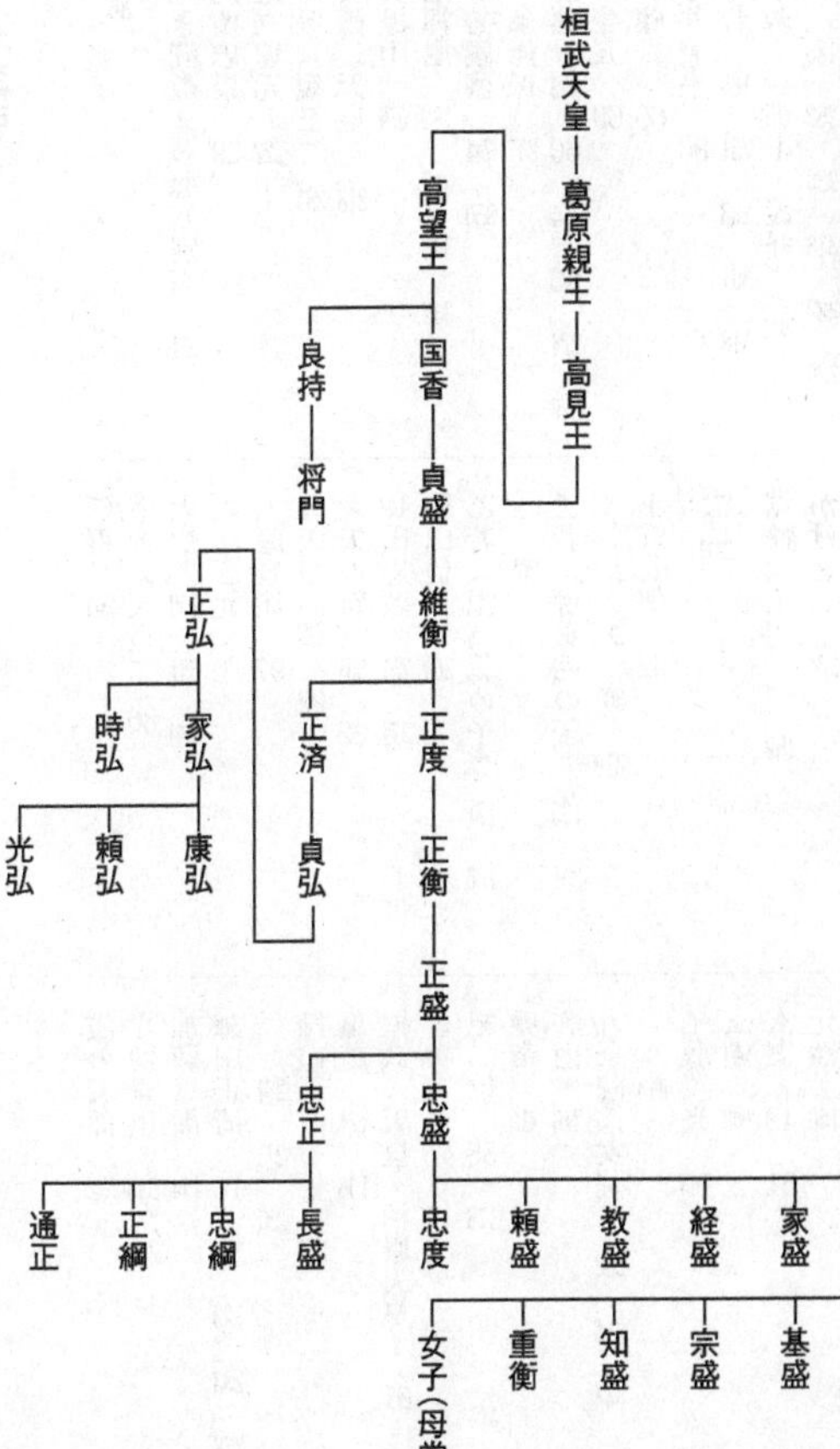
桓武天皇
葛原親王
高見王
高望王
国香
良持
将門
貞盛
維衡
正度
正済
貞弘
正弘
家弘
時弘
康弘
頼弘
光弘
正衡
正盛
忠盛
忠正
長盛
忠綱
正綱
通正
清盛
家盛
経盛
教盛
頼盛
忠度
重盛
基盛
宗盛
知盛
重衡
女子(母常葉)

人名索引

ビギナーズ・クラシックス 日本《にほん》の古典《こてん》

保元《ほうげん》物語《ものがたり》・平治《へいじ》物語《ものがたり》

日下《くさか》 力《つとむ》＝編

令和３年 ３月25日　初版発行
令和６年 10月10日　８版発行

発行者●山下直久

発行●株式会社KADOKAWA
〒102-8177　東京都千代田区富士見2-13-3
電話　0570-002-301（ナビダイヤル）

角川文庫 22569

印刷所●株式会社KADOKAWA
製本所●株式会社KADOKAWA

表紙画●和田三造

●お問い合わせ
https://www.kadokawa.co.jp/（「お問い合わせ」へお進みください）
※内容によっては、お答えできない場合があります。
※サポートは日本国内のみとさせていただきます。
※Japanese text only

ISBN 978-4-04-400493-4　C0195

◆◇◇

角川文庫発刊に際して

角川源義

第二次世界大戦の敗北は、軍事力の敗北であった以上に、私たちの若い文化力の敗退であった。私たちの文化が戦争に対して如何に無力であり、単なるあだ花に過ぎなかったかを、私たちは身を以て体験し痛感した。西洋近代文化の摂取にとって、明治以後八十年の歳月は決して短かすぎたとは言えない。にもかかわらず、近代文化の伝統を確立し、自由な批判と柔軟な良識に富む文化層として自らを形成することに私たちは失敗して来た。そしてこれは、各層への文化の普及滲透を任務とする出版人の責任でもあった。

一九四五年以来、私たちは再び振出しに戻り、第一歩から踏み出すことを余儀なくされた。これは大きな不幸ではあるが、反面、これまでの混沌・未熟・歪曲の中にあった我が国の文化に秩序と確たる基礎を齎らすためには絶好の機会でもある。角川書店は、このような祖国の文化的危機にあたり、微力をも顧みず再建の礎石たるべき抱負と決意とをもって出発したが、ここに創立以来の念願を果すべく角川文庫を発刊する。これまで刊行されたあらゆる全集叢書文庫類の長所と短所とを検討し、古今東西の不朽の典籍を、良心的編集のもとに、廉価に、そして書架にふさわしい美本として、多くのひとびとに提供しようとする。しかし私たちは徒らに百科全書的な知識のジレッタントを作ることを目的とせず、あくまで祖国の文化に秩序と再建への道を示し、この文庫を角川書店の栄ある事業として、今後永久に継続発展せしめ、学芸と教養との殿堂として大成せんことを期したい。多くの読書子の愛情ある忠言と支持とによって、この希望と抱負とを完遂せしめられんことを願う。

一九四九年五月三日